흐르는 강물처럼

A River Runs through It and Other Stories
by Norman Maclean

Copyright © 2017, 1976 by The University of Chicago. All rights reserved.
Foreword © 2017 by Robert Redford. All rights reserved.
Foreword © 2001 by Annie Proulx. All rights reserved.
Korean Translation Copyright © Yeonamseoga, 2021
This edition published by arrangement with The University of Chicago through
Icarias Agency.

이 책의 한국어판 저작권은 이카리아스 에이전시를 통해 저작권자와 독점 계약한
연암서가가 소유합니다. 신저작권법에 의하여 한국 내에서 보호를 받는 저작물
이므로 무단전제와 무단복제, 전자출판 등을 금합니다.

A RIVER RUNS THROUGH IT
and Other Stories

NORMAN MACLEAN

흐르는 강물처럼

노먼 매클린 지음 | 이종인 옮김

연암서가

옮긴이 이종인

고려대학교 영어영문학과를 졸업하고 한국 브리태니커 편집국장과 성균관대학교 전문번역가 양성과정 겸임교수를 역임했다. 주로 인문사회과학 분야의 교양서를 번역했고 최근에는 E. M. 포스터, 존 파울즈, 폴 오스터, 제임스 존스 등 현대 영미 작가들의 소설을 번역하고 있다.

번역서로는『1984』,『그리스인 조르바』,『보물섬』,『숨결이 바람될 때』,『촘스키, 사상의 향연』,『폴 오스터의 뉴욕 통신』,『문화의 패턴』,『폰더 씨의 위대한 하루』,『호모 루덴스』,『중세의 가을』,『로마사론』,『군주론·만드라골라·카스트루초 카스트라카니의 생애』 등이 있고, 저서로는『번역은 글쓰기다』,『번역은 내 운명』(공저)과『지하철 헌화가』,『살면서 마주한 고전』이 있다.

흐르는 강물처럼

2014년 5월 25일 초판 1쇄 발행
2021년 4월 15일 개정판 1쇄 발행

지은이 노먼 매클린
옮긴이 이종인
펴낸이 권오상
펴낸곳 연암서가

등록 2007년 10월 8일(제396-2007-00107호)
주소 경기도 고양시 일산서구 호수로 896번지 402-1101
전화 031-907-3010
팩스 031-912-3012
이메일 yeonamseoga@naver.com
ISBN 979-11-6087-076-3 03840

값 15,000원

내가 오랫동안 이야기들을 해온

진과 존에게

역자의 말

이 책은 노먼 매클린의 첫 번째이자 마지막 소설집인 『흐르는 강물처럼』(1976) 속에 든 두 편의 중편소설과 한 편의 단편소설을 완역한 것이다. 노먼 매클린은 1973년에 시카고 대학의 영문학 석좌교수직에서 은퇴하여 그해에 「벌목꾼 짐과 그의 여자들」이라는 짧은 단편을 써서 동료 학자들을 상대로 발표하여 좋은 평가를 받았다. 여기에 고무되어 1974년에는 「산림청 임시 관리원의 수기」라는 중편을 썼고, 그리고 1975년에는 표제작인 「흐르는 강물처럼」을 썼다. 이 서부의 스토리들을 동부 출판사에서 다들 퇴짜를 놓았기 때문에 할 수 없이 그가 근무했던 시카고 대학의 출판부에서 펴냈다. 그러나 이 작품에 대한 반응은 즉각적이었고 전국적인 베스트셀러가 되었다.

로버트 레드포드는 표제작을 1992년에 영화로 만들어 역시 히트를 쳤다. 원래 레드포드는 1981년부터 이 작품을 영화로 만들고 싶어 했으나 노먼 매클린은 동생에 대한 추억이 상업적으로 오염되는 것을 싫어하여 영화화를 허락하지 않았다. 그러나 1990년에 노먼 매클린이 사망하면서 유언을 통하여 허락함으로써 젊은 날의 브래드 피트가 주연으로 나오는 영화가 만들어졌다. 물론 영화도 명작이지만, 그보다는 밑바탕이 되는 소설이 더 훌륭하다. 국내에서 표제작은 두 번 번역되었다. 첫 번째 번역은 1993년에 자유문학사에서 나왔으나 표제작만 번역한 것이고, 두 번째 것은 2005년에 밝은세상 출판사에서 나왔으나 표제작과 「벌목꾼 짐과 그의 여자들」만 번역하고, 표제작을 이해하는 데 중요한 단서가 되는 「산림청 임시 관리원의 수기」는 번역하지 않았으며, 애니 푸르의 서문도 줄여서 번역을 했다. 따라서 『흐르는 강물처럼』에 든 세 편의 소설과 관련 서문 및 작가의 말을 단 한 줄도 빼놓지 않고 모두 번역한 명실상부한 완역본은 국내에서 이 책이 처음이다.

우리는 표제작의 문학적 성취를 깊이 이해하려면 「산림청 임시 관리원의 수기」와 비교하면서 읽어야 한다. 호라티우스는 "엄마도 예쁘지만 딸은 더 예뻐."라는 절창을 남겼거니와, 「산림청 임시 관리원의 수기」도 훌륭한 작품이지만 「흐르는 강물처럼」은 그보다 더 훌륭한 작품이다. 무엇보다도 감동의 깊이가 다르기 때문이다. 여기서 표제작이 어떤 이유로 그러한지 살펴보기로 하자.

첫째, 소설의 문장이 굉장히 시적이다.

"나는 거기 앉아서 잊어버리고 또 잊어버렸으며, 마침내 흘러가는 강물과 그것을 바라보는 나만이 남았다. 강물 위에서 더위의 아지랑이들이 서로 춤을 추었고, 이어 서로 관통해 나가더니 다시 서로 손을 잡고서 서로의 주위를 빙빙 돌았다. 마침내 강물을 바라보던 자는 사라져버리고 거기에는 오로지 강물만 남았다."

이 문장은 이백(李白)의 시 「독좌경정산(獨坐敬亭山)」과 의경(意境)이 거의 동일하다. "온갖 새들은 다 높이 날아가고/홀로 가는 외로운 구름 한가로워라./둘이 서로 바라보며 싫어하지 않으니/오직 이 경정산이 있을 뿐이네." 강물을 바라보다가 나는 없어졌다는 얘기는, 산을 쳐다보다가 나는 없어지고 경정산만 남았다는 시적 분위기를 그대로 닮았다.

"물속에서 두 다리로 기다가 겨우 날개 달린 성충이 되어 단한 번의 때 이른 피곤한 순간(교미의 순간)을 얻는 시간의 부피는, 인간의 한 평생에다 그 비율을 적용해 본다면, 어느 정도의 시간이 될 것인가." 이 문장은 동생 폴의 죽음을 회상하면서 '인간이 삶에서 얻는 즐거움의 순간이 과연 얼마나 될 것인가' 하고 한탄하면서 그 짧음을 날벌레의 그것에 비유하고 있는데 참으로 시적인 표현이다.

둘째, 작품이 전반적으로 유머러스하다.

유머는 슬픔의 반대편 얼굴이라는 얘기가 있다. 동생의 슬픈 얘기를 쓰려다 보니, 자연스럽게 유머가 많이 구사된 듯하다. 유머라고 해서 화장실 유머나 블랙 유머는 아니고, 어디까지 스토리의 전개에 도움이 되는 사건이나 인물을 통한 품위 있는 유머이다. 가령 닐의 허풍, 모래톱 남녀 사건, 올드 로하이드의 엉덩이에 새긴 문신, 물고기에 대한 호기심 이론, 처가 식구들이랑 낚시를 나갔다가 노먼이 트럭에서 비를 맞으며 집으로 돌아온 일, 세 명의 스코틀랜드 여자 얘기, 간통이나 범죄를 저지르고 알래스카로 달아난 스코틀랜드 친척 얘기 등이 그러하다. 또한 단어 하나 구절 하나에서도 유머가 자연스럽게 풍겨져 나온다.

셋째, 영문학 교수를 오래한 작가답게 다른 고전들을 은근하게 인용 혹은 연상시킨다.

가령 하나의 순간을 통하여 죽은 동생에 대한 기억을 영원한 것으로 만드는 '시간의 점(点)'이라는 표현은 윌리엄 워즈워스가 장시 『서시(Prelude)』에서 사용한 시어이다. 마지막 낚시 여행에서 동생이 목표량을 채우기 위해 마지막 레인보 송어를 잡아 올리는 모습은 헤밍웨이 소설 『노인과 바다』의 맨 마지막에 말린(marlin)과 싸우는 광경을 연상시킨다.

"우리가 그의 마지막 낚시질을 보았는데, 우리 눈에 보인 것은 물고기가 아니라 낚시꾼의 그 황홀한 기술이었다."라는 문장은 예이츠의 시 「학동들 중에서(Among School Children)」에 나오는 "춤과 춤꾼을 어떻게 구분할 것인가"라는 시행을 상당히 닮았다.

동생이 끝까지 치열하게 싸우다가 죽었고, 아버지는 그 사실에서 위안을 얻는데, 이것은 셰익스피어의 「맥베스」 5막 9장에 나오는 시워드의 아들의 죽음을 연상시킨다. 시워드는 아들이 전사했다는 통보를 받지만 그 아들이 맥베스 군과 끝까지 싸우다가 이마 한가운데에 적의 칼을 맞아 그 자리에서 전사했다는 사실을 자랑스럽게 여긴다.

넷째, 뛰어난 비유로 인생의 깊은 뜻을 전달한다.

"그 당시에는 인생의 스토리가 종종 책보다는 강과 더 비슷하다는 것을 뚜렷하게 알지 못했다…… [낚시꾼은] '강물을 읽는다'라고 말한다. 어쩌면 그의 스토리들을 말하기 위해서도 똑같은 일(읽기)을 많이 해야 할 것이다. 그런데 그가 겪어야 하는 가장 큰 문제 중 하나는 어디에서, 그리고 하루의 어떤 시간에 인생을 하나의 농담처럼 읽어야 하는지 짐작하는 것이다. 또 그 농담이 가벼운 것인지, 아니면 심각한 것인지 알맞게 읽어내는 것도 역시 어렵다.

하지만 우리 모두는 비극의 강물을 읽어내는 것이 훨씬 더 쉽다."

그리고 소설의 마지막 문장.

"협곡의 북극 같은 반광(半光) 속에서, 모든 사물은 단 하나의 존재로 환원된다. 그 속에는 내 영혼과 기억과 빅 블랙풋의 강물 소리와 네 박자 리듬과 고기가 입질하리라는 희망이 녹아 있다.

이윽고 모든 것은 하나로 융합되고 그 속으로 하나의 강이 흐른다……

나는 언제나 강물 소리에 사로잡힌다."

강과 강물 소리가 소설책보다 더 많은 이야기를 전달한다는 비유는 이 작품의 전반적 분위기를 가장 잘 표현한다. 인생을 일흔 이상 살아온 사람의 어렵게 얻은 지혜가 이런 멋진 비유를 만들어냈을 것이다.

「흐르는 강물처럼」을 읽고 난 감동은 너무나 깊고 고요하여 알프레드 드 뮈세의 다음과 같은 시구를 연상시킨다. "괴로운 인생에서 얻은 유일한 즐거움은 내가 때때로 눈물을 흘렸다는 것뿐." 폴의 죽음과 그를 구해 내지 못하고 돕지도 못한 것을 안타까워하는 형 노먼과 아버지를 보고 있노라면 살아남은 자의 슬픔이 우리에게 밀려와 눈물이 솟구치는 것이다.

노먼 매클린은 "가르치기와 스토리를 말하기"라는 연설에서 "이야기와 진실은 아주 복잡한 상호 관계를 갖고 있다."고 말했다. 이것은 이야기가 객관적 사실만 그대로 제시해서는 감동을 주지 못한다는 뜻이다. 즉 있는 사실에다 허구와 과장 혹은 상상을 가미하여 더욱 그럴듯하게 만들어야 독자들에게 "아, 정말 벌어진 사건을 진실하게 썼구나."라는 환상을 심어주는 것이다. 즉 독자가 어떤 소설을 읽고 거기서 그런 환상을 느끼지 못한다면 그 소설은 실패작이 된다.

이런 사정은 노먼 매클린과 그의 아버지가 나누는 대화가 잘 보여 준다.

"때때로 여러 가지 진실한 이야기들을 다 쓴 다음에, 또 다른 이야기를 꾸며 내고 그 지어낸 얘기에 어울리는 사람을 섞어 넣어야 해. 그렇게 해야만 실제로 벌어진 일과 그 이유를 알 수 있어. 우리가 함께 살았고 사랑했고, 또 마땅히 잘 알아야 하는 사람이 실은 우리의 이해를 벗어나기 때문이지."

이렇게 볼 때 「흐르는 강물처럼」은 동생 폴을 이해하기 위해 쓴 글이라고 해도 과언이 아니다. 그러면 폴은 어떤 사람인가? 그는 아주 흥미로운 인물이다. 어릴 때에 이미 인생의 두 가지 목표가 있었는데, 하나는 낚시였고 다른 하나는 생업이 낚시를 방해하지 못하게 하는 것이었다. 그리고 20대 초반이 되었을 때 이미 대규모 포커 게임 판에 뛰어들었다. 그런데 이 폴에게 앞으로 벌어질 재앙을 예고해 주는 사건이 소설 앞부분에 등장한다. 형 노먼이 동생을 경찰 유치장에서 꺼내주기 위해 찾아갔을 때, 그 반장으로부터 동생이 핫 스프링스의 노름판에 출입하는데 그곳에 큰 빚을 졌다는 것이다. 이런 동생을 그 곤경으로부터 꺼내주려면 도움을 주어야 하는데, 동생이 그 도움을 거부하는 것이다. 이 도움에 대하여 아버지와 노먼은 이런 대화를 나눈다.

"누군가를 도와주기에 너는 너무 젊고 나는 너무 늙었어." 아버지가 말했다. "도움이란 초크체리 젤리를 발라주거나 돈을 주는 것이 아니야."

"도움이란." 아버지가 말했다. "기꺼이 그것을 받아들이려 하고, 또 절실하게 필요로 하는 어떤 사람에게 네 자신의 일부를 내어주는 거야.

……

"도우려고 애쓰고 있습니다. 문제는 내가 동생을 잘 모른다는 거예요. 내 문제들 중 하나는 동생이 도움을 정말로 필요로 하는지 그것도 모른다는 겁니다. 난 정말 몰라요. 그게 문제예요."

왜 형과 아버지는 동생을 이해하지 못할까?

동생 폴은 상상계에 머물러 있지만 형과 아버지는 상징계로 이미 진입해 있기 때문이다. 강과 인생의 비유를 가져다가 이

상상계와 상징계를 설명해 보자면, 노먼의 아버지는 강물은 로고스 그 자체가 아니라, 로고스 위로 강물이 흐른다고 말한다. 다시 말해 강물은 세상의 이치를 상징할 뿐, 세상 그 자체는 아니라는 뜻이다. 그런데 폴은 이 세상이 곧 강물이라고 상상한다. 강물에서 물고기를 잡아 올리는 것처럼 도박판에서도 돈을 벌 수 있다고 생각했다. 그런데 실제로는 빚을 졌다. 노름판에서 싸움이 벌어지는 것은 카드꾼이 속임수를 쓸 때이다. 「산림청 임시 관리원의 수기」에서도 카드 속임수 때문에 싸움이 벌어진다는 얘기가 나온다. 결국 동생 폴은 노름판에서 빚진 돈을 갚기 위해 속임수를 썼을 것이고, 이것이 화근이 되어 싸움이 일어나 결국 목숨을 잃었을 것이다. 그러나 작가는 이것을 말하지 않고 상상하게 만든다. 바로 이것이 아버지가 말하는 "다른 이야기를 꾸며 내고 그 지어낸 얘기에 어울리는 사람을 섞어 넣"는 것이고, 저자가 말하는 "이야기와 진실의 복잡한 상호 관계"이다. 그렇지만 "완벽하게 이해하진 못해도 완벽하게 사랑할 수는 있습니다."라고 말하면서 아버지와 아들은 죽은 폴이 아름다운 낚시꾼이었고 끝까지 싸우다가 죽은 전사였다고 기억하며 그를 사랑한다. 바로 이 오래된 사랑 때문에 형은 40년간 동생을 추억하다가 이런 영롱한 작품을 써내게 된 것이다.

연암 박지원은 문장에 대해서 이렇게 말했다. "우주 만물은 단지 문자나 글월로 표현되지 않았을 뿐 그것 자체로 하나의 문장이다. 어린아이들이 나비를 잡는 것을 보면 『사기』를 쓸 때의 사마천의 마음을 간파해 낼 수 있다. 앞다리를 반쯤 꿇고, 뒷다리는 비스듬히 발꿈치를 들고서 두 손가락을 집게 모양으로 만들어 다가가는데, 잡을까 말까 망설이는 사이에 나비가 그만 날아가 버린다. 아이는 사방을 둘러보아도 사람이 없기에 어이 없이 웃다가 얼굴을 붉히기도 하고, 성을 내기도 한다." 나비는 문자나 글월로 표현되지 않은 사물의 속뜻을 가리킨다. 노먼 매클린은 '흐르는 강물'에서 이 나비를 잡았는가? 그는 잡지 못 했다고 말한다. 소설의 끝부분에서 "나는 아직도 이해하기 위해 그들에게 손을 내민다."라고 말하고 있으니까. 끝내 동생은 날아간 나비처럼 가뭇없이 사라졌다. 그러나 우리는 그가 잡으려고 했던 나비가 무엇인지 안다. 모든 것을 다 말하지 않으면서도 실은 다 말하는 것, 이게 노먼 매클린 소설의 신기한 기술이다.

로버트 레드포드*의 서문

나는 1981년 몬태나 주를 방문하던 중에 내 친구 토머스 맥구언과 함께 미국 서부의 소설가들에 대해서 논의했다. 우리는 작가의 진정성 문제, 그러니까 작가가 그것을 직접 체험하여 알고 있는 것인지, 혹은 단지 그것을 말로만 좋아하는 것인지를 두고서 한참 이야기를 나누었다. 그 과정에서 월리스 스테그너, 이반 도이그, A. B. 거스리 같은 작가들의 이름이 나왔는데, 갑자기 영감이 떠오른 듯이 맥구언은 이 문제를 결론지을 수 있는 작품이 하나 있다면서 내게 노먼 매클린의 「흐르는 강물처럼」을 한번 읽어보라고 권했다. 그는 "작가의 진정성이 정말 중요하다고 했는데, 이게 바로 그거야."라고 말했다.

나는 평소 그런 거창한 선언을 불신하는 편이다. 그러나 그 소설의 첫 문장, "우리 집안에서는, 종교와 플라이 낚시 사이에는 명확한 구분이 없었다."를 읽는 순간, 제대로 된 물건 하나를 건질지도 모르겠다고 생각했다. 그리고 마지막 문장, "나는 언제나 강물 소리에 사로잡힌다."를 읽었을 때 그 물건이 내 손 안에 있음을 확신했다. 그 소설을 완독하고 난 후 나는 그것을 영화로 만들고 싶어졌다.

저자 매클린에 대해 수소문해 보니 그는 접근하기가 아주 까다로운 사람이라는 얘기가 들려왔다. 그는 아주 놀라운 사람이었다. 시카고 대학의 영문학과 교수직에서 은퇴하여 나이 70대에 소설 세 편을 썼는데 그걸 출판하지 못해 애를 먹었다는 것이었다. 그는 20세기 초 몬태나에서 태어났고, 그의 초창기 시절은 싸움, 낚시, 벌목, 문학, 장로교 목사 아버지의 엄격한 훈육 등이 뒤범벅된 시간이었다. 매클린은 스스로 자기 선전을 하는 법도 없고 남들의 평론에 기대지도 않은 채 오로지 소설 세 편의 작품성에 힘입어 존경받는 작가의 반열에 올랐다. 그는 사람의 말과 명예에 대하여 아주 까다로우면서도 엄격한 생각을 가지고 있었다. 다른 감독들도 「흐르는 강물처럼」의 영화 판권을 얻으려 했으나 실패했다. 낚시 면허도 없이 같이 낚시를 하겠다며 무턱대고 그의 집을 찾아온 유명 배우를 만나주지 않았다는 일화도 있다.

나는 영화화 계획을 논의하기 위해 1980년대 중반에 유타주 선댄스에서 매클린을 만났다. 그는 정중하고 공손했지만 뭔가 경계하고 있었고 그런데도 놀라울 정도로 순수했다. 나는 영화화를 둘러싸고 우리 두 사람 사이에 옅은 안개처럼 깔려 있는 불신을 깨뜨리는 가장 좋은 방법은 상호 신뢰를 강화할 수 있는 플랜을 제시하는 것이라고 생각했다. 그래서 매클린에게 앞으로 6주 동안 세 번에 걸쳐서 시카고를 방문하여 영화화 계획을 당신과 진솔하게 논의하고 싶다는 뜻을 말했다. 그 방문 중에 나는 이 작품을 어떻게 보고 있는지 솔직하게 말할 것이고, 당신 또한 내 의견에 이의를 제기해도 좋다. 무엇보다도 우리 두 사람은 자신의 솔직한 심중을 있는 그대로 털어놓게 될 것이다. 그리고 그 세 번의 방문 중에 일이 되어가는 상황이 마음에 들지 않는다면 우리는 그때까지의 얘기는 모두 없던 일로 하고 그냥 각자의 길을 가기로 하자. 이상이 내가 그에게 제안한 것이었다.

나는 「흐르는 강물처럼」이 좋은 영화로 만들어질 수 있겠는지 확신이 서지는 않았다. 우선 스토리가 풍부하지 않은데다 화자인 노먼의 목소리가 작품 전편을 지배하고 있다. 이 소설은 좀처럼 잡을 수 없는 푸른 잠자리처럼 그 핵심을 잡기 어려운 애매한 작품이다. 노먼도 한때 선수 생활을 했다지만 권투 선수처럼 갑자기 백스텝의 춤을 추면서 독자로부터 멀어지는가 하면, 갑자기 독자에게 달려들어 더블 펀치를 날린다. 먼저 언어의 아름다움으로 양미간에 일격을 가하고, 이어서 그 깊고 고요한 정서로 명치에 스트레이트를 먹인다.

6주에 걸친 논의가 끝났을 때 나는 이 작품을 영화로 만들겠다는 생각이 확고해졌고, 노먼도 거의 승낙 일보 직전까지 와 있었다. 나는 다음과 같은 최후의 유인책을 제시했다. 영화 시나리오가 만들어지는 즉시 당신에게 그 초고를 보여드리겠다. 만약 그게 마음에 들지 않는다면 그때라도 지금까지의 모든 논의를 없던 것으로 해도 무방하다. 그러나 일단 시나리오가 마음에 든다고 오케이를 하면, 그때부터는 당신은 한 걸음 뒤로 물러서야 하고 영화 제작에 일절 간섭해서는 안 된다.

그리고 여러 번의 원고가 오가면서 3년이 흐른 뒤에, 나는 다시 몬태나로 갔다. 이번에는 영화 〈흐르는 강물처럼〉을 현장에서 찍기 위해서였다. 안타깝게도 노먼은 그 몇 달 전에 이 세상을 떠났다. 나는 종이와 펜의 은밀한 프라이버시가 일반 대중을 상대로 하는 천연색 영화로 다시 만들어지는 과정을 과연 그가 감당할 수 있었겠는지는 확신이 서지 않는다. 그의 소설은 영화로 만들기에 굉장히 까다로운 것이었다. 그렇지만 나는 우리가 이 작품의 많은 부분을 서로 똑같은 시선으로 바라보고 있다고 생각하고 싶다. 그리하여 내가 만든 영화가 우리가 공유한 시선의 결과물이라고 확신한다.

---

* Charles Robert Redford Jr.(1936~): 미국의 배우이자 영화감독이며 선댄스 영화제의 설립자. 1969년 출연한 〈내일을 향해 쏴라〉로 명성을 얻기 시작했으며, 1973년작 〈스팅〉으로 오스카상 남우주연상 후보에 올랐다. 1980년에 감독으로 참여한 〈보통 사람들〉로 오스카 감독상, 1992년에 연출한 〈흐르는 강물처럼〉으로 이듬해 아카데미 촬영상, 2002년에 오스카 평생 공로상, 2013년에 뉴욕비평가협회 남우주연상을 받았다. 국제적인 환경보호운동과 평화운동에도 참여하고 있는 그는 2010년 프랑스 정부로부터 영화와 환경보호에 대한 공로를 인정받아 레지옹 도뇌르 훈장을 받기도 하였다.

애니 프루*의 서문

노먼 피츠로이 매클린은 1902년 12월 23일 아이오와에서 태어났다. 그의 집은 노바스코샤에 뿌리를 둔 스코틀랜드 장로교 가정이었다. 3년 뒤에 태어난 그의 동생 폴은 1938년에 살해당했다. 이 소설집의 타이틀 소설은 그 참혹한 사건을 중심으로 전개된다. 그의 아버지 존 노먼 매클린은 목사였다. 그가 일곱 살이었을 때 노먼의 집안은 몬태나 주 미줄라로 이사했는데, 이 마을은 매클린 사람들의 피부에 평생을 가도 지워지지 않는 강한 낙인을 찍어 놓았다. 아버지는 형제들에게 종교, 문학, 플라이 낚시를 가르쳤다. 그리하여 폴은 플라이 낚시의 대가가 되었다. 노먼 매클린은 열다섯이 되었을 때 미국 산림청 소속으로 일을 했고 산림청 일을 자신의 평생 천직으로 여겼다. 그러다가 1919년 여름에 「산림청 임시 관리원의 수기」에서 설명된 여러 가지 일들을 겪고서 그의 생애는 새로운 길로 접어들었다. 그는 평생을 시카고 대학에서 영문학을 가르치고 또 학술 논문을 쓰면서 보냈고, 은퇴 전 10년 동안은 윌리엄 레이니 하퍼 영문학 석좌교수로 있었다. 1968년에는 37년을 해로해 온 그의 아내 제시가 사망했다. 5년 뒤인 1973년에 교직에서 은퇴하여 그가 가장 잘 아는 글쓰기 작업에 착수하여 그의 생활과 매클린 가족의 생애를 하나의 문학으로 바꾸어 놓았다. 73세이던 1976년에, 『흐르는 강물처럼』이 발간되어 비평가들과 독자들로부터 열광적인 호평을 받았다. 그 후 몇 편의 단편소설과 수필들을 뒤따라 발표했고, 이어 1949년의 맨 걸치 산불을 조사 연구한 보고서인 『젊은이들과 화재』를 발표했다. 노먼 매클린은 1990년에 세상을 떠났으나, 물고기가 강물에서 헤엄치고 세상에 책이 계속 만들어지는 한 수십만의 독자들은 그를 기억할 것이다.

1976년에 『흐르는 강물처럼』이 발간되었을 때, 나는 버몬트주 북부에서 아주 열악한 환경 속에 살고 있었다. 그곳은 퀘벡과 경계를 이루는 벌목 지역이었는데 서점에서 아주 멀리 떨어져 있었고 전기나 전화도 없는 데다 돈마저 없었다. 당시 나는 『그레이스 스포팅 저널』에 연재할 낚시와 사냥 얘기를 막 쓰기 시작했다. 내가 노먼 매클린의 '작은 책'을 읽은 것은 1980년대 초반이었다. 그때는 벌목 지역에서 남쪽으로 100마일 떨어진 곳에 살고 있었는데 열악한 환경은 전과 마찬가지로서, 가파른 언덕 기슭에 자리잡은 허름한 농가가 나의 집이었다.

늦여름이었는데 나는 서부로 나갔다가 되돌아오는 길에 오

헤어 공항에서 『흐르는 강물처럼』을 한 부 사 들었다. 비행 거리를 3분의 2 정도 지나왔을 때 나는 이 책을 읽기 시작했다. 비행기가 벌링턴 공항에 내렸을 때 나는 여전히 매클린과 함께 있으면서 강가의 붉은 버드나무를 따라 낚싯줄을 던지고 있었다. 하지만 농가까지 먼 거리를 자동차를 몰고 가야 했으므로 잠시 그 책을 내려놓아야 했다. 농가에 도착하니 늦은 오후였고 내 집은 졸리는 듯한 황금빛으로 가득했다.

나는 여행 가방을 현관에 내려놓고 물을 한잔 챙긴 다음 베란다로 나가서 이 책을 마저 읽기 시작했다. 독자를 깊은 몽환 속으로 끌고 들어가서 현실을 완전히 잊어버리게 만드는 힘을 가진 책은 그리 많지 않다. 『흐르는 강물처럼』은 그런 힘을 갖고 있었다. 나는 저 유명한 마지막 문장인 "나는 언제나 강물 소리에 사로잡힌다."를 읽었을 때 한숨을 내쉬며 하늘을 올려다보았다. 깊어지는 황혼이었다. 베란다에서 약 20피트 떨어진, 풀들이 웃자란 마당에는 아주 커다란 살쾡이가 서서 나를 노려보고 있었다. 그놈은 약간 위로 치켜 올라간 꼬리를 제외하고는 전혀 몸을 움직이지 않았다. 이 소설의 힘은 너무나 강력하여 나는 아직도 "협곡의 북극 같은 반광(半光)" 속에 있었고, 그 살쾡이는 모든 사물을 관통하며 흐르는 강의 둑에 서 있는 것 같았다. 그리하여 그 살쾡이는 내 마음속에서 매클린의 소설과 영원히 결합되었다.

몇 년 뒤 나는 여러 현지 작가들과 함께 다트머스 대학의 모임에서 매클린을 기념하는 글을 낭송하게 되었다. 그 대학은 매클린이 1920년에서 1926년까지 다녔고, 또 강의도 했던 곳이었다. 다른 작가들은 그들의 작품을 낭송했으나, 내 차례가 되자 나는 그렇게 할 수가 없었다. 왜냐하면 내 글은 매클린의 작품에 비하면 뻣뻣한 막대기처럼 보였기 때문이다. 사실 매클린은 평생 동안 문학을 가르쳐 오면서 문학적 건축이라는 고상한 기술을 갈고 닦은 작가였다. 그래서 나는 『흐르는 강물처럼』 중 "이제 그곳은 다시 아름다운 세계가 되었다."라는 문장의 앞뒤에 포진한 문단을 낭송했다. 이 부분에서 그는 강물낚시를 할 수 있는 세 부분, 즉 여울, 크게 휘어지는 강굽이, 물구덩이의 꼬리 부분(아래쪽의 얕고 잔잔한 곳)에 대해서 묘사한다. 이것들은 따로 떨어진 부분들이 아니라 하나의 전체로 이해된다. 민물낚시를 해본 사람이라면 누구나 알고 있는 것이지만, 이 세 부분이 계속 반복되면서 하나의 강을 이룬다. 강의 세 부분은 인생의 단계 혹은 시간의 흐름으로도 이해할 수 있다. 1983년 판본의 발문에서 매클린은 스토리의 예술적 일체성은 이 낚시하는 강물과 비슷하다고 말했다. 내가 다트머스 모임에서 읽었던 부분은 "강물 스토리의 커브(강의 굽이쳐 흐르는 곳)"(이 책의 137쪽) 부분이었다. 다트머스 모임에서 다른 작가들의 글은 목가적이고 매혹적이며 팽팽한 분위기를 유지하는 매클린의 글처럼 낭랑하게 울려 퍼지지 못했다.

알레고리, 진혼곡, 기억이 적절히 뒤섞인 이 소설은 미국 문학의 위대한 스토리 중 하나이다. 강물의 상징적 의미, 가버린 세월과 죽은 동생에 대한 아쉬움, 인간 생명의 덧없음과 아름다움에 대한 통찰 등이 아주 강력한 감동을 자아내어 이 책을 읽은 독자는 이 스토리를 평생 동안 잊지 못하게 된다. 많은 비평가들은 70대의 노작가가 단 한 번의 시도에서 이런 걸작을 써낸 사실을 놀라워한다. 하지만 70대야말로 불과 얼음의 적절한 조화, 수십 년 동안 세계 문학을 가르쳐 오면서 힘들게 얻은 인생의 심오한 지혜가 비로소 꽃피어나는 때가 아닐까? 매클린은 스코틀랜드 장로교 집안에서 태어나 거친 지방의 숲과 강에서 어린 시절을 보냈고, 상실과 슬픔을 개인적으로 겪었으며, 자연 환경으로부터 리듬과 구조에 대한 깨우침을 얻었고, 주변의 사물에 대하여 지칠 줄 모르는 탐구심을 보여 왔다. 이런 사실들을 감안할 때, 그가 첫 번째 시도에서 걸작을 써냈다는 사실에 놀랄 것이 아니라, 당연한 귀결이라고 보아야 할 것이다.

매클린은 뛰어난 스토리 감각을 갖고 있었다. 1978년 시카고 대학과 몬태나 주립 대학에서 행한 "가르치기와 스토리를 말하기"라는 제목의 연설에서, 그는 그런 재주의 원천을 이렇게 설명했다.

……만약 나를 스토리텔러라고 할 수 있다면, 나는 그것을 어린 시절 벌목 캠프의 노동자 합숙소에서 일하면서 훈련받았다고 말할 수 있습니다. 만약 여러분이 합숙소의 다양한 말하기 기술에 대하여 익숙한 사람이라면, 나의 소설들은 그 비천한 원천에서 나온 것임을 금방 알 수 있을 것입니다. 숲에 처음 들어갔을 때 나는 너무 어려서 대가들의 말을 그저 듣기만 했습니다. 하지만 그때에도 이미 말하기 기술의 근본적인 사항들이 이미 나타났습니다. 나는 그때 이미 말로 하는 스토리는 짧아야 한다는 것을 알았습니다…… 또 스토리 속에서 많은 일이 벌어지지 않으면 친구들은 그 얘기를 들어주지 않으려

한다는 것도 알았습니다…… 서부 이야기의 또 다른 특징은, 그것이 거의 언제나 진실과 관련이 있다는 것입니다. 하지만 이야기와 진실의 상호 관계가 얼마나 복잡한 것인지는 나중에 가서야 알게 되었습니다.

표제작은 긴 스토리, 즉 중편소설이지만 매클린은 장편소설을 쓴다는 기분으로 이 소설을 쓰지 않았다. 그는 장편이라는 문학 형식은 "……대부분 허풍"이라고 말했다. 그가 저자로서 이야기를 해나가는 목소리에는 확신감이 있다. 그는 자신이 훌륭한 작가라는 것을 알고 있다. 하지만 동부 출판사들의 몇몇 어리석은 편집자들은 그의 원고를 출판하기를 거부했고, 어떤 편집자는 소설 속에 나무 얘기가 너무 많이 나온다고 불평했다. 결국 이 책을 발간한 곳은 시카고 대학 출판부였다. 소설을 대학 출판부에서 출판하게 된 것이다. 그렇지만 이 소설은 발간 후 많은 사람들의 사랑을 받는 베스트셀러가 되었고, 또 미국 순수문학에서 영원히 한자리를 차지하게 되었다.

우리는 매클린 스타일의 특징으로 간결함, 행동, 진실, 그리고 인생이 곧 스토리라는 인식 등을 들 수 있다. 그의 교육적 호기심 또한 눈에 띄는 특징이다. 그는 사람, 일, 상황을 잘 검토하고 그것들을 여러 각도에서 요모조모 살펴보면서 등장인물들의 가능성과 개연성을 논의한다. 소설 속에서는 경구적인 문장 형태를 취하고 이어 아름답게 구성된 설명이 뒤따른다. 매클린의 독자들은 그의 소설들이 임업(林業)과 노동의 매뉴얼이라고 말한다. 그는 다양한 종류의 노동에서 높은 예술을 읽어

내고, 이제는 사라져버린 일의 전문 지식을 칭송하며, 플라이 낚시, 도끼와 톱, 노새와 말의 하역, 산불 진화, 소규모 광산업 등의 대가들에 대하여 이야기한다.

수십 년 동안 서부 문학계의 대가로서 많은 작품을 써낸 월리스 스테그너는 『흐르는 강물처럼』에 수록된 다른 두 소설 「벌목꾼 짐과 그의 여자들」과 「산림청 임시 관리원의 수기」를 언급하면서 표제작보다 못하다고 논평했다.

표제작은 다른 두 소설에 들어 있는 내용을 모두 갖추고 있으면서 동시에 그 두 소설을 능가하고 초월한다. 두 소설이 걸어다닌다면 표제작은 날아간다. 두 소설이 믿을 만하고, 유머러스하고, 아이러니하고, 뛰어난 관찰력을 갖추었고 기타 특징을 갖고 있다면, 「흐르는 강물처럼」은 시적이면서도 심오하다.**

이 논평은 단편보다 장편을 중시하는 이 소설가의 편견이 작용했다. 그러나 스테그너의 단편소설들은 어떤 것은 아주 좋지만 대부분 「흐르는 강물처럼」의 고전적인 완벽함을 성취하지 못했다.

「벌목꾼 짐과 그의 여자들」은 비교적 짧은 단편이다. 합숙소 이야기로 크게 낭송하기가 좋은 소설이다. 하지만 아주 생생하고 단단한 작품이다. 인간의 행동에 대한 냉소적인 관찰, 인간의 성격을 판단하기 어려움, 숲속 오지의 야바위 노름꾼, 전기톱 발명 이전의 서부 벌목 캠프에 대한 관찰 등으로 채워져 있다. 이 소설에서 매클린은 허풍을 피해 가는 교묘한 기술을 통하여 사람과 사건의 핵심만 보여주는 능력을 발휘한다. 소설의 마지막 문장은 강펀치이며, 그 간결한 요약에 합숙소는 폭발적인 웃음으로 뒤집어졌을 것이다.

세 소설 모두 진실, 예의, 기술을 명예롭게 여긴다. 여기에 악인들을 등장시켜 그것들의 효과를 더욱 높인다. 매클린은 이렇게 말했다. "사실 동생과 나는 바깥세상에는 개자식들이 가득하다는 것을 곧 발견했고, 몬태나 주 미줄라에서 멀어질수록 그런 자들이 더 많아진다는 것을 알았다." 표제작에서 그 개자식은 테니스를 치는 처남 닐과 현지 창녀인 올드 로하이드이다. 「벌목꾼 짐과 그의 여자들」에서는 짐이고, 「산림청 임시 관리원의 수기」에서는 과시하기 좋아하고 테니스화를 신은 카드사기꾼인 요리사가 그런 악역을 맡는다. 매클린의 솜씨는 너무 교묘하여 독자는 이런 악역들이 있기 때문에 소설의 풍미와 유머가 더욱 높아진다는 것을 눈치채지 못한다. 냉소적이면서도 건조한 위트가 문장을 생생하게 살려 놓는다. 은밀한 목소리로 낮게 말하기, 훌륭한 포커 플레이어의 자연스러운 무표정 등이 화려한 형용사들보다 훨씬 더 매클린의 스타일을 돋보이게 한다.

「산림청 임시 관리원의 수기」는 사건과 인상적인 세부사항들이 많다. 미국 산림청 초창기와 프런티어 서부 이후 그 조직에서 일한 사람들의 특성을 적어놓은 경험적 스토리이다. 이것은 또한 매클린의 문학적 각성을 설명해 주는 중요한 소설이다. 그는 마음에 안 드는 요리사를 욕했다가 그가 존경하는 산림 관리자 빌 벨에 의하여 그레이브 봉우리의 감시원으로 보내저 일종의 추방을 당하게 된다. 이때 그는 산봉우리에서 감수성의 커다란 변화를 겪게 되며 그것은 에피파니(홀연한 깨달음)의 한 순간이 된다.

······나는 다른 생각을 품기 시작했다. 그건 산만 바라보게 하는 것으로 나를 처벌하려는 빌의 속셈을 그냥 내버려두지 않겠다는 생각이었다. 여기에 머무르는 동안, ······인생이 문학으로 바뀌는 순간을 의식하게 되었다. 그 순간에 인생은 하나의 이야기로 바뀌고 있었다. 나는 여름의 아르바이트가 거의 끝나가고 있다는 것과, 인생의 어떤 이야기가 시작되고 있다는 것, 이 두 느낌 사이에는 커다란 차이가 있다는 걸 알기 시작했다.

70대에 들어선 매클린은 어린 그가 세상과 그 속의 자기 위치를 인식한 그 순간을 정확하게 짚어낼 수 있었다. 그 순간 그는 인생의 숲속에서 여러 갈래의 길을 보았고 그중 하나를 선택했다. 이 스토리는 단테의 『신곡』 첫머리와 서로 비슷한 데가 있다. "우리 인생의 한 중간에서/나는 올바른 길을 잃어버렸기에/어두운 숲속에서 헤매고 있었다." 가파른 산길을 통하여 깊은 계곡으로 들어서는 단테의 여행은 젊은 매클린이 벌목 캠프를 출발하여 비터루트 분기점을 거쳐 몬태나 주 해밀턴까지 하루 만에 걸어간 여행과 비슷하다. 그는 경이로운 걷기 기록을 세워 빌 벨에게 자랑하고자 한다······ 그리고 해밀턴에서의 만남 끝자락에 빌이 내년 여름에도 다시 돌아오라고 말할 때, 그는 이미 자신의 인생이 앞으로 만들어나갈 하나의 스토리에 발걸음을 내딛고 있었다.

「산림청 임시 관리원의 수기」는 매클린의 소설들에 대하여 많은 것을 설명해 주는 중요한 문장이 들어 있다.

그 당시 나는 때때로 인생이 문학이 된다는 것을 알지 못했다. 물론 인생이 문학으로 변하는 시간은 아주 오래가지는 않는다. 그렇지만 그것에 대해서 기억할 수 있을 만큼 지속된다. 그리하여 그것은 우리가 가장 잘 기억하는 시간이 된다. 우리가 종종 인생이라고 말하는 것은 그런 순간들을 의미한다. 그 순간에 인생은 옆으로 가거나, 뒤로 가거나, 앞으로 가거나, 아예 가지 않는 것이 아니라, 긴장되고 불가피한 분위기 속에서 일직선을 향해 내달린다. 거기에는 복선, 클라이맥스, 그리고 약간의 운이 따른다면 마음이 정화되는 효과가 뒤따른다. 그런 순간에 인생은 그냥 벌어지는 것이 아니라 정교하게 만들어진 것 같은 느낌이 든다.

「산림청 임시 관리원의 수기」는 흥미로운 세부사항과 매클린 작품의 특징인 기이한 비틀기가 많이 들어 있다. 머리카락에 묻은 이쑤시개, 도박꾼들의 모자챙을 올리브 등급 매기듯이 1, 2, 3으로 표기한 것, 말안장에 앉아 상체는 앞을 향하고 고개는 뒤로 돌려 고대 이집트 신전의 돋을새김 조각을 닮은 빌 벨, 산토끼들이 걷어차서 녹는 눈이 떨어져 내리는 나무들 등이 그러하다. 또 이 소설에서 매클린이 산불을 처음 겪은 경험과 그 후의 산불에 대한 관심을 처음 알게 된다. 그 흥미는 이후에도 계속되어 몬태나의 1949년 맨 걸치 산불을 현지 조사하여 재구성한 보고서 『젊은이들과 화재』로 결실을 맺었는데, 이 작품은 사후에 출간되었다.***

「산림청 임시 관리원의 수기」는 반복적인 리듬 같은 행동에 대해서도 자주 언급한다. 처음에는 나무 기둥과 가지에 떨어지는 도끼 소리로 구체화되고, 그 다음에는 합숙소에서 반복되는 나날의 단조로움에서도 나타나고, 해밀턴까지 단 하루의 고된 행군에서도 드러난다. 그는 고개를 푹 숙이고 '천 리 길도 한 걸음부터'라는 식으로 한 발 한 발 내딛는데 걷기의 리듬이 근육과 뼈를 지배한다. 매클린이 창녀집에서 약강 5보격을 발견한 것을 읽고서 인식의 충격을 받으며 펄쩍 뛰지 않는 작가는 아마도 없으리라. 그것은 두 번째 에피파니로서 들리는 모든 것은 리듬으로 분류할 수 있다는 것이다(표제작에서 폴이 메트로놈에 맞추어 낚싯줄을 던진다는 묘사도 리듬에 대한 매클린의 감각을 보여준다). 여기에서 17세의 매클린은 언어의 형태와 그것이 사람의 귀에 들려오는 방식에 대하여 눈을 뜨게 된다. 그 창녀집에서 몸이 아프고, 정신이 멍하고, 의식의 안팎을 무시로 드나들던 그는 작가가 되었고, 그것이 50여 년 뒤에 화려하게 꽃피어났다.

「산림청 임시 관리원의 수기」의 끝부분에서 매클린은 멋진 문장을 구사한다. "일어나야 했던 모든 일들이 일어났고, 보여야만 했던 모든 일들은 사라졌다." 이것은 아주 강력하면서도 감동적인 진술이다. 사건, 기억, 가능성의 성격을 하나로 아우르면서 그것을 멋진 글쓰기 속에다 집어넣는다. 미국 소설의 거장인 윌리엄 개스는 위대한 단편소설 「페더슨네 아이」에서 결정적 순간에 등장인물 호르헤를 통하여 이런 관찰을 하게 한다. "바람이 휙 하고 불어왔고 그 집은 계단처럼 삐걱거렸다. 나는 벌어질 수 있는 모든 일과 함께 혼자였다."**** 이것은 작가의 기술을 핵심적으로 짚어낸 것이다. 작가는 벌어질 수 있는 모든 일의 무수한 가능성들 중에서 실제로 벌어진 일과 벌어져야만 하는 일을 이끌어내는 사람이다. 매클린은 두 눈을 감고서도 그렇게 할 수 있었다.

* 애니 프루(Edna Annie Proulx): 1988년 단편집 『하트 송과 단편들(Heart Songs and Other Stories)』로 등단했다. 이어 1992년 발표한 『엽서(Postcards)』로 1993년 PEN/포크너 상을 수상했다. 1993년 작 『항해뉴스(Shipping News)』로 『시카고 트리뷴』의 하트랜드 상, 『아이리시 타임스』의 인터내셔널 픽션 프라이스, 내셔널 북 어워드, 퓰리처상을 받았다. 1996년 발표한 『어코디언 크라임(Accordion Crimes)』은 전미 베스트셀러를 기록했다. 『뉴요커』지에 게재된 『브로크백 마운틴(Brokeback Mountain)』은 내셔널 매거진 상과 오 헨리 단편소설 상을 수상했다. 또 『브로크백 마운틴』은 동명의 영화로 만들어져, 아카데미 감독상 등 많은 상을 받으며 호평을 받았다.

** Wallace Stegner, "Haunted by Waters," in *Norman Maclean*, ed. Ron McFarland and Hugh Nichols(Lewiston, Idaho: Confluence Press, 1988), p.157.

*** 노먼 매클린의 아들인 존 매클린은 『산 위의 화재: 사우스 캐니언 화재의 진상』(New York: William Morrow, 1999)을 펴냈다. 이 책은 1994년 콜로라도 화재를 다룬 보고서인데, 노먼 매클린이 조사 보고한 맨 걸치 화재 사건과 유사한 점이 많다. 이 두 책은 서점에 나란히 꽂혀 있다.

**** William H. Gass, *In the Heart of the Heart of the Country, and Other Stories*(New York: Harper & Row, 1968), p.75.

감사의 말

비록 이것은 작은 책이나 하나의 책으로 완성되기까지 많은 사람의 도움을 받았다. 성경에서 말한 인간의 수명인 일흔에 도달하기 전에 작가가 될 생각을 품지 않았던 사람이 작가로 나서려면 그 자신의 것 이외에도 다른 힘을 필요로 한다. 게다가 문학적 작품으로서의 핸디캡을 더 가중시키려는 듯이, 이 소설들은 모두 서부를 무대로 하고 있다. 그래서 한 출판사 발행인은 이 소설들의 원고를 돌려주면서 "이 소설들에는 나무 이야기가 너무 많이 나온다."고 말했다.

나에게 작가로 한번 나서 보라고 권면한 것은 나의 자식인 진과 존이었다. 이들은 어린 시절 아버지로부터 들었던 얘기를 문자로 기록해 두었으면 좋겠다는 뜻을 말했다. 하지만 그런 권면의 결과로 나온 작품에 어떤 하자가 있다면 내 자식들에게 그 책임을 돌리지는 않겠다. 마침내 몇몇 이야기를 문자로 기록하기로 마음먹은 작가는 잘 아는 것이지만, 글쓰기에 들어가서는 이야기들을 크게 바꾸어 놓는다. 그래서 이 소설들은 내가 자식들에게 들려준 이야기들과 별로 닮지 않았다. 우선 글쓰기는 모든 것을 장황하게 만드는 경향이 있다. 어린이들에게 이야기를 해주는 주된 목적은 그들을 잠재우는 것인데, 이 소설은 그런 목표를 달성하기에는 너무 길다고 할 수 있다. 반면에 이 소설들은 또 다른 목표 하나는 성취하고 있다. 즉 그들의 부모가 어떤 사람이었는지 가르쳐주면서, 자녀들이 어떤 식으로 부모를 생각하고 기억하기를 바라는지 알려 주는 것이다.

은퇴 직후 글을 쓰면서 도움을 받으려 하자 또 다른 문제가 불거졌다. 다른 사람들에게 글을 쓰기 시작했다는 사실을 비밀로 지켜야만 비로소 글을 쓸 수 있는 것이다. 작가는 그 일을 너무나 은밀하게 하느라 심지어 글을 써보라고 권한 자식들에게조차 그 사실을 숨긴다. 은밀하게 글을 쓰다 보면 자신이 올바른 일을 하고 있는지 의심을 품게 되고 그러면 남들의 판단을 구하고 싶은 심정이 된다. 바로 이 순간에 나는 두 번째 도움을 얻게 되었다.

나는 첫 번째 소설을 금방 끝내고서 이렇게 쓰면 되는 것인지 과연 앞으로 계속 글을 써야 할 것인지 스스로 고민하고 있었다. 그때 내가 소속해 있는 학회의 간사가 전화를 걸어와 다음 번 월례회의에서 내가 논문을 발표할 차례라고 알려 주었다. 그 학회의 이름은 스터캐스틱스(사상가들)였는데 원래는 생물학자들로만 구성된 조직이었다. 하지만 그들은 최근의 문화적 추세와 발맞추기 위하여 상당수 인문학자와 사회과학자를 회원으로 받아들였다. 전반적으로 그 실험은 성공을 거두었다. 왜냐하면 그들이 저녁식사 전이나 중에 혹은 그 뒤에 벌어지는 과학적, 학문적 연설에서 마신 술의 양은, 그런 사회적 계급의 차이에도 불구하고, 별로 차이가 없었기 때문이다.

그 전화를 받고서 나는 창작의 비좁은 밀실로부터 달아날 수 있는 기회를 보았다. 나는 간사에게 말했다. "낭독할 만한 글을 방금 끝냈소." 내가 쓴 첫 번째 소설은 벌목 캠프에서 두 해 여름을 보낸 체험을 다룬 단편이었다. 간사가 대답했다. "그거 잘 되었군요. 혹시 그 글에 제목이 있습니까? 모임을 공지하는 엽서에다 발표자와 글 제목을 적어야 하기 때문입니다."

그 단편을 쓰는 동안 영감이 번뜩거리는 순간이 있었으므로 나는 단숨에 대답했다. "엽서의 제목란에다 '벌목꾼 짐과 그의 여자들'이라고 쓰세요. 그리고 발표자란에는 '노먼 매클린, 유명한 권위자'라고 쓰시고요."

이윽고 전화선 너머에서 안도의 한숨 소리가 들려왔다. 나는 그런 안도를 거들어주려고 이렇게 덧붙였다. "이건 학자의 작품입니다. 학자들이 즐겨 말하듯이, 지식에 대한 진정성 있는 기여가 될 겁니다."

나중에 간사는 그 달 모임의 출석 인원수가 학회 역사상 최대였다고 내게 알려 왔다. 하지만 이런 대성황이 그 스토리 때문인지 아니면 제목 때문인지 약간의 의문을 품게 되었다.

아무튼 그 다음 해 가을 나는 또 한 번 발표해 달라는 요청을 받았다. 이번에는 학회가 말하는 소위 "이성애자들의 모임", 즉 부부 동반이어서 학자들의 아내들도 참석했다. 이 무렵 나는

「산림청 임시 관리원의 수기」를 거의 완성해 가고 있었다. 그 모임의 성격에 맞추어, 나는 그 소설 중 어떤 여자, 좀 더 정확하게 말하면 창녀가 나오는 부분을 참석자들에게 낭독했다. 그 여자와, 나의 낭독은 교수 부인들로부터 아주 큰 호평을 받았다. 그때 이후, 나는 이 책을 거의 완성할 때까지 더 이상의 사기 진작은 필요하지 않게 되었다.

은퇴하고 나서야 책을 출판하는 것이 창작 행위의 주요한 단계라는 것을 뒤늦게 깨닫게 되었다. 생애 말년에 친구들의 도움이 없었더라면 이런 깨달음은 아예 오지 않을 수도 있었을 것이다. 긴 얘기를 짧게 말하자면, 이 책이 나오게 된 것은 스터캐스틱스 학회 덕분이었다. 이 모임의 여러 학자들은 젊을 때부터 글을 써온 사람들이어서 책을 출판하는 것이 만만한 일이 아니라는 것을 잘 알았다. 그래서 이 생애 말년에 글을 쓴 사람이 아무런 보호도 없이 혈혈단신 출판계의 숲을 헤매도록 내버려두면 안 된다고 생각했다. 이 문제와 관련하여 데이비드 베빙턴, 웨인 부스, 존 코웰티, 닥터 잘 디러드, 그윈 콜브, 케네스 노스코트, 에드워드 로젠하임 등에게 감사드린다. 만약 이들이 없었더라면 내가 지금 손에 들고 있는 것은 아이들에게 읽어주기에는 너무 긴 육필 동화 원고였을 것이다.

시카고 대학 출판부는 저자들이 편집국 직원의 이름을 거명하며 감사 표시하는 것을 금지하는 전통을 자랑스럽게 여긴다. 나는 이 전통을 존중한다. 하지만 출판부의 몇몇 직원들은 이 소설들에 깊은 관심을 표시하면서 대학 출판부 사상 처음으로 창작물을 발간하는 허가를 얻어 냈다. 이런 영예를 고맙게 여기지 않는다면 나는 정서적으로 무감각한 사람일 것이다. 어쩌면 이 직원들에게 내가 서부식으로 말해, 영원한 고마움을 느끼고 있다는 것을 전달할 다른 방법이 있을 것이다.

대학 출판부와 이사회가 최초의 소설을 출판하기로 결정한 직후 나는 또 다른 도움을 받았다. 이 작품은 일차적으로 소설이다. 그러나 대부분의 아동용 스토리는 교육적 의도를 가지고 있는데 이 소설들도 예외는 아니다. 어린아이들은 어른들 못지않게 그들이 태어나기 전의 세상은 어떠했을까 궁금해한다. 특히 지금은 이상하게 보이거나 사라져버렸으나 그들의 부모가 실제로 살았던 세상에 대하여 호기심이 많다. 그래서 나는 오래 전부터 독특한 버릇이 하나 있었는데, 주 통행로가 야생동물 사냥로였던 서부 세계에서 인간과 말들은 어떻게 살았는지 생생한 그림을 자식들에게 보여주는 버릇이 그것이다. 더욱이 내 아이들을 동화 「리틀 레드 라이딩 후드」의 숲이 아니라 현실의 숲을 보여주는 것이 더 중요하다고 생각했다. 그런데 나는 그 현실이란 얼마나 기이한가 하고 늘 감탄해왔다. 그리하여 이 소설들을 쓰는 동안 나의 사고방식은 고전적 비평의 방향으로 기울어졌다. 일찍이 소크라테스는 탁자를 그렸으면 가구 전문가를 불러다가 제대로 그렸는지 품평을 받아야 한다고 말했다. 다음은 내가 자문을 구한 전문가들의 명단이다. 그들은 젊은 시절의 내가 사랑하고 플라이 낚시하고 벌목을 하고 산림청 일을 했던 땅에 대하여 전문적인 조언을 해주었다.

『흐르는 강물처럼』을 날카로운 전문가의 견지에서 읽어준 진과 존 보커스에게 감사드린다. 이 부부는 헬레나 계곡, 울프 크리크, 빅 블랙풋 강을 연결하는 대(大) 시븐 목장의 소유주이다. 시븐 목장이 위치한 이 삼각지대는 이 소설에서 자주 등장하고 나 또한 삶의 많은 부분을 이곳에서 보냈다. 비터루트 산과 초창기 산림청 문제에 대해서는, 미국 산림청의 화재 관리 및 공중(空中) 진화국의 책임자인 W. R. (버드) 무어에게 신세를 많이 졌다. 전통적인 산림인으로서, 그는 우리 산악 지대에서 하나의 전설이 되었고 비록 학력은 초등학교 너머로는 나아가지 못했으나 명예박사 학위를 여럿 받은 분이다. 그는 십대 시절 겨울이면 내가 산림청 일을 시작했던 비터루트 분기점에다 덫사냥 루트를 개설했다. 이제 산림청에서 은퇴한 그는 겨울이면 일주일에 이틀 록 크리크에서 사파이어 산맥을 가로질러 비터루트 계곡까지 덫사냥 루트의 개설과 관련된 글쓰기, 교육, 현지답사를 한다. 나의 어린 독자들은 눈신을 신고서 이 험난한 현지답사의 길에 그를 따라 나서지 말기를 권한다.

내가 이 소설을 쓰는 동안 도움을 준 세 명의 산림청 전문가 여직원들에게 감사드린다. 그들은 사진 관리자인 베벌리 에이어스, 지도 기술자인 사라 히스와 조이스 헤일리이다. 이들은 일급의 전문가였고 내가 무엇을 찾고 있는지 잘 모를 때에도 찾고 있는 것을 정확하게 짚어내 준 특별한 재능의 소유자였다.

동생과 플라이 낚시를 다룬 소설은 40여 년 전 동생과 나를 위해 플라이를 엮어 준 조지 크루넨버그스에게 원고를 넘겨 한 번 읽어 주기를 요청했다. 또 낚시와 사냥을 하면서 오랜 세월을 살아왔으며 일주일에 서너 차례 낚시와 사냥에 대한 글을 쓰는 데이비드 로버츠에게도 일독을 요청했다. 이 두 분은 내가 알고 있는 가장 훌륭한 플라이 낚시꾼이다.

두 분은 내게 또 다른 시대와 질서를 환기시킨다. 두 분과 나는 플라이 낚시에 대한 사랑을 우리 아버지에게 빚지고 있다. 조지 크루넨버그스는 우리 아버지로부터 플라이 엮는 첫 교습을 받았고, 데이비드 로버츠는 지금도 아버지에 대하여 가끔 칼럼을 쓴다. 나로 말하자면, 여기 실린 소설들 중 아버지에게 빚지지 않은 것은 하나도 없다고 말해야 할 것이다.

이 소설에서 샤이엔 인디언은 한 번만 나오고 그나마 그 여자 인디언은 혼혈이었다. 그런데 왜 내가 샤이엔 인디언 전문가인 피터 파웰 신부에게 이 소설 원고를 읽어달라고 했는지 독자 여러분은 의아할 것이다. 나는 저 오래된 사제직에 근무하는 이 훌륭한 분의 도움이 필요했다. 내 기억 속에는 아직도 성령의 삶과 접촉되는 순간들이 있다는 것을 나에게 확신시키고 싶었던 것이다.

마지막으로 마리 보로프의 비판(그녀는 '제안'이라고 했음)으로부터 영향을 받지 않은 글은 단 한 편도 발간하지 않았다는 것을 말하고 싶다. 그녀는 예일 대학에서 최초로 정교수 자리에 오른 여교수이다. 그녀에게 반세기 전의 벌목 캠프와 산림청 얘기를 읽어달라고 요청한 것은 시간 낭비라고 생각하는 독자도 있을 것이다. 그러니 그녀의 비판에 대해서 언급하는 것이 순리라고 생각한다. 내가 설명을 하기 전에 그녀가 시인이라는 사실을 강조하고 싶다. 벌목꾼을 다룬 나의 첫 번째 소설에 대하여 그녀는 여러 가지를 말했지만, 그중에서도 내가 이야기를 말하는 데 너무 집중하여 시적인 표현을 억제했고, 또 내가 체험한 대지에 대하여 사랑을 표시하는 일을 게을리 했다고 지적했다. 이제 그녀의 비판을 듣고 난 이후에 내가 쓴 두 편의 중편소설을 첫 단편소설과 한번 비교해 보시라. 그러면 독자들은 내가 얼마나 열심히 예일대 여교수의 말을 경청했는지 알아낼 수 있을 것이다.(마리 보로프는 시카고 대학을 다녔을 때 매클린의 제자였다. -옮긴이)

결론적으로 이 책은 서부를 다룬 소설집이다. 소설 속에는 어린이들, 전문가들, 학자들, 학자의 아내들, 그리고 시인인 학자들을 위한 나무 얘기가 많이 나온다. 그들 이외에 나무 얘기를 개의치 않는 사람들도 많이 있기를 바란다.

노먼 매클린

차례

흐르는 강물처럼

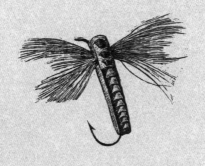

    우리 집안에서는, 종교와 플라이 낚시 사이에는 명확한 구분이 없었다. 우리는 몬태나 주 서부의 송어 낚시 강들이 교차하는 지점에 살았고, 아버지는 장로교 목사이면서 스스로 플라이를 엮는 낚시꾼이면서 동시에 남들에게 낚시를 가르치는 분이었다. 아버지는 그리스도의 제자들도 낚시꾼이라고 우리 형제에게 말했고, 그래서 동생과 나는 갈릴리 바다 위의 일급 어부들은 모두 플라이 낚시꾼이고, 사랑받는 제자였던 요한은 그중에서도 드라이 플라이 낚시꾼일 거라고 짐작했다.(플라이는 깃털을 이용해 모기 모양으로 만든 가짜 낚시 미끼이고, 드라이 플라이는 수면 위를 떠다니도록 만들어진 제물낚시로서 무게가 가볍기 때문에 노련한 플라이 낚시꾼이 주로 사용한다. ─옮긴이)

    일주일 중 하루는 온전히 종교에 바쳐졌다. 일요일 아침이면 동생 폴과 나는 주일학교에 참석했고, 그 다음에는 '오전 예배'에 들어가 아버지의 설교를 들었으며, 저녁이면 신자 봉사에 참여했고, 그 후에는 다시 '저녁 예배'에 들어가 아버지의 설교를 또 들었다. 일요일 오후의 빈 시간에, 우리는 『웨스트민스터 소교리문답』을 한 시간 공부해야 되었고, 이어 그것을 암송한 뒤에 아버지를 따라 언덕에 올라갔다. 그러면 아버지는 예배들 사이의 빈 시간에 휴식을 취했다. 그때 아버지는 교리문답의 첫 번째 질문 이상의 것은 물어보지 않았다. "인간의 주된 목적은 무엇인가?" 동생과 나는 함께 대답하다가 하나가 막히면 다른 하나가 계속 외워 나갔다. "인간의 주된 목적은 하느님을 영광스럽게 하는 것이며 그분을 영원히 흠숭하는 것입니다." 이것은 정말 아름다운 대답이었고 그런 만큼 언제나 아버지를 만족시켰다. 그 외에 아버지는 한시 바삐 언덕으로 올라가고 싶어 했다. 그곳에서 영혼을 회복시켜 다시 성령이 충만해져 자신 있게 저녁 설교에 나서려는 것이었다. 아버지는 우리에게 저녁 설교의 일부분을 암송해 보면서 원기를 재충전했다. 주로 오전 설교에서 가장 반응이 좋았던 문장들을 여기 저기 적절히 집어넣어 내용을 더욱 키운 것이었다.

어린 시절에 폴과 나는 주중에 종교적인 문제에 대해서 많은 가르침을 받았지만 그에 못지않게 많은 시간을 플라이 낚시의 교습을 받았다.

동생과 내가 훌륭한 낚시꾼이 된 후 우리는 아버지가 그리 위대한 플라이 캐스터는 못 된다는 것을 알았다. 하지만 낚싯줄 던지는 솜씨가 정확하고 스타일이 있었으며 낚싯줄을 던지는 손에는 언제나 장갑을 끼고 있었다. 아버지는 우리를 가르치기 위해 예비 동작으로 낚시 장갑의 단추를 잠그면서 이렇게 말하곤 했다. "낚시란 말이야, 10시 방향과 오후 2시 방향 사이에서 이루어지는 네 박자 리듬이야."

스코틀랜드계 목사인 아버지는 인간이 최초의 은총 상태에서 추락했기 때문에 그 본성이 혼잡스럽다고 믿었다. 어릴 적에 나는 그 말을 잘 이해하지 못해, 인간이 나무에서 떨어졌기 때문에 은총에서 추락했나 보다 하고 막연히 추측했다. 나의 아버지가 하느님을 수학자라고 생각했는지 어쩐지는 모르겠다. 하지만 하느님이 숫자를 잘 헤아리신다고 생각했고, 그래서 우리는 하느님의 리듬을 잘 따를 때에만 힘과 아름다움이 생긴다고 믿었다. 다른 많은 장로교 신자들과는 다르게 아버지는 '아름다움'이라는 말을 종종 사용했다.

아버지는 장갑의 단추를 다 잠근 뒤에 낚싯대를 앞쪽으로 쭉 내뻗었고, 그러면 낚싯대는 아버지의 심장박동을 전달받아 가볍게 흔들렸다. 그것은 길이가 8피트 반이나 되었지만 무게는 겨우 4온스 반이었다. 저 멀리 통킹만에서 수입해 온 대나무를 쪼개서 만든 것이었다. 낚싯대에는 붉고 푸른 비단실이 둘둘 감겨 있었는데 그 실들은 일정한 간격을 유지하면서 묶여 있어서, 낭창낭창한 낚싯대가 힘을 잃지 않는 반면, 너무 뻣뻣하지도 않아 가볍게 흔들리는 유연성을 갖고 있었다.

그것을 언제나 낚싯대라고 불러야 했다. 만약 누군가 그것을 장대라고 부른다면 아버지는 그 사람을 못마땅하게 노려보았을 것이다. 미 해병대의 선임하사가 소총을 권총이라고 부르는 신병을 째려보는 것처럼.

동생과 나는 직접 강가로 나가서 고기를 잡으면서 시작하는 걸 더 좋아했다. 사전 준비 작업으로 어렵거나 기술적인 문제를 미리 학습하는 것은 골치 아파서 싫었다. 그런 것은 즐거움을 느끼는 시간을 지연시킬 뿐이었다. 하지만 우리 형제가 아버지의 기술에 입문하게 된 것은 재미 때문이 아니었다. 만약 아버지가 마음대로 제지할 수 있었다면, 낚시의 방법을 제대로 익히지 못한 사람이 물고기를 낚아 올려 낚시를 모욕하는 일을 아예 용납하지 않았을 것이다. 그러니 해병대 식으로 혹은 장로교 식으로 낚시에 접근해야 되었다. 그런데 누구나 낚싯대를 집어 들어보면 인간의 본성이 실제적으로나 신학적으로나 혼잡스럽다는 것을 발견하게 된다. 비단 포장에 감긴, 4온스 반 무게의 그 물건은 그 아래 살집이 있는 것처럼 가볍게 흔들리는데, 곧 아무런 두뇌도 없는 막대기가 되어 버린다. 우리가 그것이 해주기를 바라는 아주 간단한 일을 무작정 거부해 버리는 것이다. 낚싯대가 해야 할 일이란 무엇인가. 낚싯줄, 리더(플라이와 낚싯줄을 이어주는 연결 부분), 플라이를 물 위로 들어 올려 낚시꾼의 머리 위에서 회전하다가 앞으로 달려 나가 아무런 소리도 내지 않고 물속으로 가볍게 가라앉는 것이다. 이렇게 하지 않으면 물고기는 플라이가 가짜라는 걸 알아버리고 사라진다. 물론 던지기가 까다로워서 고도의 기술을 필요로 하는 특별한 던지기도 있다. 가령 바로 뒤에 절벽이나 숲이 있어서 낚싯줄을 머리 위로 들어 올리지 못하는 경우가 그것이다. 또 축 늘어진 버드나무를 피하여 플라이를 옆에서 날려야 하는 경우도 있다. 그렇다면 똑바로 던지기만 하면 되는 낚싯줄 던지기는 뭐가 문제인가? 그냥 낚싯대를 들어서 낚싯줄을 강 위로 던지면 되지 않는가?

하지만 그게 말처럼 그리 간단치가 않다. 은총의 구원을 받은 사람을 제외하고, 인간은 플라이 낚싯대를 언제나 너무 뒤로 가져갔다가 앞으로 던지는 것이다. 이것은 평범한 사람이라면 도끼나 골프채를 너무 휘둘러서 공중에다 헛심을 빼버리는 경우와 비슷하다. 낚싯대의 경우는 문제가 더 심각하다. 왜냐하면 플라이가 너무 뒤로 날아가서 숲이나 나무에 엉겨붙기 때문이다. 아버지는 낚시를 가리켜 2시 방향에서 끝나는 기술이라고 한 다음에 종종 이렇게 덧붙였다. "오후 2시보다는 12시에 가까운 것이 더 좋아." 다시 말해 낚싯대는 머리 위에서 약간 뒤로 밀리는 게 좋다는 뜻이다(머리 바로 위는 12시이다).

그러나 인간은 결점을 보충해 주는 은총은 발휘하지 않으면서 힘껏 휘두르기를 좋아하는 경향이 있다. 그는 낚싯줄을 앞뒤로 휘두르면서 휘파람 소리를 내게 하다가 때로는 플라이가 리더에서 떨어져 나가게 한다. 또 자그마한 플라이를 강 건너로 날아가게 만들어야 할 힘이 역류하는 바람에 낚싯줄, 리더, 플라이가 서로 뒤엉켜 새 둥지를 만들고 결국에는 그 둥지가 공중에서 물 위로 떨어지고 마는데 그 지점이 낚시꾼 바로 10피트 앞인 것이다. 만약 낚시꾼이 낚싯줄, 투명한 리더, 플라이가 물에서 나와 되돌아오는 시간을 감안한다면, 낚싯대는 훨씬 던지기가 쉽다. 낚싯줄을 회수하려고 하면 무거운 줄이 먼저 물 밖으로 빠져나오고 이어 리더와 플라이가 뒤따라 나온다. 그래서 이 둘이 머리 위를 지나갈 때 약간의 느린 박자로 가져가야 한다. 그래야 가볍고 투명한 리더와 플라이는, 이제 앞으로 나아가는 무거운 낚싯줄을 뒤따라가며 그 뒤에 떨어질 수 있다. 이렇게 하지 않으면 돌아오는 낚싯줄은 바로 뒤에 따라오는 리더 및 플라이와 충돌하여 역시 새 둥지를 만들게 되고 그것이 또 낚시꾼 10피트 앞에 떨어지는 것이다.

또 낚싯줄, 리더, 플라이의 앞으로 나아가는 순서가 다시 확립된 바로 그 순간에, 그 순서를 뒤집어야 한다. 왜냐하면 물에 떨어지는 순간 플라이와 투명한 리더가 낚싯줄보다 앞에서 들어가야 하기 때문이다. 만약 물속의 물고기가 낚싯줄을 먼저 보고, 낚시꾼은 검은 다트(던지기용 작은 화살) 같은 플라이와 리더를 보게 된다면, 차라리 장소를 옮겨서 다음 물구덩이로 가는 게 좋다. 그러니 낚싯줄이 머리 위에 왔을 때 앞으로(대략 10시 방향) 줄을 던지면서 반드시 플라이, 리더, 낚싯줄의 순서로 날아가는지 확인해야 한다.

네 박자 리듬은 아주 훌륭한 기능을 발휘한다. 하나에 낚싯줄, 리더, 플라이가 물에서 나온다. 둘에 이 셋을 공중으로 곧바로 들어올린다. 셋은 우리 아버지의 설명대로라면 이렇게 된다. 낚싯줄이 머리 위에 왔을 때 리더와 플라이에 약간 지체하는 시간을 주어서 앞으로 다시 나아가는 낚싯줄을 뒤따르게 한다. 넷에 손에 힘을 넣으며 줄을 앞으로 던져 10시 방향이 되게 한다. 이어 플라이와 리더가 줄보다 앞에 서게 하여 물속으로 가볍게 떨어지는지 확인한다. 힘은 아무 데서나 발휘하라고 있는 게 아니고, 진정한 힘이란 그것을 어디다 쓸 것인지 아는 데서 나온다. 아버지는 거듭하여 말하곤 했다. "기억해라. 낚시란 말이야, 10시 방향과 오후 2시 방향 사이에서 이루어지는 네 박자 리듬이야."

아버지는 이 세상과 관련된 어떤 문제들에 대해서는 아주 강한 확신을 갖고 있었다. 아버지가 볼 때, 모든 좋은 것들—송어 낚시나 영혼의 구제나—은 은총에서 나오며 그 은총은 기술이 가져다주고 마지막으로 그 기술의 습득은 쉽지가 않다는 것이었다.

그래서 동생과 나는 메트로놈에 맞추어 장로교 식으로 낚싯줄을 던졌다. 그것은 어머니의 메트로놈이었고 아버지가 마을의 피아노 위에 놓여 있던 것을 가져오신 것이었다. 어머니는 가끔 오두막집의 입구에 서서 둑 쪽을 내다보면서, 혹시 메트로놈이 물 위에서 둥둥 떠다니는 것이 아닐까 걱정하는 빛이 역력했다. 어떤 때 어머니는 너무 걱정이 되면 둑으로 내려와 그것을 가지고 가버렸다. 그러면 아버지는 양손을 절반쯤 오므리고 박수를 치면서 네 박자를 알려 주었다.

마침내 아버지는 우리에게 낚시 관련 책자들을 소개했다. 아버지는 줄 던지는 손에 낀 장갑의 단추를 잠그면서 언제나 멋진 말을 하려고 애를 썼다. 동생이 열너덧 살쯤이었을 때인데 아버지는 말했다. "아이작 월튼은 존경받는 작가는 아니었어. 그는 감독교회 신자인데다 지렁이 미끼를 쓰는 낚시꾼이었지." 폴은 나보다 세 살 아래였지만 낚시에 관해서라면 나보다 훨씬 뛰어났고, 『완벽한 낚시꾼(The Compleat Angler)』이라는 책을 발견하여 내게 말해준 것도 동생이었다. "이 친구는 'complete'라는 철자도 제대로 못써. 게다가 이 친구는 젖 짜는 여자들에게 불러주는 노래를 지었더군." 나는 그의 책을 빌려 보았고 동생에게 말했다. "그 노래들 중 어떤 것은 멋있던데." 동생이 말했다. "빅 블랙풋 강에서 젖 짜는 여자를 본 사람이 있어?"

"그 친구를 빅 블랙풋에 하루 초청하여 낚시 시합을 해보고 싶어. 내기 돈을 걸고서 말이야." 동생이 말했다.

동생은 아주 자신만만했고 나는 동생이 그 감독교회 신자의 돈을 땄으리라고 믿어 의심치 않는다.

십대 시절, 아니 평생 동안 동생보다 세 살이나 많으면 종종 동생이 애처럼 보인다. 그렇지만 나는 동생이 장차 낚시의 대가가 되리라는 것을 알았다. 동생은 멋진 훈련 이외에도 뛰어난 재주, 행운, 그리고 엄청난 자신감을 갖고 있었다. 그 어린 나이에도 동생은 형인 나를 위시하여 함께 낚시하는 사람들과 내기하기를 좋아했다. 어린애가 언제나 자기 자신의 기술에 내기를 걸고 또 언제나 이길 것이라고 확신하는 건 때로는 재미있는 광경이었지만 때로는 그렇지 못했다. 나는 동생보다 세 살이나 많았지만 아직도 내가 내기를 할 정도로 노숙하다고 생각하지 않았다. 내가 보기에 내기는 밀짚모자를 뒤통수에 매달고 다니는 건달이나 하는 짓이었다. 그래서 나는 동생이 '낚시를 재미있게 하기 위하여 약간의 돈을 걸지 않겠느냐'고 두어 번 제안해 왔을 때 혼란스러우면서도 당황스러웠다. 동생이 세 번째로 그런 제안을 했을 때 나는 크게 화를 낸 듯하다. 그 후 동생은 돈 얘기를 꺼내지 않았고 돈 문제로 어려움을 겪을 때에도 내게 몇 달러 빌려 달라고 말하는 일이 없었다.

우리는 서로 상대하는 데 있어서 조심해야 되었다. 나는 종종 동생을 애라고 생각했지만 결코 그런 식으로 대접하지는 않았다. 그는 결코 '나의 어린 동생'이 아니었다. 그는 이미 낚시를 포함하여 잡기의 대가였다. 그는 형에게서 돈이나 조언이나 도움을 필요로 하지 않았고, 결국 나는 그를 돕지 못했다.

형제들이 제일 먼저 발견하게 되는 것은 같은 형제라도 서로 다르다는 것이다. 내가 폴에 대하여 가장 오래 기억하고 있는 것은 그가 내기를 좋아한다는 것이다. 그는 시골 장에 가면 어른들처럼 경마에 베팅하고 싶어 했다. 하지만 베팅 접수구에서는 그의 돈을 받아주지 않았다. 너무 소액이기도 하려니와 그가 너무 어렸기 때문이다. 그처럼 거절을 당하면 아이작 월튼이나 기타 라이벌에 대해서 말했던 것처럼 이렇게 말하곤 했다. "저 친구를 빅 블랙풋에 하루 초청하여 낚시 시합을 해보고 싶어. 내기 돈을 걸고서 말이야."

동생은 20대 초반이 되었을 때 이미 판돈 큰 스터드 포커 게임 판에 뛰어들었다.

시대 상황도 우리의 차이점을 더욱 크게 벌려 놓았다. 제1차 세계대전으로 젊은이들을 징병해 가자 산림청에서는 사람이 부족하게 되었다. 그래서 나는 열다섯에 미국 산림청 산하기관에서 일하게 되었다. 그 후 여러 해 동안 여름이면 산림청이나 벌목회사에 들어가서 일했다. 나는 숲을 좋아했고 거기서 하는 일도 좋아했다. 그 때문에 여러 해 여름 동안 나는 낚시를 별로 하지 못했다. 폴은 너무 어려서 하루 종일 도끼를 휘두르거나 톱을 켤 수가 없었지만, 그 어릴 때에 이미 그는 인생의 두 가지 중요한 목적을 세워놓았다. 하나는 낚시였고 다른 하나는 생업이 낚시를 방해하지 못하게 하는 것이었다. 십대 시절 동생은 시청 수영장에서 인명 구조요원으로 여름 아르바이트를 했다. 그래서 이른 저녁이면 낚시를 가고 낮에는 수영복 입은 여자애들을 잘 보아두었다가 저녁 늦게 그들과 데이트를 했다.

직업의 선택과 관련해서 그는 몬태나 지방 신문의 기자가 되었다. 그는 이른 나이에 인생의 목적을 거의 실현한 듯했고, 그 목적들은 동생이 볼 때 『웨스트민스터 소교리문답』의 제1조에 나오는 답변에 별로 위반되지 않았다.

의심할 나위 없이, 우리 형제의 차이점은 우리 집안이 그처럼 가까운 가족이 아니었더라면 그리 크게 보이지 않았을 것이다. 우리가 다니는 주일학교 담벼락의 한쪽 면에는 "하느님은 사랑이다"라는 글귀가 적혀 있었다. 우리는 이 글귀가 언제나 우리 가족 네 명에게 직접 해당하고, 바깥세상을 가리키는 것은 아니라고 생각했다. 사실 동생과 나는 바깥세상에는 개자식들이 가득하다는 것을 곧 발견했고, 몬태나 주 미줄라에서 멀어질수록 그런 자들이 더 많아진다는 것을 알았다.

우리 형제는 우리가 아주 터프하다는 공통된 인식을 갖고 있었다. 이런 인식은 나이가 들어갈수록 점점 강해졌고 우리가 20대 후반이 될 때까지 아니, 그보다 더 오랫동안 우리 머릿속에 남아 있었다. 그러나 동생과 나는 터프함에 있어서도 차이를 보였다. 나는 미국 산림청과 목재회사에 들어간 결과로 터프해졌다. 폴은 자신이 그 어떤 조직보다 더 터프하다고 생각함으로써 터프하게 되었다. 어머니와 나는 매일 아침 아버지가 막내아들에게 오트밀 죽을 먹이느라고 고생하는 것을 경악하며 지켜보았다. 경악하기는 아버지 또한 마찬가지였다. 처음에는 자신이 낳은 어린 아들이 하느님이 내리신 오트밀을 안먹으려고 하는 것에 경악했고, 날짜가 흘러가면서 저토록 어린 아이가 당신보다 더 고집 세다는 것을 알고서 경악했다. 목사이신 아버지가 화를 내면 아이는 밥그릇 위에 고개를 숙이고 양손을 깍지 꼈다. 다른 때 같으면 아버지가 올리는 은총의 기도를 받아들이는 자세였다. 아이는 자신의 분노가 더욱 크다는 한 가지 표시를 했는데 그의 입술이 크게 부어올랐다. 아버지가 뜨겁게 화를 낼수록 오트밀 죽은 더 차갑게 식어갔고, 마침내 아버지는 포기했다.

동생과 나는 각자 자신이 터프하다고 생각했고, 또 상대방에 대해서도 똑같은 의견을 갖고 있었다. 폴은 내가 이미 소방대원의 반장이 되었다는 것을 알았다. 만약 그가 내 밑에서 일을 하는데 근무 중에 술을 마신다면, 나는 정산된 작업 시간표를 끊어주고 산길 아래로 내려가서 다시는 오지 말라고 했을 것이다. 그러니 절대로 오트밀 죽을 안 먹은 것과 마찬가지로 내 밑에서 소방대원 할 일은 없었다.

우리는 길거리 싸움에 대해서도 중요한 이론 하나를 공유했다. 그건 뭐냐면 만약 싸움이 터질 것 같으면 먼저 선방을 날리라는 것이었다. 우리는 대부분의 떠벌이들이 말처럼 그리 터프하지 않다고 생각했다. 말을 터프하게 하고 용모도 터프하게 생겨먹은 놈들 중에서도 실은 겁쟁이가 많았다. 그런 놈들은 선방을 맞아 갑자기 이빨이 몇 개 흔들거리면 손으로 입술을 닦고서 그 손에 묻은 피를 보면 술을 한잔 사겠다고 제안해 왔다. "하지만 놈들이 선방을 맞고서도 여전히 싸우겠다는 의사를 보인다면." 동생이 말했다, "아무튼 먼저 한 방을 먹이고 싸움을 시작하는 거니까 유리하지."

그런데 이 이론에는 한 가지 문제점이 있었다. 그것은 언제나 진리가 아니라 통계적으로만 진리라는 것이다. 때때로 나만큼이나 싸움하기를 원하고 나보다 더 싸움에 능숙한 놈을 만날수가 있다. 그런 놈을 만났는데 먼저 그놈의 이빨을 몇 개 흔들거리게 만들었다면 그놈은 아마도 나를 죽이려 들 것이다.

동생과 내가 큰 싸움을 벌인 것은 필연적이었는데 그게 또한 마지막 싸움이기도 했다. 실제로 그런 싸움이 벌어졌고, 선방 이론을 둘 다 신봉하고 있었으므로, 선제 타격전을 방불케할 만큼 끔찍하고 신속했다. 그 싸움에는 내가 보지 못한 부분이 있었다. 어머니가 싸움을 말리려고 우리들 가운데로 걸어오는 것을 나는 보지 못했다. 어머니는 키가 작은 데다 안경을 썼고, 또 안경을 썼어도 그리 시력이 좋지 못했다. 어머니는 전에 싸움을 구경한 적이 없고, 또 싸움에 끼어들면 크게 다칠 수도 있다는 것을 알지 못했다. 그냥 말리겠다는 마음 하나로 두 아들 사이로 걸어 들어온 것이다. 내가 그 순간 처음 본 것은 어머니의 반백 머리의 윗부분이었다. 머리카락을 올려 묶어서 커다란 매듭을 만들었고 그 가운데로 커다란 빗을 꽂고 있었다. 하지만 특기할 만한 사항은, 어머니의 머리가 너무 폴 가까운 곳에 있어서 동생에게 강력한 주먹을 날릴 수가 없었다는 것이다. 그리고 나는 어머니의 모습을 더 이상 보지 못했다.

싸움은 갑자기 중단되었다. 어머니는 우리들 사이의 마루에 뻗어버렸다. 이어 우리는 소리를 내지르고 화를 내며 서로 외쳐댔다. "이 개자식아, 네가 엄마를 쓰러트렸잖아."

어머니는 마루에서 일어나 안경이 없어서 거의 장님이 된 상태로 우리들 사이를 빙글빙글 돌았다. 그리고 누구라 할 것 없이 이렇게 말했다. "아니야, 너희들이 아니야. 난 그저 미끄러졌어."

우리는 항상 누가 더 터프한가 궁금하게 여겼다. 그러나 소년 시절에 품었던 질문은 삶의 어느 시점까지 대답이 안 나오면 그 다음부터는 더 이상 제기되지 않는다. 그래서 우리는 서로에게 우아하게 대하게 되었고, 주일학교 담벼락의 글귀처럼 서로 사랑하게 되었다. 우리는 숲과 강이 우리에게 우아하게 대해 준다고 느꼈고, 특히 우리 둘이 함께 그곳에 가면 더욱 그런 포근함을 느꼈다.

우리는 이제 더 이상 자주 함께 낚시를 하지 않았다. 이미 30대 초반이었는데 그 "이제"라는 것은 지금으로부터 까마득한 1937년 여름이었다. 아버지는 은퇴를 했고, 부모님은 우리의 오랜 고향 마을인 미줄라에 살았으며, 동생은 주도(州都)인 헬레나에서 기자로 뛰고 있었다. 나는 동생의 표현대로 말해보자면, "중간에 멈추지 않고 끝까지 나아가서 결혼을 했다." 당시 나는 아내의 가족과 함께 울프 크리크라는 작은 마을에 살고 있었다. 하지만 울프 크리크는 헬레나에서 겨우 40마일 거리여서 우리는 때때로 만났고 그럴 때면 가끔씩 함께 낚시를 갔다. 내가 그때 헬레나를 찾아간 것은 동생에게 낚시 얘기를 하기 위해서였다.

사실은 장모가 나에게 동생을 한번 찾아가서 말해보라고 요청했다. 나는 별로 내키지 않았으나 그래도 동생이 수락할 것으로 내다보았다. 동생은 내게 노골적으로 거절한 적이 없었고, 나의 장모와 아내를 좋아했으며, 주일학교 담벼락의 글귀처럼 두 사람을 사랑했다. 하지만 "내가 무슨 귀신에 씌어서" 결혼을 감행했는지 그것을 이해하지 못했다.

나는 그를 몬태나 클럽 앞에서 만났다. 그 클럽은 라스트 챈스 걸치에서 황금이 발견된 바로 그 장소에 부유한 황금 채광업자들이 세운 건물이었다. 시간은 겨우 오전 10시였는데 동생이 한잔하자고 말할 것 같은 느낌이었다. 나는 술 얘기에 앞서서 용건을 먼저 말했다.

그 얘기를 듣자 동생이 대답했다. "임질 한 번 걸리는 것처럼 반갑지 않은데."

나는 동생에게 말했다. "그에게 좀 잘 대해 줘. 내 처남이잖아."

"난 그자와 낚시하고 싶지 않아. 그자는 서부 해안 출신에다가 지렁이 미끼로 낚시를 하잖아."

"쓸데없는 소리. 그가 몬태나에서 나고 자랐다는 것을 잘 알잖아. 단지 서부 해안에서 일하고 있을 뿐이야. 휴가차 집에 다니러 오면서 자기 엄마한테 우리랑 함께 낚시하고 싶다고 했나봐. 특히 너하고 말이야."

"서부 해안의 거의 모든 사람들이 실은 로키 산맥에서 태어난 자들이야. 플라이 낚시꾼으로 안 되니까 서부 해안으로 이사 가서 변호사, 공인회계사, 비행기 회사 사장, 도박사, 모르몬교 선교사 따위를 하고 있는 놈들이라고."

나는 동생이 술 한잔 사겠다고 할 건지 확신이 서지 않았으나 동생은 이미 한잔 걸친 상태였다.

우리는 선 채로 서로 바라보았다. 나는 대화의 진행 상황이 별로 마음에 들지 않았지만 노골적으로 의견 불일치가 되지는 않기를 바랐다. 사실 우리는 처남에 대해서 생각이 별반 다르지 않았다. 어떻게 보면 나는 폴보다 더 처남을 싫어했다. 사랑하는 아내의 얼굴을 싫어하는 자의 얼굴에서 발견한다는 것은 결코 유쾌하지 않았다.

"게다가." 동생이 말했다. "그 친구는 미끼 낚시꾼이야. 서부에 나간 몬태나 남자들은 밤마다 바에 앉아서 자신이 변경지대에서 어린 시절을 보냈다면서 서로를 상대로 허풍을 친다고. 사냥꾼, 덫꾼, 플라이 낚시꾼으로 이름을 날렸다고 하면서. 하지만 막상 집에 오면 즈 엄마한테 키스해 드릴 생각은 않고, 뒤뜰에 가서 빨간색 힐스 브라더스 커피통부터 먼저 챙겨요. 거기다 낚시용 버러지를 넣어 가려고 말이야."

동생과 그의 편집인은 『헬레나 신문』에 들어갈 기사를 대부분 다 작성했다. 그 편집인은 개인적 악담의 소굴에서 잔뼈가 굵은 전형적인 소도시 편집자의 마지막 세대였다. 그는 오전 이른 시간부터 술을 마셨고, 그래서 낮 동안에는 그 어떤 사람에

게도 유감을 품지 않았다. 그와 내 동생은 서로 아주 좋아했다. 마을 사람들은 이 둘을 아주 두려워했는데 그 주된 이유는 그들이 글을 잘 쓰기 때문이었다. 그리고 적대적 세계에 살았기에 두 사람은 가족의 사랑을 받아야 할 필요가 있었고 실제로 사랑을 받았다.

나는 이제 동생이 술 한잔 사겠다는 것을 지체시키고 있음을 깨달았다. 그는 기다렸다는 듯이 말했다. "들어가서 한잔해."

나는 그 순간 실수를 저지르고 말았다. 내가 그의 생활 태도를 비판하는 걸 두려워하는 듯한 이런 말을 했던 것이다. "아니야, 폴. 술 마시기에는 너무 이른 시간이어서 말이야."

나는 뭔가 재빨리 시정해야겠다고 생각하면서 이런 말을 다시 내질렀는데 그게 나의 생활 태도를 돋보이게 해주지도 못했다. "장모님이 한번 부탁해 보라고 해서 이렇게 내려왔어."

나는 장모에게 책임을 미루는 것이 싫었다. 폴과 내가 장모를 좋아하는 것은 그분이 우리 아버지를 닮았기 때문이다. 두 분 다 캐나다를 경유하여 미국에 들어오신 스코틀랜드 출신이고 푸른 눈에 머리카락이 젊을 적에는 빨간색이었으나 지금은 노르스름한 적색이었다. 두 분 다 캐나다 사람들처럼 'about'이라는 단어를 '어부트'라고 발음했는데, 만약 두 분이 시인이었다면 그 단어를 스누트(snoot)와 운을 맞추셨을 것이다.

사실 나는 그렇게까지 동생한테 미안해할 필요는 없었다. 동생에게 한번 부탁해 보라고 말한 것은 장모였으니까. 장모는 약간의 진실에다 아첨을 적절히 뒤섞음으로써 나를 헷갈리게 했다. "난 낚시에 대해서는 잘 모르네." 그녀가 말했다. "하지만 폴이 이 세상 최고의 낚시꾼이라는 건 알아." 그것은 복잡한 진술이었다. 그녀는 남자들이 물고기를 씻어 오지 않으면 깨끗이 씻을 줄 알고, 물고기를 요리할 줄 알고, 또 더 중요한 사실로는, 낚시꾼의 바구니를 들여다보면서 "어머나, 정말 굉장하세요!"라고 말할 줄 알았다. 그것이 그 당시 여성들이 낚시에 대해서 아는 지식의 전부였다. 실제 낚시를 어떻게 하는 줄은 전혀 알지 못했다.

"닐이 자네와 폴과 함께 낚시를 간다면 얼마나 좋겠나." 장모가 결론을 내리듯 말했다. 아마도 우리가 처남을 낚시에 데리고 가서 낚시질보다는 그의 생활 태도를 좀 향상시켜 주리라는 희망을 갖고 있는 듯했다. 우리 고향 마을에서 폴과 나는 '목사의 아이들'로 알려졌고 대부분의 어머니들은 그들의 자식들에게 우리에 대하여 손가락질하지 않았다. 하지만 스코틀랜드 출신인 장모에게 우리는 '목사의 자제'였다. 모범을 보이는 아들들이 되어야 한다는 것 이외에, 우리는 낚시꾼으로서 허리까지 오는 차가운 물에서 하루 종일 서 있어 주어야 하는 것이다. 강물에서는 닐 같은 난잡한 생활 태도는 정말 골치 아픈 문제를 일으키는데, 그렇다고 우리 형제가 극복하지 못할 정도의 문제는 아니었다.

"불쌍한 우리 아들." 장모는 '불쌍한(poor)'이라는 말을 하면서 많은 스코틀랜드 사람답게 아르(r)를 길게 발음했다. 스코틀랜드계 어머니들은 다른 어머니들보다 더 이주(移住)와 죄악에 대하여 숙달되어 있었다. 그들에게 모든 아들들은 탕자였고 돌아온 탕자는 환영해야 마땅했다. 하지만 스코틀랜드계 남자들은 돌아오는 남자 친척에 대하여 훨씬 더 유보적이다. 그래도 돌아오는 친척을 어쩔 수 없이 환영하는 것은 아내와 어머니의 강력한 영향 때문이다.

"그러지 뭐." 폴이 말했다. "플로렌스가 그걸 바란다면." 이제 동생의 약속을 받아냈으므로, 더 이상 공격을 당하지는 않을 것 같았다.

"술 한잔하지." 내가 말했다. 시간은 10시 15분이었고 술값은 내가 냈다.

10시 15분이 되기 직전에 나는 처남 닐이 모레 울프 크리크에 와서 그날 엘크혼에서 함께 낚시하기로 되었다고 말했다. "가족 피크닉이 될 거야." 내가 동생에게 말했다.

"좋아." 엘크혼은 미주리 강으로 흘러드는 자그마한 시내이다. 폴과 나는 큰 물고기 낚시꾼이었고 "우린 작은 물고기가 좋아요. 먹기가 좋잖아요."라고 말하는 여인네들의 남편을 경멸했다. 하지만 엘크혼은 특별한 장점이 있었다. 가령 커다란 갈색 송어가 미주리 강에서 역류하여 올라오는 것이다.

엘크혼이 우리가 좋아하는 시내이기는 했지만, 폴은 두 번째 술잔 값을 내더니 이렇게 제안해 왔다. "내일은 저녁까지 취재를 안 나가도 돼. 형과 내가 내일 하루 휴가를 내어 큰 강에서 낚시를 하고 이어 모레 피크닉을 가면 어떨까?"

폴과 나는 큰 강에서 여러 번 낚시를 했다. 그러나 우리가 '큰 강'이라고 하면 그건 빅 블랙풋 강을 말하는 것이었다. 우리가 낚시해 본 가장 큰 강은 아니지만 물살이 가장 빠르고 물고기도 근당(斤當) 가장 근력이 좋았다. 그 강은 곧고 빠르게 흘렀다. 지도상에서나 비행기에서나 보면 그 강은 대륙 분수령 중 로저스 고개의 수원(水源)에서 일직선으로 흘러내려 몬태나 주 보너까지 서쪽으로 내달려서 컬럼비아의 클라크 포크의 지류 인 사우스 포크로 흘러든다. 강은 이 지류에 이를 때까지 힘차 게 달려간다.

북미 대륙 분수령의 수원 근처에는 광산이 하나 있는데 온도 계가 영하 69.7도를 가리킨 채 멈추어 섰다. 그것은 알래스카를 제외한 미국 전체에서 공식적으로 가장 낮은 온도였다. 이 강 의 수원에서 하구에 이르는 지형은 원래 빙하에 의해 형성되었 다. 강의 첫 65마일은 북쪽에서 유입해 들어온 빙하들이 계곡 의 남쪽 벽을 강타하면서 만들어졌고, 하류의 25마일은 하룻밤 사이에 갑자기 생겨난 것이었다. 몬태나 북서부와 북부 아이다 호 지역을 덮고 있던 빙하호의 얼음 댐이 무너져서 몬태나와 아이다호 산맥으로 퍼져 나가면서 동부 워싱턴 평야까지 내달 렸던 것이다. 그것은 세계에서 최대의 홍수였고, 그에 대해서는 지질학적 증거도 있다. 정말 너무나 엄청난 지질학적 사건이어 서 인간의 마음은 그것을 생각해 볼 수는 있지만 증명하지는 못한다. 인공위성 사진을 찍어야만 비로소 증명이 될 것이다.

지도상의 직선은 이 강이 빙하에 의해 만들어졌다는 것을 보 여준다. 이 강에는 구불구불 나아가는 계곡이 없고, 소수의 농 가들은 빙하의 타격을 받지 않은 남쪽 지류의 연안에 대부분 자리 잡고 있다. 하구에 도달한다 해도 계곡은 넓은 범람원으 로 탁 트이지 않는다. 거대한 얼음의 댐이 녹아버리면서 사라 져버린 호수가 하룻밤 사이에 깎아놓은 계곡은 점점 더 비좁아진다. 그리하여 오래된 목재 수송 철로와 자동차 도로만 겨우 이 강과 계곡의 지형을 따라 산기슭에 부설되었다.

이 강은 송어가 살기에는 척박한 곳이다. 강물이 포효하고 물살이 너무 빠르기에 물고기 먹이가 되는 물풀들이 바위에서 자라지 않는다. 그래서 송어의 살에는 지방이 없고, 또 이 세상에 송어 높이뛰기 대회가 있다면 이 강의 송어가 아마도 최고 기록을 세울 것이다.

이 강은 우리가 제일 잘 아는 강이다. 동생과 나는 20세기 초부터 빅 블랙풋에서 낚시를 했다. 그전에는 우리 아버지가 이곳에서 낚시를 했다. 우리는 그것을 가족의 강 혹은 우리의 일부라고 생각했다. 현재 이 강을 관광 목장들, 그레이트 폴스의 선택받지 못한 주민들, 캘리포니아에서 무어족처럼 침략해 온 사람들이 차지하고 있는 것을 나는 마지못해 받아들인다.

그 다음 날 아침 폴은 울프 크리크로 와서 나를 차에 태웠고, 우리는 영하 70도에서 0.3도가 모자라는 눈금을 보이는 온도계가 달린 로저스 고개를 지나갔다. 평소와 마찬가지로, 또 이른 아침이면 더욱 그러하듯이, 우리는 대륙 분수령을 지날 때까지는 서로를 존중하면서 침묵을 지켰다. 그러다가 또 다른 바다를 향해 내려가게 되는 그 순간부터 대화를 시작했다. 폴은 늘 화젯거리가 만발했는데, 그 스토리에서 정작 자신은 얘기를 이끌어주는 사람일 뿐 주인공으로는 등장하지 않았다.

그는 대륙 분수령 이야기들을 가벼우면서도 약간 시적인 분위기로 말했다. 그것은 기자들이 "인간적 관심"의 기사들을 쓸 때 종종 취하는 그런 분위기였다. 하지만 그런 분위기의 외피를 걷어내면 동생의 얘기들은 우리 가족의 눈살을 찌푸리게 할 동생 자신의 스토리 혹은 언젠가 시간이 지나면 내가 결국 알아버리게 될 그런 이야기가 되었다. 그는 또한 자신이 남들과 다른 삶을 살고 있다는 것을 내게 말해주는 것을 명예롭게 느끼는 듯했다. 하지만 웃기는 이야기라는 형식을 빌려 수수께끼처럼 알쏭달쏭하게 말했다. 때때로 나는 우리 두 사람의 서로 다른 세계의 경계를 넘어가는 듯하여 그의 말을 잘 알아듣지 못했다.

"글쎄 말이야." 그가 말을 시작했다. "블랙풋에서 낚시한 지 2주나 됐네." 처음에 그의 이야기들은 객관적 사실의 보고처럼 들렸다. 그는 혼자서 낚시를 했고, 낚시가 잘 안 되어서 목표량을 채우기 위해 저녁까지 낚시를 했다는 것이었다. 그는 헬레나로 직접 돌아갔기 때문에 네바다 크리크 위쪽으로 비포장도로를 타고 갔다. 이 길은 카운티 사이의 경계가 되는 길인데 아주 커브가 심했고, 특히 산간 모퉁이를 돌아갈 때에는 직각으로 꺾였다. 달빛이 빛나고 있었고, 그는 피곤하여 잠을 깨워 줄 친구가 있었으면 좋겠다는 느낌이 들었다. 그러던 중 산토끼 한 마리가 느닷없이 길에 뛰어들어 헤드라이트 불빛을 받아가며 앞으로 달리기 시작했다. "난 그 녀석을 거세게 밀어붙이지 않았지. 친구를 잃고 싶지 않았으니까." 그는 좀 더 토끼에게 가까이 다가가고 싶어 머리를 차창 밖에 내어놓고 운전을 했다. 머리를 달빛에 내어놓았다니 그의 이야기는 어느덧 시적 분위기를 풍겼다. 달빛의 몽롱한 세계는 헤드라이트가 만들어내는 강렬한 이등변 삼각형과 극명한 대조를 이루었다. 그 삼각형의 중심에는 산토끼가 있었고, 그놈이 펄쩍 뛰지 않을 때에는 헤드라이트 불빛으로 인해 눈신[雪上靴]을 신은 토끼가 되었다. 푸른빛을 발하는 산토끼는 삼각형 중앙에서 최선을 다해 뛰고 있었으나 추월을 당할까 봐 두려운 듯 가끔 확인차 뒤를 돌아다보았고, 그럴 때면 그놈의 두 눈에서는 우주의 정기를 받은 듯한 백색과 청색이 번쩍거렸다. "그 다음 상황은 어떻게 설명해야 할지 모르겠어. 이 경계선 도로에는 직각으로 된 커브가 있었어. 산토끼는 그걸 보았는데 나는 보지 못했지."

나중에 그는 차를 수리하는 데 175달러가 들었다고 지나가듯 말했다. 1937년에 175달러면 차를 거의 완전 수리할 정도의 비용이었다. 물론 동생은 음주 운전 얘기는 쑥 빼먹었다. 그는 낚시 중에는 술을 마시지 않지만 낚시를 끝내면 언제나 술을 마셨기 때문이다.

나는 블랙풋 강으로 내려가는 길에서 이런 생각을 했다. 그건 불운이 유머로 끝난 인간적 관심사의 스토리인가, 아니면 동생이 술을 너무 많이 마시고 운전한 나머지 차의 앞부분을 박살내 버린 이야기인가?

어느 쪽이 되었든 그리 대단한 이야기는 아니므로 나는 그냥 잊어버리기로 했다. 하지만 지금 독자들에게 그 이야기를 해주고 있으니 나는 잊어버리지 않은 것이다. 이어 나는 우리가 낚시하기로 되어 있는 협곡에 대하여 생각하기 시작했다.

오래된 클리어워터 다리 위쪽의 협곡은 블랙풋의 물살 소리가 가장 요란한 곳이다. 아무리 그래도 산의 등골은 부서지지 않을 것이고, 산은 이 힘센 강을 거대한 소리와 포말로 압축시킨 다음 그 기슭을 지나가게 했다. 여기서 도로는 강을 버린다. 협곡에는 인디언들이 소로(小路)로 삼을 만한 곳이 없다. 심지어 1806년에 탐험가 루이스가 동료 클라크와 헤어져 블랙풋으로 올라왔을 때에도, 그는 안전하게 거리를 두면서 협곡을 우회했다. 이곳은 작은 물고기나 그 고기를 잡으려는 낚시꾼들에게는 어울리지 않는 곳이다. 우렁찬 강물 소리는 물고기에게 힘을 실어주거나, 아니면 낚시꾼들에게 겁을 주었다.

우리는 이 협곡에서 낚시를 할 때면 한쪽 면에서만 낚시를 했다. 협곡 반대편으로 건너갈 수가 없기 때문이다. 나는 폴이 나를 지나쳐서 위쪽의 물구덩이로 걸어가는 소리를 들었다. 더 이상 그의 발걸음 소리가 들리지 않았고, 그가 멈춰 서서 나를 쳐다본다는 것을 알았다. 나 자신 훌륭한 낚시꾼이라고 허풍 떨어본 적이 없으나 그래도 한몫하는 낚시꾼으로 보이고 싶었다. 특히 동생과 함께할 때에는 더욱 그런 기분이었다. 하지만 서로 바라보는 침묵이 시작되기 전부터도 나는 별로 멋진 낚시꾼처럼 보이지 않는다는 것을 알았다.

나는 이 협곡에 대하여 개인적으로는 아주 따뜻한 감정을 품고 있으나, 내가 낚시하기에 이상적인 곳은 아니었다. 여기서는 낚싯줄을 멀리 던질 줄 알아야 유리하다. 게다가 낚시꾼의 바로 뒤에는 절벽이나 숲이 있어서 낚싯줄을 반동 없이 앞으로만 던져야 했다. 그것은 투수가 와인드업 동작 없이 공을 던져야 하는 것과 비슷하다. 그래서 플라이 낚시꾼은 소위 '말아던지기(롤 캐스트, roll cast)'를 해야 하는데, 일종의 고난도 기술로서 나는 그것을 완벽하게 습득하지 못했다. 낚시꾼은 반동 없이 낚싯줄을 던져야 하기 때문에 할 수 없이 그것을 말아 쥐고 있다가 던져야 한다. 짧은 거리에서 아치 모양을 그리며 낚싯줄을 강물 위에 펼쳐야 하기 때문에 엄청난 힘이 있어야 한다.

낚시꾼은 길게 던지기 위하여 방금 던진 것을 회수함으로써 가외의 낚싯줄을 모아야 한다. 그가 천천히 줄을 잡아당기자 상당히 많은 양의 줄이 물속에 잠겨 있었고, 마침내 물에서 다 빠져나오자 느슨한 절반쯤의 고리를 이루었다. 줄을 던지는 팔을 곧추세우고 손목에 힘을 주어 들어 올리자 그 고리는 점점 커졌고. 마침내 1시 30분 방향을 가리켰다. 이제 그의 앞에 상당한 줄이 올라가 있었으나 그걸 높이 들어 올려 강물 위로 내던져 플라이와 리더가 줄 앞에 서게 하려면 낚시꾼은 혼신의 힘을 다 짜내야 되었다. 그의 팔뚝은 피스톤이고, 손목은 빨리 돌아가는 리볼버였으며, 강한 펀치를 먹이기 위해서는 그 줄에 온몸의 체중을 실어야 했다. 더 중요한 것은 물속에 있는 가외의 줄이 마지막 순간까지 거기 그대로 머물러 있으면서 던지기의 중심을 잡아주어야 한다는 것이다. 그것은 공격에 나선 방울뱀의 자세와 비슷하다. 꼬리의 상당 부분을 똬리 틀어서 땅에다 두고서 그걸 바탕으로 상대방을 타격하는 것이다. 하지만 이 말아던지기 기술은 내게는 언제나 어렵기만 했다.

폴은 내가 이 낚시에 대하여 어떤 심정인지 잘 알았고, 그래서 괜히 조언을 해주면서 잘난 척하지 않으려고 조심했다. 하지만 동생은 이제 오래 쳐다보고 있었으므로 자리를 뜨기 전에 한마디 하지 않을 수 없었다. "고기는 더 먼 쪽에 있어(The fish are out farther)." 그는 그 말이 우리의 가족 관계를 오해시킬까 봐 재빨리 덧붙였다. "조금 더 먼 쪽에 있어(Just a little farther)."
(동생은 자신의 말이 The fish are our father[물고기는 우리의 아버지]
라고 들릴까 봐 Just a little을 추가해서 말했다. -옮긴이)

　나는 줄을 천천히 감아 들였고, 동생을 보지 않으려고 고개
를 뒤로 돌리지 않았다. 동생은 괜히 말했다 싶은 것 같았다. 하
지만 이미 말을 내뱉었으니 좀 더 조언을 해왔다. "줄을 일직선
으로 잡아당기지 말고 하류 쪽으로 비스듬하게 잡아당겨. 그러
면 고리에 좀 더 힘이 실릴 거야. 앞으로 던질 때 힘도 더 생기
고 먼 거리까지 날아가지."

　이어 그는 아무 말도 안 한 것처럼 행동했고, 나도 아무 말
듣지 않은 것처럼 굴었다. 그러나 그가 자리를 뜨자마자 나는
비스듬히 줄을 잡아당기기 시작했고, 과연 그것은 도움이 되었
다. 좀 더 먼 거리를 던질 수 있겠다 싶자, 나는 인생에서 새롭
게 시작하려고 새로운 물구덩이를 찾아 달렸다.

　그것은 낚시꾼이나 사진사에게 모두 아름다운 물구덩이었
다. 물론 각자는 다른 관점에서 자신의 장비에 집중하겠지만
말이다. 그곳은 물속으로 잠겨드는 폭포를 방불케 했다. 물밑
약 2피트 지점에 암초가 있어서 강물이 하나의 큰 파도를 일으
키며 솟구치다가 포말로 부서지고, 그러고는 다시 강물 위로
가라앉으면서 푸른색으로 변했다. 강은 그런 충격에서 회복하
면서 마치 자신이 금방 어떻게 가라앉았는지 살피려는 듯 잠잠
해졌다.

　강물이 색깔과 곡선으로 아름답게 굽이쳐서 사진사의 시선
을 끄는 곳에서는 고기가 살지 못한다. 고기는 물이 천천히 역

류하는 웅덩이나 진흙이 묻은 거품 속에서 산다. 그런 진흙이 고기가 먹이를 발견하는 주된 장소이다. 그런 검은 얼룩 중 일부는 소나무에서 떨어진 꽃가루일 수도 있으나, 대부분의 진흙은 폭포의 힘을 견디지 못한 식용 벌레들이다.

나는 물구덩이의 상황을 살펴보았다. 말어던지기로 3피트의 거리를 추가하기는 했지만, 나의 다른 약점들을 보충하기 위하여 많은 생각을 해야 되었다. 그렇지만 제대로 일을 시작했다는 느낌이 들었다. 나는 커다란 고기가 어디에 있을지, 또 그 이유가 무엇인지 감을 잡았다.

그러다가 기이한 일이 벌어졌다. 나는 그놈을 보았다. 포말 속에서 검은 등이 솟구쳤다가 가라앉았다. 그놈의 등과 지느러미를 본 것 같았다. "아니, 등지느러미가 보일 정도로 크지는 않을 텐데." 나는 또 이런 말도 중얼거렸다. "저 포말 속에 고기가 있다고 먼저 생각하지 않았다면 저 포말 속에서 고기를 본다는 것은 불가능해." 하지만 나는 분명 커다란 물고기의 검은 등을 보았다는 생각을 떨쳐내지 못했다. 왜냐하면 사람들이 그렇게 말하듯이, 물고기를 보았다고 먼저 생각해야 그놈을 볼 수 있기 때문이다.

먼저 생각하고 그 다음에 물고기를 보게 되자 나는 그놈이 강의 어느 쪽으로 갈 것인지 헤아려 보았다. "이것 봐, 첫 번째 던지기를 할 때," 나는 생각했다, "물이 돌면서 역류하는 물구덩이에서 네가 그놈을 보았다는 걸 기억해. 그렇다면 저놈은 상류가 아니라 하류를 보고 있을 거야. 저놈이 본래의 흐름 속에 있었다면 말이야."

자연스럽게 연상이 이어져서 어떤 플라이를 던질지 생각했고 큰 플라이를 쓰는 게 좋겠다고 결론 내렸다. 포말 속에서 본 저 큰 놈을 잡으려면 4호나 6호가 적절할 듯했다.

플라이는 그렇게 정했으니 이제는 낚시꾼의 위치가 문제였다. 나는 어디서 줄을 던질 것인지 나 자신에게 물었다. 이 폭포 주위에는 커다란 바위들만 있었다. 나는 제일 큰 바위 하나를 점찍어 두고 그 위로 어떻게 올라갈지 살펴보았다. 거기서 던지면 좀 더 멀리 던질 수 있을 것 같았다. 하지만 곧 이어서 이런 질문이 터져나왔다. "저기 높다랗게 서서 설령 고기를 낚싯바늘에 꿰었다고 하더라도 어디다 고기를 패대기치지?" 그래서 나는 좀 더 작은 바위를 골라잡았다. 거기서는 던지기 거리가 짧아지기는 하겠지만 고기를 바늘에 꿰면 그것을 낚싯대에 매단 채 바위 밑 강 속으로 부드럽게 내려갈 수 있었다.

이어 모든 민물 낚시꾼이 첫 번째 던지기를 할 때면 대면하게 되는 질문이 고개를 쳐들었다. "내가 큰 놈을 잡으면 어디에 그놈을 내려놓아야 하지?"

플라이 낚시의 멋진 점은, 낚시를 시작한 지 얼마 안 되어 온 세상이 모두 사라지고 오로지 플라이 낚시에 관한 생각만 남는다는 것이다. 더욱 흥미롭게도 그 생각은 종종 대화의 형식으로 진행되는데 희망과 공포—때로는 두 명의 공포—가 대화 상대자로 등장하여 서로를 제압하려 든다.

공포 1은 강가를 내려다보며 나(공포 1, 2와 구분되는 제3자)에게 말한다. "근방 30야드에는 바위밖에 없어. 하지만 겁먹지 말고 첫 번째 모래톱까지 끌고 가서 패대기치도록 해."

공포 2가 말했다. "첫 번째 모래톱까지는 30야드가 아니라 40야드나 돼. 게다가 오늘은 날씨가 좋고 물고기의 입이 부드러워 40야드나 하류로 내려가려고 하다간 고기란 놈이 바늘에서 달아날지 몰라. 별로 좋은 제안은 아니지만, 그놈을 근처의 가까운 바위 위에다 패대기쳐 봐."

공포 1이 말했다. "강물 속에 커다란 바위가 있어. 그놈을 패대기치자면 먼저 그 바위를 지나쳐야 해. 하지만 그렇게 하기 위해 줄을 팽팽하게 붙들고 있다간 고기란 놈이 낚싯바늘을 끊고서 달아나 버릴 거야."

공포 2가 말했다. "설사 그 바위를 지나쳤다고 해도 낚싯줄이 바위 밑에 들어가 꼬일지도 몰라. 그러면 고기는 달아나 버리지."

생각을 너무 많이 하다 보면 그 대화는 "넌 고기를 놓칠지도 몰라."와 "넌 확실히 고기를 놓치게 되어 있어."의 형태가 되어 버린다. 나는 화제를 바꾸기는 했지만 그렇다고 해서 생각을 완전히 멈추지는 않았다. 이건 낚시 교과서에 나오는 얘기는 아니지만 던지기를 하기 전에 물고기는 어떤 생각을 할까 잠시 상상해 보게 된다. 비록 그 물고기들의 알 중 하나가 그 대가리만큼 크다고 할지라도, 또 실제로 물속에서 수영을 해보면 물고기가 뭔가 생각을 할 것이라고 상상하기는 어렵다. 그렇지만 나는 물고기가 아는 것이라고는 배고픔과 공포밖에 없다는 얘기는 믿을 수가 없다. 배고픔도 공포라는 얘기를 믿고 싶어도, 그게 고기가 느끼는 감정의 전부라면 어떻게 덩치가 6인치까지 자라는지 이해가 안 된다. 나는 때때로 물고기도 많은 생각을 한다고 상상한다. 나는 던지기를 하기 전에 폭포에서 나온 물방울이 가득한 탄산 물속에 시원하게 누워 있는 등 검은 물고기를 상상했다. 그놈은 하류 쪽을 내려다보면서, 먹이가 가득한 하류의 거품이 역류하여 올라오는 것을 지켜보리라. 아마도 그 거품은 손님들에게 봉사하기 위하여 상류 쪽으로 올라오는 수상(水上) 식당처럼 보였으리라. 물고기는 그 얼룩진 거품 속에 육두구나 달걀 프라이가 들어 있다고 생각할 것이다. 그리고 달걀 프라이의 하얀 부분들이 갈라져 나갈 때, 수상에 떠 있는 플라이를 보고 이런 생각을 하며 아마도 혼잣말을 중얼거리리라. "야, 나는 얼마나 재수가 좋은 물고기인가. 그의 동생이 아니라 저 형이라는 친구가 이 물구덩이에서 낚시를 하고 있으니 말이다."

나는 이런 생각과 기타 몇 가지 영양가 없는 생각을 하다가 줄을 던졌고, 그놈을 잡았다. 나는 그놈의 아가미에서 낚싯바늘을 떼어 낼 때까지 침착함을 유지했다. 그놈은 내가 패대기친 자그마한 모래톱 위에서 온몸에 모래를 묻힌 채 누워 있었다. 그놈의 아가미에서는 생애 마지막 직전의 한숨이 새어 나왔다. 이어 그놈은 갑자기 대가리를 모래톱에 박고서 벌떡 일어서더니 그 꼬리로 나를 때렸다. 모래가 푸르르 일어났다. 내 양손이 가볍게 떨기 시작했다. 그건 그다지 보기 좋은 광경은 아니었지만 나는 두 손을 멈출 수가 없었다. 마침내 나는 칼집에서 칼날을 펴 그놈의 대가리를 몇 번 찌르고서 그 뇌수를 관통했다.

그놈을 절반쯤 접었는데도 덩치가 너무 커서 내 바구니에서 꼬리 부분이 비죽 나왔다.

그놈의 등에 검은 반점들이 있어서 갑각류처럼 보였다. 조개 삿갓이 붙어 있는 것으로 보아 바다에서 온 것 같았다. 그 다음 물구덩이에서 동생을 지나칠 때, 동생은 그놈의 꼬리를 보더니 천천히 모자를 벗었다. 하지만 나의 낚시 기술에 대한 경의 표시는 아니었다.

나는 이미 물고기를 잡았으므로 강가에 앉아 동생을 구경하기로 했다.

그는 담배와 성냥을 셔츠 주머니에서 꺼내어 모자 속에다 집어넣고 모자를 깊숙이 눌러써서 그것들이 빠져나가지 않게 했다. 이어 고기 바구니의 가죽 줄을 풀어서 어깨 가장자리에 둘러맸다. 물길이 너무 거세지면 재빨리 벗기 위해서였다. 그는 물구덩이의 상황을 살펴보았겠지만 그건 별로 시간이 걸리지 않았다. 그는 바위에서 물속으로 첨벙 뛰어내리더니 물속까지 내려와 있는 절벽 구간 쪽으로 헤엄쳐서 그것을 지나쳤다. 그는 옷을 입은 채 왼손으로만 헤엄을 쳤다. 오른손에는 낚싯대를 높이 들고 있었다. 때때로 바구니와 낚싯대만 보였다. 또 바구니에 물이 가득 들어차면 나는 오로지 낚싯대만 볼 수 있었다.

물살은 동생을 절벽 구간 쪽으로 밀어붙였다. 상당히 아플 텐데도 그는 왼쪽 손가락에 힘이 남아 있어서 그 절벽에 매달릴 수 있었다. 안 그랬더라면 그는 물살에 휩쓸려 강물 속으로 빨려 들어갔을 것이다. 이어 동생은 왼손과 오른쪽 팔꿈치를 이용하여 큰 바위 위에 올라섰다. 그는 팔꿈치를 채광꾼의 곡괭이처럼 힘차게 사용했다. 마침내 바위 꼭대기에 올라서자 그의 젖은 옷에 수압이 작용하여 물이 마치 그에게서 달아나는 것처럼 줄줄 흘러내렸다.

더 이상 몸이 비틀거리지 않자 그는 기마 자세로 양 다리를 벌리면서 상체를 낮추고 고개를 숙였다. 이어 몸의 자세를 안정되게 유지하고 던지기를 시작했는데 곧 세상은 물 자체로 변해 버렸다.

그의 발아래에는 다양한 모습을 가진 강이 있었다. 강물 속의 바위는 그 주위의 물을 갈라놓았고, 그러자 알갱이가 큰 물안개가 솟아올랐다. 그가 던진 낚싯줄을 따라 생겨난 소립자 물방울들은 잠시 공중에 걸린 작은 거미줄을 형성했다가, 다시 솟아오른 알갱이 큰 물안개 속으로 재빨리 사라졌다. 물방울들은 나의 기억 속에서 거미줄 같은 고리들로 시각화되어 있다. 동생에게서 뿜어져 나오는 포말은 여전히 알갱이가 적었고, 그를 마치 후광처럼 둘러쌌다. 그 후광은 언제나 거기 있었고, 언제나 갑자기 사라졌다. 동생 자신이 몸에서 3인치 떨어진 곳에 명멸하는 촛불을 들고 있는 것 같았다. 동생과 낚싯줄의 이미지는 솟아오르는 물안개 속으로 계속 사라졌다. 물안개는 빙빙 돌다가 절벽 위로 올라가 그곳에서 바람을 만나면 소용돌이가 되고 태양을 만나면 햇빛이 되었다.

그가 서 있는 바위 위와 아래의 강물은 모두 커다란 레인보 (무지개) 송어가 뛰노는 곳이었다. 동생은 상류 쪽으로 낮고 강력하게 줄을 던졌다. 그 줄에 매달린 플라이는 강물 위를 스쳐 지나갈 뿐 물속으로 빠져들지 않았다. 그는 몸을 회전시키면서 낚싯줄을 되감아서 머리 위에 커다란 타원형을 만들었다가 다시 하류 쪽으로 낮고 강력하게 줄을 던졌다. 그는 머리 위에서 거대한 동그라미를 네다섯 번 그리면서 엄청난 동작의 힘을 보여주었다. 비록 보이지는 않지만 저기 강 위에서 자그마한 플라이가 강물을 스치며 낮은 공중에서 빙빙 돌고 있었다. 만약 이런 저공비행의 효과를 만들어내지 못한다면 그 엄청난 동작도 아무런 쓸모가 없다. 빅 블랙풋 강과 강상(江上)의 공기가 커다란 레인보 송어의 아치형 옆구리 덕분에 찬란한 일곱 색깔로 빛을 발하면서, 다시 그 엄청난 동작이 반복되었다.

그는 이것을 '그림자 던지기(shadow casting)'라고 했다. 사실 나는 그 이론을 믿어야 할지 잘 알지 못했다. 그러니까 물고기가 강물 위를 날아가는 플라이의 그림자에 예비 동작을 일으키고, 그리하여 플라이가 강물 속으로 들어오는 순간 그것을 문다는 이야기이다. 다르게 말한다면, '식욕 돋우기' 이론이라고 해도 좋으리라. 너무 매끄러운 이야기라서 진짜같이 들리지는 않는다. 하지만 모든 훌륭한 낚시꾼은 다른 사람들은 알지 못하는 그만의 멋진 개인기를 갖고 있다. 그림자 던지기는 내게는 통하지 않는 기술이었다. 나는 그렇게 할 수 있는 팔과 손목의 힘이 없었다. 낚싯줄을 강물 위에서 몇 번 빙빙 돌려 파리 떼가 엄청 몰려오고 있다는 환상을 물고기에게 심어줄 만한 그런 힘.

동생의 젖은 옷은 그의 힘이 얼마나 센지 금방 알아볼 수 있게 해주었다. 내가 아는 훌륭한 낚시꾼들은 대부분 키가 6피트 이상의 장신이었다. 그런 큰 키 덕분에 더 큰 아치를 그리며 줄을 공기 중에 날릴 수가 있다. 동생은 키가 겨우 165센티였다. 하지만 여러 해 동안 낚시를 해왔기 때문에 그의 몸이 던지기로 단단하게 다져졌다. 그는 당시 서른두 살이었고 혼신의 힘을 4.5온스 마법의 토템 기둥에다 실어 던질 수 있었다. 이미 오래전에 아버지보다 더 멀리 손목 던지기를 할 수 있었다. 오른쪽 손목에 하도 힘을 넣다 보니 왼쪽 손목보다 더 커졌다. 아버지는 동생의 오른팔을 옆구리에다 묶고서 손목 던지기를 가르쳤는데 그럴 때면 그 팔이 셔츠 밖으로 불쑥 비어져 나왔다. 아무튼 이 오른팔도 왼팔보다 더 크다. 그의 젖은 셔츠는 불룩 튀어나왔고, 그가 어깨와 엉덩이를 급속히 회전시키는 순간 단추가 구멍에서 벗겨져 나갔다. 이걸 보면 동생이 왜 길거리 싸움을 잘하는지 어렵지 않게 알 수 있다. 그는 늘 힘센 오른손으로 상대방에게 선방을 먹였던 것이다.

리듬은 색깔 못지않게 중요하고 복잡했다. 그것은 여러 가지 리듬이 복합된 것이었다. 아버지가 가르쳐주신 낚싯줄과 손목의 네 박자는 여전히 기본 리듬이다. 그러나 거기에 팔뚝을 돌리는 두 박자가 있고, 완벽하게 8자를 이루며 되돌아오는 기다란 낚싯줄의 네 박자가 중첩된다.

2, 4, 8의 2배수 리듬과 레인보 송어의 일곱 색깔이 그 협곡의 영광을 드높이고 있었다.

그때 내 등 뒤에서 사람들의 목소리가 들려왔다. 부부인 듯한 남자와 여자가 각자 낚싯대를 들고서 소로를 따라 내려왔는데, 낚시를 본격적으로 할 것 같지는 않았다. 어쩌면 그들은 함께 야외에 나와서 시간을 보내려는 생각이었을 것이고 겸사겸사 파이를 만드는 데 쓸 허클베리도 따 가지고 가려 했을 것이다. 그 당시 여성용 아웃도어 복장은 별로 없었다. 여자는 키가 크고 억세 보였는데 가슴받이가 달린 남자용 전신 작업복을 입었다. 가정주부답게 그녀의 커다란 유방이 가슴받이를 밖으로 밀어내고 있었다. 그녀는 바위 위에서 몸을 돌리고 있는 내 동생을 먼저 보았다. 그녀가 볼 때 동생은 로데오에서 묘기 밧줄을 돌리는 기술자였을 것이다. 밧줄 묘기를 다 하지만 단지 그 고리 안과 밖으로 몸을 날리지 않는다는 것만 달랐다.

그녀는 주저앉기 위해 뒤쪽의 솔잎을 밀어내면서 계속 쳐다보았다. "어머나, 어머나!" 그녀는 감탄했다.

남편도 멈추어 서서 쳐다보더니 "하느님 맙소사." 가끔씩 그는 같은 말을 했다. "하느님 맙소사." 그때마다 아내는 고개를 끄덕였다. 그녀는 남편의 불경한 말을 자신이 사용하리라 꿈에도 생각하지 않던 미국 주부의 한 사람이었는데, 나중에는 그런 말에 익숙해지면서 그 말에 익숙해지게 되었다. 남편이 피워대는 시가의 연기처럼.

나는 다음 번 물구덩이를 향해 걸어가기 시작했다. "어머, 가지 마세요." 그녀가 말했다, "잠깐만 기다리세요. 저 사람이 큰 물고기를 잡아 강가로 나올 때까지."

"아닙니다. 나는 차라리 강 위에 튀어오르는 물방울들을 기억하고 싶어요."

그녀는 분명 내가 미쳤다고 생각했을 것이다. 그래서 덧붙여 말했다. "그가 잡은 물고기는 나중에 볼 겁니다." 나는 그녀의 이해를 돕기 위해 한마디 더 했다. "내 동생이에요."

나는 걸어가면서 등 뒤가 간지러워짐을 느꼈다. 부부는 내 등짝을 쳐다보며 참 이상한 사람이라고 생각할 게 뻔했다. 내가 그의 형이라는 점과, 뜬금없이 물방울 운운하여 약간 돈 사람처럼 보였기 때문에.

우리가 잡은 고기는 술을 여러 잔 마실 정도로 많았고, 그 후의 뒷담화도 길어졌으므로, 우리는 꽤 늦게 헬레나로 돌아갔다. 가는 길에 폴이 말했다. "형, 내 집에 가서 하룻밤 자고 내일 아침에 울프 크리크로 돌아가는 게 어때?" 그는 "저녁에 잠깐 나가 봐야 한다."는 말을 했고 그렇지만 자정 넘어서 곧 돌아오겠다는 말을 덧붙였다. 나중에야 알게 된 거지만 새벽 2시쯤 나는 전화벨이 울리는 소리를 들었다. 나는 물안개와 물방울들 사이로 솟구쳐 올라가다가 잠에서 깨어 수화기를 집어 들었다. 전화기에서 소리가 흘러나왔고 이렇게 물었다. "당신이 폴의 형입니까?" "뭐가 잘못되었습니까?" "당신이 와서 동생을 좀 보살펴주기 바랍니다." 그 목소리가 말했다. 나는 전화가 혼선이 되었다고 생각하면서 수화기에다 소리를 질러댔다. "당신 누구요?" "나는 경찰의 당직 반장인데, 여기 와서 동생 문제를 좀 해결했으면 좋겠습니다."

경찰서 유치장에 도착했을 때 나는 이미 손에 수표책을 들고 있었다. 당직 반장은 얼굴을 찌푸리며 말했다. "아니, 동생을 위해 보석금을 공탁해야 할 필요는 없습니다. 그는 경찰서를 출입하는 기자이고 여기에 친구들도 있습니다. 그냥 동생의 상태를 한번 살펴보고 집으로 데려갔으면 좋겠습니다."

이어 반장은 덧붙여 말했다. "하지만 그는 여기 다시 나와야 할 겁니다. 한 친구가 그를 고소할 거니까. 어쩌면 두 친구가 고소할지도 모르고."

동생이 어떤 몰골인지 사전에 알고 싶어서 나는 계속 물었다. "뭐가 잘못된 거지요?" 반장은 물어봄 직한 질문이라고 생각했는지 이렇게 대답했다. "그가 한 친구를 구타했습니다. 피해자는 이빨이 두 대 나가고 얼굴이 찢어졌습니다." "두 번째 친구는 무엇 때문에 고소합니까?" "접시를 깨트리고 테이블을 박살냈으니까. 두 번째 친구는 식당 주인이오. 두들겨 맞은 친구가 테이블 위로 엎어지면서 그런 피해가 났어요."

나는 이제 동생을 만나볼 준비가 되었다. 하지만 반장은 나에게 해줄 말이 있어서 경찰서로 부른 게 분명했다. "우리가 동생을 너무 늦게 픽업했어요. 술을 너무 많이 마셨더군요." 나는 이미 원하는 것보다 더 많은 것을 들었다. 우리 형제의 궁극적 문제 중 하나는, 내가 동생에 대해서 많은 것을 알기를 원하지 않는다는 것이었다.

이어 반장은 내심 하고 싶었던 말을 꺼냄으로써 용건을 완료했다. "동생은 핫 스프링스의 판돈 큰 스터드 포커 게임에서 빚을 지고 있어요. 핫 스프링스의 큰 판에서 빚을 진다는 건 좋은 일이 아닙니다. 당신과 동생은 길거리 싸움에 능숙하여 스스로 터프하다고 생각할지 모릅니다. 그러나 핫 스프링스에서는 주먹 싸움 같은 어린애 놀이는 하지 않아요. 거긴 판돈 큰 스터드 포커 게임을 하는 데입니다. 빚을 져서는 무슨 일이 벌어질지 아무도 모릅니다."

나는 덜 깬 잠의 물방울을 털어내며 알고 싶지 않은 것을 알아야 하는 상황이 되자 다소 혼란스러웠다. "다시 물어보겠습니다. 동생은 왜 여기에 와 있습니까? 다쳤습니까?"

"다치지 않았어요. 단지 술을 너무 많이 마셨을 뿐입니다. 핫 스프링스에서는 술을 그리 많이 마시지 않아요." "알았습니다. 동생은 어떻게 여기 온 거죠?"

반장이 내게 해준 말에 의하면, 폴과 여자 친구는 한밤중에 샌드위치를 먹기 위해 와이스 식당에 들어갔다. 그곳은 사람들이 밤늦게 즐겨 가는 장소인데, 식당 뒤쪽에 방이 있어서 여자와 함께 들어가 커튼을 칠 수 있었다. "동생이 사귀는 여자는 혼혈 인디언 여자예요. 당신은 그 여자를 알지요?" 그는 뭐 다 알고 있는 이야기가 아니냐는 듯이 말했다.

폴과 여자 친구는 빈 방을 찾고 있었는데, 그때 방에 들어 있던 한 남자가 커튼 밖으로 머리를 내밀며 소리쳤다. "멋진데." 폴은 그 남자의 머리를 주먹으로 내리쳐 이빨 두 개를 부러트렸다. 피해자는 테이블 위로 쓰러졌고, 그 테이블이 엎어지면서 피해자와 여자 친구는 깨어진 그릇에 부상을 당했다. "피해자는 내게 말했습니다. '인디언 여자하고 데이트하다니 흥미롭다고 한 것뿐인데 말입니다. 그건 정말 농담이었어요.'" 반장이 말했다.

"그건 별로 재미있지 않군요." 내가 반장에게 말했다. "그래요. 별로 재미있지 않지요. 당신 동생은 이 건에서 벗어나려면 상당한 돈과 시간을 투자해야 할 겁니다. 그러나 그보다 더 재미없는 것은 당신 동생이 핫 스프링스의 포커 게임에서 빚을 지고 있다는 겁니다. 그를 도와 그 빚을 좀 청산할 수 없습니까?"

"어떻게 해야 할지 모르겠습니다." 내가 반장에게 실토했다.

"당신 심정 이해합니다." 반장도 내게 솔직하게 말했다. 그 당시 경찰 반장은 아직도 아일랜드인이 맡고 있었다. "나도 동생이 하나 있어요. 아주 좋은 놈인데 늘 문제를 일으켜요. 우리들끼리 말하는 '검은 아일랜드인'이에요." 반장이 말했다.

"동생을 돕기 위해 당신은 무엇을 합니까?"

"그를 낚시에 데려갑니다." 반장이 한참 뜸을 들이더니 대답했다.

"그게 안 통할 때에는 어떻게 하지요?" 내가 물었다.

"이제 가서 당신 동생을 한번 살펴보십시오."

유치장 속의 그의 모습을 똑바로 보고 싶어서 나는 가만히 서 있었다. 그러자 동생의 그림자 던지기에 감탄삼발(感歎三發)하던 가슴받이 작업복을 입은 가정주부의 모습이 내 눈앞에 떠올랐다. 나는 문을 열고서 취객을 걸을 수 있을 때까지 유치해 두는 방 안으로 들어갔다. "여자 친구도 그와 함께 있습니다." 반장이 말했다.

그는 창문 앞에 서 있었으나 밖을 내다볼 수는 없었다. 유치장 철창 사이로 두터운 스크린이 쳐져 있었기 때문이다. 게다가 그는 낚싯대를 던지는 커다란 오른손으로 얼굴을 가리고 있어서 더욱 나를 보지 못했을 것이다. 유치장에서 보았던 그 오른손, 내가 그 후 평생 동안 연민을 느꼈던 그 오른손이었다. 그게 아니었더라면 나는 그 후 유치장에서 동생을 보았던 사실을 기억하지 못했을 것이다.

여자 친구는 그가 서 있는 근처의 유치장 바닥에 앉아 있었다. 전에 그녀의 검은 머리카락이 반짝거리는 것을 보면서 내가 좋아하는 타입의 여자라고 생각했었다. 그녀의 어머니는 북부 샤이엔족이었다. 그래서 검은 머리카락이 반짝거릴 때 그녀는 아름다웠고, 옆모습이 몽골리안보다는 알곤킨족이나 로마인 같아 보였다. 술이라도 몇 잔 걸치면 더욱 사나워지는 여자였다. 그녀의 증조할머니 한 분은 북부 샤이엔족과 수(Sioux)족이 커스터 장군의 제7기병대를 전멸시킬 때 그 인디언들과 함께 있었다. 그 유명한 전투가 벌어진 언덕 맞은편에 있는 리틀빅혼에 주둔한 인디언은 샤이엔족이었기 때문에, 샤이엔 여자들은 전투가 끝난 후에 맨 처음으로 뒷정리를 했다. 그렇다면 그녀의 조상 할머니는 그날 늦은 오후에 7기병대 병사의 불알을 까면서 즐거운 한때를 보냈을 것이다. 그 불알까기는 병사가 채 죽기도 전에 벌어지기도 했다.

와이스 식당의 방에서 커튼 밖으로 머리를 내밀고 "멋진데." 하고 소리친 그 백인 남자는 이빨 두 개만 없어진 것을 다행으로 여겨야 하리라.

나 자신도 그녀와 함께 길을 걸어 내려가면 곤란한 처지에 빠져들었다. 그녀는 토요일 저녁이면 오른팔에 폴, 왼팔에 나를 잡고서 라스트 챈스 걸치(구렁텅이)를 걸어 내려가기 좋아했다. 사람들은 우리를 피하려면 할 수 없이 구렁텅이 안으로 들어가야 했다. 그들이 보도에서 벗어나지 않으면 그녀는 우리 형제를 그들 쪽으로 밀어넣었다. 그러니 토요일 저녁에 그런 식으로 라스트 챈스 걸치를 걸어 내려가면 얼마 가지 않아서 우리는 큰 싸움에 빠져들었다. 그 여자는 데이트에 불러낸 남자 친구가 자기 때문에 싸움을 벌이지 않으면 실망스러운 저녁이라고 생각했을 뿐만 아니라 사람대접을 제대로 못 받았다고 생각했다.

하지만 그녀의 반짝거리는 머리는 그럴 만한 가치가 있었다. 그녀는 내가 본 가장 훌륭한 댄서 중 한 사람이었다. 그녀는 남자 친구에게 곧 차이거나 아니면 곧 채일지 모른다는 느낌을 주는 여자였다.

별유천지(別有天地)로 남자를 끌어들이고 그 다음에는 남자로 하여금 내가 저 여자를 감당하지 못할 거라는 느낌을 갖게 하는 여자. 그런 여자를 양팔에 껴안는 것은 기이하면서도 경이로운 동시에 난처한 일이었다.

나는 샤이엔족의 추장 리틀 록의 아름다운 딸 이름을 따와서 그녀를 모나세타라고 불렀다. 그건 "봄에 솟아나는 어린 풀"이라는 뜻인데, 그녀는 처음엔 그 이름을 좋아하지 않다가 모나세타가 조지 암스트롱 커스터 장군의 사생아 아들을 낳은 것으로 알려져 있다고 말해주자 물 만난 오리처럼 그 이름을 좋아했다.

이제 유치장 안에 쭈그려 앉은 그녀를 내려다보니, 어깨 위로 퍼진 머리카락과 바닥에 퍼지른 두 다리만 보였다. 그녀의 머리는 반짝거리지 않았고, 나는 전에 바닥에 내뻗은 그녀의 두 다리를 본 적이 없었다. 내가 내려다본다는 것을 알자 그녀는 일어나려고 애썼다. 그러나 긴 다리가 휘청거렸고 스타킹이 다리 아래로 흘러내렸다. 그녀는 바닥에 다시 퍼질러 앉았고, 스타킹 윗부분과 밴드가 훤히 보였다.

동생과 그녀에게서는 유치장보다 더 지독한 냄새가 났다. 그들은 그들다운 냄새를 풍겼다. 지독한 술꾼인 그들의 위장이 엉망진창인 냄새의 원천이었다. 그 위장은 추위를 느끼고 알코올이 가득했을 때 나오는 온갖 체액으로 가득했고, 뭔가 불길한 일이 벌어져서 내일이 오지 않기를 바라는 그런 상태였다.

둘 다 나를 쳐다보지 않았고, 동생은 내게 말을 걸지 않았다. "집에 데려다줘요." 여자가 말했다. "그러려고 여기 왔어." "저 사람도 함께." 여자가 다시 말했다.

동생이 훌륭한 플라이 낚시꾼이라면 그녀는 멋진 댄서였다. 의식이 별로 없는데도 발이 제멋대로 돌아가니까 말이다. 내가 그녀를 부축하자 그녀의 발가락이 뒤에서 질질 끌렸다. 폴은 창문에서 돌아서서 쳐다보지도 않고 아무 말도 없이 따라왔다. 그는 손목이 잘 발달된 오른손으로 양 눈을 가렸다. 그는 술꾼 특유의 논리로 그렇게 하고 있으면 내가 그를 쳐다보지 못하고, 또 동생도 자기 모습을 보지 않을 수 있다고 생각하는 듯했다.

우리가 당직 책상 옆을 지나가자 반장이 말했다. "다 같이 낚시를 한번 가보세요."

나는 폴의 여자 친구를 그녀의 집으로 데려가지 않았다. 그 당시 보호구역에 살지 않는 인디언들은 시 경계 바깥에서 살아야 했다. 그래서 그들은 도살장이나 쓰레기 하치장 근처에 텐트를 치고 살았다. 나는 남녀를 폴의 아파트로 데려갔다. 나는 동생을 그의 침대에 눕혔고, 여자는 내가 자던 침대에 눕혔다. 하지만 그 전에 시트를 깨끗이 갈아서 신선한 시트가 그녀의 다리를 부드럽게 감싸도록 했다.

내가 이불을 덮어주는데 그녀가 말했다. "그 개자식을 죽여 버려야 하는 건데."

"아마 죽였을 거야." 그러자 그녀는 몸을 돌리면서 잠이 들었다. 그녀는 늘 그랬듯이 내가 해주는 말이라면 그대로 믿었다. 특히 엄청난 사고의 경우에는 더욱 잘 믿었다.

그즈음에 여명이 미주리 강 건너편 산으로부터 올라오고 있었다. 나는 차를 몰아 울프 크리크로 돌아갔다.

그 당시 헬레나에서 울프 크리크까지 비포장도로 40마일을 달리는 데는 약 40분이 걸렸다. 빅 벨트 산맥과 미주리 강에서 태양이 빠져나와 산과 강을 빛 속에 놔두고 앞으로 달려 나아갈 때, 나는 인생에서 얻은 지식들을 이리저리 모아 보려고 애썼다. 어떻게 하면 동생에게 도움의 손길을 내뻗어 그를 감동시키고, 그리하여 나와 그 자신을 온전한 형제로 여기게 할 수 있겠는지, 그게 문제였다. 잠시 동안 나는 당직 반장이 내게 처음 얘기해준 것이 유익하다고 생각했다. 당직 반장이니만큼 인생 잡사에 대해서 많이 알고 있을 것이고, 그래서 폴이 스코틀랜드 판 "검은 아일랜드인"이라는 얘기도 해주었다. 물론 우리 아버지의 가족 중에도 남부 헤브리디스 제도의 섬인 멀(Mull) 섬의 고향집을 버리고 저 먼 외지로 나간 "검은 스코틀랜드인들"이 있었다. 그들은 북극에서 남쪽으로 겨우 110마일 혹은 115마일 떨어진 알래스카 주의 페어뱅크스까지 도망을 갔다. 그곳은 당시 구속영장을 갖고 온 경찰관이나 엽총을 들고 나타난 남편을 피해 스코틀랜드인이 내뻴 수 있는 가장 먼 곳이었다. 나는 이런 친척들에 대한 얘기를 숙부들이 아니라 숙모들로부터 들었다. 숙부들은 모두 메이슨(비밀공제조합원)이었고, 남자들만의 비밀 결사를 믿었으므로 잘 말해주지 않았다. 숙모들은 달아난 친척들에 대하여 즐겁게 얘기했고, 아직 어린 소녀인 그들에게 잘 대해 준 키 크고 재미나고 멋진 남자들이라고 말했다. 아저씨들의 편지들을 살펴볼 때 그들이 숙모를 아직도 어린 소녀로 여기는 것이 분명했다. 이 황급히 떠난 형제들은 먼 땅에서 숨을 거둘 때까지 크리스마스 시즌이면 한때 어린 여동생이었던 숙모들에게 크리스마스카드를 보냈고, 그 속에다 "곧 미국으로 돌아가 크리스마스이브에는 너희들이 굴뚝 벽에다 스타킹을 거는 것을 도와줄게."라고 휘갈겨 쓰는 것을 잊지 않았다.

나는 남자에 대해서 잘 모르는 것을 여자에 의지하여 이해하려 했으므로, 내가 데이트했던 두 명의 여자가 생각났다. 그들의 아저씨들도 내 동생과 비슷한 점이 있었다. 그 아저씨들은 놀라운 기술을 갖고 있었는데 그건 기술이라기보다 취미였다. 한 아저씨는 수채화 화가였고, 다른 아저씨는 골프 클럽 소속 골프 선수로 클럽 챔피언이었다. 둘 다 자신의 취미를 평생 즐길 수 있게 해주는 직업을 골랐다. 둘 다 매력적인 남자였고, 그들과 말을 해보면 그 대화로 그들을 잘 이해했는지 아리송해졌다. 그들은 일을 해서 평생 취미 생활을 할 만큼의 돈을 벌지는 못했으므로, 그들의 가족은 종종 카운티 검사를 만나서 사태를 무마시켜야 했다.

해가 뜨는 시간은 이제 이런 느낌이 드는 시간이다. 가까운 사람이 도움을 요청하지 않아도 그에게 뭔가 도움을 줄 방도를 궁리해야 한다. 그러나 해가 뜨면 모든 것이 빛을 발하기만 할 뿐 그만큼 더 명료해지지는 않는다.

울프 크리크에 도착하기 전 12마일쯤 되면 길은 리틀 프리클리 페어 협곡으로 내려서는데 거기서는 새벽이 더디 온다. 갑작스럽게 되돌아온 절반의 어둠 속에서, 나는 길을 조심스럽게 살피면서 혼자 중얼거렸다. 그렇지만 내 동생은 그런 사람들과는 달라. 동생은 내 여자 친구의 아저씨 같은 사람도 아니고 내 숙모들의 오빠 같은 사람도 아니야. 그는 내 동생이고 예술가야. 4.5온스 무게의 낚싯대가 손에 들려 있으면 위대한 예술가라고. 동생은 자칭 수채화 화가처럼 화필을 휘둘러대지도 않고, 골프의 쇼트 게임 실력을 향상시키기 위해 레슨을 받지도 않으며, 누구를 피해서 멀리 달아나지도 않아. 북극권으로 도망가는 일은 더더욱 안 해. 그런 동생을 내가 이해하지 못하다니 나는 부끄러웠다.

그러나 그 적막한 협곡에서 세상에는 나 같은 사람들이 있다는 것을 알았다. 동생을 이해하지는 못해도 도와주려는 사람들 말이다. 그런 사람들은 아마도 구약성경에서 말하는 "내 형제의 돌보미"라고 해야 하리라. 그것은 아주 오래되었으되, 또한 별로 쓸모가 없으면서, 그래도 사람을 붙들고 놓아주지 않는 본능 같은 감정이다. 그것은 결코 우리를 놓아주지 않는다.

내가 협곡을 빠져나오니 이제 훤한 대낮이었다. 나는 침대에 몸을 누이고 잠을 청했으나 잠은 좀처럼 찾아와 주지 않았다. 그때 아내 제시가 말했다. "당신, 어머니와 나와 함께 닐을 기차역으로 환영 나가기로 했다는 거 잊지 말아요." 나는 그걸 까마득하게 잊고 있었으나, 처남 생각을 하니 다소 위로가 되었다. 처가에도 걱정거리 식구가 있다는 걸 기억하는 건 좋은 일이었다. 게다가 그 처남이 약간 웃기는 사람이라는 걸 기억하는 것은 더 좋은 위로였다. 나는 그 순간 위로가 필요했는데, 웃겨주는 위로든 뭐든 위로라면 다 좋았다.

아내는 문턱에서 서서 내가 옆으로 돌아누우며 다시 잠들기를 기다렸다. 하지만 놀랍게도 나는 침대를 박차고 일어나 옷을 입기 시작했다. "즐겁게 맞으러 나가야지." 내가 말했다. "당신은 참 웃겨요." "뭐가 웃겨?" "당신이 내 동생을 싫어한다는 걸 알아요." "그래, 좋아하지 않지." 금방 침대에서 일어나 내 목소리가 흐릿하게 들릴까 봐 '않지'를 강조하며 말했다. "당신 웃겨요." 아내는 그렇게 말하고 문을 닫았다. 그러다가 문을 빼꼼 열고서 덧붙여 말했다. "당신은 웃기지 않아요." 아내 역시 '않아요'를 분명하게 발음했다.

그는 기차에서 마지막으로 내린 승객이었다. 그는 국제 테니스 대회 우승자 같은 모습을 연출하려고 애쓰면서 승강장을 내려왔다. 그는 하얀 플란넬 셔츠와 두 장의 스웨터를 입고서 몬태나 주 울프 크리크 역에 도착하여 '그레이트 노던' 열차에서 내려선 최초이자 최후의 승객이었다. 당시는 자칭 멋쟁이라면 적백청이 섞인 테니스 스웨터를 입어야 한 자락 낄 수가 있었는데, 처남은 적백청 터틀넥 스웨터 위에다 적백청 브이넥 스웨터를 이중으로 껴입고 있었다. 그는 우리들 친척을 쳐다보자 그 자신이 빌 틸던(1893~1953, 미국의 테니스 선수로서 1920년 윔블던 대회에서 미국인 최초로 우승하고 귀국길에 대대적인 환경을 받았

다. ─옮긴이)이나 F. 스콧 피츠제럴드(1896~1940, 미국의 소설가로
『위대한 개츠비』를 발표한 이후에 프랑스에 건너가 있다가 이 작품이
미국에서 히트를 치자 귀국길에 대대적인 환영을 받았다. ─옮긴이)는
될 수 없다는 것을 깨닫고서 여행 가방을 내려놓더니 "오." 하
고 말했다. 그러나 나를 쳐다보았을 때에는 아무 말도 하지 않
았다. 이어 그는 고개를 옆으로 돌리더니 키스해 오기를 기다
렸다. 장모와 아내가 돌아가며 키스해주는 동안 나는 그의 여
행 가방을 찬찬히 내려다보았다. 그것은 그의 우아한 흑백 구
두 옆에 놓여 있었다. 밀짚 옆면은 비어져 나오려 했고, 자물쇠
중 하나는 잠겨 있지 않았다. 가방 손잡이에는 장모의 결혼 전
이름 이니셜인 F. M.이 새겨져 있었다. 장모는 그 가방을 보더
니 눈물을 흘렸다.

　　그는 몬태나를 떠났을 때의 그 상태로 집으로 돌아온 것이었
다. 자기 어머니의 여행 가방을 아직도 쓰고 있을 뿐만 아니라
자신이 데이비스컵에서 뛰는 테니스 선수라는 꿈을 그대로 간
직한 채. 그는 황당하게도 울프 크리크에서 처음 그런 꿈을 품
었다. 테니스장이라고 해봐야 네트 주위가 온통 선인장뿐인 그
런 곳에서 말이다.

　　밤 8시 반 혹은 9시 정도 되자 그의 과대망상은 부피가 좀 줄
어들었고 이제 정신적 몸집이 작아진 처남은 식구들에게 들키
지 않은 채로 문밖을 나갈 수 있게 되었다. 하지만 플로렌스와
제시가 그런 그를 예상하고 있었다. 나의 아내는 돌려서 말하
는 법이 없기 때문에 나는 한 소리 듣기가 싫어서 자리에서 일
어나 처남을 따라 블랙잭의 바로 갔다. 드물기는 하지만 그곳

은 태번(여인숙이 딸린 술집)으로 불리기도 했다.

블랙잭은 화물 수송용 기차의 차량 한 짝에서 바퀴를 떼어내 만든 술집으로, 리틀 프리클리 페어 협곡을 건너가는 다리의 마지막 끝부분에 있는 자갈 밭 위에 세워져 있었다. 이 차량 술집의 옆면에는 '그레이트 노던 철도 회사'의 상징 그림이 새겨져 있었다. 빨갛게 칠해진 세상을, 야생 염소가 하얀 턱수염 사이로 내다보는 그림이었다. 그 염소는 이 차량 바닥이 3-7-77이라는 그 술집 고유의 상표가 붙은 위스키 병으로 늘 채워져 있는 것을 내려다본 유일한 염소였다. 3-7-77이라는 숫자는 자경당원이 노상강도들에게 교수형의 징벌을 경고하기 위해 사용한 것으로서, 무덤의 크기를 나타낸 것으로 보인다. 즉, 노상강도짓을 하다가는 가로 3피트, 세로 7피트, 깊이 77인치의 무덤에 들어가게 된다는 뜻이다. 술집 안에 있는 카운터는 누군가 도끼질 솜씨가 신통치 않은 사람(어쩌면 블랙잭)이 두 쪽으로 절단 낸 통나무였다. 하지만 손님들이 그들의 팔꿈치로 그 나무를 반질반질 윤나게 만들어놓았다. 블랙잭은 땅딸막하고 몸을 떠는 사람이었지만 늘 권총과 짧은 곤봉을 카운터 가까운 곳에 놓아두었다. 그는 이가 안 좋았는데 아마도 십 걸치(Sheep Gulch) 위쪽 어딘가에서 만들어온 그 집 위스키를 마신 탓이었을 것이다.

그 카운터 앞에 놓인 의자들은 식료품점에서 가져온 나무 상자들이었다. 닐과 내가 술집 안으로 들어가니 나무 상자 두 개에 손님이 앉아 있었다. '그레이트 노던' 염소는 그 두 손님을 오랫동안 보아 왔다. 첫 번째 의자에는 롱 보(Long Bow)가 앉아 있었다. 한때 인디언이 살았던 이 고장에서 사냥과 사격에 대하여 엄청난 허풍을 떠는 사람을 가리켜 "롱 보(황당한 화살)를 잡아당긴다"라고 했는데 거기서 그의 이름이 나왔다.

하지만 나는 그가 직접 총을 쏘는 것을 보았고, 그가 사격 솜씨를 허풍 떤다는 소문을 믿지 않았다. 한번은 그의 친구가 공중에 아스피린 병 다섯 개를 던져 올렸고, 롱 보가 그 즉시 한 발의 총성처럼 들리는 다섯 발을 연속 발사하여 다섯 송이의 자그마한 하얀 꽃들이 공중에 피어나는 것을 보았다.

나는 롱 보가 시벤 농장의 최고 목동과 내의 벗기기 시합을 붙여볼 만한 인물이라고 확신했다. 시븐 농장은 서부 몬태나에서 유서 깊은 곳으로 헬레나 계곡에서 시작하여 링컨에 이르고, 또 그 너머까지 부지를 확보한 대(大)농장이었다. 농장주인 진과 존 보커스 부부는 그들이 총애하는 목동을 언젠가 병원에 데려간 경험을 내게 말해주었다. 병원에 도착한 목동은 용태가 더 나빠졌다. 병원 사람들은 그의 내의를 벗겨낼 수가 없었다. 너무 오래 입어서 털이 그 내의를 뚫고 나왔다. 닭의 털을 뽑듯 그 내의를 벗겨내야 했다. 마침내 내의가 벗겨지자, 살점이 그 옷에 묻어나왔다. 롱 보의 셔츠는 밑부분 단추가 몇 개 잠겨 있지 않았다. 나는 그의 내의 바깥으로 비어져 나온 털들을 볼 수 있었다.

카운터 반대편 쪽 끝부분의 나무 상자에는 '그레이트 노던' 철도가 오르내리는 지역의 염소들(호색가들이라는 뜻의 은어. - 옮긴이)에게 잘 알려진 올드 로하이드라는 여자가 앉아 있었다. 약 10년 전 독립기념일에 그녀는 울프 크리크의 뷰티 퀸으로 뽑혔다. 그녀는 안장 없는 말 위에서 서서 대부분 남자인 111명의 남자들 사이로 말을 달렸다. 그 남자들은 딱 두 개뿐인 울프 크리크의 거리를 메우고 있었다. 그녀의 스커트는 하늘 높이 휘날렸고, 그 덕에 그녀는 여왕으로 뽑혔다. 그녀는 전문적인 승마꾼의 소질이 없었으므로 차선의 직업을 선택했다. 하지만 그녀는 아직도 그날 입었던 서부 여성 승마인의 바지형 스커트를 입고 있었다. 그것은 그녀의 새 직업에서는 불리한 점으로 작용할 수 있었다.

작은 마을치고, 울프 크리크는 지도에서 크게 나온다. 이 마을에는 거의 전국적으로 알려진 유명인사가 있는데 하나는 수송아지 씨름꾼이었고, 다른 하나는 곡예 올가미 기술자였다. 이 두 시골 예술가들은 여름마다 마을 장에서 시간을 보냈고 시즌마다 500 내지 600달러는 너끈히 벌어들였다. 단 병원비 공제 이전의 액수였다. 올드 로하이드는 평생을 실패한 승마꾼으로 보내고 싶지 않았고, 그래서 어느 겨울에는 올가미꾼, 그 다음 겨울에는 씨름꾼과 동거를 했다. 때때로 다가올 겨울이 특히 혹독할 것으로 보이는 늦은 가을에, 그녀는 그 두 사람 중 하나와 결혼을 했다. 하지만 결혼은 올드 로하이드가 생각하는 자연스러운 천혜의 상태가 아니었다. 봄이 오기 전에 그녀는 두 사람 중 다른 하나와 동거에 들어갔다. 동거는 올드 로하이드의 적성에 맞았고, 그녀의 지속적이고 내구적인 특성을 잘 이끌어냈다. 아무튼 동거는 수틀리면 깨지는 결혼과는 다르게, 겨울 내내 지속된다는 이점이 있었다.

그녀의 예술가들이 시골 장에서 맹견들을 상대로 밧줄을 던지고, 또 수송아지의 멱살을 붙잡다가 내장이 파열되는 재앙을 당하는 여름철이면, 올드 로하이드는 블랙잭 술집에 노박 살다시피 하면서 객지에서 온 낚시꾼들을 상대로 영업하는 신세로까지 전락했다. 그들은 그레이트 폴스에서 온 미끼 낚시꾼 혹은 철물 낚시꾼들이었다. 온 세상 사람들이 다 그렇듯이, 그녀도 인생의 오르내림이 있었다. 하지만 그녀의 얼굴에서는 세월의 무게나 풍상이 그리 보이지 않았다. 많은 곡예 승마사들처럼 그녀는 다소 몸집이 작았으나 아주 다부지고 강인했는데, 특히 양 다리의 힘이 셌다. 말과 승마꾼들, 그리고 그레이트 폴스의 한량들과 함께 보낸 지난 30년의 세월보다 더 늙어 보이지는 않았다.

그녀와 롱 보는 동시에 술집에 있을 때 나무 상자의 정 반대편에 앉았다. 그래서 뜨내기 낚시꾼들은 그들 사이에 앉아 술을 사 주어야 했다.

닐과 나는 그 술집에 들어가 바로 그 중간 지점에 앉았다.

"안녕하시오, 롱 보." 닐이 그렇게 말하면서 손을 높이 쳐들어 흔들었다. 롱 보는 자신의 등 뒤에서 사람들이 그렇게 자신을 부른다는 것을 알지만 직접 롱 보라고 부르는 걸 싫어했다. 하지만 닐에게 그는 언제나 롱 보였다. 3-7-77을 두 잔쯤 걸치자 닐은 정부의 전문 덫꾼들보다 자신이 더 잘 사격을 하고, 사냥을 하고, 또 덫을 잘 놓는 사람이라고 허풍 떨기 시작했다.

닐의 내면 깊숙한 곳에서는 전문가들을 상대로 거짓말을 지껄이게 하는 엉뚱한 충동이 있었다. 전문가들이 금방 허풍 떤다는 것을 알아차리는데도 그렇게 주절주절 늘어놓는 것이다.

그는 거짓말을 하는 도중에 상대방에게 그 거짓말을 지적당하고 싶어 하는 그런 사람이었다.

올드 로하이드에 대해서 말해보자면, 닐은 아직 그녀를 쳐다보지 않았다. 나는 이미 닐의 초동 작전이 무엇인지 간파했다. 그것은 여자를 무시해 버리는 작전인데, 나는 그게 먹혀 들어간다는 것을 깨달았다.

카운터 뒤에 걸려 있는 거울은 잘 닦아놓은 캄브리아 전기의 물결무늬 판암(板岩)같이 보였다. 닐은 그 거울을 계속 쳐다보았다. 자신의 검게 왜곡된 얼굴이 거기에 자동적으로 비치는 것에 매혹된 듯했다. 그는 술을 계속 사고 말은 혼자 다 하면서 남의 말은 듣지 않았다. 나는 옆에 앉은 올드 로하이드에게 말을 걸어서 그런 단조로움을 깨트리려 했으나, 그녀는 자신이 무시당한다는 것만을 의식하면서 나를 무시했다.

아무도 내 말을 들어주려 하지 않았으므로 나는 그냥 듣고 있을 수밖에 없었다. 아마도 내가 술을 한잔 사겠다고 하지 않은 탓도 있었을 것이다. 닐은 자신이 과거에 수달과 그 새끼를 쫓아서 로저스 고개까지 올라갔다고 말했다. 그 고개는 온도계가 공식적으로 영하 69.7도를 기록한 바로 그곳이었다. 처남이 수달 쫓은 얘기를 들으면서 나는 그의 묘사에 의거하여 수달의 가계(家系)를 추적해 보려고 했다. "그걸 쫓아가느라고 아주 힘들었지. 겨울에는 색깔이 하얗게 되니까." 그렇다면 그건 부분적으로 담비였다. "나무 쪽으로 쫓아가니까 그놈이 낮은 가지 위로 올라가더니 혹시 다가올지 모르는 사슴을 덮치려고 하더군." 그렇다면 그 암놈 수달은 산(山) 사자의 가계도 일부 가지고 있었다. 그 암놈은 부분적으로만 수달이었을 것이다. 왜냐하면 그놈은 장난을 치고 또 그에게 미소를 보냈으니까. 하지만 그놈은 대부분 3-7-77이 만들어낸 허풍이었다. 한 겨울에 새끼를 데리고 영하 69.7도 산꼭대기로 나서서 어떤 어설픈 남자를 쳐다보고 있는 동물은 서부 몬태나에는 아예 없으니까. "아, 그놈들이 바로 내 셔츠 속으로 파고들어 왔다니까." 처남은 두 장의 적백청 스웨터 아래에 있는 셔츠를 우리에게 보여주었다.

롱 보는 아무 말 없이 빈 술잔의 두터운 바닥으로 카운터 통나무를 부드럽게 내려쳤다. 아마도 주의를 기울이지 않는 것처럼 보이는 게 두려웠으리라. 하지만 올드 로하이드는 그 결과가 어떻게 되었든 더 이상 처남의 무시 작전을 참아줄 수 없었다. 그녀는 내 앞쪽으로 몸을 기울이며 닐의 옆얼굴에다 대고 말했다. "이봐요, 버스터, 수달들이 뭐 볼 거 있다고 대륙 분수령의 꼭대기에 올라간대요? 수달들은 개울에서 헤엄치면서 진흙을 가지고 노는 동물 아니에요?"

닐은 말을 하다가 멈추고 거울을 쳐다보면서 방금 말을 건네온, 그의 얼굴 이외의 또 다른 왜곡된 얼굴을 찾아내려 애썼다. "자 한잔 더 하십시다." 그는 거울 속의 모든 왜곡된 얼굴들을 향해 말했다. 그리고 거울 속의 얼굴이 아니라 카운터 뒤의 실물 블랙잭을 쳐다보며 "저 여자에게도 한잔 주세요."라고 말함으로써 처음으로 여자의 존재를 공식적으로 인정했다.

올드 로하이드는 술잔이 나오자 손으로 그 잔을 잡았으나 닐의 옆얼굴을 계속 쳐다보았다. 울프 크리크라는 목장 마을에서 그녀와 '그레이트 노던' 염소는 창백한 얼굴에 양 눈이 쑥 들어간 백인 남자는 딱 두 명만 보았을 것이다.

집에 일찍 가겠다는 약속을 지키기 위해 내가 나무 상자에서 일어서자 롱 보가 말했다. "고맙네." 내가 밤새 술 한잔도 안 산 탓에, 그는 처남을 혼자 내버려두고 가는 내가 고마웠을 것이다. 내가 나무 상자에서 일어서는 순간 올드 로하이드는 닐과 더 가깝게 앉기 위해 그 자리를 꿰찼다. 그녀는 그의 옆얼굴을 쳐다보았고 로맨스가 피부 밑에서 꿈틀거렸다.

나는 술집을 나오면서 등 뒤로 닐에게 말했다. "내일 아침, 낚시 가기로 되어 있는 걸 잊지 말게." 그는 여자의 등 뒤로 쳐다보면서 말했다. "뭐라고요?"

폴은 그 다음 날 자신의 말대로 아침 일찍 울프 크리크에 왔다. 동생과 나는 다 커서는 자유롭게 생활하게 되었지만 교회, 직장, 낚시에는 지각하지 말라는 어릴 적의 종교적 가르침은 위반해 본 적이 없었다.

플로렌스가 현관 문 앞에서 동생을 맞았고 긴장된 목소리로 말했다. "폴, 미안해. 하지만 닐이 아직 자리에서 일어나지 않았어. 지난밤 집에 늦게 왔어."

"저도 지난밤에 거의 자지 못했습니다. 그를 깨우세요, 플로렌스."

"그 애가 몸이 안 좋아."

"저도 마찬가지입니다. 하지만 전 곧 낚시를 갈 생각이에요."

그들은 서로 쳐다보았다. 스코틀랜드 어머니는 게으른 아들이 침대에 드러누워 있는 것을 들키는 걸 싫어했고, 스코틀랜드 남자는 술이 덜 깬 남자 친척을 기다리며 뭉개는 것을 싫어했다. 스코틀랜드 사람들이 위스키를 발명하기는 했지만, 그들은 숙취의 존재를 인정하지 않으려 했고, 특히 집안 식구의 경우에는 더욱 그러했다. 상황은 내 동생과 장모 사이의 대치전으로 흘러갈 판이었으나, 이런 진귀한 경우에 스코틀랜드 부인은 아들을 변호할 말이 잘 생각나지 않았다. 그래서 그녀는 아들을 깨우러 갔으나 마지못한 것이었다.

우리는 케니 소유인 반톤 트럭에다 천천히 짐을 실었다. 케니는 울프 크리크에 눌러 살고 있는 나의 유일한 처남이었다. 세 명의 여인은 박스(트럭의 적재함)의 시원한 부분에다 매트리스를 깔았고, 그 위에 서부 해안에서 다니러 온 아들을 올려놓았다. 이어 감자 샐러드, 요리용 그릴, 낚시 장비 등을 싣고 나서 우리 여섯 명은 매트리스를 제외한 비좁은 공간에 웅크리고 앉았다.

도로의 첫 3마일을 제외하고 엘크혼으로 가는 길은 미주리 강과 나란히 달렸다. 그 강은 탐험가인 루이스와 클라크가 '산맥의 관문'이라고 불렀던 거대한 협곡에서 흘러나오고 있었다. 하류 몇 마일까지 물은 아주 투명했으나 도로는 미주리 강이 산맥에서 벗어나는 그 순간부터 갈색이 되었다. 도로가 끝나는 부분은 엘크혼이 미주리 강으로 흘러드는 그 검은 유입구 바로 밑부분이었다. 미주리 강과 나란히 달리는 대부분의 비포장도로가 그러하듯이 그 길은 대부분 회색 먼지 길이었고, 움푹 파인 곳이 많았다. 패인 곳들은 닐의 몸 상태를 개선시켜 주지 못했고, 회색 먼지는 비가 내리면 곤죽이 되었다.

울프 크리크에 그대로 남은 제시 남동생들 중 하나인 켄은 거리가 두 개뿐인 마을에서 사는 남자들과 비슷했고, 그래서 그의 양손으로 거의 모든 것을 할 줄 알았다. 예를 들자면 그는 짐을 끄는 노새도 데려가기 힘든 고장으로 반톤 트럭을 몰고 갔고, 등록 간호사인 도로시와 결혼했다. 키는 작지만 다부진 그녀는 외과 간호사로 훈련을 받았다. 시골 오지의 목장 노동자들은 배 밖으로 빠져나온 내장을 움켜쥐고 차를 타고 와서는 이 '등록 간호사'에게 그것을 좀 봉합해 달라고 요청했다. 플로렌스와 제시도 어느 정도 의학 기술이 있었다. 그래서 이 세 여인은 울프 크리크의 일반 병원이었다. 이제 세 여인은 낡은 매트리스를 틈틈이 내려다보고 있었는데, 일종의 이동 집중관리실을 운영하는 중이었다.

켄은 울프 크리크 주민 111명과 근동의 목장주들을 대부분 알았고, 특히 스코틀랜드 출신 목장주들은 훤히 꿰고 있었다. 그들은 서부에 일찍 진출하여 그 누구보다도 먼저 눈 내리는 산간 지방에서 소를 키우는 방법을 개발했다. 켄의 그런 연줄 덕분에 우리는 엘크혼에서 낚시해도 좋다는 허가를 받았다. 짐 맥그리거는 이 강물의 수원까지 소유한 목장주였고, 위에서 아래로 내리쓴 '사냥금지', '낚시금지' 그리고 잠시 뒤에 생각난 듯한 '접근금지'라는 공고판을 울타리마다 내걸었다. 그 결과 그는 암소 못지않게 많은 엘크(북미산 큰사슴)에게 목초지를 제공했다. 그는 이렇게 하는 것이 목장을 그레이트 폴스 사냥꾼들에게 개방하는 것보다 더 싸게 먹힌다고 생각했다. 그들은 암소와 엘크도 서로 구분하지 못하는 자들이니까.

목장도로의 한 가지 특징은 암소들에게 가까이 갈수록 그 길이 없어진다는 것이다. 그리하여 산등성이까지 올라가는 지그 재그 길은 그냥 두 개의 바퀴 자국뿐이다. 그런 다음 거의 같은 길로 엘크혼까지 가는 비좁은 길을 내려가야 했다. 그 길은 버드나무와 웃자란 풀들을 통과하여 꼬불꼬불 나아가는데, 그러다가 갑자기 산이 나타나고 버드나무들은 사라진다. 산등성이 꼭대기에 오르면 바퀴 자국들은 회색 흙으로 덮여 있고, 검은 구름들이 바로 앞의 검은 산들 위에서 머무르고 있었다.

폴은 트럭이 시냇물의 가장자리에 멈춰서는 순간 차에서 내렸다. 나는 도로시와 제시 사이에서 비좁게 끼어 앉아 있는데 내가 거기서 벗어나기도 전에 동생은 낚싯대와 리더와 플라이를 챙겨서 나갔다. 부드러운 팔뚝으로 계속 나를 꽉 누르고 있던 제시는 이렇게 말했다. "내 동생을 저렇게 놔두고 내빼지 말아요." 나는 1, 2분 정도 몸을 풀어야 했다. 너무 꽉 끼어 앉아와서 한쪽 발에 쥐가 났던 것이다.

그 순간 폴이 고개를 돌리며 소리쳤다. "나는 저기 아래쪽으로 세 구간쯤 내려가서 상류로 올라오며 낚시를 할게. 형은 위쪽으로 올라가 내려오면서 해. 그러다가 중간에서 만나자고." 그리고 그는 훌쩍 사라졌다.

폴이 남들보다 고기를 많이 잡는 한 가지 이유는 플라이를 오래 물속에 넣어두고 있기 때문이었다. "형, 몬태나에는 공중을 날아다니는 물고기는 없어. 플라이를 공중에 놔두고서는 고기를 잡을 수 없는 거야." 그가 차에서 내리는 순간 동생의 낚시 장비는 이미 출전 태세를 갖추고 있었다. 그는 재빨리 걸어 갔다. 그는 플라이를 바꾸느라고 시간을 낭비하는 법이 없었고,

그 대신 다른 깊이의 물구덩이를 선택하거나, 아니면 플라이를 회수하는 동작을 바꾸거나 하면서 사전 준비를 했다. 만약 플라이를 바꾸어야 한다면 동생은 여자 재봉사처럼 재빠르게 매듭을 묶었다. 그의 플라이는 내 것보다 적어도 20퍼센트 더 물속에 잠겨 있었다.

나는 동생이 그날 재빨리 나에게서 멀어져 간 또 다른 이유가 있다고 짐작했다. 그는 내가 지난밤 얘기를 꺼내는 게 싫은 것이다.

켄은 상류로 올라가 비버 댐에서 낚시하겠다고 말했다. 그는 비버 댐을 좋아했고, 거기서 낚시하는 방법을 훤히 꿰고 있었다. 그래서 그는 나뭇가지들의 방해를 받으면서도 아랑곳하지 않고 진흙탕을 즐겁게 걸어가 나뭇가지들이 엉성하게 쌓여져 있는 곳(그의 말로 비버 댐)으로 갔다. 그는 거기서 한 바구니 가득 고기를 잡을 것이고, 그 과정에서 목에 화환 같은 물풀들을 두르게 될 것이다.

제시는 내 팔을 다시 한 번 꼬집으면서 아까 했던 경고를 줄여 말했다. "내 동생을 그냥 놔두지 말아요." 나는 팔을 문지르면서 처남을 먼저 걷게 하여 그가 즉시 내빼는 것을 사전에 방지했다. 우리는 소로를 걸어가 첫 번째 굽어진 곳에 들어섰는데 시냇물은 그곳에서 버드나무들을 벗어나 풀밭을 가로질렀다. 처남은 발걸음을 휘청거리더니 의도적으로 나의 연민을 자아내려 했다. "전 몸이 안 좋아요. 여기서 멈추고 저 풀밭 옆에서 낚시해야겠어요." 그곳은 시냇물이 휘어지는 곳이기 때문에 그의 모습이 뒤쪽에서는 보이지 않았다. 게다가 그가 되돌아갈 생각이라면 거리가 200야드 정도밖에 안 되는 가까운 곳이었다.

"여기서 하려고?" 나는 그렇게 물으면서도 그게 어리석은 질문이라는 걸 이미 알았다.

폴은 지금쯤 고기 서너 마리를 잡았겠지만 나는 소로를 걸어 내려가면서 일부러 시간을 끌었다. 걸음을 떼어놓을 때마다 세상을 까마득하게 잊어버리고 싶었다. 낚시꾼은 마음속 깊은 곳에서 낚시 행위 그 자체를 이 세상과 별도로 떨어진 하나의 완벽한 세계로 만들고 싶어 한다. 나는 그 세계가 무엇이며 어디에 있는지 잘 알지 못한다. 왜냐하면 그것은 어떤 때는 내 팔에 있는가 하면 어떤 때는 내 목구멍 속에 있고, 또 어떤 때는 깊숙한 곳 그 어디라는 느낌만 들 뿐 구체적으로는 어디에도 있지 않기 때문이다. 만약 많은 낚시꾼들이 그 세계가 완벽해지기를 기다리면서 그토록 많은 시간을 보내지 않는다면, 그들은 더 좋은 낚시꾼이 될 것이다.

때때로 그러하듯이, 가장 뒤에다 남겨두고 오기 어려운 것이 막연하게 말해서 그 양심이라는 것이다.

지난밤에 일어난 것에 대하여 내 동생에게 말해야 할까, 아니면 하지 말아야 할까? 나는 그것, 특히 동생의 낚싯줄 던지는 손을 시각화하고 싶지 않아서 '지난밤에 일어난 것'이라고 막연하게 말했다. 만약 동생이 손해 배상금을 지불해야 한다면, 내가 최소한 돈을 대주어야 하지 않을까? 나는 이런 질문을 생각하다가 유치장 바닥에 질질 끌리던 그 여자의 두 다리 생각이 났고, 그러자 양심의 문제는 사라졌다. 그리고 언제나처럼 그 질문에 대한 답변을 얻지 못했다. 그 문제를 동생에게 말하기로 결심했는지 여부가 그 순간 여전히 아리송했다.

하지만 그게 뭔지 모르지만 계속 걱정이 되었다. 소로길을 되짚어서 풀밭으로 되돌아갈 때까지 그런 느낌이 들었고, 그래서 마침내 내가 동생에게 뭔가 말해야 한다고 결심했었다고 확신했다.

풀밭 건너편은 댐이었고 그보다 더 위쪽에는 닐이 물 한가운데의 바위에 앉아 졸고 있는 푸른 물구덩이가 있었다. 붉은색 힐스 브라더스 커피 깡통이 그 옆에 놓여 있었다.

"자네, 지금 뭐하고 있지?"

그가 대답을 하는 데에는 시간이 좀 걸렸다. "낚시를 하고 있어요." 이어 그는 좀 더 정확하게 대답하려 했다. "낚시를 하고 있는데 몸이 안 좋아요."

"여기 고인 물은 낚시하기가 그리 안 좋은데."

"왜요? 저기 바닥에 있는 고기들을 보세요."

"저건 잡어와 잔챙이들이라고." 나는 그를 쳐다보지 않으면서 말했다.

"잡어가 뭐예요?" 그는 바위에 앉아 잡어가 뭐냐고 묻는 최초의 몬태나 주민이었다.

그의 발밑 깊은 물에는 핑크색 자그마한 것이 보였는데 낚시 갈고리가 그 내장을 꿰고 있는 지렁이였다. 그 지렁이 바로 위의 리더에는 두 개의 붉은 염주알이 달려 있었는데 장식용임에 틀림없었다. 보기 흉한 지렁이와 두 알의 염주가 잡어에서 불과 6인치 떨어진 곳에 들어가 있는 것이었다. 물고기는 움직이지 않았고, 낚시꾼도 마찬가지였다. 둘 다 서로 훤히 보이는데도 그 모양이었다.

"언제 폴과 나랑 플라이 낚시 가지 않을래?" 내가 물었다.

"고마워요. 하지만 오늘은 아닙니다."

"그럼, 몸조심하면서 좋은 시간 보내."

"그러고 있어요."

나는 처남을 살펴보기 위해 길을 되짚어간 게 잘한 일이라는 그릇된 생각을 하면서 소로를 다시 걸어 내려갔다. 그러나로키 산맥 입구에서 빠져나오는 커다란 구름은 내게 계속 이런말을 걸어왔다. "자네가 완벽의 순간을 찾고 있지만 오늘도 그걸 찾기는 틀렸네." 그리고 내가 이런 엉뚱한 바보짓을 그만두지 않는다면 고기를 많이 잡기는 틀렸다는 말도 해주었다.

나는 다음 번 풀밭에서 소로를 벗어났고, 시내 위쪽으로 두세 물구덩이 정도만 더 거쳐가면 목표량을 채울 수 있을 것 같았다. 짐 맥그리거는 이 자그마한 시내에 들어올 수 있는 허가를 소수의 낚시꾼에게만 해주었고 그래서 물속에는 고기가 너무 많았다. 그 때문에 그놈들의 덩치가 10인치 혹은 11인치 이상으로 커지기 어려웠다.

나는 목표를 달성하는 데 한 가지 어려움을 겪었는데, 그것도 첫 번째 물고기 몇 놈에 대해서만 그러했다. 나는 낚싯바늘을 너무 빨리 낚아챘다. 바늘 끝에는 미늘이 있는데 바늘이 물고기의 입이나 아가리 속으로 깊숙이 들어가지 않으면 이 미늘이 단단히 박히지 않는다. 그러면 고기는 침을 뱉으면서 바늘밖으로 빠져나가 버린다. 따라서 고기가 플라이를 무는 순간, 왼손으로 줄을 직접 치거나 오른손으로 낚싯대를 비틀어서 약간의 요동을 주어야 한다. 이렇게 하는 타이밍과 압력이 완벽해야 한다. 너무 빠르거나 너무 느리거나, 아니면 너무 세거나 너무 약하면 물고기는 낚싯바늘에서 벗어나고, 그 후 며칠 동안 입이 좀 아프겠지만 그런 쓰라린 경험 덕분에 좀 더 오래 살게 될 것이다.

나는 플라이를 너무 빨리 놓았고, 그래서 고기가 물기도 전에 잡아당겼다. 송어는 저마다 다른 속도로 움직인다. 또 낚시하는 강, 날씨, 그날의 시간 등에 따라서 정확한 타이밍도 달라진다. 나는 물살 빠른 빅 플랙풋에서 너무 오래 낚시를 해왔다. 그 강에서 커다란 레인보 송어가 커다란 바위 요새 뒤에서 갑자기 튀어오른다. 그러나 엘크혼은 다르다. 초창기 목장주들이 이곳에다 이스턴 브룩 송어의 치어를 풀어놓았다. 그 이름이 암시하듯이 이 송어는 다소 명상적이다.(1841~1847년에 동부[이스턴]에 브룩팜Brook Farm이라는 초절주의자의 명상 공동체가 있었는데 이것을 빗대고 있음. – 옮긴이)

그러나 낚시 타이밍을 낮추자 나는 이스턴 브룩 송어에 대한 흥미를 잃었다. 이 송어들은 보기에 아름답다. 등은 검고, 양옆에는 노란색과 오렌지색 반점이 있으며, 붉은 배는 지느러미 아래쪽으로 가면 하얀색이 된다. 이 송어는 멋진 색깔의 조합이어서 때때로 접시를 장식하는 그림의 모델이 된다. 이 송어는 꽤 힘이 좋은 싸움꾼이고, 비늘이 아주 적기 때문에 뱀장어처럼 느껴진다. 게다가 그 이름이 서부 몬태나와는 맞지 않는다. 이곳에서는 작은 강이라고 하면 크리크(creek)를 쓰지 브룩(brook)이라는 단어는 쓰지 않기 때문이다.

갑자기 동생은 어떻게 하고 있는지 궁금해졌다. 그가 10인치짜리 이스턴 브룩 송어를 잡으면서 시간을 낭비할 것 같지는 않았다. 내가 동생과 가까운 곳까지 거슬러 올라가며 낚시를 하려면 미주리 강에서 올라오는 이 브라운 송어를 몇 마리 잡아야 할 것 같았다.

낚시는 다른 모든 세계로부터 뚝 떨어져 창조된 세계이다. 그 안에는 그 나름의 특별한 세계들이 있다. 그런 것들 중 하나는 조그마한 강에서 커다란 물고기를 낚는 것이다. 그곳은 물고기와 낚시꾼을 동시에 수용할 정도로 충분한 물이 있는 세계가 아니다. 강물 양쪽의 버드나무들은 낚시꾼에게 불리하게 작용한다.

나는 걸음을 멈추고 이스턴 브룩 송어들을 깨끗이 씻어서 야생 건초와 박하 사이에 그놈들을 잘 갈무리해 두었다. 송어들은 접시 위에 그려져 있을 때보다 거기에 누워 있는 것이 더 아름다웠다. 이어 큰 게임을 준비하려고 나는 8파운드 리더와 6호 플라이로 장비를 바꾸었다.

낚싯줄이 물에 젖어서 수상에 뜨지 않을 것을 우려하여 나는 첫 번째 줄을 30피트로 키웠다. 나는 박하 속에 누워 있는 이스턴 브룩 송어를 마지막으로 한번 내려다보고서 내 바구니를 닫아 작은 물고기의 세계와 작별을 고했다.

그때 커다란 그림자가 초원을 가로지르며 나를 맞이하러 왔고, 그 뒤에 더 큰 구름을 달고 왔다. 엘크혼 협곡은 깊고 좁아서 그런 먹구름 한 장 혹은 한 장 반으로도 하늘이 가득 차 버렸다. 한 장 반의 먹구름은 햇빛에 밀려날 수도 있고, 아니면 더 큰 구름으로 불어날 수도 있다. 협곡의 밑바닥에 서 있으면 뭐가 등장할지 알 수가 없다. 하지만 햇빛이 나오기는 틀렸다는 느낌이 들었다.

갑자기 최초의 커다란 빗방울들이 떨어진 것처럼 많은 물고기들이 뛰어오르기 시작했다. 물고기가 저렇게 뛰어오르는 것은 날씨에 변화가 있을 조짐이었다.

그 순간 세상은 오로지 엘크혼, 신화적인 브라운 송어, 날씨, 그리고 나 자신으로 구성되어 있었다. 내 생각은 오로지 엘크혼, 날씨, 내 상상력의 소치일지 모르는 신화적 물고기에 집중되었다.

엘크혼은 그 순간 바로 그 본연의 모습이었다. 그것은 로키산맥이 끝나고 대평원이 시작되는 지점을 표시해 주는 대지 위의 갈라진 틈이었다. 거대한 산맥은 소나무의 마지막 주자(走者)들로 뒤덮여서 등이 검었다. 산맥의 동쪽 사면은 키 큰 초원의 풀들이 자라면서 갈색과 황색으로 바뀌었다. 미련을 버리지 못해 마지막으로 산맥 쪽을 뒤돌아보는, 산재(散在)하는 소나무들이 있는 곳들만 검은색으로 보였다. 신화적인 브라운 송어와 협곡을 둘러싼 산세(山勢)는 내 생각 속에서 서로 완벽한 조화를 이루었다. 가까이에 있을지 모르는 커다란 물고기는 등이 검고, 양쪽 옆구리는 갈색이거나 황색이고, 산재하는 검은 반점이 있으며, 마지막으로 가장 자리는 하얀색일지 몰랐다. 엘크혼과 브라운 송어는 부분적으로 추함이 뒤섞여 있어서 아름답게 된다는 점에서도 서로 닮은 꼴이었다.

나는 잔챙이 '브루키(이스턴 브룩 송어)'들이 비의 예고편인 양 뛰어오르는 물을 150 내지 200야드 정도 올라가, 마침내 고기들이 뛰어오르지 않는 멋진 물구덩이에 도달했다. 그 물구덩이의 머리 쪽에는 커다란 바위가 물을 두 갈래로 갈라놓고 있었다. 물은 뒤로 밀리다가 깊어지면서 고이더니 마침내 버드나무들 밑을 흐르면서 깊이와 동작을 잃어버렸다. 이 아름다운 물구덩이에 물고기가 없어서 아무런 고기도 뛰어오르지 않는다는 건 말이 안 돼, 하고 나는 중얼거렸다. 이 물에는 수놈 큰 사슴 같은 커다란 물고기가 살 거야. '장대한 대가리'를 가지고 있고 발정기가 되면 다른 수놈 후보들을 모조리 내쫓아버리는 그런 큰사슴 같은 놈이.

냇물에서는 상류로 올라가며 낚시를 하는 것이 좋다. 그래야 다음번 물구덩이의 물이 흙탕물이 아니다. 나는 물고기가 나를 쳐다볼 수 없는 물가로 물러나와서 물구덩이의 낮은 쪽으로 걸어갔다. 그곳에서 첫 던지기를 해볼 생각이었다. 그 순간 나는 아까 생각했던 수놈 큰사슴 이론에 대한 신뢰감이 사라졌다. 하지만 그 얕은 물에서 브루키 한두 놈은 건질 수 있을 것 같았다. 나는 소리 내지 않고 상류 쪽으로 이동하면서 버드나무들이 자라고 있고, 그 나무에서 벌레들이 떨어지는 깊은 물로 접근했다.

플라이를 향해 뛰어오르는 송어 옆구리가 물속에서 반짝거리는 기색이 전혀 없었다. 뭔가 단단히 잘못된 느낌이 들었다. 누군가 이 물구덩이에다 다이너마이트를 던져서 고기들이 모두 배를 까뒤집고 올라와 버려서 나의 수놈 큰사슴 이론도 함께 소멸해 버린 게 아닐까 하는 생각이 들었다. 이 너른 물에 물고기가 딱 한 마리 있다면 그놈이 있을 곳은 딱 한 군데뿐이었다. 그놈이 탁 트인 물에 있지 않고 버드나무 가장자리에서도 어슬렁거리지 않는다면, 놈은 분명 버드나무 뿌리 부분에 있을 것이다. 나는 버드나무들 사이로 낚싯줄을 던져야 한다는 생각에 마음이 울적해졌다.

여러 해 전, 산림청 일을 끝마친 여름 끝물에 나는 폴과 함께 낚시를 한 적이 있었다. 여름 내내 낚시를 하지 않았으므로 탁 트인 물에서만 낚시를 하려고 애썼다. 폴은 버드나무 아래로 들어가는 물구덩이에서 낚시하는 나를 한참 쳐다보더니 더 이상 그 광경을 참아주지 못하고 한마디 했다.

"형, 욕조에서는 송어를 못 잡아. 형은 스코틀랜드인답게 나무들 사이로 줄을 던지면 플라이를 잃어버릴까 봐 햇빛 환한 탁 트인 물에서만 낚시하려 드는 거야. 하지만 물고기는 태양욕을 하지 않아. 그놈들은 형 같은 낚시꾼들로부터 안전하게 벗어나 있고, 또 시원한 나무 밑에 숨어 있다고."

나는 변명을 한다는 것이 그의 비난을 감수하는 꼴이 되었다. "나무들 사이에 엉키면 플라이를 잃어버리게 돼." 내가 불평했다.

"그걸 뭐 하러 신경 써? 우리가 플라이 값을 내는 것도 아닌데. 조지가 우리에게 플라이를 엮어주잖아. 플라이 두세 개를 나무에다 갖다 바치지 않고는 하루 몫만큼의 낚시를 했다고 할 수 없어. 과감하게 물고기가 있는 곳으로 다가서지 않으면 낚시는 영 못하는 거야. 형 낚싯대를 한번 줘 봐."

그는 내 낚싯대로 나무들 사이에 던지기를 해보임으로써 그가 가진 낚싯대만으로 버드나무 밑을 공략할 수 있는 게 아님을 증명했다. 그런 식으로 내 낚싯대로도 나무 밑을 공략할 수 있다는 걸 알게 되었다. 하지만 사실을 털어놓고 말하자면, 나는 아직도 그 던지기 방법을 터득하지 못했다. 내가 돈 낼 필요도 없는 플라이를 잃어버리는 걸 아직도 두려워하기 때문에.

왜 이 물구덩이가 아닌 다른 물에서는 물고기들이 뛰어오르는지 그 이유를 알아내려면 버드나무들 속으로 던지기하는 수밖에 없었다. 나는 정말 그 이유를 알고 싶었다. 질문에 대한 답변을 찾지 않는다면 그건 플라이 낚시가 아니기 때문이다.

나는 이 던지기를 한동안 하지 않았기 때문에 몇 번 연습해 보기로 했다. 그래서 하류 쪽으로 내려가 나무들 사이로 몇 번 낚싯줄을 던졌다. 그런 다음 버드나무들이 울창한 곳으로 조심스럽게 다시 올라와, 내 발밑을 신경 쓰면서 돌을 건드리지 않으려고 애썼다.

낚싯줄은 내 머리 위로 높고 부드럽게 날아갔다. 바람 속에 흔들리는 낚싯줄과는 정반대의 모습이었다. 나는 흥분이 되었으나 냉정한 자세를 유지하며 팔을 잘 통제했다. 낚싯줄이 앞으로 나아갈 때 그 줄에 힘을 넣지 않고 계속 떠나가도록 놔두었다. 내 눈, 두뇌, 혹은 팔 어디엔가 있는 수직 잠망경이 저 플라이가 가장 가까운 버드나무의 가장자리에 도착했다고 알려올 때까지 기다렸다. 이어 낚싯줄에 확인 던지기를 하면서 그 줄이 급전직하하게 만들었다. 플라이가 수면에 떨어지기 10 내지 15피트 전에 낚시꾼은 그 던지기가 완벽한지 혹은 약간의 오차 수정을 해야 하는지 직감적으로 안다. 던지기는 너무 부드럽고 완만하여 마치 벽난로 굴뚝 속의 재가 사뿐히 내려앉는 것 같았다. 인생에서 맛볼 수 있는 조용한 감동 중의 하나는, 영혼이 잠시 당신 자신으로부터 벗어나서 당신이 우아하게도 뭔가 아름다운 물건을 만들어내는 것을 지켜보는 일이다. 그 물건이 물 위에 떠다니는 재(플라이의 비유-옮긴이)일지라도 말이다.

리더(플라이와 낚싯줄을 이어주는 연결 부분)는 버드나무의 가장 낮은 가지에 내려앉았고 플라이는 물에서 3~4인치 혹은 5~6인치 떨어진 곳에서 작은 추처럼 흔들거렸다. 던지기를 완료하려면 낚싯대로 줄을 약간 흔들어 주어야 했다. 그래야 줄이 나무에 걸리지 않고, 플라이가 물 아래로 쏙 들어가는 것이다. 내가 이렇게 던지기를 완료하면 물고기가 물속에서 튀어나와 나무 위로 솟구치면서 플라이를 잡아채려 할 것이다. 그것은 내가 나무 앞에서 물고기와 대결하는 유일한 순간이다.

인디언들은 버드나무의 붉은 가지로 바구니를 만들었다. 따라서 나뭇가지가 부러질 염려는 없다. 물고기와 낚시꾼, 둘 중 하나가 거꾸러져야 하는 것이다.

커다란 물고기가 낚싯바늘을 무는 순간, 낚시꾼에게는 기이하면서도, 초연하고, 또 약간 우스꽝스러운 일이 벌어진다. 낚시꾼의 팔, 어깨, 혹은 두뇌에 보이지 않는 저울이 생기는 것이다. 큰 고기가 낚싯바늘에 걸려 공중에 떠오르는 순간, 그는 그 저울을 물고기 밑에다 놓고서 냉정하게 그놈의 무게를 단다. 낚시꾼은 그 순간 그런 동작에 필요한 손과 팔을 가지고 있지 않다. 그런데도 그는 물고기의 무게를 꽤 정확하게 짐작하고 실제로 낚아올려 달아보면 별로 실망을 하지 않는다. 나는 혼자 중얼거렸다. "야, 이놈은 7, 8파운드는 되겠는데." 그러면서 일부 나무뿌리도 감안한 무게일지 모른다고 생각했다.

공중에는 버드나무에서 나온 낙엽과 초록 열매로 가득했지만, 나무의 가지들은 부러지지 않았다. 커다란 브라운 송어는 나뭇가지들을 지나갈 때마다 몸부림치며 서로 다른 매듭을 만들었다. 그는 버드나무를 네모매듭, 옭매듭, 이중매듭 등의 바구니 꼴로 변모시켰다. 그리고 낚싯바늘을 빠져나갔다.

대어를 놓치는 것만큼 신체와 정신에 갑작스러운 충격을 주는 것이 또다시 있을까. 아무튼 거기엔 죽음과 삶이 엇갈리는 순간이 있었다. 물고기에게는 핵폭탄이 터질 듯한 순간이었으나 그것은 지나갔다. 싸움은 그게 전부다. 그는 도망쳤다. 물고기는 사라졌고, 낚시꾼의 존재는 소멸해 버렸다. 병아리 목에서 뽑아낸 깃털이 묶인 조그맣고 구부러진 스웨덴제 강철 조각이 매달린 반투명 리더와 약간의 낚싯줄이 매달린 4.5온스 무게의 낚싯대를 제외하고.

나는 물고기가 어디로 갔는지조차도 알지 못했다. 내가 보기에 그놈은 버드나무 위로 올라가 공중으로 사라진 것 같았다.

나는 버드나무 쪽으로 걸어가 현실의 흔적이 뒤에 남아 있는지 살펴보았다. 나뭇가지에는 낚싯줄의 일부가 매달려 있었다. 나는 양손이 너무 떨려서 가지들에 복잡한 매듭처럼 얽혀 있는 그 줄을 풀어낼 수가 없었다.

불타오르는 나무가 그의 앞으로 불어오는 것을 쳐다본 모세도 나만큼 떨지는 않았으리라. 마침내 나는 리더에서 낚싯줄을 풀어냈고, 나머지는 버드나무에다 그대로 내버려두었다.

시인들은 '시간의 점(点)들'에 대해서 말한다. 그러나 영원을 순간으로 압축시켜 놓은 그 시간의 점을 실제로 체험하는 사람은 낚시꾼들이다. 온 세상이 물고기였던 순간이 있었으나 갑자기 그 물고기가 사라져버렸으니 그거야말로 시간의 점이 아니고 무엇이겠는가. 나는 그 도망친 놈을 영원히 잊지 못할 것이다.

그때 한 목소리가 말했다. "아주 큰 놈이었는데." 그것은 내 동생의 목소리일 수도 있고, 공중으로 올라간 물고기가 한 바퀴 크게 선회하면서 내 등 뒤에서 자랑하는 말일 수도 있었다.

나는 고개를 돌리면서 동생에게 말했다. "큰 놈을 놓쳤는데." 동생은 그 광경을 다 지켜보았다. 내가 뭐 더 할 말이 있었더라면 틀림없이 말했을 것이다. "큰 놈을 놓쳤는데." 나는 또다시 중얼거렸다. 나는 양손을 내려다보았다. 손바닥이 마치 기도를 올리듯 위를 향하고 있었다.

"형이 어떻게 해볼 수 있는 게 없었어." 동생이 말했다. "나무들 곁에서 큰 물고기는 잡지 못해. 나는 전에 그런 걸 시도한 사람을 본 적이 없어."

나는 그가 나를 위로하려고 일부러 그렇게 말한다고 짐작했다. 그의 바구니에서 비죽 튀어나온 두 개의 거대한 갈색 꼬리에 거대한 검은 반점이 찍혀 있는 물고기를 보았던 것이다. "그럼 너는 어떻게 저 물고기를 잡았니?" 나는 매우 흥분되어 있었고, 그래서 물어보고 싶은 것을 과감히 물어보았다.

"저건 얕고 탁 트인 물에서 잡은 거야. 거긴 나무들이 없었어."

"얕고 탁 트인 물에서 저런 큰 고기를?"

"그래. 큰 브라운 송어지. 형은 큰물에서 큰 레인보 고기를 잘 잡았잖아. 그렇지만 큰 브라운 송어는 풀밭 옆에 있는 강둑 가장자리에 자주 나타나. 풀밭에서 메뚜기나 심지어 생쥐 따위가 물로 뛰어들기 때문이지. 얕은 물에서 걸어가다 보면 등 검은 놈이 가장자리에서 불쑥 나와 진흙탕을 만들어놓는다고."

그 대답은 나를 더욱 당황스럽게 했다. 나는 동생이 가르쳐준 대로 그 물구덩이에서 완벽하게 낚시를 했다고 생각했다. 하지만 그는 물고기가 나무 쪽으로 올라갈 때에는 어떻게 하라고 말해주지 않았던 것이다. 그건 대가를 따라다니다 보면 만나게 되는 곤경이다. 나무 밑으로 낚싯줄을 던지는 방법 등 일부 기술을 배운다 하더라도, 대가는 정반대 방향으로 움직이는 곳에서 그 기술을 써먹는 것이다.

나는 아직도 흥분했다. 내 마음이 크게 뻥 뚫려 있었고 그래서 또 다른 질문에 대한 답변이 필요했다. 나는 무슨 질문을 하는지도 모르고 불쑥 이렇게 물었다. "돈이나 뭐 그런 걸로 너를 도와줄 수 없겠니?"

그 질문을 듣고서 나 자신이 놀란 나머지 재빨리 진정하려 했다. 하지만 나는 또 다른 엉뚱한 말을 하여 사태를 더 악화시켰을 뿐이다. "지난밤 일 때문에 네가 도움이 좀 필요할 거라고 생각했어."

어쩌면 동생은 "지난밤 일"을 그 인디언 여자 친구를 가리키는 것이라고 생각할지 모른다고 우려되어, 나는 재빨리 화제를 바꾸며 말했다. "저번 날 밤에 산토끼를 쫓아가다가 차 앞부분이 크게 나갔잖아. 그래서 수리하느라 상당한 돈이 들었을 거라고 생각했어." 나는 이제 세 번째로 엉뚱한 말을 하고 말았다.

그는 어린 시절 아버지가 오트밀 죽을 먹으라고 강요할 때처럼 행동했다. 그는 아무 말 안 하고 고개를 숙이고 있으면서 내가 할 말 다 했는지 확인했다. 그러더니 이렇게 말했다. "비가 올 것 같아."

나는 세상이 나무 크기 높이로 줄어들었던 그 순간부터 잊고 있었던 하늘을 올려다보았다. 머리 위에 여전히 하늘이 있기는 했으나 하늘 전체가 하나의 거대한 구름이었고, 협곡이 감당할 수 없을 정도의 엄청난 힘으로 찍어 누를 기세였다.

"닐은 어디 있어?" 동생이 물었다.

그 질문은 나를 깜짝 놀라게 했다. 나는 그를 놔두고 온 곳을 생각해 내야 되었다. "첫 번째 굽어지는 길목에다 놔두고 왔는데." 마침내 내가 말했다.

"그것 때문에 형이 좀 난처해지겠는데." 동생이 말했다.

그 말은 내 세상을 넓혀주었고, 그리하여 반톤 트럭과 세 명의 스코틀랜드 여자도 생각이 났다. "알아." 내가 낚싯대를 접으면서 말했다. "오늘은 이걸로 끝내야겠어." 내가 낚싯대에 고개를 주억거리며 말했다.

"형, 목표량은 잡았어?" 그 질문에는 목표량 말고도 골치 아픈 문제가 기다리고 있는데, 목표량이라도 제대로 채우는 게 낫지 않겠느냐는 은근한 뜻이 들어 있었다. 낚시하지 않는 여자들에게 목표량 없이 집으로 돌아오는 남자는 인생의 실패작인 것이다.

내 동생도 그런 식으로 생각하는 것 같았다. "몇 분이면 브루키들을 더 잡아서 목표량을 채울 수 있을 거야. 저놈들 아직도 온 사방에서 뛰어오르고 있잖아. 형이 여섯 마리를 더 잡을 때까지 담배를 피우며 기다릴게."

"싫어. 난 오늘 종쳤어." 동생은 여섯 마리의 이스턴 브룩 송어로는 내 인생관에 큰 차이를 만들어내지 못한다는 것을 이해하지 못하리라. 그날은 분명 외부의 세계가 나로 하여금 내가 하고 싶은 것을 하지 못하게 만드는 그런 날들 중 하나였다. 내가 그날 정말로 하고 싶은 것은 커다란 브라운 송어를 잡은 다음 동생과 도움을 주는 유익한 대화를 나누는 것이었다. 대신에 대어가 사라져버린 텅 빈 나무가 있을 뿐이고, 게다가 비가 오려 하고 있었다.

"형, 가서 닐을 찾아보자고." 동생이 이어 말했다. "형은 그를 뒤에 놔두고 오면 안 되는 거였어."

"뭐라고?"

"형은 그 친구를 도와주어야 했다고."

나는 말은 했지만 그게 온전한 문장이 되어 주질 않았다. "내가 그 친구를 놔둔 게 아니야. 그는 나를 싫어해. 몬태나도 싫어한다고. 그 친구는 미끼낚시를 하려고 나보고 다른 데로 가고 했어. 그 친군 심지어 미끼낚시도 못해. 난 말이야, 그놈이라면 뭐든지 다 싫어."

나는 대어를 잃어버린 흥분감이 변압기 속으로 들어가 처남에 대한 분노의 전류(電流)로 변압되어 흘러나오는 것을 느꼈다. 나는 앞뒤가 맞지 않는 말을 자꾸 반복한다는 느낌이 들었다. 그래도 나는 물었다. "너도 그를 도와주어야 한다고 생각해?"

"응. 우리가 그를 도와주어야 해."

"어떻게?"

"그를 데려와서 우리랑 함께 낚시하는 것으로."

"방금 너한테 말했잖아. 그놈은 낚시하는 걸 안 좋아한다니까."

"그럴지도 모르지. 하지만 그 친구는 누군가가 자기를 도와주는 것을 좋아할 거야."

나는 아직도 동생을 이해하지 못했다. 그런 자신은 언제나 도움의 손길을 물리쳤다. 하지만 동생이 닐에게 도움을 주어야 한다고 말하는 것은 실은 아주 복잡한 방식으로 동생 자신에 대해서 말하는 것이었다. "형, 어서 가. 그 친구가 이 빗속에 길을 잃기 전에 어서 찾아보자고." 동생은 내 어깨에 팔을 두르려 했다. 그러나 그의 바구니에서 비죽 튀어나온 커다란 꼬리들이 우리 사이에 있어서 여의치 않았다. 우리는 둘 다 어색한 표정이었다. 나는 동생에게 도움을 주려고 하면서 어색함을 느꼈고, 동생은 그런 말에 고마움을 표시하는 데 대하여 어색해했다.

"자, 빨리 움직이자." 내가 말했다. 우리는 소로로 접어들어 냇가 위쪽으로 달려갔다. 이제 검은 먹구름이 협곡을 완전 장악했다. 세상의 크기는 가로 900피트 세로 900피트 높이 900피트로 축소되었다. 미주리 강 바로 옆의 협곡인 '맨 걸치'에서 1949년에 큰 불이 나서 대륙 분수령을 휩쓸고 엘크혼까지 옮겨붙었을 때, 사정이 이러했을 것이다. 맨 걸치는 산림청이 특별 진화요원 16명을 투입한 그곳이다. 그중 열세 명이 나중에 치아 검사로 신원이 확인되었다. 바로 그런 식으로 이제 폭풍우가 엘크혼을 강타했다. 아니, 협곡을 아예 물살로 휩쓸어버릴 기세였다.

어떤 예고가 주어진 것처럼 고기들은 전혀 뛰어오르지 않았다. 이어 바람이 불어왔다. 강물은 시내를 떠나, 아까 내가 놓친 고기처럼 나무들 위로 올라왔다. 개울 주위의 공중에는 버드나무 낙엽과 초록 열매로 가득했다. 이어 공중이 시야에서 사라졌다. 거기에는 솔잎과 잔가지만 가득했고, 그것들은 계속해서 내 얼굴을 때렸다.

폭풍우는 거센 말을 타고 와서 우리들을 추월하여 달려 나갔다.

우리는 풀밭을 가로질러 굽어진 길 쪽으로 가서 닐을 찾았다. 그러나 곧 우리가 어디에 있는지조차도 알 수 없게 되었다. 내 입술에서는 축축한 빗물이 계속 흘러내렸다. "이놈, 여기 없는데." 내가 말했다. 하지만 우리는 '여기'가 구체적으로 어디인지 알지 못했다. "없어. 그는 저기에 있어." 내 동생이 말했다. "그리고 비에 젖지 않았어.

우리가 트럭으로 돌아오자 비는 중력의 견제를 받아서 차분하게 내리고 있었다. 폴과 나는 담배와 성냥이 젖지 않도록 그것들을 모자 안에 넣어 두었다. 그러나 빗물이 내 머리카락 뿌리 주위로 계속 흘러내리는 것을 느낄 수 있었다.

트럭은 비를 뚫고 나타났다. 마치 과거 개척 시대에 포장마

차가 그 주위를 둘러싼 비를 뚫고 나아가는 것 같았다. 켄이 비버 댐에서 황급히 돌아와 낡은 방수포 두 장을 꺼내고 막대기를 좀 깎아서 적재함 위에다 그것을 덮은 것 같았다. 방수포 이어진 부분에 머리를 들이밀어 텐트 기둥의 역할을 해야 하는 일은 내 동생이 아니라 내가 맡았다. 내 몰골은 오래된 서커스의 여흥 시간에 캔버스 천 뚫린 구멍으로 머리를 내미는 '아프리카인 다저(몸을 휙 피하는 사람)'와 비슷했다. 서커스에 온 사람은 10센트만 내면 그를 표적 삼아 야구공을 던질 수 있었다. 캔버스 구멍 속에 머리를 내민 나는 온몸이 얼어붙었다. 내 쪽으로 날아오는 것은 뭐든지 감당해야 되었고, 사태가 진행되는 순서에 대해서는 전혀 발언권이 없었다. 게다가 실제 진행된 순서는 전혀 내가 선택한 것이 아니었다.

진행 순서에서 처음 나타난 것은 여자들이었고, 그 다음은 낡은 매트리스였다. 여자들 중 둘은 요리용 나이프를 들었고, 나머지 한 여자, 즉 내 아내는 기다란 포크를 들었다. 그 주방 기구는 방수포 아래 절반쯤의 어둠 속에서 번쩍거렸다. 여자들은 적재함의 바닥에 쪼그리고 앉아 샌드위치를 만들고 있었다. 그들은 가끔 내 머리가 캔버스에서 타깃처럼 나타나는 것을 보았다. 그러면 주방 기구로 나를 가리켰다.

적재함 한가운데에는 방수포가 잘 이어지지 않아 물이 새는 곳이 있었다. 적재함 저 뒤쪽에는 낡은 매트리스가 있었는데 주방 기구 때문에 잘 보이지는 않았다.

아내가 기다란 포크로 나를 가리키며 말했다. "당신은 동생을 놔두고 그냥 가버렸어요."

장모는 쇠에다 나이프를 갈면서 거들었다. "불쌍한 내 아이. 저 애는 몸이 좋지 않아. 너무 오래 햇볕에 노출되었어."

내 목이 그런 식으로 노출되어 있었기 때문에 내가 할 수 있는 유일한 말들로 물었다. "그가 그렇게 말했나요?"

"그래, 불쌍한 내 아이." 장모는 적재함 뒤쪽으로 쪼그린 채 걸어가더니 한 손으로 그의 이마를 쓰다듬었고, 다른 한 손으로는 요리용 나이프를 꼭 쥐고 있었다. 하지만 두 손으로 쓰다듬어야겠는지 그 나이프를 바닥에 내려놓았다.

방수포 사이의 틈새로 빗물만 많이 들어왔지 빛은 별로 들어오지 않았다. 그래서 매트리스 위에 누워 있는 처남을 보기까지 내 눈은 상당히 어둠에 적응해야 되었다. 희미한 불빛에 그의 이마가 먼저 보였다. 그 이마는 창백하면서도 평온했다. 만약 나의 어머니가 평생에 걸쳐 내게 샌드위치를 만들어주고 나를 현실로부터 과보호했더라면 아마 내 이마도 저런 몰골이었으리라.

동생이 방수포에 머리를 들이며 내 옆에 서 주었다. 우리 가족의 대표가 내 옆에 서 있어서 기분이 한결 좋았다. "언젠가 나도 이만큼 내 동생을 도와야지." 하고 나는 생각했다.

여자들은 내 동생에게는 샌드위치를 만들어주었다. 나로 말하자면, 머리와 어깨는 방수포 밑에 있었으나 신체의 나머지 부분은 빗줄기에 내맡겨진 거나 마찬가지였다. 꼴도 똑같은 몰골이었다. 하지만 아무도 적재함 안쪽으로 좀 더 들어가 우리에게 안으로 들어갈 공간을 만들어주지 않았다. 그 빌어먹을 놈이 드러누워 적재함의 절반을 차지했던 것이다. 하다못해 매트리스 위에 일어나 앉아 있기만 해도 공간이 얼마나 넓어지겠는가.

빗줄기는 사정없이 내 등에서 퍼져 흘러내렸다. 이어 내 엉덩이 쪽에서 비좁은 채널로 몰려들더니 다시 두 갈래로 퍼져서 내 양말 위로 흘러내렸다.

여자들은 주방 용구로 닐에게 줄 샌드위치를 만들지 않을 때에는 그걸로 나를 가리켰다. 나는 여자들이 나에게는 줄 생각도 하지 않는 샌드위치 냄새를 맡았고, 캔버스 천을 타고 흘러내리는 빗물이 비좁게 앉은 사람들의 체온을 통과하면서 수증기로 변하는 냄새를 맡았으며, 낡은 매트리스에서 올라오는 지난밤 퍼마신 썩은 술 냄새를 맡았다. 누구나 아는 것이지만, 인디언들은 강둑에다 한증탕을 건설한다. 그들은 한증탕에 들어가 땀을 흠뻑 흘린 후에 바깥에 있는 찬물에 곧장 뛰어든다. 때때로 어떤 인디언들은 물속에서 즉사하기도 한다. 내가 딱 그 꼴이었다. 내 몸의 절반은 한증탕에 들어 있고, 나머지 절반은 냉탕에 들어 있어서 곧 죽을 것만 같았다.

나는 일련의 극단적 생각을 품게 되었다. "어떻게 저 빌어먹을 놈이 햇빛에 너무 많이 노출되어 일사병이란 말인가? 저놈은 몬태나를 떠나 서해안으로 간 이래 햇빛이라고는 두 시간 이상 쬐어본 적이 없어." 나는 그래도 아내를 위해서는 나름 배려하는 생각을 했다. "내가 당신 남동생을 내버려둔 게 아니야. 저 빌어먹을 놈이 제멋대로 나를 떠나갔다니까." 물론 이것은 속으로만 한 생각이고 입 밖에 내어 말한 것은 아니었다. 장모에 대해서는, 장모가 과거에 외간 남자와 간통을 저지를 수도 있을 법한 여자라고 극단적으로 생각하며 나를 위로하려 했다. 아내와 장모를 싸잡아서는 이렇게 생각했다. "저 빌어먹을 놈의 문제가 뭔지 알아? 일사병 좋아하시네. 저놈은 말이야 지난 밤에 블랙 잭 술집에서 목구멍 속으로 알코올을 너무 처넣었다고. 그게 지금 저 썩은 냄새를 풍기며 몸 밖으로 비어져 나오고 있다고."

울프 크리크로 돌아오는 내내 비가 내렸다. 우리는 엘크혼에서 짐 맥그리거의 목장 저택까지 가는 동안 자주 진흙탕에 빠졌다. 길은 목장 저택에서부터는 자갈길로 바뀌었다. 차가 빠질 때마다 켄은 운전을 하고 폴과 내가 뒤에서 밀어야 했다. 나는 공복 상태로 힘이 없는데도 억지로 밀었다. 옆구리가 터질 것 같아서 트럭의 운전석으로 돌아가 이렇게 물었다. "켄, 자네 동생이 매트리스에서 내려와 우리를 도와 좀 밀면 어때?"

켄이 내게 말했다. "형님, 트럭에 대해서 잘 아시잖아요. 트럭 뒷부분에 무게 중심이 있어야 해요. 안 그러면 뒷바퀴가 빙빙 돌기만 할 뿐 진흙탕에서 빠져나오지 못해요."

나는 다시 트럭 뒤로 돌아갔고, 폴과 나는 무게중심을 목장 저택까지 밀고 가야 했다. 고갯길에서 미는 것만큼 내리막길에서 미는 것도 힘들었다. 우리는 말하자면 동부 몬태나에서 반톤 트럭과 그 무게중심을 밀고서, 진흙탕의 원천인 파우더 강까지 갔다.

마침내 울프 크리크에 도착했을 때, 폴은 남아서 내가 트럭의 짐을 내리는 것을 도와주었다. 트럭은 진흙과 빗물로 엉망진창이었다. 우리는 매트리스를 맨 마지막에 내렸다. 이어 나는 모든 것을 들여놓았으므로, 아니 허기로 너무 지쳤으므로 침실로 걸어갔다. 폴은 헬레나로 떠났다. 침실로 가는 길에 나는 닐과 그의 어머니를 현관문에서 보았다. 무게중심은 이미 적백청의 데이비스컵 스웨터 두 장을 겹쳐 입고 있었다. 처남은 집을 막 빠져나가려다가 장모에게 걸렸고, 이제 장모를 상대로 거짓말을 하고 있었다. 그는 적재함에 누워 있던 때와는 다르게 아주 원기 왕성했다. 술집 나무상자 위에 앉은 두 사람은 틀림없이 그를 환영하리라.

나는 침대에 들었고 애써 잠을 물리치며 생각을 정리하여 이런 명백한 결론에 도달했다. 그것은 단 한 문장으로 표현될 수 있었다. "처가에서 단 며칠 떠나 있지 않으면 내겐 더 이상 아내가 없으리라." 그래서 그 다음 날 아침 처가 식구들이 듣지 못하게 식료품 가게로 가서 동생에게 전화를 했다. 나는 동생에게 여름휴가를 미리 당겨서 며칠 쓸 수 없느냐고 물었다. 잠시 실리 호수에 가고 싶다는 의향도 함께 말했다.

실리 호수는 우리 집안의 여름 오두막이 있는 곳이다. 블랙풋 협곡에서 17마일밖에 안 떨어졌고, 스완 강에서도 그리 멀지 않았다. 스완 강은 미션 빙하 옆을 흘러가는 강인데 그 이름만큼이나 아름답다. 동생은 잔등에서 빗물이 줄줄 흘러내리는데도 아무도 안쪽으로 들이기 위해 공간을 좁혀주지 않던 어제 일을 아직도 생생하게 느끼고 있을 터였다. 그는 내 심정을 충분히 이해했다. "내가 사장에게 물어볼게." 동생이 대답했다.

그날 밤 나는 아내에게 한 가지 질문을 던졌다. 그녀를 상대하는 데에는 일련의 선언을 하는 것보다 질문 형식을 취하는 것이 상황 제압의 가능성이 더 높았다. "제시, 나와 폴이 실리 호수에서 며칠 보내는 게 좋은 아이디어라고 생각하지 않아?" 아내는 내 속을 꿰뚫어 보았고 "좋아요."라고 대답했다.

나는 그 다음 날과 다다음 날을 간신히 살아서 버텼다. 그 이후 폴과 나는 대륙 분수령을 넘어서 이 세상을 저 멀리 뒤로할 것이라고 나는 생각했다. 그러나 우리가 태평양 쪽으로 접어드는 그 순간 동생은 예의 그 '인간적 관심' 스토리를 말하기 시작했다. 최근에 알게 된 어떤 여자 얘기였다. 나는 얘기가 어떤 방향으로 향하든 그쪽으로 뛸 수 있게 발가락으로 선 상태로 그 얘기를 들었다.

나는 예의 그 곤란한 상황에 빠졌다. 동생 얘기의 진의를 알 수가 없었다. 어쩌면 내가 듣기 싫어하는 얘기지만 문학 작품으로 읽을 때에는 혐오감이 덜 나는 그런 얘기를 동생이 하려는 것인지 몰랐다. 어쩌면 내가 공연히 의심하면서 시간 낭비를 하는 것인지도 몰랐다. 어쩌면 기자인 동생이 너무 개인적이고, 또 극적이어서 기사화할 수 없는 뉴스거리를 내게 들려주는 것인지도 몰랐다.

"그 여자 말이야 좀 웃겨." 우리가 대륙의 서쪽 등성이를 내려가고 있을 때 동생이 말했다. "응, 정말 그래." 마치 내가 그 말에 대답한 것처럼 동생이 덧붙였다. "그 여자 정말 웃긴다고. 그 여자가 섹스에 동의하는 장소는 말이야, 고등학교 체육관의 남학생용 탈의실이야." 그 다음 말도 동생은 내가 무슨 질문을 했기 때문에 대답하는 형식으로 말했다. 어쩌면 내가 질문을 했을 수도 있다. "어떻게 들어가느냐고? 그 여자가 말이야 다 알아냈더라고. 남학생 화장실의 어떤 창문은 언제나 자물쇠가 안 잠겨 있어. 내가 그 구멍으로 그 여자를 밀어올리고, 이어 그 여자가 위에서 손을 내려서 나를 당겨 올려."

그 다음 말은 질문에 대한 답변이라는 형식 없이 그가 곧바로 말했다. "그 여자는 말이야, 꼭 부상 치료 테이블에서 섹스를 하자는 거야."

나는 실리 호수로 내려가는 길 내내 동생의 심중을 헤아리려 애썼다. 그가 어떤 여자와 현재 문제가 있다는 이야기인지, 아니면 중간에 멈추지 않고 계속 나아가 결혼해 버린 나의 정신 세계를 넓혀주기 위해 그런 말을 한 것인지 알 수 없었다. 그 생각을 계속하다 보니 타박상용 하마멜리스, 소독용 알코올, 땀에 젖은 운동복을 말리는 뜨거운 라디에이터, 미식축구 시즌이 끝날 때까지 청소를 하지 않는 남학생 탈의실의 냄새 등이 바로 내 코앞에서 솔솔 풍겨오는 것 같았다.

그러다가 이런 생각도 났다. "오늘은 너무 더워. 낚시는 실적이 별로 좋지 못할 거야. 물고기는 강바닥에 다 누워 있을 거라고." 나는 부상 치료 테이블 위에 등을 대고 누워 있는 물고기를 상상해 보려 했다. 이어 생각은 다른 곳으로 잘 흘러가 주지 않았다. 오히려 그 물고기가 남학생 화장실의 창문에서 낚시꾼을 도와주어 탈의실 안으로 들어오게 하는 황당한 장면에 생각이 고정되었다. 그런 생각을 할 무렵 우리는 가족 오두막이 있는 커다란 낙엽송 숲으로 쑥 들어갔다. 갑자기 주위가 시원해졌다. 낙엽송들은 800년에서 1,200년 된 것들로서 그 수령과 높이가 더위를 몰아내고 있었다. 우리는 차에서 짐을 다 내리지도 않고 수영을 하러 갔다.

수영을 하고 와서 옷을 갈아입은 다음 우리는 머리를 빗기도 전에 수영복을 밖으로 내와서 두 발삼나무 사이에 걸린 빨랫줄에 널려고 했다. 사슴뿔이 닿지 않게 하려고 그 빨랫줄은 좀 높게 걸려 있었다. 발가락으로 서서 빨래집게를 고정시키려 하는 순간 나는 산림청 도로에서 오두막 쪽 소로로 차가 들어오는 소리를 들었다.

"뒤돌아보지 마." 동생이 말했다.

차는 바로 내 등 뒤에까지 와서 멈춰 섰다. 더위 속에 자동차 엔진이 헐떡거렸다. 바로 내 등 뒤에서 헐떡거리는데도 나는 뒤돌아보지 않았다. 이어 누군가가 차 앞문에서 내렸다.

그제서야 아직 빨래집게를 손에 든 채 뒤돌아보니, 쿵 소리가 나는 것이 누가 차에서 굴러떨어진 게 아닐까 하는 착각이 들 정도였다. 왜냐하면 그 차에는 앞문이 없었기 때문이다. 하지만 차 바닥은 있었고 그 바닥에는 힐스 브라더스 커피 깡통, 3-7-77 위스키 한 병, 그리고 마개를 딴 사과 주스 한 병이 있었다. 몬태나 사람들은 딸기 주스로 목구멍을 씻어 내릴 수 있으면 위스키가 품질이 좋은지 여부는 따지지 않는다.

마치 서부 영화를 찍는 한 장면인 것처럼 시간은 하이눈(정오)이었다. 처남은 운전석에 앉아 고개를 끄덕거리고 있었는데, 아마도 울프 크리크에서 여기 오는 내내 그러했을 것이다.

올드 로하이드는 방금 굴러떨어진 곳에서 엉덩이에 달라붙은 솔잎을 떼내며 주위를 한번 돌아보며 감을 잡더니 곧장 내게로 걸어왔다. 만약 동생이 마지못해 길을 비켜주지 않았더라면 그녀는 동생을 관통하여 내가 다가왔을 것이다.

"만나서 반가워요." 그녀는 빨래집게를 들고 있는 손 쪽으로 손을 내밀며 말했다. 나는 기계적으로 그 빨래집게를 다른 쪽 손으로 옮겨놓으며 손을 내밀었고, 그녀는 악수를 해왔다.

사람은 때때로 자기 앞에 놓인 물건이 너무 거대하여 처음 보아서는 그것을 전체적으로 파악하지 못한다. 그러다가 여러 가지 느낌의 조각들을 서로 이어붙이면 어떤 목소리가 그 물건이 무엇이라고 말해준다. 내가 그 조각들을 몇 개 붙이지도 않았는데 내 목소리가 이렇게 말해왔다. "동생이 뭐라고 생각할 거야? 내가 그를 속여서 이런 일을 꾸몄다고 생각할 거 아니야."

그녀는 언제나 닐을 '버스터'라고 불렀다. 그녀는 너무나 많은 남자와 섹스를 했기 때문에 그들의 이름을 일일이 기억하려면 머리에 쥐가 날 것이다. 그리하여 블랙잭, 롱 보, 두 명의 로데오 기술자를 제외하고 그녀는 모든 남자를 버스터라고 불렀다. 단 나는 예외여서 간단히 "당신"이라고 불렀다. 그녀는 나를 알아보았으나 전에 나를 만난 적이 있었다는 사실은 기억하지 못했다.

"버스터는 돈이 떨어졌어요. 그는 당신의 도움이 필요해요." 그녀가 말했다.

"그를 도와줘." 폴이 내게 말했다.

"돈이 얼마나 필요한데?" 내가 물었다.

"우리는 당신의 돈을 원하지 않아요. 우리는 당신과 함께 낚시를 가고 싶어요."

그녀는 분홍색 종이컵에 든 분홍색 위스키를 마셨다. 나는 차 있는 쪽으로 걸어가 운전석 옆에 있는 창문에다 대고 말했다. "자네, 낚시하러 갈 생각이야?"

분명, 그는 상대방의 말을 알아듣지 못할 때를 대비하여 미리 대사를 암기해 둔 것 같았다. "매형과 폴이랑 낚시하러 가고 싶어요." 처남이 말했다.

"지금은 너무 더워서 낚시하러 갈 수가 없어." 자갈길에서 오두막 소로로 들어서는 숲속에서는 아직도 먼지가 일고 있었다.

"매형과 폴이랑 낚시하러 가고 싶어요." 처남이 같은 말을 반복했다.

"그럼 가." 폴이 말했다.

"우리 차에 모두 타고 함께 가자. 내가 운전할게." 내가 말했다.

"아니야, 내가 운전할게." 동생이 말했고, 내가 동의했다.

올드 로하이드와 닐은 네 명이 우리 차에 함께 타고 가는 것을 좋아하지 않았다. 그들은 단 둘이 있고 싶었는데 갑자기 무서워졌거나 단 둘이 있는 게 지겨워져서 우리 형제가 근처 어디에 있어주기를 바란 것 같았다. 적어도 같은 차량의 앞쪽은 아니었다. 폴과 나는 일방적으로 같이 가자고 했다. 폴이 운전석에 앉았고 나는 조수석에 앉았다. 그들은 뭐라고 자기들끼리 궁시렁거렸다. 마침내 그녀는 물건을 우리 차의 뒷좌석에 옮겨 왔다. 먼저 핑크 주스를 가져왔고, 그 다음에 빨간색 힐스 브라더스 커피 깡통을 가져왔다.

나는 그때 처음으로 그들이 낚싯대를 갖고 있지 않다는 것을 발견했다. 폴이 아닌 다른 사람이었더라면 잠시 기다리게 하고서 낚싯대가 이들의 차에 있는지 확인하러 갔을 것이다. 하지만 폴의 상식으로는 낚시 장비를 뒤에 두고 오는 낚시꾼은 절대 용납할 수 없었다. 동생은 내게 부드럽게 나왔고, 또 처남과 여자를 도와주겠다고 재빨리 말했다. 물고기가 다들 강바닥에 누워 있는 정오에 강가로 낚시하러 데리러 가는 것도 크게 문제 삼지 않았다. 그러나 처남과 여자가 강가에 나갔을 때 낚싯대가 없으면 낚시도 없다는 것을 미리 생각해 보지 않은 것은 참으로 한심한 일이었다.

그들은 서로에게 몸을 기대고 잠이 들었다. 내가 운전하지 않아서 차라리 잘 되었다는 생각이 들었다. 나는 생각해 볼 게 너무 많았다. 가령 여자들은 왜 저렇게 바보인지 모르겠다. 어떻게 저런 놈을 도와주고 싶다는 생각이 들었을까? 내가 누군가를 도와주려고 애쓸 때면 언제나 그에게 돈을 주겠다고 하거나, 아니면 낚시를 하러 가게 되는 것은 왜 그런가?

우리는 가파른 고개를 지나 솔밭과 시원한 호수들을 지나쳐서 햇볕이 쨍쨍 내리쬐는 블랜처드 평원으로 들어갔다. "블랙풋 도로의 갈림길에 들어서면 어느 쪽으로 갈 거지?" "위로 가지. 협곡은 물살이 너무 세서 저들이 낚시하기 어려울 거야. 협곡 위쪽으로 가면 물 좋은 구덩이들이 여럿 있어. 강물이 절벽으로 아직 들어서지 않은 지점 말이야." 그래서 우리는 평원의 머리 쪽에서 주도로를 벗어나 빙하기에 만들어진 자갈들 위로 덜컹거리며 가다가 마침내 강이 크게 갈라지는 곳까지 왔다. 그곳에는 폰데로사 소나무들이 많았고, 우리는 시원한 나무 그늘에 차를 세웠다.

강이 두 갈래로 갈라지는 부분 한가운데에는 기다란 모래톱이 있었다. 강물을 건너서 그 모래톱에 올라서면 완벽한 낚시터가 될 터였다. 강 양쪽으로 큰 고기들이 우글거리고, 고기를 낚은 다음에는 커다란 뿌리나 바위의 방해 없이 고기를 패대기칠 수 있었다. 모래는 물고기를 미끄러지게 하여 그놈이 물을 찾아 헐떡거리게 될 때까지 자신이 모래 위에 패대기쳐져 있다는 것을 깨닫지 못할 것이다.

나는 전에 이곳에서 여러 번 낚시를 해보았으나 그래도 낚싯대를 집어 들기 전에 지형지물을 다시 한 번 살폈다. 나는 한 걸음 한 걸음, 마치 전에 거기서 총을 맞은 적이 있는 동물처럼 걸어갔다. 전에 이곳에 왔었을 때 아주 아찔한 경험이 있었다, 그때 나는 낚싯대를 손에 들고 재빨리 강물 속으로 달려가 첫 번째 던지기를 했다. 내가 손에 짜릿한 입질을 느끼는 순간, 반대편 쪽 산등성이가 강물로 쏟아져내리기 시작했다. 그 순간까지 곰도 나를 보지 못했고, 나도 곰을 보지 못했다. 그러나 첫 번째 입질에 재빨리 반응하지 못하고서 내가 욕설을 퍼붓자 그 곰이 나를 쳐다보았다. 나는 곰을 보는 순간 저놈의 곰이 저기서 뭘 하고 있지 하는 생각이 들었다. 낚시, 수영, 음주? 그리고 곰이 산사태에 밀려 강가까지 내려왔다는 것을 깨달았다.

산등성이로 넘어 달려가는 곰을 본 적이 있는가? 만약 그 광경을 보지 못했다면 도망치는 곰의 달리는 모습을 제대로 보지 못한 것이다. 물론 사슴이 곰보다 더 빠르지만 언덕을 일직선으로 달려가지는 못한다. 심지어 북미산 큰사슴도 뒷다리에 별로 힘이 없다. 사슴과 큰사슴은 지그재그로 달리다가 한숨 돌리면서 멈추어 서야 한다. 반면에 곰은 한 번 내리치고 곧바로 천둥을 내리는 번개처럼 언덕 위를 날아간다.

내가 낚시터를 점검하고 차로 돌아오자 폴은 낚싯대를 꺼내 세워두고 있었다. "닐과 여자 친구도 온대?" 동생이 물었다. 나는 그들이 아직도 잠들어 있는 차의 뒷좌석을 쳐다보았다. 내가 그렇게 쳐다보는 동안 몸을 약간 뒤척이는 것을 보니 아마도 잠에서 깬 듯했다. "닐, 일어나. 뭘 하고 싶은지 우리에게 말해줘." 내가 말했다. 그는 별로 내키지 않는다는 듯이 억지로 잠에서 깨어나려 했다. 마침내 그는 올드 로하이드를 어깨에서 떼어내고 갑자기 노인이라도 된 것처럼 뻣뻣한 자세로 차에서 내렸다. 처남은 강둑 쪽을 쳐다보면서 물었다. "저 물구덩이는 어때요?" "좋은 곳이지. 그 다음 네다섯 구덩이도 역시 좋아."

"저기 모래톱까지 건너갈 수 있을까요?" 평상시에는 못 건너 가지만 요사이 날이 너무 가물어서 물높이가 한 두 푸트 줄어 들었기 때문에 별 문제 없이 건너갈 수 있을 거라고 나는 말했다.

"그럼 그렇게 할게요. 난 여기서 낚시할래요." 그는 단 한 번도 여자 친구를 언급하지 않았다. 그는 여자를 무시해 버리는 기술의 달인이었고, 동시에 폴과 내가 그런 여자를 데려와서는 안 된다고 생각한다는 것을 알았다. 그러니 여자 얘기를 안 꺼내면 우리가 그 여자를 없는 것처럼 여기리라고 생각한 듯했다.

올드 로하이드는 잠에서 깨어나 폴에게 3-7-77 병을 내밀었다. "한 모금 해요." 폴은 그녀의 손을 잡고 한 바퀴 돌려서 그 손이 닐에게 한 모금을 청하도록 했다. 앞에서 이미 말한 것처럼, 우리 아버지를 포함하여 여러 가지 이유 때문에 폴과 나는 낚시할 때에는 술을 마시지 않는다. 물론 낚시를 끝낸 후에는 술을 마신다. 우리의 젖은 옷을 다 벗고 솔잎 대신 그 벗은 옷 위에 서면, 우리는 차 내부의 공구함에 손을 뻗어 거기에 늘 넣어 가져오는 술을 꺼냈다.

만약 내가 이어서 얘기하는 것이 낚시 중 금주라는 말과 모순된다고 생각한다면, 몬태나에서 맥주 마시는 것은 음주에 들어가지 않는다는 점을 감안해 주기 바란다.

폴은 우리 차의 트렁크를 열어 거기서 여덟 병의 맥주를 꺼냈다. "당신 팀 거 네 병, 우리 거 네 병이야. 우린 당신을 위해 다음 두 물구덩이에 각 두 병씩 묻어둘게. 나중에 이걸 마시면 더위가 싹 가실 거야." 동생이 닐에게 말했다. 동생은 이어 우리 몫 네 병을 묻어두는 곳을 처남에게 말해주었다. 그곳은 우리가 절벽에서 낚시를 마치고 돌아오는 지점에 있는, 그 다음 두 물구덩이였다. 하지만 동생은 그 지점을 말해주지 않는 것이 더 좋았을 것이다.

이제 그곳은 다시 아름다운 세계가 되었다. 적어도 그 강의 한 부분은 그러했다. 그것은 나의 세계, 내 가족의 세계, 남의 맥주는 훔쳐가지 않는 소수의 세계였다. 맥주를 강물 속에 묻어두면 낚시를 끝내고 돌아올 때 너무 차가워 거품도 잘 일어나지 않는다. 그건 인구가 1만 명 정도 되는 이웃 도시에서 만든 지방 맥주였다. 그러니 헬레나에서 만든 케슬러 맥주이거나 미줄라에서 만든 하이랜더 맥주였을 것이다. 당시만 해도 얼마나 멋진 세상이었는가. 모든 맥주가 밀워키, 미니애폴리스, 세인트루이스에서만 만들어지지는 않았던 것이다.

우리는 맥주가 물에 떠내려가지 않도록 돌로 잘 눌러 놓았다. 이어 낚시를 하기 위해 강 하류 쪽으로 걸어 내려갔다. 날씨가 너무 더워서 동생조차도 그리 서두르지 않았다. 문득 동생이 무기력 상태를 깨트리며 말했다. "닐은 언젠가 자기 자신에 대해서 알게 될 거야. 그는 몬태나로 돌아오지 않을 거야. 그는 몬태나를 싫어해."

나는 아까 동생이 잠에서 깨어나는 닐의 얼굴을 찬찬히 쳐다보던 게 생각났다. "처남은 낚시하는 걸 좋아하지 않아. 그보다는 여자들에게 낚시를 좋아한다고 말하는 걸 좋아해. 그게 처남 자신이나 여자들에게 뭔가 위로가 되는가 봐. 물론 물고기에게도 도움이 되지. 그런 사람이 낚시꾼이라면."

날씨가 너무 더워서 우리는 걸음을 멈추고 통나무 위에 걸터앉았다. 우리가 말을 멈추자, 솔잎이 낙엽처럼 떨어지는 소리가 들렸다. 갑자기 솔잎 소리가 끊어졌다. "나도 몬태나를 떠나야 해." 동생이 말했다. "난 서부 해안으로 가야 해."

나도 그렇게 생각했지만 그래도 이렇게 물었다. "왜?"

"여기서는 지역 신문에서 취재하다 보니 개인적인 사항과 경찰 사건 기록부 알아보는 게 전부야. 별로 할 일이 없어. 여기서는 앞으로도 별로 할 일이 없을 거야."

"낚시하고 사냥하는 것 이외에는." 내가 말했다.

"그리고 사고치는 것 이외에는." 동생이 덧붙였다.

"네가 큰 신문사에 가서 일하고 싶다면 내가 다소 도움이 되어 줄 수 있다고 했었지? 큰 신문사에 가면 네가 하고 싶은 것, 특별 기사, 심지어 네 이름을 딴 칼럼도 할 수 있을 거야."

날이 너무 더워서 강물 위에 아련한 아지랑이들이 피어올라 서로 녹아들어 가고 있었다. 찌는 듯한 더위였고, 그래서 '사고를 치는 것'이라는 금방 방금 들은 말이 미래에 대한 예언이라는 걸 알기가 어려웠다. "야, 정말 더운데. 빨리 강 속으로 들어가 몸을 식히자구."

그는 벌떡 일어나서 낚싯대를 집어 들었다. 비단이 감긴 멋진 낚싯대는 공중에서 반짝거렸다. "난 몬태나를 떠나지 않을 거야." 동생이 말했다. "자 어서 낚시하러 가."

각자 낚시터로 떠나면서 동생이 말했다. "난 몬태나에 살면서 사고치는 게 좋아." 우리는 아까 낚시를 출발했을 때의 상황으로 되돌아갔다. 오늘은 너무 더워 낚시는 실적이 별로 좋지 않을 것 같았다.

그리고 실제로 그랬다. 무더위의 한가운데인 정오에는 흐르는 물에도 죽음이 찾아왔다. 설사 그 강물에 낚싯줄을 던진다고 해도 아무것도 응답하지 않았다. 개구리들조차도 뛰지 않았다. 이 강에서 움직이는 것은 오로지 자기 자신뿐이라는 생각이 들 정도였다. 진화 과정에서 모든 생명체는 물에서 건조한 땅으로 옮겨갔다지만, 나는 반대로 건조한 땅에서 물로 가고 있다. 그런데 물속에 들어 있지 않은 내 몸의 일부는 익숙하지 않은 공기 속에서 뜨거운 햇볕에 바싹 타들어가고 있다. 물위에 반사된 햇빛이 당신의 눈썹을 강타하면 심지어 낚시 모자조차도 별로 도움이 되지 않는다.

나는 시작하기 전에 아주 힘든 낚시가 되리라는 것을 알았다. 그래서 평소보다 더 날카로워지려고 애썼다. 나는 커다란 바위의 앞과 뒤에서 낚시를 했다. 물고기들은 바위의 그늘 속에 숨어서 별로 힘 안 들이고서 강물이 가져다줄 양식을 기다렸다. 나는 나무뿌리 근처에도 집중했다. 물고기는 그곳의 그늘에 누워서 벌레들이 나뭇가지 위에 알을 까고서 물속으로 떨어지기를 기다렸다. 하지만 그늘에는 그림자 외에는 아무것도 없었다.

어떤 아이디어가 전혀 결과를 내놓지 못한다면, 그 반대가 정답이라는 가정 아래, 나는 그늘을 완전 포기하고 메뚜기들이 뛰어노는 강가의 풀밭 쪽으로 갔다. 어떤 명제에 친숙한 사람은 그 반대 명제에 대한 이유를 찾아내는 데에도 별 어려움을 느끼지 않는다. 나는 혼자 중얼거렸다. "한여름이고 메뚜기들이 햇빛 속에 나와 뛰어놀고 있잖아. 그러니 물고기도 햇빛 속으로 나오고 싶을지 몰라." 나는 통통하고 살 많고 노란 메뚜기처럼 생긴 불룩한 코르크 플라이를 리더 앞에다 달았다. 강가에 바싹 붙어 낚시하면서 메뚜기를 기다리며 강가 쪽으로 오던 큰 물고기가 딱 한 번 오판(誤判)해 주기를 기다렸다. 코르크 플라이도 안 통하자 나는 노란 털이 달린 커다란 플라이로 바꾸었다. 이놈은 물속에 가라앉으면 꼭 죽은 메뚜기처럼 보인다. 여전히 개구리 한 마리도 뛰어오르지 않았다.

두뇌는 신체처럼 쉽게 포기하지 않는다. 그래서 플라이 낚시꾼들은 '호기심 이론'을 개발했다. 이 이론은 문자 그대로의 의

미이다. 물고기들도 사람과 마찬가지로 그게 뭔지 알아보려고 플라이를 무는 것이지, 뭔가 먹음직스러운 것이어서 무는 것은 아니라는 이론이다. 대부분의 플라이 낚시꾼들에게 그러하듯이, 이것은 '최후의 수단 이론'이지만 때때로 통한다. 나는 조지 크루넨버그스가 나를 위해 엮어준 플라이를 매달았다. 소년 시절에 조지는 나에게 플라이를 만들어준 사람인데 그 후 수십 년 뒤에는 서부에서 가장 훌륭한 플라이 제작자의 한 사람이 되었다. 소년다운 흥분의 순간에 만들어진 이 플라이는 사슴 털에서 들꿩 깃털에 이르기까지 다양한 소재로 제작되었다.

과거에 블랙풋 강의 상류에서 낚시할 때 나는 목과 머리가 하류 쪽으로 휩쓸려가면서도 강물을 일직선으로 건너려는 괴상한 것을 본 적이 있다. 나는 그게 뭔지 짐작이 안 되었으나 마침내 건너편 강안에 도착하여 몸을 털 때에야 비로소 알아보았다. 그건 살쾡이였다. 혹시 살쾡이가 무엇인지 모르는 분을 위하여 그것은 자그마한 젖은 고양이 같은 놈이라고 말씀드리고 싶다. 그놈은 몸이 젖었을 때에는 바싹 마른 온순한 동물처럼 보였으나, 몸이 건조해지고 털이 복슬복슬해져서 다시 한 번 고양이 같은 느낌이 나게 되자, 갑자기 몸을 확 돌려서 나를 노려보며 으르렁거렸다.

지금 내가 사용하고자 하는, 조지가 어릴 적에 만들어준 그 플라이는 바로 그 살쾡이처럼 보였다. 나의 오랜 낚시 친구인 조지가 이런 표현을 기분 나쁘게 생각하지 말기를 바란다. 아무튼 그 플라이는 물고기에는 아주 궁금하게 보이는 물건이었다.

생명이 없고 희망이 없는 깊은 물구덩이로부터 생명체가 등장했다. 그놈은 너무나 천천히 와서, 그놈과 역사가 동시에 만들어지는 것 같았다. 잠시 뒤 그놈은 10인치 크기가 되었다. 점점 더 가까이 다가오더니 어떤 지점 이후에는 더 커지지 않는 것으로 보아 그게 그놈의 실제 크기인 것 같았다. 안전한 거리를 유지하면서, 그 10인치는 조지의 살쾡이 플라이 근처를 빙빙 돌기 시작했다. 저런 작은 물고기에게 저처럼 큰 의심의 눈알이 달려 있다니 기이했다. 그는 플라이를 뚫어져라 주시하면서도 그 주위의 강물이 그 자신을 둘러싸며 흘러가도록 내버려두었다. 이어 중력에 자신의 몸을 내맡기더니 천천히 가라앉았다. 이어 6인치 크기가 되었을 때 다시 몸을 돌려 10인치가 되더니 조지의 플라이를 최종적으로 탐색했다. 그놈은 절반쯤 원을 그리듯이 돌더니 플라이에서 시선을 떼고서 나를 보았고, 갑자기 시야에서 사라졌다. 그것은 물고기가 젊은 조지의 플라이를 가장 진지하게 탐색한 유일한 경우였다. 하지만 나는 감상적인 이유로 그 플라이를 아직도 간직하고 있다.

나는 호기심 이론을 포기하고 배를 깔고 엎드린 채 물을 한 모금 마셨으나, 그 후에 오히려 더 목말랐다. 나는 맥주 생각이 간절했고, 이 시간 낭비를 빨리 끝내고 싶었다. 사실 나는 진작 낚시를 작파하고 그늘에 앉아 쉬고 싶었으나, 그늘에 앉아 있다가 동생이 "몇 마리나 잡았어?" 하고 물어왔을 때 "오늘은 허탕을 쳤어."라고 대답하고 싶지 않았다. 그래서 기도하듯이 중얼거렸다. "한 물구덩이만 더 시도해 보자."

나는 기도를 올렸는데 그 기도 내용이 실현되지 않는 것을 싫어했다. 그래서 강둑 위로 멀리 걸어가면서 이 마지막 기도에 응답하는 물구덩이를 찾았다. 그 물구덩이를 처음 보았을 때 그리 열심히 보지도 않았다. 척 보니 평범한 곳이었기 때문이다. 그러나 갑자기 다시 한 번 쳐다보니 그곳에서 물고기들이 강물 위로 마구 뛰어오르고 있었다. 거의 동시에 무슨 냄새가 났는데 아주 고약했다. 날씨가 무더워서 냄새가 더욱 지독했다. 나는 더 이상 가까이 다가가지 않았으나 아무튼 지금껏씨가 말랐던 물고기들이 바로 내 앞에서 뛰어오르고 있었다. 나는 강둑을 절반쯤 내려가서 죽은 비버[海狸] 주위를 빙빙 돌면서 강물로 갔다. 나는 이제 제대로 방향을 잡았다는 것을 알았다.

죽은 비버를 보자 왜 물고기들이 뛰어오르는지 알 수 있었다. 그건 주말에만 낚시 오는 사람도 알 수 있는 것이었다. 죽은 비버가 엄청난 벌 떼를 몰고 왔고, 벌들은 물위와 땅 위에서 낮게 날고 있었다. 나는 평범한 낚시꾼이었으므로 그런 물고기에 적합한 플라이를 가지고 있었다. 하지만 동생은 그런 게 없었다. 그는 많은 종류의 플라이를 가지고 다니지 않았다. 플라이들은 그의 모자 밴드에 꽂혀 있었고 20개 내지 25개를 넘지 않았다. 하지만 각 종류별로 네다섯 개가 있는 것이므로 종류로 따지면 네다섯 가지에 불과했다. 그런 것들을 가리켜 낚시꾼들은 '일반용'이라고 불렀다. 능숙한 낚시꾼은 그걸로 유충에서 날개 달린 성충에 이르기까지 여러 성장 단계의 벌레들을 흉내낼 수 있다. 동생이 플라이를 생각하는 방식은 훌륭한 목수였던 아버지가 연장들을 생각하는 방식과 비슷했다. 아버지는 누구나 연장을 많이 가지고 있으면 목수 흉내를 낼 수는 있다고 말했다. 하지만 나는 연장을 무시할 정도로 뛰어난 낚시꾼은 되지 못했다. 나는 플라이를 박스에 가득 넣어 가지고 다녔다. '일반용'뿐만 아니라 '특수용' 그러니까 개미, 하루살이, 강도래, 반시류, 그리고 벌 등의 곤충을 모방한 플라이도 휴대했다.

나는 조지 크루넨버그가 벌을 모방하여 만든 플라이를 통에서 꺼냈다. 그건 실제 벌처럼 생기지 않았다. 그러나 한몫하는 플라이 낚시꾼이 되고자 한다면 당신 자신과 물고기를 혼동하여 '카운터 플라이'를 사지 말기 바란다. 이놈은 드러그스토어 카운터에서 파는데 실제 곤충과 똑같이 생겼다. 조지는 그의 집 뒤뜰에 물을 가득 채운 유리 수조를 놓아두고 있다. 그는 수조 바닥에 누워서 수조 표면에 떠다니는 곤충이 어떻게 생겼는지 유심히 관찰했다. 그런데 거기서 본 곤충의 모습은 다른 데서 본 그 곤충의 모습을 전혀 닮지 않았다는 것이다. 나는 전혀 벌처럼 생기지 않은 조지의 벌 플라이를 매달았고, 그렇게 해서 세 마리의 고기를 잡았다. 대어는 아니지만 14인치 정도 되는 튼실한 놈들이었다. 게다가 허탕을 면해서 아주 기뻤다.

그렇지만 홀수로 낚시를 그만둔다는 것이 좀 그래서 나는 한 마리를 더 낚아 짝수인 넷을 이루고 싶었다. 하지만 그 한 마리를 얻기 위해 엄청 노력해야 되었다. 마침내 네 번째 물고기를 얻었는데 아주 작은 놈이었다. 그놈이 조지의 플라이에 속은 마지막 놈이었고, 나머지는 이제 그 플라이의 정체를 알아본 것 같았다. 점점 강해지는 오후의 햇빛은 죽은 비버에게 역효과를 냈고, 그놈의 악취는 더욱 고약해졌다. 그래서 나는 강둑 위로 올라가 바람을 맞으며 다음 번 굽어진 곳으로 갔고, 이제 그곳에 앉아서 하류 쪽의 동생을 바라볼 수 있었다. 이제 동생이 물어 와도 그늘에 앉아 쉬는 것을 부끄럽게 여길 정도는 아니었기 때문이다.

나는 무더운 오후 더위 속에서 비버는 잊어버리고 맥주를 생각하고 있었다. 비버를 잊어버리는 김에 처남과 올드 로하이드도 함께 잊어버리고 싶었다. 나는 여기 이렇게 오래 앉아서 그모든 것을 잊어버릴 수 있으리라 생각했다. 동생은 물고기 서너 마리로 낚시를 작파하지 않을 것이고, 이런 날에는 동생이라도 그 이상의 목표를 달성하려면 아주 힘들 것이기 때문이다. 나는 거기 앉아서 잊어버리고 또 잊어버렸으며, 마침내 흘러가는 강물과 그것을 바라보는 나만이 남았다. 강물 위에서 더위의 아지랑이들이 서로 춤을 추었고, 이어 서로 관통해 나가더니 다시 서로 손을 잡고서 서로의 주위를 빙빙 돌았다. 마침내 강물을 바라보던 자는 사라져버리고 거기에는 오로지 강물만 남았다.

심지어 강의 모습도 앙상하게 드러났다. 별로 멀리 떨어지지 않은 하류에는 한때 물이 흘렀으나 지금은 메마른 강바닥이 있었다. 어떤 사물에 대하여 알게 되는 방법 중 하나는 그 사물의 죽음을 생각해 보는 것이다. 여러 해 전에 나는 이 메마른 하상 위를 흘러가던 물을 보았다. 그래서 나는 이제 잔돌들이 드러난 그 바닥에 기억 속의 물을 쏟아부어 하상을 되살릴 수 있었다.

강의 죽음에는 일정한 패턴이 있다. 아니, 적어도 그렇다고 생각해 볼 수 있다. 그 전반적인 패턴은 내가 현재 있는 언덕에서 저 반대편의 마지막 언덕에 이르는 계곡에다 전능한 화가가 스케치해 놓은 뱀 모양의 곡선이다. 그러나 내면적으로 그 패턴은 날카로운 회전각을 갖고 있다. 그것은 한동안 직선으로 흐르는 듯하다가 갑자기 휘어져서 다시 흐르고, 이어 어떤 장애를 만나 다시 급격히 휘어지고, 그러다가 다시 부드럽게 흐른다. 화가는 실제로는 직선이 아닌 직선, 직각이 아닌 직각을 사용하여 가장 아름다운 곡선(커브)을 만들어낸다. 그리하여 그 선은 여기서 계곡을 가로질러 가다가 다시 더 이상 보이지 않는 곳으로 나아간다.

나는 또한 강이 어떻게 탄생했는지 깨달음으로써 나 자신이 강이 된다. 빅 블랙풋 강은 빙하에 의해 새롭게 형성된 강으로 빠르게 흐르며 급속히 물살이 세진다. 이 강은 일직선으로 곧게 흐르는 여울이나 곧 커다란 바위나 깊은 뿌리를 가진 거대한 나무들과 만난다. 이때 정확하게 직각이라고는 할 수 없는 각도로 회전한다. 이어 강물은 거대한 바위들 주변에서 소용돌이치며 깊어지는데 그처럼 장애물을 안고 돌아가는 곳의 포말 속에 커다란 물고기가 산다. 물살이 느려지면서 위쪽의 여울에서 밀려 내려온 모래와 자갈들이 강바닥에 다져지기 시작하면서 강물은 얕고 잔잔해진다. 그렇게 다지는 일이 끝나면 강은 다시 세차게 흐르기 시작한다.

뜨거운 오후에 인간의 상상력은 물고기가 강물을 형성하는 방식에 대해서도 상상해 볼 수 있다. 물고기는 강물이 휘어지는 곳인 '빅 블루'에서 대부분의 시간을 보낸다. 그곳에서는 커다란 바위의 보호로 모든 것이 수월해지고 또 빠른 물살에 씻겨 내려온 먹이를 느긋이 받아먹을 수 있다. 물고기들은 정말로 배고프거나 9월이 되었거나 날씨가 차가워지면 위쪽의 여울로 올라갈 수도 있다. 하지만 그런 여울에서 내내 살기는 어렵다. 인간의 상상력은 또한 물고기가 저녁이면 잔잔한 물로 내려오는 것을 상상한다. 그곳에는 모기와 자그마한 벌레들이 출현한다. 여기서 낚시꾼은 자그마한 드라이 플라이를 써서 플라이가 물위에서 떠가도록 만들어야 한다. 또 잔잔한 저녁 강물에서 낚시를 하려면 모든 준비가 완벽해야 한다. 오후의 뜨거운 햇빛이 사라졌기 때문에 물고기를 잘 볼 수가 있고, 그래서 플라이 꼬리 부분에 몇 가닥 털이 있고 없고 여부가 커다란 차이를 만들어낸다. 인간의 상상력은 꾀를 발휘하여 이런 배치를 하지만 물론 물고기가 그것을 언제나 보아주는 것은 아니다.

낚시꾼들은 강이 처음 만들어질 때, 낚시꾼들의 편의도 일부 감안하면서 만들어졌다고 생각하고, 실제로 그런 것처럼 말하기를 좋아한다. 그들은 물구덩이라는 하나의 단위가 세 부분으로 이루어졌다고 말한다. 그들은 가장 물살이 빠른 여울은 '물구덩이의 머리'라 하고 강물이 크게 휘어지는 곳을 '딥 블루' 혹은 '빅 블루'라고 하고, 그 아래의 얕은 물은 '물구덩이의 꼬리'라고 한다. 낚시꾼들은 이런 얕고 잔잔한 꼬리 부분이 있기 때문에 강물을 건너서 반대편의 강안에서 낚시질을 할 수 있다.

강물 위의 아지랑이들이 내 앞에서 군무(群舞)를 추면서 서로 들락날락하는 동안, 내 인생의 패턴이 그 강의 패턴과 합류하는 것을 느낄 수 있었다. 이곳에서 동생을 기다리는 동안 이 스토리가 시작되었다. 그 당시에는 인생의 스토리가 종종 책보다는 강과 더 비슷하다는 것을 뚜렷하게 알지 못했다. 하지만 스토리가 이미 시작되었다는 것을 알았다. 어쩌면 그보다 더 오래전에 강물 소리에서 이 스토리가 시작되었는지 모른다. 그리고 장차 앞날에 결코 침식되지 않는 어떤 단단한 것을 만나게 되리라고 느꼈다. 그러면 인생의 강물은 급격한 회전을 하고, 깊은 동그라미를 그리고, 이어 단단한 잔재물을 남기고서 정적 속으로 빠져들 것이다.

낚시꾼에겐 강물의 패턴을 살펴보는 동작을 형용하는 독특한 표현이 있다. 그는 "강물을 읽는다."라고 말한다. 어쩌면 그의 스토리들을 말하기 위해서도 똑같은 일(읽기)을 많이 해야할 것이다. 그런데 그가 겪어야 하는 가장 큰 문제 중 하나는 어디에서, 그리고 하루의 어떤 시간에 인생을 하나의 농담처럼 읽어야 하는지 짐작하는 것이다. 또 그 농담이 가벼운 것인지, 아니면 심각한 것인지 알맞게 읽어내는 것도 역시 어렵다.

하지만 우리 모두는 비극의 강물을 읽어내는 것이 훨씬 더 쉽다.

"어디 좀 실적을 올렸어?" 그 목소리와 질문에 나는 명상에서 깨어났고, 고개를 돌리면 내 동생을 보게 되리라고 짐작했다. "도대체 여기서 뭘 하는 거야?" 그 목소리에 내 짐작은 확신이 되었다.

"아, 그냥 생각 좀 했어." 그것은 우리가 무엇을 하는지 잘 모를 때 일반적으로 내지르는 답변이었다.

동생은 너무 더워서 낚시가 잘 안 되지만 '꽤 괜찮은 포획량'을 낚아 올렸다고 말했다. 그건 꽤 괜찮은 크기의 고기 열 마리 내지 열두 마리 정도를 잡았다는 뜻이다. "형, 가서 맥주나 마셔." 동생이 맥주 얘기를 하자 그 모든 것, 가령 맥주, 비버, 처남, 그를 따라 낚시 온 여자 등이 다시 생각나기 시작했다.

"그래, 가서 맥주를 꺼내자."

폴은 새끼손가락으로 맥주 따개를 계속 돌려댔다. 우리는 너무 목이 말라서 귀에서는 맥주를 목구멍으로 넘기는 소리가 거의 들릴 지경이었다. 우리는 말하는 대신에, 여름 낚시꾼의 노래 후렴을 계속 불러댔다. "맥주 한 병은 아주 맛이 좋을 거야."

강둑에서 낚시터용 오솔길을 타고 가면 우리 몫의 맥주를 묻어둔 강가로 갈 수 있었다. 우리는 뻣뻣한 걸음걸이로 강둑 아래로 걸어 내려갔다. 폴이 앞서 걸었고 강가에 이르자 무릎을 숙이며 강 쪽으로 걸어갔다. 그는 맥주를 차게 식히기 위해 흐르는 물속에다 묻었지만, 물살이 너무 빨리 맥주가 하류로 흘러 내려갈 만한 곳은 피해서 묻어두었다.

"이거 안 보이는데." 그가 발로 주위를 더듬거리며 말했다. "아니야, 네가 올바른 장소를 찾지 못해 그런 거야. 거기 분명 있을 거야." 나는 동생 대신 찾아보겠다며 물속으로 들어섰지만 이미 못 찾을 거라는 의심을 하고 있었다.

"형, 찾아봐야 소용없어. 저기가 내가 묻어둔 곳이야." 동생은 우리가 맥주병을 잘 눌러놓기 위해 돌들을 뽑아냈던 진흙 바닥의 구덩이를 가리키며 말했다. 나는 신고 있는 장화의 엄지발가락 부분으로 그 구덩이를 더듬어보았다. 마치 맥주병이 그 작은 구멍으로 도망이나 친 것처럼. 동생도 역시 더듬고 있었다. 하지만 그것은 맥주병이 들어가기에는 너무 작은 구멍이었다.

우리는 오랫동안 목마름을 참아왔다. 이제 우리는 진흙 구덩이 옆에서 무릎 깊이까지 빠진 채, 양손을 모아 강물을 떠서 마시기 시작했다. 우리와 차 사이에는 맥주를 묻어둔 구멍이 세 개나 더 있었지만 맥주 생각을 거의 포기했다.

"형, 우리는 네 개의 구멍에 여덟 병의 맥주를 묻어두었어. 그럼 그들이 3-7-77을 다 마시고 거기다가 맥주 여덟 병도 다 마셨다는 거야?"

동생은 나와 내 아내와 처남을 생각하여 부드럽게 말하고 있었다. 나는 동생의 머릿속에 오고 갈 생각에 대하여 전혀 반박할 수가 없었다. 우리가 강둑의 소로를 되짚어 오는 동안 단 한 때도 강이 우리의 시야에서 벗어난 적이 없었고, 단 한 명의 낚시꾼도 보지 못했다. 그러니 누가 맥주를 가져갔는지는 너무나 뻔했다.

"폴, 너무 미안해. 나는 이놈에게서 정말로 벗어나고 싶어."

"벗어날 수 없어." 폴이 말했다.

갑자기 우리는 내가 보기에 좀 기이한 행동을 했다. 자세히 살펴보지 않아도 맥주들이 모두 사라졌고, 또 증거가 없지만 누가 그걸 가져갔다는 것을 알았기 때문이었다. 갑자기 우리는 몸을 돌려 고함을 내지르며 물가 쪽으로 달려 나왔다. 우리는 도강을 끝낸 두 마리의 짐승 같았다. 물살이 얕은 곳에서는 펄쩍펄쩍 뛰었고, 강가에 도착한 이후에도 한참 동안 펄쩍펄쩍 뛰면서 파도를 일으켰다. 나중에 깨달은 것이지만, 우리가 서로 점잖게 말한 것은 우리 둘을 배려해서였고, 미친 듯이 소리치며 뛰어오른 것은 맥주를 가져간 자들에 대한 분노의 표현이었다.

우리가 화를 내며 강가를 걸어오는 동안 잔돌들이 계속 덜그덕거리며 뛰어올랐다. 다음 세 구멍을 걸어가는 동안 우리는 돌들을 치워내고 맥주를 가져간 빈 공간을 확인할 수 있었다.

우리는 저 멀리 강둑에 세워진 우리 차가 보이는 지점에 도달했다. 그곳은 강이 갈라지면서 그 사이에 모래톱이 생긴 곳이었다.

아무도 차를 그늘 쪽으로 옮겨 놓지 않았다. 젖은 옷을 벗는 동안 혹시라도 우리의 몸이 저 차의 범퍼와 접촉하면 얼마나 뜨거울까 하는 생각이 들었다.

"그들이 안 보이는데." 내가 말했다. "나도." 폴이 말했다.

"그들은 차에는 없을 거야." 내가 말했다. "오늘 같은 날 개를 차 안에 넣어 두었다면 아마도 더위 먹어 죽었을 거야." 동생이 거들었다.

나는 앞으로 걸어가다가 돌멩이에 걸려서 넘어졌고, 낚싯대에 떨어지는 것을 피하려고 팔꿈치를 쭉 내밀다가 그 팔꿈치로 땅바닥에 방아를 찧었다. 내가 찢어진 부분에서 모래를 뽑아내고 있는데 폴이 말했다. "저기 모래톱 위에 있는 거 뭐지?" 타박상 자리에 박힌 검푸른 점들을 뽑아내려고 애쓰면서 내가 말했다. "아마도 곰이겠지."

"무슨 곰?" 동생이 물었다.

"산 위로 올라간 곰 말이야. 그 곰이란 놈이 물을 마시려고 저 모래톱으로·내려온다니까."

"형, 곰은 없어."

나는 모래톱을 자세히 쳐다보았다. "어쩌면 두 마리의 곰일지도 몰라."

"둘은 맞는데 저건 곰은 아니야."

"왜 둘이라고 하면서 저건이라고 하는 거야. 저것들이라고 해야지."

"아무튼 저건 곰들은 아니야. 게다가 빨간색인데."

"저놈이 벌떡 일어나서 산으로 올라갈 때까지 기다려. 그러면 곰이라는 걸 알아볼 거야. 곰은 말이야 산 위로 일직선으로 달아난다고."

우리는 천천히 모래톱을 향해 다가갔다. 만약 그놈이 갑자기 움직이면 옆으로 비킬 준비를 하면서.

"저건 빨간색인데. 뭔지 모르지만 우리 맥주를 먹은 놈들이야."

"폴, 저건 인간이 아니야. 네 말대로 빨간색이잖아."

그 순간 우리는 불안하게 멈춰 섰다. 물을 마시려고 어떤 물구멍으로 다가가다가 그 물에서 뭔가 수상한 것을 본 동물처럼. 우리는 코를 쿵쿵거리거나 앞발로 할퀴지는 않지만 그런 동작이 무엇을 의미하는지 알 것 같았다. 그렇지만 앞으로 나아가는 수밖에 없었다.

우리는 더 걸어갔고 그게 무엇인지 알았으나 눈으로 본 것을 믿을 수가 없었다. "뭐, 곰이라고? 저건 알궁뎅이잖아." 폴이 말했다.

"그래, 두 개의 알궁뎅이로군."

"내가 말한 그대로야. 활짝 벗은 두 개의 궁뎅이야. 둘 다 새빨갛고."

우리는 현장을 보고서도 그것을 믿을 수가 없었다. "남의 알몸을 내려다보고 있으니 신사가 되기는 다 틀렸네." 폴이 말했다. "나도 마찬가지야." 내가 동의했다.

강 한가운데 모래톱에 엎드려 있는 두 사람의 햇볕에 탄 엉덩이를 내려다보기 전에는 제대로 엉덩이를 보았다고 말할 수 없다. 엉덩이 말고 신체의 다른 부분은 증발해 버린 것 같았다. 몸 전체가 곧 물집이 터져버릴 것 같은 하나의 커다란 붉은 엉덩이였다. 엉덩이 한쪽 끝에는 머리카락이 달려 있어서 머리인 줄 알겠고, 반대쪽 다리 끝에는 발 두 개가 붙어 있어 다리인 줄 알겠다. 오늘 밤 저 거대한 엉덩이는 엄청 열에 시달릴 것이었다.

그 당시에는 그런 모습으로 보였다. 그러나 오랜 세월이 지난 지금 기억의 감상성을 통하여 회고해 보건대, 그건 목가적 세계의 얘기였다. 남녀가 옷을 활짝 벗어버리고 강 한가운데 모래톱에서 섹스를 하고, 그런 다음 노곤해져서 배를 대고 엎드려 두 시간 동안 잠이 든 것이었다.

만약 오늘날 블랙풋 강에서 그런 짓을 한다면 그레이트 폴스 시의 시민 절반이 강둑에 서서 기다렸다가 남녀가 잠든 사이에 그들의 옷을 훔쳐갈 것이다. 아니, 잠들기까지 기다리지도 않을 것이다.

"이봐." 폴이 입 양쪽에 손을 대고 소리쳤다. 이어 양쪽 손가락을 입에 대고 휘파람을 불었다.

"형, 저들이 괜찮으리라고 생각해? 여름마다 산림청에 들어가 땡볕 아래서 일했잖아."

"글쎄. 햇볕에 타서 죽은 사람을 못 봤지만, 저들은 앞으로 2주 동안 모직 내의는 입지 못할 거야."

"저들을 차로 데려 갑시다." 동생이 말했다. 우리는 바구니를 벗어서 내려놓았고 낚싯대를 잘 보이는 통나무에 세워놓아 사람들이 밟고 지나가지 않도록 했다.

우리가 강물을 건너 모래톱에 거의 다가갔을 무렵 폴이 걸음을 멈추고 팔로 나를 제지했다. "한 번 더 자세히 봐두고 싶어. 기억 속에 영원히 남게."

우리는 거기 잠시 서서 마음에 아직도 남아 있는 작은 여백에다 판화를 새겼다. 그것은 천연색 판화였다. 판화의 앞쪽에는 빨간색 힐스 브라더스 커피 깡통이 있고, 이어 아래쪽으로 내뻗은 붉게 익은 발바닥과 뙤약볕 아래 지글지글 부어오른 두 개의 새빨간 엉덩이가 있었다. 판화의 뒤쪽에는 여자의 빨간 팬티가 맨 위에 놓인 수북한 옷더미가 있었다. 그 옆쪽에 3-7-

77 위스키 병이 있었는데 만지면 엄청 뜨거울 것 같았다. 낚싯
대나 바구니는 보이지 않았다.

"저 자식, 임질이나 세 번 걸리라고 해. 뒤의 두 번은 낫더라
도 첫 번째 걸린 것은 낫지 말라고 해." 폴이 말했다.

나는 그 후 이 물구덩이에서 다시 낚시를 하지 않았다. 나는
이곳을 일종의 야생동물 보호소로 여기게 되었다.

우리는 물을 튀기지 않으면서 모래톱으로 가는 나머지 강물
을 건너갔다. 그들을 어떻게 깨워야 할지 걱정스러웠다. "저들
은 깨어나면 피부가 벗겨지기 시작할 텐데." 하고 생각했던 게
기억난다. 그 당시 내 머릿속을 스쳐 지나간 생각도 기억난다.
나는 여러 해 여름, 8월 말이면 방울뱀이 나오는 고장에서 일
을 했다. 그래서 저들이 잠에서 깨어나면 너무나 더운 나머지
껍질을 홀랑 벗어버리고 잠시 눈먼 상태에서 주위에 있는 것은
뭐든지 공격해 오지 않을까 걱정했다. 잠에서 깨어나면 틀림없
이 위험한 동물이 될 것이다. 그래서 나는 그들 주위를 조심스
럽게 돌면서 타격의 거리에서 벗어난 지점을 확보했다.

그들에게 가까이 다가가자 멀리서는 보이지 않았던 그들의
신체 부분이 드러났다. 엉덩이 아래쪽으로 다리와 발이 뻗어
있었고, 위쪽으로는 엉덩이와 머리카락 사이에 등과 목이 있었
다. 그들의 곱슬머리까지 빨갛게 물들어 있었다. 그들의 머리
카락이 원래 곱슬인지, 아니면 땡볕 아래서 자연스럽게 퍼머가
된 것인지 알 수 없었다. 각각의 머리카락은 윤곽이 뚜렷해서
뜨거운 퍼머기로 만든 컬처럼 보였다.

폴은 3-7-77 위스키 병에 남은 게 있는지 확인하러 갔다. 나

는 거기 그대로 서서 그들의 신체를 살펴보았다. 그들의 머리
는 각각 두피 부근이 땡볕에 짓물러 있었지만, 나는 폴에게 그
말을 하기 위해 뒷걸음질 친 것은 아니었다. 너무 열심히 그 모
습을 관찰하다가 그만 동생과 부딪친 것이었다.

"폴, 저 여잔 엉덩이에 문신을 새겼는데."

"에이, 농담하지 마."

그는 커다란 동물에 다가가기 전에 바람을 등 뒤에 두고서
다가가려는 듯, 그 여자 주위에서 원을 돌았다. 이어 뒤로 물러
서더니 내게 다가오면서 그 원을 완성했다.

"저 여자가 사귄다는 카우보이들의 이니셜은 뭐지?" 동생이
물었다. "B. I.와 B. L.이야."

"형, 틀림없어?"

"그래, 틀림없다니까."

"그럼 잘 들어맞지 않는데. 엉덩이 한 짝에다가는 LO를 그
리고 다른 한 짝에다가는 VE를 새겼어."

"합쳐서 LOVE가 되는데. 그 글자를 두 개의 엉덩짝이 W자
모양으로 감싸고 있군."

"이거, 황당한데." 동생이 말했다. 그는 뒤로 물러서서 그 주
위를 한 번 돌면서 상황을 다시 살펴보았다.

갑자기 그 여자가 이발소 기둥처럼 발딱 일어섰다. 그녀는
적, 백, 청이었다. 모래톱에 배를 깔고 잔 부분은 하얀색이었고,
등은 애국충정과 일편단심을 보여주는 빨간색으로 머리카락
밑동까지 붉었으며, 엉덩이의 문신은 암청색이었다. 누군가가
그녀를 빙빙 돌리면서 '성조기여, 영원하라(미국 국가)'를 연주

한다면 아주 멋진 그림이 될 것 같았다.

그녀는 감을 잡기 위해 주위를 사납게 둘러보았다. 이어 옷더미로 달려가 빨간 팬티를 황급히 입었다. 돈을 내야 보여주는 그녀의 생활 밑천을 이제 가리는 데 성공했다는 것을 확신하자 그 여자는 다소 여유를 되찾았다. 그녀는 팬티만 걸친 채 되돌아와서 나를 한번 쳐다보더니 말했다. "아, 당신이로군요."

이어 우리 두 사람을 동시에 쳐다보며 말했다. "이봐요들, 원하는 게 뭐예요?" 그녀는 우리를 즐겁게 해줄 준비가 된 것 같았다.

"닐을 데리러 왔소." 내가 말했다.

그녀는 실망하는 표정이었다. "아, 버스터 말이군요."

"그렇소." 내가 말했다. 내가 그를 가리키자 그가 신음을 했다. 그는 잠에서 깨어나 자신의 화상(火傷)과 숙취를 발견하고 싶지 않은 듯했다. 그는 다시 한 번 신음을 하더니 모래 속으로 더 깊숙이 파고들었다. 반면에 여자의 배에는 모래가 묻어 있었다. 모래톱에 엎드려 누울 때 피부가 접혔던 부분은 주름이 생겨났다. 모래가 그녀의 배꼽에서 흘려내렸다.

"가서 당신 옷을 입고서 우리가 저 사람을 일으키는 걸 도와주시오." 폴이 말했다. 그 여자는 화가 난 표정이었다. "내가 그를 보살필 수 있어요." 여자가 말했다. "당신은 이미 그를 보살펴주었잖소." 폴이 대꾸했다.

"그는 내 남자예요. 난 그를 보살필 수 있어요. 땡볕도 개의치 않아요." 나는 그녀의 말이 맞는다고 생각했다. 낚시꾼을 상대로 창녀 짓을 하려면 어디서 해야 하겠는가. 땡볕 아래서 할 수밖에 없다.

"가서 옷을 입어요. 안 그러면 당신의 엉덩이를 걷어차겠소."
폴이 말했다. 그 여자나 나나 폴이 진심이라는 것을 알았다.

폴은 옷더미 쪽으로 가서 닐과 여자의 옷을 분리하기 시작했
다. 옷들은 벗은 순서대로 놓여 있었다. 그 때문에 여자의 팬티
가 맨 위에, 그리고 허리띠는 맨 아래에 있었다.

"옷을 입히는 건 좋은 일이지만, 우린 그렇게 하지 못할 거
야. 너무 따가워서 옷을 견디지 못할 거야." 내가 폴에게 말했
다.

"그럼 그를 알몸 상태로 집에 데려가야지, 뭐." 폴이 말했다.

닐은 '집'이라는 말을 듣자 벌떡 일어나 앉았고, 그의 몸에서
모래가 우수수 떨어졌다.

"난 집에 가고 싶지 않아." 그가 말했다.

"닐, 어디로 가고 싶어?" 내가 물었다. "몰라. 하지만 집은 아
니야."

"거긴 자네를 돌보아줄 세 명의 여자가 있어." 내가 말했다.

"난 세 명의 여자를 보고 싶지 않아." 그가 말했고, 더 많은
모래가 몸에서 떨어졌다.

올드 로하이드는 자기 옷을 겨드랑이에 끼고 있었다. 나는
허리를 숙여 닐의 옷을 집어 들어 그의 겨드랑이 밑에 밀어 넣
었다. "자, 이제 자네가 강가로 걸어 나가도록 도와줄게." 내가
그의 다른 팔을 잡으며 말했다.

그는 아파서 펄쩍 뛰었다. "날 건드리지 마." "당신이 내 옷
을 좀 가지고 가. 그걸 끼고 있으려니까 너무 아파." 그가 올드

로하이드에게 말했다.

"당신이 저 옷을 맡아요." 그녀가 내게 말했다. 내가 옷더미를 받아들자 그녀는 닐의 팔을 잡고서 그를 강물의 가장자리로 인도했다. 강물에 들어섰을 때 그녀가 몸을 돌리며 내게 말했다. "그는 내 남자예요." 그녀는 강인한 여자였고 아주 단단했다. 블랙 풋은 큰 강이고 건너가기가 어렵다. 닐은 그 여자의 단단한 다리 아니었더라면 강을 건너가지 못했을 것이다.

강을 절반쯤 건넜을 때 폴은 몸을 돌려 술이 좀 남아 있는 3-7-77 병을 회수하러 갔다. 올드 로하이드는 닐을 강가 가까운 곳까지 건네주고서 닐 혼자서 부르튼 발로 자갈 위를 밟으며 강가로 나가게 한 뒤 모래톱으로 되돌아갔다. 그녀의 발 역시 부르터서 힘들었으나 힐스 브라더스 커피 깡통을 회수하려면 어쩔 수 없었다.

"커피 깡통은 어디다 쓰는 거지?" 내가 여자에게 물었다.

"몰라요. 하지만 버스터는 늘 이걸 가지고 다녀요."

차의 뒷좌석에는 우리가 피크닉을 갈 때 바닥에다 펴는 얇은 담요가 있었다. 전나무 바늘잎이 거기에 달라붙어 있었다. 우리는 닐과 올드 로하이드를 뒷좌석에 앉히고 얇은 담요를 덮어주었다. 그렇게 하는 데는 여러 가지 이유가 있었다. 우선 그들이 바람 때문에 더 이상의 화상을 당하는 것을 막아주기 위해서였다. 또 풍기문란죄로 주 경찰이 우리를 체포하는 것을 미리 막으려는 의도도 있었다. 하지만 담요를 덮어주는 순간 그들은 몸을 부르르 떨었고 담요가 몸에서 떨어져 내렸다. 그래서 우리는 기상 조건과 경찰 단속에 완전 무방비 상태로 올프 크리크까지 차를 몰고 갔다.

닐은 똑바로 앉지를 못했고, 가끔 이렇게 중얼거렸다. "난 세 명의 여자를 보고 싶지 않아." 그가 이렇게 중얼거릴 때마다 올드 로하이드는 똑바로 앉으면서 말했다. "걱정하지 말아요. 난 당신의 여자예요. 내가 당신을 돌볼 거예요." 운전은 내가 하고 있었다. 처남이 그 말을 중얼거릴 때마다 나는 운전대를 꽉 움켜잡았다. 나 또한 세 명의 여자를 보고 싶지 않았던 것이다.

운전하는 내내 폴과 나는 별로 말을 하지 않았고, 또 그들에게도 말을 하지 않았다. 처남은 가끔씩 중얼거리고 그러면 여자는 벌떡 일어났다가 옷더미로 다시 몸을 처박았는데 우리는 그냥 내버려두었다. 그러나 울프 크리크에 거의 다 오자 나는 폴이 대응 방식을 바꾸려 한다는 것을 감지했다. 그는 천천히 몸을 틀어서 팔을 뻗으면 뒷좌석에 닿을 수 있는 자세를 취했다. 그때 중얼거리는 소리가 들려왔다. "난 세 명의 여자를 보고 싶지 않아." 폴은 팔을 뻗어 그 중얼거림이 새어 나오는 처남의 겨드랑이 쪽 팔을 꽉 잡고서 그를 일으켜 세웠다. 화상을 입었는데 그렇게 꽉 쥐니 팔이 하얗게 되었다. "이제 집에 거의 다 왔어." 폴이 말했다. "다른 데 갈 만한 곳은 없어." 더 이상 중얼거림은 들려오지 않았다. 폴은 그 팔을 계속 잡고 있었다.

창녀는 여전히 억세빠진 여자였다. 그녀와 폴은 큰 소리를 지르며 다투었다. 폴은 고집 센 여자를 상대로 말하는 법을 알고 있었고, 그녀 또한 남자의 거친 말이라면 이골이 나 있었다. 그들이 다투는 내용은 이런 것이었다. 마을에 들어서면 그녀를 적당한 곳에다 내팽개칠 것인지, 아니면 그녀가 계속 머무르면서 버스터를 돌아봐줄 것인지 여부였다. 두 사람이 자주 쓰는 말은 이러했다. "빌어먹을, 내가 보살핀다니까." "빌어먹을, 절대 안 된다니까." 동생은 그 말다툼의 일환으로 내게 이렇게 말했다. "형, 마을에 들어서면 통나무 댄스홀 앞에 차를 좀 세워줘."

통나무 댄스홀은 마을의 가장자리에 있는 첫 번째 건물이었다. 그곳은 싸움을 벌이기에 좋은 장소였고, 실제로 많은 싸움이 벌어졌는데 토요일 밤이 특히 심했다. 주말 밤에는 울프 크리크 출신의 토박이 술꾼이 디어본 컨트리 출신의 술꾼 여자친구와 춤을 추겠다고 껄떡거렸고 그러면 싸움이 벌어졌다.

둘이 퍼붓는 욕설로 보아서는 누가 말싸움에서 이겼는지 알수가 없었다. 하지만 마을에 가까워지자 그녀는 옷더미에 손을 뻗어 그중 몇 가지는 입었다. 통나무 댄스홀로 가기 직전에 시냇물과 도로가 굽어지는 부분이 있었다. 그녀는 그 부분을 보자 댄스홀에 도달하기 전에 옷을 다 입지 못한다는 것을 알고서 옷더미를 뒤져 자기 것만 챙겼다.

내가 차를 세우자 그녀는 옷가지를 꽉 움켜쥐고서 차문을 열고 밖으로 뛰어내렸다. 그녀는 폴이 앉은 조수석 반대편 쪽의 뒷좌석에 앉아 있었다. 그래서 재빨리 내리면 폴보다 크게 앞서서 내달릴 수 있다고 판단했다. 그녀는 뒷문을 닫지도 않은 채 옷가지들을 양팔로 꽉 움켜쥐었다. 옷가지들 중 맨 윗부분에는 닐의 내의가 있었다. 우연히 그렇게 된 것인지, 아니면 기념물로 챙긴 것인지 알 수 없었다. 여자는 한 번 더 툴툴거리더니, 이중 다이아몬드 매듭을 던져 앞으로의 힘든 여정에 짐들

154

이 끝까지 잘 붙어 있도록 확인하는 짐 꾸리는 사람처럼 자기 옷가지들을 더욱 거세게 껴안았다.

그리고 그녀는 내 동생에게 소리쳤다. "에라, 이 씨발 놈아!"

폴은 짐짝이 문밖으로 내던져지는 것처럼 차에서 재빨리 내려 그 여자를 쫓아갔다.

나는 동생의 그때 심정을 잘 안다고 생각한다. 그는 그 여자를 싫어하기는 했지만 그다지 악감정은 가지고 있지 않았다. 그가 정말로 싫어한 것은 자기 내의도 내팽개친 채 뒷좌석에 맥없이 앉아 있는 개자식이었다. 그놈은 우리의 여름 낚시를 착실히 망쳐놓았다. 게다가 미끼를 가지고 낚시를 하는 한심한 놈이었다. 저 미끼낚시하는 개자식은 낚싯대가 아니라 커피 깡통과 창녀를 데리고 낚시터에 나타나서, 우리 아버지가 가르쳐주신 낚시의 신성함을 모조리 모독했다. 우리 가족이 성스럽게 여기는 강 한가운데에서 창녀와 씹을 한 저 개자식. 그것도 우리 몫의 맥주를 다 먹어 치운 다음에 말이다. 하지만 뒷좌석에 앉아 있는 저 개자식은 세 명의 스코틀랜드 여자 때문에 손을 댈 수가 없었다.

그녀는 맨발로 달렸으나 나머지 옷가지와 처남의 내의를 가슴에 안고 있었기 때문에 폴은 약 열 걸음 만에 그녀를 따라잡았다. 그는 달리면서 그녀를 걷어찼다. 내 생각에 LO와 VE가 겹쳐지는 부분인 것 같았다. 몇 초 동안 그녀의 양발이 공중에 떠서 동동 굴렀다. 그것은 내 기억 속에 동결한 한순간이 되었다.

나는 움직일 수 있게 되었을 때 처남을 두 번 돌아본 후 넷까지 세었다. 그 넷은 처남을 보호하려는 네 명의 여자를 의미하는 것이었다. 한 여자는 길 한가운데에서 달리고 있었고, 다른 셋은 조금만 더 가면 나오는 집에서 기다리고 있었다.

갑자기 나도 그 여자의 엉덩이를 걷어차고 싶은 충동이 치밀어 올랐다. 나는 내게도 그런 충동이 존재하는지 의식하지 못했다. 하지만 그것은 나를 압도했다. 나는 차에서 내려 그녀를 쫓아갔다. 하지만 그녀는 전에도 전문가들에 의해 엉덩이를 걷어차인 적이 있었으므로 재빨리 피했고 내 공격은 완전히 표적을 빗나갔다. 그렇지만 그런 시도를 한 것만으로도 한결 후련했다.

폴과 나는 함께 서서 그녀가 마을로 들어가는 길로 내빼는 광경을 쳐다보았다. 그녀는 달리 선택할 수가 없었다. 좁은 협곡 속에 있는 마을의 반대편에 살았던 그녀는 집 가까이 도착하자 걸음을 멈추고 우리를 여러 번 뒤돌아보았다. 우리는 그녀가 내뱉는 말이 들리지 않았으나 그래도 그것이 싫었다. 그녀가 욕설을 내뱉을 때마다 우리는 다시 쫓아갈 듯한 자세를 취했고, 그녀는 자신의 오두막집으로 더욱 가까이 다가갔다. 마침내 그녀와 옷가지들은 사라졌고, 우리에겐 뒷좌석에 앉은 자만이 남았다. "이제 저 친구를 집에 데려다주는 일만 남았군." 차로 돌아가는 동안 동생이 말했다. "형은 입장 곤란하겠군." "알아, 알아." 내가 말했다. 하지만 실제로는 알지 못하고 있었다. 스코틀랜드 여자들이 그럴 이유가 별로 없는 곳에서도 자부심을 지키려고 애쓸 때 어떤 모습인지 나는 잘 몰랐다. 설마 그럴 리가 하고 생각하실 분을 위해서 말씀드려 보자면, 그 여자들은 반드시 그들의 자부심을 지킨다.

심지어 닐도 몸을 추스르려고 애썼다. 그가 옷을 몇 가지 입으려고 하는데 여인들이 그를 보았다. 그는 차 밖에다 옷가지를 내놓았고 내의가 보이지 않자 그냥 바지를 입기 시작했다. 하지만 그는 발을 헛찔렀고 계속 헛찔렀다. 그는 바지를 앞에다 들고서 계속 입으려고 허우적거렸다. 어떻게 입어 보려고 했으나 너무 빨리 몸이 무너지기 때문에 한 무릎 정도까지도 바지에 접근하지 못했다.

우리가 그를 붙잡았을 때 그는 숨을 멈추었고 억지로 바지를 입혀주자 숨이 넘어가려 했다. 그의 발은 너무 부어올라 구두가 들어가지 않았다. 우리는 셔츠를 그의 어깨 너머로 억지로 입혔고, 셔츠 자락이 바지 밖으로 비죽 나왔다. 우리가 그를 집 안으로 데리고 가자 그는 섬에서 주로 발견되는 난파선의 파편처럼 보였다.

플로렌스가 부엌에서 밖으로 나와 폴과 내가 부축하고 있는 자를 쳐다보자 행주에 손을 닦기 시작했다.

"내 아들한테 무슨 짓을 한 건가?" 그녀는 그를 붙들고 있는 두 형제에게 물었다.

제시도 어머니의 말소리를 듣고서 부엌에서 나왔다. 아내는 키가 크고 붉은 머리였다. 아내 앞에서 처남을 그런 식으로 부축하고 있자니 한없이 위축되었다.

"이 나쁜 자식." 아내가 나에게 말했다. 내가 부축하고 있는 그 나쁜 자식은 무게가 1톤은 되는 듯했다.

"아닙니다." 폴이 말했다.

"어서 비켜." 내가 아내에게 말했다. "처남을 침대에 눕혀야

해."

"햇볕에 심한 화상을 입었어요." 폴이 말했다.

나와 함께 성장한 여자들은 뭔가 할 일이 있을 때에는 다른 생활 스타일을 시도하면서 빈둥거리지 않는다. 특히 의학적인 일이 벌어졌을 때에는 즉각 행동에 나선다. 대부분의 사람은 고통이나 부상으로부터 벗어나려는 즉각적이고도 화학적인 반응을 보인다. 그러나 나와 함께 성장한 여자들은 의학적인 일이라면 자석에 끌리듯 매혹된다.

"우선 저 애의 옷을 벗기도록 하지." 플로렌스가 침실 문 쪽으로 가더니 그 방 문을 열었다.

"내가 도티(도로시의 애칭.-옮긴이)를 찾아볼게." 제시가 말했다. 도티는 등록 간호사였다.

닐은 어머니가 자기 옷을 벗기는 것을 원하지 않았고, 그의 어머니는 우리가 옆에 있는 것이 어색하여 자꾸 우리를 밖으로 내밀었다. 곤란한 상황이 벌어지기 직전에 제시가 도로시와 함께 침실에 나타났다. 간호사가 어떻게 그리도 빨리 제복을 입는지 의아했다. 아무튼 나는 그녀가 침실문 안으로 들어서는 순간, 풀을 먹인 빳빳한 가운의 바스락거리는 소리를 들을 수 있었다. 닐은 그 바스락거리는 소리를 듣자 우리에게서 벗어나려는 시도를 그만두었다. 도로시는 키가 작았지만 힘이 좋았고, 제시와 장모는 키가 크고 말랐지만 그래도 힘이 세었다. 폴과 나는 침대 곁에 서서 왜 우리가 바지와 셔츠 하나도 제대로 못 벗기는지 의아했다. 곧 그는 하얀 시트 위에서 붉은 알몸이 되었다.

그와 동시에, 4.5온스 낚싯대를 들면 세계를 손에 든 것처럼 느끼는 우리도 병원의 오더리(잡역부)조차도 못 된다는 사실을 알았다. 우리는 물을 데울 줄 모르고, 붕대도 찾지 못하고, 설사 찾는다 해도 가져올 줄도 모르는 사람처럼 한켠에 비켜서 있었다.

제시는 내 곁을 처음 지나갈 때 내가 아까 한 말을 그대로 했다. "어서 비켜." 내가 그 말을 할 때의 어조가 마음에 들지 않았던 모양이다.

화학적 반응에 의하여 폴과 나는 침실 문쪽으로 물러섰다. 그는 나보다 먼저 침실문을 나가서 술 한잔 하려고 블랙잭으로 갔다. 사실 나도 술 한잔이 필요했다. 하지만 나는 폴과 달라서 세 여인의 문초를 받기 전에는 그 침실을 나설 수가 없었다.

플로렌스는 새빨간 알몸을 보자마자 상황이 어떻게 된 건지 대충 파악한 것 같았다. 스코틀랜드 여인들의 경우, 의학적인 것보다 도덕적인 것이 더 중요했다. 장모는 도로시가 잘 간호하는지 다시 한 번 확인한 뒤 나를 불렀다.

그녀는 19세기 스코틀랜드 사진사 데이비드 옥타비우스 힐 앞에서 자세를 취하는 사진 찍히는 사람처럼 온몸에 힘이 들어가 있었다. 그녀의 머리는 목 뒤에 있는 보이지 않는 막대기에 고정되어 느린 노출에 대비하는 듯했다. "말해보게. 저 애가 어떻게 하다가 머리끝에서 발끝까지 온통 햇볕에 타버렸는지?"

나는 장모에게 사실을 말할 생각이 없었다. 그렇다고 거짓말로 둘러댈 생각도 아니었다. 거짓말로는 무사히 넘어가지 못한다는 것을 알기 때문이었다. 나는 아주 오래전에, 때로는 슬픈 마음으로 이런 사실을 알게 되었다. 스코틀랜드 식 경건함이란 그 이전에 죄악을 완벽하게 이해하는 것을 전제로 한다. 그게 바로 원죄라는 것이다. 하지만 죄악을 이해하기 위해 반드시 죄악을 저질러야 하는 것은 아니다.

"장모님, 처남은 우리와 낚시를 갈 기분이 아니었습니다. 낚시 끝내고 돌아와 보니 그는 모래톱에 엎드려 잠자고 있었습니다."

장모는 내가 그 이상의 대답은 하지 않으리라는 것을 알았다. 마침내 19세기 사진사는 그녀의 목에 댄 보이지 않는 지지대를 제거해 버렸다. "자네를 사랑하네." 장모가 말했다. 나는 장모가 그 말 이외에 달리 할 말이 없다는 것을 알았다. 그게 또한 진심이기도 했다. "그럼 어서 여기서 나가 보게." 장모가 말했다.

"잠깐만." 도로시가 나를 불렀다. 그녀는 간호하는 일을 잠시 플로렌스에게 넘겼다. 도로시와 나는 그 집안에 결혼해 들어온 사람들이었고, 그래서 우리가 단결하지 않으면 각개 격파당할 것이라는 느낌을 공유했다. "닐에 대해서는 걱정하지 말아요. 2도 화상이에요. 물집이 있고, 살갗이 벗겨지고, 몸에서 열이 나요. 2주면 나을 거예요. 그에 대해서는 걱정하지 말아요. 우리에 대해서도 걱정하지 말아요. 우리 여자들이 이 문제를 잘 해결할 수 있어요."

"그러니." 도로시가 말했다. "당신과 폴은 어서 여기서 나가 보세요. 켄은 필요한 일은 해줄 수 있고 게다가 그는 닐의 형이니까요.

"게다가." 도로시가 계속 말했다, "당신은 여기서 필요한 사람도 아니에요. 여기 곁에 서서 구경만 할 텐데, 지금 집안사람들은 구경거리가 되고 싶은 마음이 아니에요."

그녀는 키는 작았지만 손이 컸다. 그녀는 한 손으로 내 손을 잡고 살짝 눌렀다. 나는 그게 가보라는 신호라고 생각하고 돌아서려 했다. 그때 그녀가 나를 재빨리 끌어당기더니 간단히 뺨에 키스해주었고, 다시 간호 일로 돌아갔다.

세 여자는 두 명은 닐 간호 일에 집중하고 나머지 한 명은 나를 문초하기로 모종의 약속이 되어 있는 것 같았다. "잠깐만." 내가 침실문을 닫으려는데 제시가 말했다.

남자는 자기만큼 키가 큰 여자와 대화하면 불리하다. 그래서 나는 이 불리한 점을 극복하기 위해 오랫동안 노력해 왔다.

"당신은 저 애를 좋아하지 않죠?" 아내가 물었다.

"여보, 처남을 좋아하지 않으면 당신도 사랑하지 못하는 거요?"

그녀는 서서 나를 빤히 쳐다보았고, 그래서 나는 생각했던 것보다 더 많이 말을 했다. 나는 그녀가 이미 알고 있는 것을 말해주었다. 하지만 그녀가 듣고 싶어 하는 얘기를 한 가지 더 해주었다. "제시, 당신은 내가 카드 속임수를 전혀 모른다는 것을 알고 있어. 나는 그를 좋아하지 않아. 앞으로도 그럴 거야. 하지만 당신을 사랑해. 나를 막다른 골목에 몰아넣고 테스트하려 들지 마. 제시, 그가 우리들 사이에서……."

나는 말을 멈추었다. 이미 너무 많은 말을 했고 좀 더 짧게 말했어야 했다는 것을 알았기 때문이다.

"그가 우리들 사이에서 뭐요? 뭐라고 말하려 한 거예요?"

"뭘 말하려고 했는지 갑자기 생각이 안 나네. 내가 때때로 당신과 잘 소통이 안 된다는 느낌 이외에는."

"난 누군가를 도와주려 하고 있어요. 그것도 우리 집안사람을. 그건 이해하지요?"

"이해해야겠지."

"그런데 도와줄 수가 없어요."

"그것 또한 이해해야겠지."

"우린 이미 말을 너무 많이 했어요. 당신과 폴은 블랙풋으로 되돌아가서 낚시를 끝내고 오면 어떻겠어요? 당신은 여기서 도움이 안 돼요. 하지만 어디로 가든 나와 소통하는 걸 잊지 말아요."

아내는 이미 말을 너무 많이 했다고 하면서도 한 걸음 뒤로 물러섰다. "말해 봐요. 저 애가 어떻게 하다가 머리끝에서 발끝까지 온통 햇볕에 타버렸는지?" 질문을 할 때, 스코틀랜드 딸들은 어머니의 질문 형식을 그대로 답습한다.

나는 장모에게 해준 말을 반복했고, 그 말을 듣는 아내의 모습은 장모와 아주 비슷했다.

"말해 봐요. 닐을 집 안으로 데려올 때, 옷을 한 아름 안고서 마을을 뛰어간 창녀를 보았나요?"

"멀리서 보았지."

"말해봐요. 내 동생이 내년 여름에 다시 다니러 오면 내가 동생을 도와주는 일을 당신도 옆에서 거들어줄 건가요?"

그 대답을 하는 데는 시간이 좀 걸렸다. 그러나 나는 대답했다. "노력할게."

그러자 아내가 말했다. "동생은 돌아오지 않을 거예요." 이어 아내가 덧붙여 말했다. "말해 봐요. 도움이 필요한 사람들은 왜 도움이 없으면 오히려 더 잘 해나가는 거지요? 아니, 도움이 없어도 더 나빠지지는 않는 거죠? 문제는 그거예요. 왜 더 나빠지지 않는 거죠? 그들은 얻을 수 있는 도움은 다 받아가지만, 그건 그때뿐, 예전과 같은 사람이고 전혀 달라지지 않아요."

"물론 그들도 햇볕에 화상을 입기는 하지."

"그건 달라진 게 아니에요."

"말해 봐. 처남이 내년 여름에 돌아오면 우리 둘이서 그를 도와주려고 힘을 합치는 거지?"

"동생이 돌아온다면요." 아내는 고개를 끄덕였다. 나는 아내의 눈에서 눈물을 보았다고 생각했으나 오해였다. 평생 동안 나는 아내가 우는 것을 보지 못했다. 그리고 처남 역시 돌아오지 않았다.

서로 방해하지 않으면서 우리는 동시에 말했다. "서로 연결이 안 되는 일은 없도록 해." 그리고 그때 이후 우리는 언제나 소통이 되었다. 하지만 아내의 죽음이 우리의 사이에 끼어들었다.

"이제 그만 가봐요." 이렇게 말하면서 아내는 유일하게 미소를 지었다. 이어 그녀는 내 면전에 대고 침실문을 닫았다. 문이 다 닫히기 전, 약간의 틈새가 남았을 때 우리는 그 사이로 키스를 했다. 나는 한 눈으로 방 안을 살펴보았다. 장모와 도로시는 옥수수 굽듯이 머리끝에서 발끝까지 처남의 몸에 기름을 바르고 있었다. 그 다음에 충분한 양의 붕대를 펼쳐내더니 그것으로 처남의 몸을 미라처럼 감았다.

나는 블랙잭으로 가서 폴과 술 한잔을 했고 이어 두 잔째 마셨다. 그날 밤 동생은 술값을 모두 내겠다고 고집했고, 블랙풋으로 다시 돌아가겠다고 말했다. "휴가를 이틀 신청했어. 그래서 하루가 더 남아 있어." 이어 동생은 미줄라로 경유하여 부모님 집에서 하룻밤을 자자고 강요했다. "어쩌면, 내일 아버지도 모시고 갈 수 있을 거야." 이어 동생은 운전도 자기가 하겠다고 고집했다.

우리의 통상적인 역할이 바뀌었다. 이제 나는 차가운 물의 치유력을 얻기 위해 낚시에 따라나서는 형이 되었다. 동생은 내가 널 때문에 질책당했다는 것을 알았고, 내 결혼 생활이 곧 파탄날 것이라고 생각했으리라. 동생은 아내가 나를 가리켜 나쁜 놈이라고 말하는 것을 들었다. 그러나 나와 세 명의 스코틀랜드 여인이 공개적으로 서로에 대한 사랑을 선언할 때에 동생은 그 집에 있지 않았다. 스코틀랜드인은 그런 공개적인 선언을 극도로 꺼리기 때문에 그건 대단한 일이었다. 실제로 나는 사랑으로 충만한 느낌이었고 때때로 왜 그런지 설명할 수 없는 웃음을 터트렸다. 동생은 내가 엉망진창이 되어 버린 내 인생에 대하여 일부러 용감한 척하려고 그런 허튼 웃음을 지어 보인다고 생각했을 수도 있다. 나는 실제로 그가 무슨 생각을 하는지 알지 못했다. 하지만 동생은 내가 전에 그에게 대하듯이 나를 아주 부드럽게 대했다.

부모님 집으로 가는 길에 동생이 말했다. "어머니도 우리를 보면 기뻐하실 거야. 어머니는 우리가 사전에 연락하지 않고 나타나면 너무 흥분해서. 그러니 링컨 읍에서 멈추어서 전화를 하자고."

"네가 전화해. 어머니는 네 목소리 듣는 걸 좋아해."

"좋아. 하지만 형이 아버지에게 내일 함께 낚시 가자고 말해."

그렇게 하여 동생은 우리 가족의 마지막 낚시로 판명된 행사를 조직했다. 그는 우리 가족 모두를 생각하고 있었던 것이다.

우리가 사전 전화를 했는데도 우리가 미줄라에 도착하자 어머니는 흥분했다. 어머니는 앞치마에 손을 닦고, 폴을 포옹하고, 웃음을 터트리는 등, 세 가지 일을 동시에 했다. 아버지는 뒤에 서서 그냥 웃고 있었다. 우리가 가족 재회를 할 때면 폴과 어머니가 중심인물이었다. 동생은 어머니를 포옹할 때면 몸을 뒤로 젖히면서 웃음을 터트렸다. 그럴 때면 어머니가 할 수 있는 거라곤 다시 포옹하며 웃어주는 것이었다.

우리가 미줄라에 도착했을 때에는 늦은 시간이었다. 도중에 링컨 읍에는 좋은 식당이 있었지만 우리는 일부러 식사하지 않았다. 설사 링컨에서 먹었다 하더라도 미줄라에 도착하면 한번 더 먹어야 한다는 것을 알기 때문이었다. 저녁식사 초반부에 어머니는 내게 잘 대해 주셨다. 그때까지 내게 잘 대해 주지 못했다고 생각했기 때문이리라. 그러나 곧 어머니는 신선할 롤빵을 내왔고 폴의 빵에다 버터를 발라주었다.

"애야, 이건 네가 좋아하는 초크체리 젤리야." 어머니가 그것을 동생에게 건네주며 말했다. 어머니는 야생 체리나 사냥해

온 야생동물을 아주 잘 요리했고, 폴이 집에 들를 때를 대비하여 언제나 초크체리 젤리를 만들어놓았다. 그런데 언젠가부터 어머니는 초크체리 젤리를 좋아한 아들은 나였다는 것을 잊어버렸고, 그런 은근한 착각을 우리 집안의 남자들은 신경 쓰지 않았다.

아버지와 어머니는 당시 은퇴해 있었으나 '세상 돌아가는 일들'을 듣는 걸 좋아했다. 특히 어머니가 더 관심이 많았다. 아버지보다 나이가 아래인 어머니는 '교회를 운영'했었던 것이다. 부모님에게 폴은 기자이고, 현실을 접촉하게 해주는 연락처이며, 부모님으로부터 벗어나고 있는 세상(아무튼 부모님이 예전에도 그리 잘 안다고 볼 수 없는 세상)의 기록자였다. 동생은 이런저런 스토리들을 계속 말씀드렸고, 부모님은 그중 어떤 것들을 못마땅하게 여겼다. 우리는 식탁에 오래 앉아 있었다. 우리가 자리에서 일어설 때 내가 아버지에게 말했다. "아버지, 내일 저희와 함께 낚시를 가주신다면 정말 감사하겠습니다."

"뭐?" 아버지는 다시 자리에 앉더니 기계적으로 냅킨을 펴면서 물었다. "폴, 넌 정말 내가 따라가기를 바라는 거니? 나는 이제 커다란 물구덩이에서는 낚시를 하지 못해. 강물도 건너가지 못하고."

"아버지, 꼭 오십시오. 아버지는 물고기 근처에만 가셔도 잡으실 수 있습니다." 폴이 대답했다.

나의 아버지에게 가장 큰 계명은, 아들들이 해주기를 바라는 것은 뭐든지 해주는 것이었다. 하물며 그것이 아들들과 함께 낚시를 가자는 것임에랴. 목사는 그의 신도들이 방금 교회에

다시 돌아와 고별 설교를 해달라고 요청받은 듯한 표정이었다.

부모님이 잠자리에 드실 시간이 이미 지났고, 폴과 나도 그날 하루 아주 힘든 날이었다. 그래서 나는 어머니의 설거지를 도와드리고 잠자리에 들었으면 좋겠다고 생각했다. 하지만 나는 일이 그렇게 간단히 진행되지 않으리라는 것을 알았고, 그건 부모님도 마찬가지였다. 폴은 저녁식사 후 잠시 뜸을 들이다가 기지개를 한번 켜더니 이렇게 말했다. "마을을 돌아다니면서 옛날 친구들을 좀 만나봐야겠어요. 오래 나가 있지는 않겠지만 나를 기다리지는 마세요."

나는 어머니의 설거지를 도와드렸다. 식구 하나가 빠졌을 뿐인데 집 안이 아주 적막해졌다. 동생은 저녁식사 후에 잠시 우리와 함께 자리에 앉아 있으면서 집에서 저녁식사를 함께하니 즐겁다는 느낌을 주려고 애썼다. 우리는 그의 친구들을 알고 있었다. 특히 동생이 좋아하는 친구는 덩치가 크고 우리에게 아주 잘 대하는 착한 친구였다. 특히 어머니에게는 아주 다정하게 굴었다. 그는 최근에 감옥에서 나왔다. 그의 두 번째 복역이었다.

동생이 현관문을 나서고 어머니가 잠자리에 드는 시간이 될 때까지 어머니가 한 말이라고는 "잘 자요." 두 마디였다. 어머니는 이층으로 올라가는 층계참에 서서 등 뒤로 고개를 돌리고서 아버지와 내게 말했다.

나는 아버지가 동생의 일에 대하여 얼마나 알고 있는지 정확하게 알지 못했다. 하지만 상당히 알고 있으리라 짐작했다. 교회의 신자들 중에는 목사의 아들들에 대하여 목사에게 보고하는 것을 의무로 여기는 사람들이 상당히 있기 때문이다. 때때로 아버지는 동생에 대하여 새로운 어떤 화제를 말할 것처럼 시작하다가, 갑자기 그 화제가 겉으로 나오려고 하면 뚜껑을 황급히 닫아버리는 모습이었다.

"폴이 요즘은 어떻게 지내는지 소식 좀 들었니?"

"무슨 말씀이신지요. 나는 폴에 대하여 온갖 종류의 소문을 다 듣습니다. 하지만 대부분은 그가 훌륭한 기자고 멋진 낚시꾼이라는 얘기입니다."

"아니, 아니." 아버지가 말했다. "그것 이외에 뭐 들은 거 없어?"

나는 고개를 가로 저었다. 아버지는 뭔가 생각하고 있다가 방향을 전환했고, 또 금방 하려던 말로부터 벗어난 것 같았다. "그 애가 우리 성을 매클린(Maclean)에서 매클린(MacLean)으로 쓴다는 얘기를 들었니? 중간에 아예 대문자를 쓴다는 거야."

"예, 나도 그 얘기는 들었습니다. 그 애한테서 들었는데 사람들이 성의 철자를 제대로 쓰지 못하는 게 지겨워졌답니다. 심지어 그 애의 수표책에도 대문자 L을 쓰더래요. 그래서 성을 사람들이 쓰는 대로 쓰기로 했답니다."

아버지는 내 설명을 듣고 고개를 저었다. 그건 불경한 짓이었기 때문이다. 아버지는 당신 자신과 나를 상대로 이렇게 중얼거렸다. "우리 성을 대문자 L로 쓰는 건 끔찍한 일이야. 사람들이 우리를 스코틀랜드 섬사람이 아니라 평지 사람이라고 생각할 거 아니냐?"

아버지는 문쪽으로 가서 주위를 살피더니 다시 돌아왔다. 내게 질문을 하려는 것이 아니라 뭔가 말하려 했다. 아버지는 막연하게 추상 개념을 써가며 말했다. 아버지는 평생 동안 설교를 하면서 추상 개념을 사용했고, 신자들이 그걸 듣고서 그들의 구체적 생활에 그 개념을 적용시키도록 하는 일에 익숙했다. "누군가를 도와주기에 너는 너무 젊고 나는 너무 늙었어." 아버지가 말했다. "도움이란 초크체리 젤리를 발라주거나 돈을 주는 것이 아니야."

"도움이란." 아버지가 말했다. "기꺼이 그것을 받아들이려 하고, 또 절실하게 필요로 하는 어떤 사람에게 네 자신의 일부를 내어주는 거야.

"그래서." 아버지는 이제 과거의 설교 어투로 바뀌어 있었다. "우리는 그 어떤 사람도 제대로 도와줄 수가 없어. 우리가 우리의 일부를 내어주기 싫어하거나, 아니면 그 어떤 부분이든 내어주기를 싫어하기 때문이야. 그리고 종종 그 정말로 필요한 부분은 상대가 원하지 않는 거야. 그리고 더욱 중요한 것은, 우리가 그 필요한 부분을 가지고 있지 않다는 거야. 그건 동네의 자동차 부품 가게에서 늘 하는 소리와 비슷해. 그 가게는 '죄송합니다, 그 부품이 방금 떨어졌습니다.'라고 말하기 일쑤이거든."

"아버지, 너무 어렵게 생각하시는 것 아닙니까? 도움이 그처럼 거창해야 할 필요는 없다고 생각합니다."

"그럼 네 엄마가 그 애 롤빵에 버터를 발라준 게 도움이 된다고 생각하니?"

"도움이 될 수도 있지요. 아뇨. 도움이 되었다고 생각합니다."

"네가 동생을 돕고 있다고 생각하니?"

"도우려고 애쓰고 있습니다. 문제는 내가 동생을 잘 모른다는 거예요. 내 문제들 중 하나는 동생이 도움을 정말로 필요로 하는지 그것도 모른다는 겁니다. 난 정말 몰라요. 그게 문제예요."

"그게 바로 내가 하려던 말이다. 주님, 우리 모두는 도와주려고 합니다. 하지만 간절히 도움을 필요로 하는 게 있는데 우리가 그것을 갖고 있지 않다면 어떻게 해야 합니까?

"그래도 나는 낚시하는 방법을 알고 있어." 아버지가 결론을 내렸다. "내일 우리는 그 애와 함께 낚시를 가는 거야."

나는 침대에 누워 오래 기다리다가 마침내 잠에 떨어졌다. 나는 이층의 나머지 식구들도 그렇게 기다린다는 것을 알았다.

언제나처럼 나는 우리들 중 몇몇만 지키는 계명—아침 일찍 일어나서 우리에게 주어진 대로 하느님이 만든 새벽빛을 보는 것—을 지키려고 일찍 일어났다. 나는 동생이 내 방 문을 열고 내 이불을 살펴보고 그런 다음 문을 닫는 소리를 여러 번 들었다. 나는 동생이 무슨 상황이 되었든 직장과 낚시에는 늦는 법이 없다는 것을 기억하며 잠에서 깨어났다. 잠에서 깨기 직전, 그날로 예정된 낚시가 동생이 나를 돌보기 위한 여행이라는 게 기억났다. 게다가 동생이 나의 아침식사를 만들고 있다는 생각이 들었다. 그것을 확실히 깨닫게 되자 나는 침대에서 일어나 옷을 입었다. 세 사람은 모두 식탁에 앉아 차를 마시며 기다리고 있었다.

어머니는 아침에 깨어보니 자신이 그날의 여왕이 된 사람처럼 말했다. "폴이 우리를 위해 아침식사를 준비했구나." 어머니의 말은 동생이 이른 아침부터 미소 지을 만큼 기분 좋은 것이었지만, 그가 내 식사를 챙겨줄 때 나는 그의 눈에 핏발이 선 것을 볼 수 있었다. 하지만 낚시꾼은 숙취를 당연한 것으로 여긴다. 낚시를 두 시간 정도 하면 숙취는 사라져버리고, 약간의 탈수 현상만 남는다. 하지만 낚시꾼은 하루 종일 물속에서 시간을 보내기 때문에 탈수는 문제가 되지 않는다.

그러나 우리는 그날 아침 빨리 출발할 수가 없었다. 폴과 내가 독립해 나간 다음, 아버지는 낚시 도구를 치워버렸다. 다시는 쓸 일이 없을 거라고 생각했는지 그걸 어디에다 두었는지 기억하지 못했다. 어머니가 낚시 장비 대부분을 대신 찾아주어야 했다. 어머니는 낚시나 낚시 도구에 대해서는 전혀 알지 못하지만 물건을 잘 찾아냈다. 심지어 그 물건이 어떻게 생겼는지 잘 모를 때에도 수완을 발휘했다.

어떤 사람이 낚시 출장을 지연시키면 신경질을 내면서 모든 사람을 불안하게 만드는 폴도 아버지에게 계속 말했다. "괜찮아요. 천천히 찾으세요. 강물이 더 차가워질 거니까. 그러면 오늘 한탕 크게 잡을 거예요. 천천히 찾으세요." 동생에게 어서 빨리 낚시터로 나가고 싶어 하는 성격을 물려준 나의 아버지는 가끔 나를 쳐다보곤 했다. 아버지 당신이 이미 노인이 되었고, 그래서 자신의 물건을 제대로 간수하지 못하는 당신 모습에 싫증을 느끼는 것 같았다.

어머니는 낚시 바구니를 찾기 위해 지하실과 다락방, 그리고 그 사이에 있는 벽감들을 열심히 오르내렸다. 그러는 와중에도 남편과 아들들을 위한 점심식사를 만들었다. 세 남자는 각자 다른 종류의 샌드위치를 주문했다. 어머니는 우리를 차 안에 다 앉히고 나서 남편과 아들들이 차에서 굴러떨어지지 않도록 차문을 단속했다. 이어 젖지도 않은 양손을 앞치마에 닦으면서 말했다. "다 잘 되었네." 우리는 출발했다.

내가 운전대를 잡았다. 나는 출발하기도 전에 우리가 어디로 갈 것인지 알았다. 블랙풋 위쪽으로 너무 멀리까지 갈 수는 없었다. 우리가 너무 늦게 출발한 데다 폴과 내가 공략할 수 있는 깊은 물구덩이가 두세 군데 있고, 또 아버지가 내려갈 수 있을 정도로 너무 가파르지 않은 물구덩이도 있는 곳이어야 하기 때문이었다. 게다가 아버지는 강물을 건너가지 못하기에 그 물구덩이는 강의 이쪽 편에 있는 것이어야 했다. 내가 차를 몰고 가는 동안 아버지와 동생은 낚시터에 대해서 언쟁을 벌였다. 그들도 나만큼 행선지를 잘 알고 있었으나, 우리 식구들은 블랙풋 강에서 낚시하는 방법에 대하여 각자 최고의 권위자가 되고 싶어 했다. 차가 벨몬트 크리크 입구 바로 위에 있는 강으로 들어서는 옆길에 도착하자, 그들은 처음으로 합창하듯 말했다. "여기서 꺾어." 마치 내가 그들의 지시를 받아 차를 모는 것 같았다. 그곳은 어쨌든 내가 처음부터 가고자 했던 곳이었다.

그 옆길을 따라 내려가니 돌들과 잡초로 뒤덮인 평지가 나왔다. 거기에서 풀을 뜯는 가축은 없었다. 메뚜기들이 아주 먼 거리를 마치 새들처럼 날아갔다. 이 평지에서는 먹이터들 사이의 거리가 아주 멀었기 때문이다. 평지와 그 주위의 돌들도 지질학상의 재앙으로 지상에 남겨진 흔적이었다. 이 평지는 빙하

시대에 있었던 호수의 끝부분이었을 것이다. 그 호수는 미시간 호의 절반 크기였고 곳곳에 수심이 2,000피트나 되었으리라. 그러다가 빙하 댐이 무너지고 산들이 밀어붙이는 엄청난 수압으로 동부 워싱턴 평원까지 물이 흘러 내려갔다. 우리가 낚시하기 위해 멈춰선 곳 위쪽의 산꼭대기에는 빙하가 지나가며 남겨놓은 수평의 상처들이 남아 있다.

나는 강가로 다가가며 차를 조심스럽게 몰아야 했다. 차가 바위에 걸터올라 엔진의 밑바닥이 깨지면 곤란하기 때문이었다. 평지는 갑자기 끝났고 강은 가파른 둑 아래에서 나무들 사이로 은빛을 반짝거리며 흘러가다가 붉고 푸른 절벽들을 지나면서는 푸른색이 되었다. 그것은 색다르게 보고 느낄 수 있는 세계, 태곳적 바위들의 세계였다. 평지의 바위들은 1만 8천 년 혹은 2만 년 전, 마지막 빙하시대에 형성된 것들이었다. 푸른 강물 옆에 있는 붉고 푸른 전(前) 캄브리아기 바위들은 세계와 시간의 밑바닥으로부터 불쑥 올라온 것 같았다.

우리는 차를 멈추고 강둑 아래를 내려다보았다. "아버지, 우리가 저 아래 있는 붉고 푸른 돌들을 잔뜩 주워다가 임시 난로를 만들었던 거 기억나세요? 어떤 것들은 물결무늬가 있는 판암이었지요." 내가 말했다.

"그래. 어떤 돌에는 물방울무늬가 있었지." 아버지는 아직 바위가 되기 이전의 진흙을 때리는 고대의 빗방울을 상상하면서 감개무량한 듯 말했다.

"거의 10억 년 전의 일이지요." 내가 아버지의 생각을 거들었다.

아버지는 잠시 말이 없었다. 아버지는 하느님이 엿새 동안에 블랙풋 강을 포함하여 삼라만상을 만들어냈다는 믿음은 포기했다. 그렇다고 해서 천지창조가 하느님에게도 힘이 부치는 일이기 때문에 그걸 만드는 데 영원의 시간이 걸린다는 얘기도 믿지 않았다.

"아니야, 거의 5억 년 전 일이야." 아버지가 과학과 신앙을 절충하며 말했다. 아버지는 걸음을 서둘렀다. 노년의 귀중한 시간을 논쟁으로 소비하지 않고 낚시에만 집중하려는 마음인 듯했다. "과거엔 저 큰 바위들을 강둑 위로 옮겼지." 아버지가 말했다. "그런데 나는 이제 저 아래로 기어 내려갈 힘도 없어. 하지만 여기서 두 물구덩이를 내려가면 강이 탁 트인 곳으로 나서지. 거기는 거의 강둑이 없어. 난 그리로 내려가서 낚시할 테니, 너희들은 첫 두 물구덩이에서 하도록 해. 나는 햇빛 속에서 기다릴게. 서두르지 마라."

"아버지는 고기 많이 잡으실 거예요." 폴이 말했다. 갑자기 아버지는 다시 자신감을 회복했고, 강 아래쪽으로 내려갔다.

우리는 한때 커다란 빙하호의 바닥이었던 강둑을 따라 걸어 내려가는 아버지의 모습을 쳐다보았다. 아버지는 낚싯대를 앞쪽에 곧추세우고 있었고, 가끔씩 그걸로 앞을 찌르는 동작을 했다. 어쩌면 털 많은 빙하기 시대의 마스토돈(코끼리 비슷한 멸종된 종.-옮긴이)을 창으로 찔러 죽여 그 고기를 아침식사로 먹었던 빙하 종족의 기억을 재연하는 것인지도 몰랐다.

"형, 오늘은 함께 낚시하도록 해." 나는 동생이 아직도 나를 돌보고 있다는 것을 알았다. 우리는 전에 낚시를 할 때에는 헤어져서 각자 했기 때문이다. "좋아." "형, 나는 강 건너편으로 가서 할게." "좋아." 내가 이중으로 감동받으면서 말했다. 강 건너편은 절벽과 나무를 등지고 있기 때문에 말아던지기를 해야 하는데 그건 나의 특기가 아니었다. 게다가 여기서는 물살이 너무 세어서 건너갈 만한 곳이 마땅치 않았다. 하지만 폴은 낚시하는 것 못지않게 낚싯대를 손에 쥐고 강물을 헤엄치며 건너는 것을 좋아했다. 여기서는 헤엄을 칠 필요까지는 없었다. 동생이 강을 건너갈 때 물결은 그의 엉덩이보다 높지 않았는데도 때때로 상류 쪽을 향하고 있는 그의 어깨 위로 넘실댔다. 그는 옷에 스며든 물의 무게로 강가에 도착하자 약간 비틀거렸다. 이어 그는 내게 커다란 동작으로 손을 흔들어 보였다.

나는 고기를 잡으러 강둑 아래로 내려갔다. 캐나다 쪽에서 불어온 차가운 바람은 폭풍우를 일으키지는 않았다. 물고기는 곧 강바닥을 떠나 먹이를 찾아 나설 것이다. 사슴은 강가로 내려오면 앞쪽에 무엇이 있는지 살피려고 먼저 어깨 위아래로 연신 고개를 내민다. 나는 주위를 둘러보며 어떤 플라이를 매달까 생각했다. 하지만 내 목과 코만 살펴보면 충분했다. 크고 볼품없는 날벌레들이 내 얼굴에 와서 부딪혔고, 내 목에 달라붙었으며, 내 속옷 속에서 꼼지락거렸다. 덤벙대고 배가 불룩한 이 날벌레는 뇌를 갖추기도 전에 태어난다. 이 벌레들은 물속에서 두 발로 기면서 1년을 보내고, 그 다음에는 바위 위로 기어나와 날벌레가 되며, 불룩한 배의 아홉 번째 혹은 열 번째 마디로 교미를 한다. 그런 다음 최초로 불어온 가벼운 바람이 이 날벌레들을 물속으로 밀어 넣는다. 그곳에서 물고기들이 흥분한 채 빙빙 돌면서 그것들을 잡아먹으려고 대기하고 있다. 그 날벌레는 물고기들에게는 꿈의 실현이다. 덤벙거리고 어리석으며 몸속에 즙액이 많은 놈들, 아홉 번째 혹은 열 번째 마디로 교미를 하고 나서 노곤한 놈들. 물속에서 두 다리로 기다가 겨우 날개 달린 성충이 되어 단 한 번의 때 이른 피곤한 순간(교미의 순간)을 얻는 시간의 부피는, 인간의 한 평생에다 그 비율을 적용해 본다면, 어느 정도의 시간이 될 것인가.

나는 통나무에 걸터앉아 플라이 통을 열었다. 지금 날아다니는 벌레들과 흡사한 플라이를 꺼내야 했다. 왜냐하면 이것들처럼 큰 플라이나 새면(연어) 플라이를 꺼내놓으면 물고기들은 다른 건 물려고 하지 않을 것이기 때문이다. 그 증거로서, 내가 보기에 폴은 아직까지 손맛을 보지 못하고 있었다.

동생은 알맞은 플라이를 갖고 있지 못했으나 나는 가지고 있었다. 내가 앞에서 말했듯이, 동생은 플라이를 모자 밴드에 넣어 가지고 다닌다. 그는 크기가 다른 네다섯 개의 일반용 플라이로 유충에서 성충에 이르기까지 그 어떤 수중 혹은 지상 벌레의 동작도 흉내 낼 수 있다고 생각했다. 그는 언제나 내가 플라이를 너무 많이 가지고 다닌다고 놀렸다. 내 플라이 통을 들여다보면서 이렇게 말하곤 했다. "저런, 저런. 그 플라이들 중 열 개만 제대로 사용해도 멋진 낚시꾼이 될 거야." 하지만 이미 앞에서 벌 플라이에 대해서 말했듯이, 일반용 플라이만으로는 물고기를 유혹하지 못하는 경우가 있다고 나는 확신했다. 그 순간 써먹을 수 있는 플라이는 커다란 플라이였다. 가령 노랗고 검은 띠를 가진 몸통에다가, 날개를 활짝 펴고 물속에서 높이 날 수 있는 그런 것. 그러니까 우연찮게 사고를 만나 물속에서 힘차게 날갯짓을 하는 나비 모양의 플라이가 제격이었다.

그것은 아주 크고 화려했기 때문에 플라이 통을 여는 순간 제일 먼저 눈에 띄었다. 버니언 버그라는 플라이인데 노먼 민스라는 플라이꾼이 엮어준 것이었다. 민스는 일련의 커다랗고 화려한 플라이를 만들어서 모두 버니언 버그스라는 명칭을 붙였다. 이 플라이는 2호나 4호 같은 커다란 갈고리에다 매다는데, 코르크 몸통에 말총이 십자 모양으로 엮여 있다. 그래서 물속에 들어가면 거꾸로 날아다니는 왕잠자리처럼 보인다. 코르크 몸통에는 여러 가지 다른 색깔을 바르고서 이어 니스를 칠했다. 아마도 동생이 가장 나를 놀려 먹은 제일 크고 화려한 플라이는 버니언 버그 제2호 옐로스톤 플라이였다.

나는 그 플라이를 한번 보는 순간 완벽함을 느꼈다. 최근에 나의 아내, 장모, 처남댁은 각자 다소 모호한 스타일로 나에 대한 그들의 사랑을 다시 선언했다. 나 또한 다소 모호한 스타일로 그들의 사랑에 화답했다. 나는 아마도 다시는 처남을 만날 일이 없을 것이다. 어머니는 아버지의 오래된 낚시 도구를 찾아냈고, 다시 한 번 아버지는 우리와 함께 낚시터에 나섰다. 내 동생은 나를 잘 돌보고 있었지만 고기는 낚지 못하고 있었다. 나는 이제 엄청 고기를 많이 잡을 참이었다.

바람이 불고 있어서 버니언 버그스를 던지기가 어려웠다. 플라이의 코르크와 말총은 부피는 크지만 실제로는 가볍기 때문이다. 바람은 던지기의 거리를 줄여줄 뿐만 아니라, 플라이가 천천히 거의 수직으로 아무런 소리도 없이 강물 위에 떨어지게 해준다. 내가 매단 스톤 플라이가 강물 위에 걸려 있을 때, 쾌속선 비슷한 것이 그 옆을 스쳐 지나가면서 그것을 공중 높이 들어올리고, 한 번 원을 그리며 돌다가, 다시 되돌아와 스톤 플라이가 떨어진 바로 그 지점에서 착수판(着水板)을 열고서 잠수하는 것 같았다. 이어 쾌속정은 잠수정으로 변모하여 플라이 등 그 모든 것을 데리고 물속 깊이 가라앉았다. 나는 사라지고 있는 것을 따라잡을 만큼 빨리 낚싯대 쪽으로 낚싯줄을 잡아당길 수가 없어서 방향을 바꾸지 못했다. 나는 물속에 있는 것처럼 빠르지 못했기에 낚싯줄을 억지로 공중으로 들어올렸다. 내가 서 있는 곳에서는 물속의 상황이 어떻게 돌아가는지 알 수 없었지만, 내 마음은 낚싯줄 끝에 가 있었고, 거기서 얻은 인상을 순간순간 타전했다. 나의 전반적인 인상은 물속의 생명체가 로데오(야생마)로 변해버렸다는 것이다. 내게 타전되어 온 특수 정보에 의하면, 커다란 레인보 송어가 해바라기를 하러 가서 공중에서 몸을 뒤집으며 그때마다 내 낚싯줄을 때리고, 물 위를 스쳐 지나가던 내 플라이를 찢어서 공중으로 내팽개쳤다는 것이다. 그놈은 뒤돌아볼 생각조차 하지 않았다. 내가 손 가까운 곳에서 얻은 정보는 낚싯줄을 잡아당기면 그 끝에 약간의 코르크와 말총이 붙어 있는 것 이외에 아무것도 없으리라는 것이었다.

강가에 날도래는 여전히 많이 날아다녔고, 물고기는 조용한 물속에서 요동쳤으며, 나는 아까보다 더 똑똑해졌다. 나는 남에게서나 심지어 나 자신으로부터 지시를 받는 것을 별로 좋아하지 않는다. 하지만 두 번째 던지기를 하기 전에 이런 사실을 명심했다. 커다란 레인보 송어들은 때때로 조용한 물을 찾아온다. 거기에서 아니면 조용한 물속이나 근처에서 수중 벌레들이 알을 까기 때문이다. "준비하고 있으라." 나는 오래된 군가의 한 소절을 상기하며 혼자 중얼거렸다. 또 조용한 물속에서 커다란 레인보 송어가 낚시를 물고 나서 도망치려 할 때 그놈의 힘을 빼기 위하여 왼손에 여분의 낚싯줄을 감고 있으라는 나 자신의 조언도 받아들였다.

따라서 모든 것이 딱딱 맞아들어가는 이 멋진 오후에, 내가 완벽함을 얻고자 한다면 한 번의 던지기, 한 마리의 고기, 그리고 마지못해 받아들인 하나의 조언, 그것이면 충분했다. 나는 두 번째 고기는 놓치지 않았다.

그때부터 나는 고기들을 너무 멀리까지 내몰아서 때때로 그놈들이 강 건너 폴 바로 앞에 솟구치기도 했다.

어린 시절 나의 선생님은 '좀 더 완벽한'이라는 말을 사용하지 말라고 주의를 주었다. 그 여자 선생님은 어떤 것이 완벽하면 더 이상 손볼 게 없다는 뜻인데 '좀 더'라는 수식어는 모순이요 군더더기라는 말씀이었다. 하지만 이제 나는 인생을 많이 경험했기 때문에 그 표현에 좀 더 자신감을 갖게 되었다. 이제 동생은 모자를 벗어들고 서너 번 던지기할 때마다 플라이를 바꿔 끼우기 시작했다. 나는 그가 버니언 보그 제2호 옐로스톤 플라이 같은 특수용이 없다는 것을 알았다. 나는 이미 대여섯 마리의 큼직한 레인보 송어를 바구니에 확보해서 어깨가 아파왔으므로 바구니를 강가에 내려놓았다. 나는 가끔씩 고개를 돌려 그 바구니를 쳐다보면서 미소를 지었다. 바구니 속 송어가 돌들에 부딪치다가 옆구리로 떨어지는 소리가 들려왔다. 비록 문법에는 안 맞는지 몰라도, 나는 레인보 송어를 잡아 올릴 때마다 좀 더 완벽한 기분이 되었다.

내가 바구니에서 쿵 하는 소리를 들은 직후 낚시하던 곳 왼쪽의 물에서 엄청나게 큰 첨벙 소리가 들려왔다. 나는 그곳을 쳐다보지도 않고 이런 생각을 했다. "야, 블랙풋 강에서 저처럼 크게 헤엄치는 놈은 없어." 마침내 그쪽을 쳐다보자 점점 더 커지는 둥그런 파문이 보였다. 이윽고 첫 번째 물결이 내 무릎 곁을 지나갔다. "틀림없이 비버일 거야." 내가 그놈이 떠오르기를 기다렸는데 내 뒤에서 또다시 첨벙 소리가 났다. "맙소사, 비버가 물밑에서 내 곁을 지나갔나 봐." 내가 고개를 뒤로 쭉 내미는데 바로 내 앞에서 또다시 첨벙! 이제 그것은 위험할 정도로 가까이 다가왔고, 나는 물밑에서 벌어지는 일을 육안으로 볼 수 있었다. 첨벙 소리가 난 곳에서 침적토가 연기처럼 뭉게뭉게 올라왔다. 그리고 그곳에는 상당히 큰 돌이 떨어져 있었다.

내가 과거의 경험을 물속의 큰 돌과 연결시키는 동안, 내 앞에서 또다시 첨벙 소리가 났다. 나는 이번에는 놀라지 않았다.

그건 비버가 아니었다. 내 동생이 장난으로 돌을 던진 것이었다. 그런 일은 이승에서 자주 벌어지지 않았다. 동생의 낚시 파트너가 고기를 잘 잡는데 정작 동생은 잡지 못할 때에만 벌어졌다. 비록 드물게 벌어지는 일이지만, 그런 꼴을 동생은 눈 뜨고 봐주지 못했다. 그래서 파트너의 물구덩이에 투석하여 망쳐놓는 것이다. 그게 형의 것이라도 말이다. 나는 꽤 큰 돌멩이 하나가 하늘에서 날아오는 것을 보았지만 너무 늦게 피해서 물을 뒤집어쓰고 말았다.

동생은 모자를 벗고 내게 주먹을 흔들어댔다. 그는 아마도 모자 밴드에 꽂아둔 플라이로 낚시를 하다가 잘 안 되니까 내게 돌멩이를 던졌을 것이다. 나는 동생에게 같이 주먹질을 해 보이며 강가로 걸어 나왔다. 내 바구니는 여전히 요동쳤다. 나는 그전에 평생 동안 돌멩이 세례는 딱 두 번 받아 보았다. 나는 아까보다 좀 더 완벽함을 느꼈다.

내가 바구니를 채우기 전에 동생이 내 물구덩이를 훼방 놓았다 해도 나는 신경 쓰지 않았다. 우리와 아버지 사이에는 또 다른 커다란 물구덩이가 있기 때문이다. 그곳은 절벽을 배경으로 그늘이 시원한 멋진 낚시터였다. 내가 방금 고기를 잡은 물구덩이는 햇빛 속에 있었다. 날씨가 점점 시원해지고 있었으나 그래도 따뜻했기 때문에 앞에 있는 그늘 속의 물구덩이는 지금 것보다 훨씬 더 좋을 것이고, 나는 버니언 버그 제2호 옐로스톤 플라이로 내 바구니를 채울 수 있을 터였다.

폴과 나는 첫 번째 물구덩이를 계속하여 걸어 내려갔고, 마침내 우리는 강물 위로 서로 소리칠 수 있게 되었다. 동생은 강물 위로 소리치는 것을 싫어하지만 그래도 소리쳤다. "물고기가 무슨 플라이에 무는 거야?" 마지막 두 마디 '무는 거야?'만이 강물 위에서 메아리쳤고, 그것은 나를 즐겁게 했다.

메아리가 잦아들자 내가 소리쳤다. "옐로스톤 플라이." 이 말들은 메아리처럼 되풀이되더니 곧 강물 소리와 뒤섞여버렸다. 동생은 양손으로 모자를 계속 돌리고 있었다.

나는 약간 나 자신이 부끄러워지기 시작했다. "버니언 버그로 잡았어? 너도 하나 줄까?"

"아니." 동생은 '하나 줄까?'가 메아리치기도 전에 소리쳤다. 이어 "하나 줄까?"와 "아니"가 강물 위에서 되돌아오면서 서로 교차했다.

"내가 플라이 하나 가지고 그리로 건너갈게." 나는 양손을 입에다 대고 손나팔을 만들어 소리쳤다. 강을 건너가야 할 말 치고는 꽤 길었는데도 미처 그 말을 끝내기도 전에 먼저 건너갔던 말 머리가 되돌아와서 겹쳐졌다. 동생이 내 말을 알아들었는지 불분명하지만, 강은 여전히 '아니'라고 대답했다.

나는 조용하고 그늘진 물에 서서 그곳에 알을 까는 스톤 플라이(강도래과의 날벌레)가 없다는 것을 얼핏 눈치 챘다. 나는 그 사실을 좀 더 오래 생각해야 마땅한데도 이제 사람의 성격에 대하여 생각하기 시작했다. 당신이 누군가보다 앞서 있을 때 성격을 생각하는 것은 자연스럽다. 특히 그 뒤진 사람의 성격을 살펴보게 된다. 그러니까 일이 잘 안 풀릴 때, 동생은 그 어려움에서 벗어나기 위해 그 자신을 어떻게 생각하는지 궁리해 보았다. 동생은 내게서 플라이를 빌려갈 생각을 하지 않았다.

나는 이 주제에 대하여 한참 동안 생각하다가 현실과 옐로스톤 플라이로 되돌아왔다. 나는 먼저 이런 생각을 했다. 그가 내 동생이기는 하지만 때때로 멍청하다는 것이다. 이런 생각 끝에 고대 그리스인의 휴브리스(지나친 자만심) 개념이 머릿속에 떠올랐다. 그들은 남의 도움을 받으려 하지 않는 것이 곧 죽음을 불러올 수도 있다고 생각했다. 그러다가 동생이 거의 언제나 승자였는데 그건 부분적으로 플라이를 빌려 쓰지 않았기 때문이라는 게 기억났다. 그래서 나는 어떤 특정한 날에 우리가 성격에 대하여 내리는 정의(定義)는 그 특정한 날에 물고기가 그 성격에 대응하는 방식에 달려 있다고 결론 내렸다. 고기의 반응을 생각하다가 나는 급격히 현실로 되돌아왔고, 혼자 중얼거렸다. "아직 한 물구덩이 더 낚시해야지."

나는 그곳에서 손맛을 보지 못했고 날도래도 보지 못했다. 강은 변함이 없었다. 동생이 돌맹이를 던져 방해하기 전 몇 분 동안에 목표량을 충분히 채울 수 있었던 바로 그 강이었다. 내가 소중하게 여긴 버니언 버그는 물고기들뿐만 아니라 내게도 가짜로 보였다. 그것은 내게 떠 있는 매트리스로 보였다. 나는 그것을 상류 쪽으로 던지기했고, 마치 죽은 놈처럼 하류로 흘러 내려오게 했다. 나는 마치 바람에 불려간 것처럼 그놈을 물속에 처박았다. 또 공중으로 날아오르는 놈인 양 플라이를 회수하며 지그재그로 잡아당겼다. 이어 그 플라이를 떼어 내고 다른 플라이들을 시도해 보았다. 물속에는 내 플라이와 비슷한 날벌레들이 없었고, 당연히 물고기는 뛰어오르지 않았다.

나는 모자챙 밑으로 강 건너를 쳐다보았다. 폴 또한 잘하고 있지는 않았다. 나는 그가 한 마리를 잡고서 몸을 돌려 강가로 나오는 것을 보고서 그리 큰 물고기가 아니라고 짐작했다. 나는 아까의 좀 더 완벽함에서 뭔가 빠져서 이제 약간 모자란다는 느낌이 들었다.

그러자 폴은 전에는 결코 하지 않았던 일을 하기 시작했다. 그가 자부심이 무엇인지 알 정도로 나이가 든 이후에는 결코 하지 않은 일이었다. 그는 방금 낚시질을 끝낸 상류 쪽으로 다시 올라가며 낚시를 시작했다. 그건 나 같은 낚시꾼이나 할 법한 행동이었다. 가령 그 물구덩이에서 아직도 완벽하게 끝내지 못했다거나 올바른 각도를 잡지 못했다고 느꼈을 때 나오는 행동이다. 하지만 동생은 한 물구덩이를 끝내면 샅샅이 뒤져서 아무것도 남겨두지 않았고, 그리하여 그곳을 떠나면서 되돌아온다는 생각은 결코 하지 않았다.

나는 너무 놀라서 커다란 바위에 기대어 그 광경을 쳐다보았다.

그 직후 그는 물고기들을 낚아 올리기 시작했다. 큰 놈들도 강가에 패대기치는 데 시간이 얼마 걸리지 않았다. 나는 그가 줄을 너무 적게 풀거나 너무 빨리 잡아당긴다고 생각했지만, 그가 잘 알아서 할 거라고 믿었다. 그는 그 물구덩이에서 크게 한탕 올릴 생각이었다. 그는 커다란 물고기 한 마리가 물속을 휘저어서 나머지 물고기들을 쫓아버리도록 내버려두지 않을 것이다. 이제 그에게 커다란 놈 한 마리가 걸려들었다. 그는 낚싯줄을 팽팽하게 감아쥐면서 물고기를 공중 높이 뛰어오르게 만들었다. 그놈이 뛰어오르자, 그는 낚싯대에 기대어 몸을 뒤로 젖히면서 물고기를 다시 한 번 물 위에 패대기쳤다. 이제 물 밖으로 완전히 몸을 드러낸 물고기는 그 꼬리를 수상 비행기의 프로펠러처럼 움직이면서 수면 위를 스쳐 지나가다가 잠수 부분을 잘 조정하여 다시 물속으로 가라앉았다.

그는 물고기 두 마리를 놓쳤으나 그 물구덩이의 머리 부분까지 왔을 때에는 이미 열 마리 정도를 잡았다.

이어 동생은 강 건너쪽으로 고개를 들더니 낚싯대 옆에 앉아 있는 나를 보았다. 그는 다시 낚시하다가 동작을 멈추고 또 다시 나를 쳐다보았다. 그는 손나팔을 만들어서 입에다 대고 소리쳤다. "형, 말총 날개가 아니라 깃털이 달린 조지 제2호 옐로 해클을 갖고 있어?" 물살이 빨랐기 때문에 즉시 그 말을 다 알아듣지는 못했다. '제2호'는 아주 큰 후크(바늘)이고, '조지'는 낚시 친구이기 때문에 먼저 알아들었고 그 다음에 '옐로'가 귀에 들어왔다. 그 정도의 정보를 가지고서 나는 플라이 통을 뒤지기 시작했고, 나머지 단어들은 저절로 문장을 구성하도록 내버려두었다.

나처럼 플라이가 가득 든 통을 가지고 다니는 사람의 한 가지 문제점은, 올바른 플라이가 없는 경우가 늘 절반이라는 것이다.

"없어." 나는 물 위로 소리쳤고, 물은 그 말을 복창했다.

"내가 거기로 갈게." 그가 소리쳐 대답했고, 상류 쪽으로 강물을 건넜다.

"아니야." 내가 다시 동생에게 소리쳤다. 나 때문에 낚시를 멈추지 말라는 뜻이었다. 강에서는 그런 은근한 뜻을 전달하기가 어렵다. 설사 전달했다 하더라도 무시당하기 딱 좋다. 동생이 물이 얕은 첫 번째 물구덩이의 낮은 끝부분으로 걸어와서 강물을 건너왔다.

그가 내가 다가왔을 때, 나는 동생이 저처럼 물고기를 많이 잡는 데 사용할 법한 플라이들을 대부분 통 밖으로 내놓고 있었다. 그가 아까 물구덩이로 다시 거슬러 올라가 다시 낚시를 시작했던 그 순간부터 그의 낚싯대는 비스듬하게 기울어졌고 낚싯줄은 몹시 느슨한 상태였다. 그건 동생이 젖은 플라이를 매달아서 물속에 담그면서 낚시를 했기 때문이었다. 실제로 그 느슨한 상태는 플라이를 물속으로 5~6인치 드리울 정도였다. 따라서 내가 아까 물구덩이와 마찬가지로 이번 물구덩이에서 코르크 몸통의 플라이를 수면 위에 띄우고 낚시하는 것은 패배로 가는 마지막 싸움을 하는 것이었다. '제2호' 바늘은 아주 큰 날벌레를 표시하는 것이었고, '옐로(노란색)'라는 말은 많은 의미를 담고 있었다. 동생이 내게 왔을 때 내가 품은 가장 큰 의문은 이런 것이었다. "물고기는 유충이나 애벌레 단계의 수중 벌레를 무는 거야, 아니면 물에 빠진 날벌레를 무는 거야?"

동생은 내 등을 두드리면서 말총 날개가 달린, 조지의 제2호 옐로 해클을 하나 내보였다. "그놈들은 물에 빠진 노란 날도래를 물어."

"그건 어떻게 알아냈어?"

그가 물에서 벌어진 일을 되짚어 생각하는 모습은 기자다웠다. 그는 대답을 하려다가 잘못 대답할 것 같은 느낌이 드는지 머리를 흔들면서 다시 시작했다. "생각한다는 건 말이야, 먼저 뭔가 눈에 띄는 것을 주목하는 거야. 그러면 주목하지 못했던 것을 보게 돼. 그 결과 처음에는 보이지 않았던 것을 주목하게 돼."

"담배 하나 주고 그 말을 좀 더 쉽게 해봐."

"내가 이 물구덩이에서 주목한 첫 번째 사실은 형이 여기서는 물고기를 전혀 잡지 못한다는 거였어. 파트너 낚시꾼이 허탕을 치고 있다는 사실은 낚시꾼이라면 누구나 제일 먼저 주목하는 것이지.

"그래서 나는 이 물구덩이 주변에는 날도래가 전혀 날아다니지 않는다는 것을 주목했어."

이어 동생이 내게 물었다. "이 지구상에서 햇빛과 그늘처럼 분명한 게 또 어디에 있겠어? 하지만 여기서는 날도래들이 알을 까지 않는다는 사실을 주목하기 전까지는, 그놈들이 알을 까는 상류의 물구덩이는 대부분 햇빛 속에 있고, 이 물구덩이는 그늘에 있다는 것을 알지 못했어."

나는 목이 마르기 시작했고, 흡연은 목을 더 마르게 했으므로 피우던 담배를 강물에다 내던졌다.

"그 순간 알아냈어. 만약 여기에 날도래들이 있었다면 틀림없이 알을 까기에 충분할 만큼 양지가 있는 상류 쪽에서 올 수밖에 없다는 걸 말이야.

"그렇다면 날도래들이 강물 속에 죽어 있는 것을 보아야 마땅했어. 그런데 물속에서 보질 못했으니, 물속 6~7인치 깊이 속에 있다는 것을 짐작했지. 내가 볼 수 없는 곳에 말이야. 그래서 난 거기로 가서 낚시를 한 거야."

그는 커다란 바위에 기댔으나 양손을 뒤로 돌려 머리를 받쳤다. "저기로 건너가서 조지 제2호를 써봐." 동생은 아까 내게 보여준 플라이를 가리키며 말했다.

나는 그 즉시 한 마리를 잡지는 못했고, 또 그렇게 되기를 기대하지도 않았다. 내가 있는 강은 물이 잔잔한 곳이었고, 날도래들이 알을 까고 있는 물구덩이의 오른편이었다. 하지만 죽어물에 빠진 날도래들은 이 물구덩이의 반대편에서 거센 물살에 휩쓸려 내려오고 있었다. 일곱 번이나 여덟 번 정도 던지기를 하니까 물 표면에 자그마한 동그라미가 떠올랐다. 그런 동그라미는 자그마한 물고기가 표면으로 올라오고 있다는 뜻이었다. 하지만 물속에서 회전하는 커다란 물고기일 수도 있었다. 만약 커다란 놈이라면 그건 물고기라기보다 나타났다 사라졌다 하는 무지개의 아치형처럼 보일 것이었다.

폴은 내가 그놈을 패대기치는 것을 기다리지도 않았다. 그는 내게 조언을 해주려고 건너왔던 것이다. 그는 내가 그의 말도 들어주고 물고기도 패대기칠 수 있는 것처럼 계속 말을 했다. "난 다시 저쪽으로 건너가서 물구덩이의 고기를 다 잡을 거야." 나는 건성으로 "알았어." 하고 대답했다. 그러나 물고기가 물에서 사라지자 나는 말이 잘 나오지 않았다. 마침내 물고기가 아주 멀리 내빼자 그제서야 동생에게 물었다. "방금 뭐라고 말했지?"

마침내 나는 동생의 말을 이해했다. 그는 강 반대편으로 건너가서 그쪽에서 낚시를 하겠다고 말한 것이었다. 우리는 이제 낚시를 서둘러야 했다. 아버지가 이미 우리를 기다리고 있을지 몰랐다. 폴은 강물에다 담배를 내던지고 내가 물고기를 패대기 치는지 뒤돌아보지도 않고 가버렸다.

내가 있는 강가 쪽은 죽은 날도래로 낚시하기에 좋은 곳이 아니었다. 그러나 폴은 훌륭한 말아던지기 낚시꾼이었으므로 그 구역에서도 이미 내가 이 구역에서 잡은 것만큼 낚아 올렸다. 나는 그래도 물고기를 두 마리 더 낚았다. 두 놈은 처음에는 물 표면에 작은 동그라미로 나타나 작은 놈처럼 보였지만 실제로는 물밑에 있는 커다란 무지개(송어)의 아치형이었다. 나는 이 두 마리를 추가한 다음 낚시터를 떴다. 총 열 마리였고 마지막으로 잡은 세 마리는 내가 잡은 놈들 중에서 가장 멋진 것이었다. 물론 그 세 마리가 가장 크다거나 가장 훌륭하다는 얘기는 아니다. 그렇지만 내게는 큰 의미가 있는 물고기들이었다. 그건 동생이 일부러 강물을 건너와 내게 건네준 플라이로 잡은 놈들이었고, 또 내가 동생과 이승에서 마지막으로 함께 낚시하면서 잡은 놈들이었기 때문이다.

물고기를 씻은 다음, 나는 그 세 마리를 풀잎과 야생 박하 위에다 따로 떼어놓았다.

이어 무거운 바구니를 어깨에 메고서 몸을 약간 흔들어 바구니 줄이 어깨에 박히지 않도록 했다. 나는 혼자 생각했다. "오늘 낚시는 끝났어. 저기 강둑으로 올라가서 아버지 곁에 앉아 얘기나 해야지." 이어 이렇게 중얼거렸다. "아버지가 대화할 기분이 아니라면 그냥 앉아 있어야지."

나는 앞쪽의 태양을 쳐다볼 수 있었다. 그 환한 햇빛 때문에 나와 강물은 땅속에 있다가 갑자기 땅 위로 올라온 느낌이 들었다. 오로지 햇빛만 보일 뿐 그 안에 있는 것은 보이지 않았으나, 그래도 아버지가 강둑 어딘가에 앉아 있다는 것을 알았다. 아버지와 나는 서로 비슷한 충동을 나누어 가졌고, 낚시를 하다가 그만두는 시간도 거의 비슷했다. 나는 눈이 부셔서 앞쪽을 잘 볼 수 없었지만 저 햇빛 속에 어딘가에서 아버지가 그리스어로 된 신약성경을 읽고 있다는 것을 알았다. 나는 그것을 본능과 경험으로 알았다.

노년은 아버지에게 완벽한 평화의 순간들을 가져다주었다. 오리사냥을 나가서 이른 아침의 엽총 소리가 끝났을 때에도, 아버지는 낡은 군용 담요로 몸을 덮은 채 사냥용 잠복소에 앉아 있었다. 한 손에는 그리스어 신약성경을 그리고 다른 손에는 엽총을 들고서 말이다. 야생 오리가 눈앞을 지나가면 아버지는 성경을 내려놓고 엽총을 들었고, 사격이 끝나면 다시 성경을 집어 들었다. 사냥개가 오리를 가져오면 고맙다는 표시를 하려고 잠시 읽기를 중단했다.

그늘 속이라 지하에 있는 것 같은 강물의 목소리는 저 앞쪽 햇빛 환한 강물의 목소리와는 다르다. 절벽과 맞닿은 그늘 속에서 강물은 깊어지고 또 심오해진다. 강물은 가끔 자기 자신을 되돌아보는 것처럼 굽이치면서 자기 자신의 뜻을 잘 이해했는지 확인하려는 듯이 무슨 말을 혼자서 중얼거린다. 그러나 저 앞쪽의 강은 수다쟁이처럼 햇빛 환한 세계로 나서면서 다정하고 곰살맞게 굴려고 최선을 다한다. 강은 먼저 이쪽 강가에 인사를 하고 그 다음에는 저쪽 강가에 인사하면서 그 어느 쪽도 무시하지 않는다.

이제 나는 햇빛 안쪽을 볼 수 있었고, 아버지의 위치를 파악했다. 그는 강둑에 꼿꼿이 앉아 있었다. 모자는 쓰고 있지 않았다. 햇빛 속에서 아버지의 빛바랜 붉은 머리는 다시 한 번 불타오르면서 영광을 맞이했다. 아버지는 독서를 하고 있었다. 하지만 책에서 자주 시선을 떼는 것으로 보아 문장들만 뜨문뜨문 읽는 것 같았다. 아버지는 나를 보고서 좀 있다가 책을 닫았다.

나는 강둑으로 올라가 아버지에게 물었다. "얼마나 잡으셨어요?" "원하는 만큼 잡았지." "글쎄, 몇 마리나 잡으셨냐니까요?" "네다섯 마리." "아주 좋은 놈들이에요?" "그래, 아름다운 놈들이지." 아버지가 말했다.

내가 알기로, 아버지는 '아름다운'이라는 말을 자연스러운 일상용어로 사용하는 거의 유일한 분이었다. 나는 어릴 때 아버지를 따라다니면서 그런 어법을 자연스럽게 배운 것 같다.

"너는 몇 마리나 잡았니?" "저도 원하는 만큼 잡았어요." 아버지는 몇 마리냐고 묻지는 않고 대신 이렇게 물었다. "아주 좋은 놈들이야?" "그래요, 아름다운 놈들이지요." 나는 아버지 옆에 앉았다.

"뭘 읽고 계셨어요?" 내가 물었다. "책이야." 그 책은 아버지 옆의 땅 위에 놓여 있었다. 그래서 나는 아버지 무릎 너머로 그 책이 무슨 책인지 알아보려 하지 않았다. "아주 좋은 책이지." 아버지가 말했다.

"내가 읽던 부분에, 태초에 말씀이 있었다고 되어 있어. 참 좋은 말이야. 난 예전에, 처음에 물이 있었다고 생각하곤 했어. 하지만 잘 들어보면, 말씀이 그 물밑에 있다는 것을 듣게 돼."

"그건 아버지가 먼저 목사이고, 그 다음에 낚시꾼이기 때문에 그런 거겠지요." 내가 말했다. "만약 폴에게 물어보면 말씀이 물에서 나왔다고 할 걸요."

"아니야, 넌 내 말을 주의 깊게 들어야 해. 물이 말씀 위로 흐르는 거야. 폴도 네게 같은 말을 할 거다. 폴은 지금 어디에 있니?"

나는 동생이 첫 번째 물구덩이로 다시 돌아가 낚시를 하고 있다고 대답했다. "하지만 곧 여기로 오겠다고 했어요." 나는 아버지를 안심시켰다. "그 애는 목표량을 다 잡아야 올 거야." "곧 나타날 겁니다." 나는 이미 지하에 있는 것 같은 그늘 속에서 그를 보았기 때문에 그렇게 말했다.

아버지는 다시 독서를 했고, 나는 강물 소리에 귀를 기울이면서 우리가 금방 한 말을 확인하려 했다. 폴은 재빠르게 낚시를 하고 있었다. 여기서 한 마리, 저기서 한 마리 하는 식으로 움직이면서 물고기들을 재빨리 강가로 내몰았다. 그는 우리 맞은편까지 오자 양손의 검지를 들어보였다. "두 마리만 더 잡으면 저 애의 목표량이 되겠구나." 아버지가 말했다.

나는 아버지가 펼쳐놓은 책의 부분을 흘낏 엿보았다. 내 그리스어 실력으로, 그중에서 말씀을 뜻하는 그리스어인 로고스는 알아보았다. 나는 그 단어와 방금 아버지와 나눈 대화를 근거로 내가 요한복음의 제1장 제1절을 보고 있다는 것을 알았다. 내가 책을 살펴보는 동안 아버지가 말했다. "쟤가 한 마리를 잡아 올렸구나."

그건 참 믿기 어려운 일이었다. 왜냐하면 동생은 자리를 옮겨, 우리의 맞은편, 그러니까 아버지가 방금 낚시를 끝낸 물구 덩이의 반대편에서 낚시를 했기 때문이다. 아버지는 천천히 일어나 상당한 크기의 돌멩이를 집어 들고 등 뒤로 내밀었다. 폴은 그 물고기를 패대기쳤고, 이제 다시 강 안쪽으로 들어가며 목표치인 스무 마리째를 향해 나아갔다. 동생이 첫 번째로 던지기를 하는데 아버지는 그 돌멩이를 강으로 던졌다. 아버지는 나이가 들어서 그런지 던지는 동작이 어색했고, 던진 다음에는 오른쪽 어깨를 쓰다듬었다. 그 돌멩이는 폴의 플라이가 잠수한 강물 근처에 떨어졌다. 동생이 낚시 파트너가 자기보다 더 많은 물고기를 잡는 것을 보지 못해 파트너의 물구덩이에다 돌을 던지는 버릇을 어디서 배웠겠는가. 다 아버지에게서 배운 것이다.

폴은 잠시 놀랐을 뿐이다. 이어 강둑에서 어깨를 주무르는 아버지를 보더니 웃음을 터트리며 아버지에게 주먹을 흔들어 보였다. 그는 강가로 물러서서 하류 쪽으로 내려갔고 마침내 돌멩이가 미치는 거리에서 벗어났다. 거기서 그는 강물 안쪽으로 들어가 다시 낚싯줄을 던지기 시작했다. 하지만 이제 아주 먼 곳에 있기 때문에 그의 낚싯줄이나 고리는 보지 못했다. 그는 강물 속에 막대기 하나를 들고 선 남자였고, 거기서 무슨 일이 벌어지든 우리는 그 남자와 막대기와 강의 모습만 가지고 사태를 짐작할 수밖에 없었다.

강물 안쪽으로 걸어 들어가면서 그는 커다란 오른팔이 앞뒤로 크게 흔들었다. 팔을 흔들 때마다 그의 가슴이 크게 부풀어 올랐다. 팔을 흔들 때마다 팔이 더 빨리 더 높이 더 길게 공중으로 올라갔다. 이윽고 그의 팔은 하늘에 도전했고, 그의 가슴은 하늘과 나란해졌다. 강둑에 앉은 우리는 낚싯줄을 보지는 못했지만, 동생 머리 위의 하늘이 강물에는 닿지 않은 채 좌우로 왕복하며 점점 길어지는 낚싯줄의 고리를 따라 함께 노래 부른다고 확신했다. 우리는 높이 쳐든 그의 팔을 보고서 그가 어떤 생각을 하는지 알았다. 그는 잔챙이 고기밖에 없는 강가 쪽으로는 낚싯줄을 던질 생각이 없었다. 그의 팔과 가슴은 이렇게 말하고 있었다. "맨 마지막 놈은 잔챙이는 안 돼." 마지막에 낚아올릴 커다란 고기라면 모든 것을 단 한 번의 던지기에 걸어야 했다.

지대가 높은 강둑에 앉아서 아버지와 나는 낚싯대가 줄을 어느 곳으로 날려 보내려 하는지 미리 알 수 있었다. 강 한가운데에는 빙산처럼 생긴 바위가 있었다. 바위의 끝부분만 강물 밖으로 머리를 내밀었고, 나머지는 물속에 잠겨 있었다. 큰 고기가 살기에는 아주 알맞은 환경이었다. 거센 물결이 앞문과 뒷문으로 먹이를 가져다줄 뿐만 아니라 바위 뒤에서는 휴식과 그늘을 즐길 수 있으니까.

"저긴 큰 놈이 살고 있을 거야." 아버지가 말했다.

"잔챙이는 살 수가 없지요." 내가 말했다.

"큰 놈이 잔챙이를 붙여 주지 않지."

아버지는 폴의 가슴이 떡 벌어지는 것을 보고서 동생이 다음 번 던지기는 길게 늘어지는 고리 형으로 던지려 한다는 것을 알았다. 더 이상 나아갈 수 없을 때까지 멀리 나아가게 하는 던지기. "나도 저기 나가서 낚시를 하고 싶군." 아버지가 말했다. "하지만 저렇게 멀리 던질 수가 없어."

마치 골프공을 3,00야드 전방으로 드라이브 샷하려는 것처럼 폴의 몸이 크게 회전했다. 그의 팔은 커다란 아치를 그리며 하늘 높이 올라갔고, 낚싯대의 끝부분은 스프링처럼 휘어졌다. 이어 모든 것이 휘어지면서 노래를 불렀다.

갑자기 동작이 끝났다. 낚시꾼은 움직이지 않았다. 낚싯대는 휘어지지 않았고 힘이 들어가지도 않았다. 그것은 10시 방향을 가리켰고, 10시 방향은 곧 커다란 바위 쪽이었다. 잠시 동안 그는 지시봉을 가지고서 바위에게 바위에 대한 사항을 설명하는 교사처럼 보였다. 오로지 물만 움직였다. 물밑 바위의 상층부 근처에서 플라이가 아주 강력하게 흔들거렸고, 오로지 큰 고기만 그것을 볼 수 있을 터였다.

이어 우주가 세 번째 (마법의) 궤도 위에 올라섰다. 낚싯대는 우주의 마법적 전류(電流)와 접촉한 것처럼 충동적으로 튀어 올랐다. 그 막대기는 낚시꾼의 오른손에서 벗어나려 했다. 그의 왼손은 열심히 물고기에게 작별인사를 하는 듯했으나, 실제로는 낚싯줄을 막대기 쪽으로 감아들여 전류의 흐름을 축소시키고 입질의 충격을 완화시키려는 것이었다.

모든 것이 전기가 되어 흐르면서 연결되는 것 같았고, 또 전기로 단절되는 것 같았다. 전기의 불꽃이 강물의 여기저기에서 피어올랐다. 물고기는 하류 저 멀리까지 점프해버려서 낚시꾼의 전기장(電氣場)으로부터 벗어난 것 같았다. 그러나 물고기가 점프했을 때, 낚시꾼은 낚싯대를 단단히 잡고 몸을 뒤로 기울였고, 그러자 물고기는 자신의 힘으로 입수하는 것이 아니라 그 전기의 힘으로 물속에 처박혔다. 물고기의 요동과 전기 스파크의 상관관계는 반복에 의해 점점 더 분명해졌다. 낚시꾼이 막대기를 잡아당기고 물고기가 제 것이 아닌 힘으로 물속에 처박히자, 낚싯대에 다시 전기 같은 요동이 흘렀고, 그의 왼쪽 손은 또다시 작별인사를 하는 것처럼 크게 흔들렸다. 고기는 강 아래 멀리 내려가서 다시 점프했다. 그 상관관계 때문에 막대기는 곧 물고기와 같은 몸이 되었다.

　물고기는 이처럼 세 번 달아나다가 다른 행동을 시작했다. 그 행동은 덩치 큰 사람과 큰 물고기의 게임이었으나 실제로는 아이들의 놀이처럼 보였다. 낚시꾼의 왼손은 낚싯줄을 교묘하게 잡기 시작했다. 고기가 그것을 알아차리고 또다시 도망치려 하자, 낚시꾼은 잠시 움찔하더니 낚싯줄을 재빨리 낚싯대 쪽으로 감아들이기 시작했다.

　"동생이 저놈을 잡을 겁니다." 내가 아버지에게 말했다.

　"물론이지." 아버지가 말했다. 왼손으로 줄을 거두어들이자 바깥으로 나가는 줄은 점점 짧아졌다.

　폴은 이제 등 뒤쪽의 물을 들여다보았다. 그는 고기를 물구덩이나 바위 쪽으로 데려가지 않고 강가로 몰고 나가려는 심산이었다. 그가 낚싯줄을 점점 더 높게 들어 올리는 것으로 보아 그놈이 강바닥으로 달아나지 못하게 하면서 얕은 물로 유도하려는 것이었다. 이제 낚시는 끝났다고 생각하는 순간 막대기는 요동쳤고, 낚시꾼은 깊은 물을 향해 달아나려는 보이지 않는 힘을 뒤쫓았다.

"물고기, 저 개자식이 아직도 싸울 힘이 남아 있는데." 나는 혼잣말을 했다고 생각했으나 실제로는 입 밖으로 중얼거렸다. 아버지 앞에서 그런 욕설을 하다니 잠시 당황했다. 하지만 아버지는 아무 말도 하지 않았다.

폴은 두세 번 그놈을 강가 쪽으로 몰았다. 그러나 그때마다 그놈은 몸을 돌려 깊은 곳으로 달아났다. 좀 떨어진 강둑에서도 우리는 강물 밑에서 작용하는 힘을 느낄 수 있었다. 낚싯대는 공중 높이 올라갔고, 낚시꾼은 뒤로 신속하면서도 일정하게 움직였다. 그건 무슨 뜻인가. 고기는 수면에서 잠시 쉬면서 달아날 힘을 축적하려는 것이고, 낚시꾼은 막대기를 높이 들어 고기를 강가 쪽으로 밀어붙이면서 달아날 생각을 하지 못하게 하려는 것이다. 그는 바위를 지나 모래톱 쪽으로 물고기를 끌고 갔고, 충격을 받은 고기는 가쁜 숨을 내쉬면서 자신이 공기 중에서는 살 수 없다는 것을 발견했다. 때늦은 절망에 사로잡히면서, 물고기는 모래톱에서 털썩 튀어올라, 그 꼬리로 죽음의 춤을 추면서 남아 있는 마지막 목숨을 소진했다.

그는 낚싯대를 내려놓고 동물처럼 두 손 두 발로 모래톱을 짚더니, 또 다른 동물 주위를 돌면서 기다렸다. 이어 어깨를 앞으로 내밀면서 벌떡 일어서더니 우리를 쳐다보면서 한 팔을 번쩍 들어 자신이 승리자임을 선포했다. 어떤 거대한 것이 그의 주먹에 매달려 있었다. 만약 로마인들이 그 광경을 보았더라면 그 매달린 것이 투구를 쓴 전사(戰士) 같다고 생각했을 것이다.

"저게 목표량이에요." 내게 아버지에게 말했다.

"저 애는 아름답구나." 동생이 아버지가 방금 낚시를 끝낸 물구덩이에서 그 물고기를 잡았는데도 아버지는 그렇게 말했다.

그것은 우리가 폴의 낚시를 직접 목격한 마지막 물고기였다. 아버지와 나는 그 순간을 그 뒤 여러 번 회고했다. 그때마다 동생과 관련된 우리의 다른 감정이 어떠했든, 이 순간에 대한 감정은 일치했다. 우리가 그의 마지막 낚시질을 보았는데, 우리 눈에 보인 것은 물고기가 아니라 낚시꾼의 그 황홀한 기술이었다.

아버지는 동생을 쳐다보면서 손을 뻗어 내 무릎을 두드리려 했으나 빗나가자 눈을 돌려 내 무릎을 보면서 살짝 쳤다. 아마도 내가 소외당한다고 생각하여, 비록 다른 이유 때문이기는 하지만 나 또한 자랑스럽게 여기고 있음을 말하려 했을 것이다.

폴이 강을 건너오려고 하는 지점은 물살이 빠르고 깊었다. 동생도 그걸 알았다. 그는 물 위로 몸을 숙이면서 균형을 잡기 위해 양팔을 널찍하게 벌렸다. 만약 큰 강을 건너본 사람이라면, 멀리 떨어져 있어도 동생을 압박하는 강물의 힘을 짐작할 수 있을 것이다. 물살은 동생의 다리 힘을 약하게 하면서 물밑으로 그를 가라앉히려 했다. 그는 하류 쪽을 내려다보면서 강을 건너기 좋은 지점까지는 얼마나 가야 하는지 살펴보았다.

"저 애는 하류까지 걸어가지 않고 헤엄쳐 갈 거야." 아버지가 말했다. 그 순간 폴도 그런 생각을 했고, 담배와 성냥을 모자 속에 집어넣었다.

아버지와 나는 강둑에 앉아 서로 쳐다보며 웃었다. 오른손에 낚싯대를 왼쪽 어깨에 바구니를 멘 동생이 혹시 도움을 필요로 할지 모르니까 우리가 강가로 달려 나가 그를 도와야 한다는 생각은 전혀 떠오르지 않았다. 우리 집안에서는 낚시꾼이 머리카락 속에 성냥을 감추고 강물을 헤엄치는 것은 그리 대단한 일이 아니었다. 아버지와 나는 왜 서로 마주보며 웃었을까. 동생의 몸이 완전히 젖어 있다는 것을 온몸으로 느끼면서 그와 함께 강물을 헤엄치고 있었기 때문이다. 한 손에 낚싯대를 하늘 높이 쥐고서 그와 함께 자갈 많은 강물 위를 둥둥 떠갔던 것이다.

그는 강가에 다가오자 두 발로 서려 했으나 잠시 강물에 밀렸다. 그가 다시 우뚝 서자 그의 상체가 드러났고, 그는 비틀거리며 강가로 나왔다. 그는 걸음을 멈추고 몸을 털려고 하지도 않았다. 그가 강둑 위로 달려오자 물방울들이 그의 몸에서 비산(飛散)했고, 바구니에 가득한 물고기들을 어서 우리에게 보여주려는 그의 모습이 크게 떠올랐다. 그는 우리 주위에서 계속 물방울을 흩날렸다. 그는 목표물에 가까이 다가가기 전에 몸을 흔드는 것도 잊어버린 어리고 날랜, 야생오리 사냥견 같았다.

"저 물고기들을 풀밭 위에 늘어놓고 사진을 찍읍시다." 그가 말했다. 우리는 바구니를 비워 물고기를 크기순으로 배열하고서 돌아가며 사진을 찍었고, 우리 자신과 그 물고기들에 대하여 감탄했다. 그 사진들은 어획량을 인증하는 아마추어 스냅사진이 되고 말았다. 노출과다로 물고기는 하얗게 나왔고, 실제처럼 그렇게 크게 보이지도 않았으며, 낚시꾼들은 스스로 그고기를 잡은 것이 아니라 낚시 가이드가 대신 잡아준 사람처럼 쑥스러워 하는 모습이었다.

그러나 그날의 끝물에 내 동생을 찍은 확대 사진이 내 마음속에 마치 화학 용액으로 고정시킨 것처럼 남아 있다. 동생은 낚시를 끝내면 좀 더 잘 할 수 있었는데, 하고 말하는 것 이외에는 별 말이 없었다. 아니면 그냥 미소를 지었다. 이제 날파리들이 그의 모자 밴드 주위에서 춤을 추었다. 모자에서 커다란 물방울이 그의 얼굴로 떨어져서 다시 입속으로 들어갔다. 그래도 그는 웃고 있었다.

그날이 끝나갈 무렵의 동생에 대한 나의 기억은 두 가지이다. 하나는 황홀한 낚시 기술이라는 아스라한 추상 개념이고, 다른 하나는 물에 젖어 웃고 있는 모습의 확대 사진이다.

아버지는 식구를 칭찬할 때에는 언제나 부끄러워했고, 그의 가족들도 아버지의 칭찬을 받으면 부끄러워했다. "넌 정말 훌륭한 낚시꾼이로구나." 아버지가 동생에게 말했다.

"제가 낚싯대는 잘 다룬다고 생각합니다. 하지만 물고기와 똑같은 생각을 하려면 앞으로 3년은 더 있어야 해요." 동생이 말했다.

깃털 날개가 달린 조지 제2호 옐로 해클로 목표량을 달성했다는 것을 기억하면서 나는 무슨 말을 하는지도 잘 모르면서 이렇게 말했다. "넌 이미 죽은 날도래같이 생각하는 방법을 알고 있어."

우리는 강둑에 앉았고, 강물은 흘러갔다. 언제나처럼 강물은 그 자신을 상대로 소리를 냈고, 동시에 우리를 위해서도 소리를 냈다. 나란히 앉아 있는 세 사람 중에서 강물이 건네주는 말을 우리 부자보다 더 잘 아는 사람을 찾아보기 어려울 것이다.

벨몬트 크리크 입구 위쪽에는 빅 블랙풋 강이 있고, 그 강둑에는 커다란 낙엽송 나무들이 있다. 늦은 오후의 사양(斜陽) 속에서, 커다란 나뭇가지들의 그림자는 강 건너편에서 서서히 다가오고, 나무들은 강을 그 품에 껴안는다. 그림자는 강둑까지 계속 올라와 마침내 우리를 껴안았다.

강은 아주 많은 말을 하고 있기 때문에 그것이 우리 각자에게 무슨 말을 하고 있는지 딱 꼬집어내기가 쉽지 않다. 우리가 낚시 장비와 물고기를 차 안에 집어넣을 때, 폴이 다시 말했다. "내게 3년만 더 있다면." 당시 나는 동생이 같은 말을 되풀이하는 것에 깜짝 놀랐다. 이것은 나중의 일이지만, 강이 그날 어느 순간, 어디에선가 나를 향하여 동생은 그런 선물을 받지 못할 것이라고 말했다는 것을 깨닫게 되었다. 왜냐하면 경찰 반장이 그 다음 5월 초 동트기 전에 나를 깨웠기 때문이다. 나는 일어났고, 아무 질문도 하지 않았다. 경찰 반장과 나는 대륙 분수령을 지나 빅 블랙풋 강을 따라서 때로는 밑바닥이 갈색이고 때로는 빙하 백합으로 하얀색인 숲을 통과하여 우리 아버지와 어머니에게로 갔다. 내 동생이 연발 엽총의 개머리판에 맞아 피살되었고, 그 시체는 골목길에 내버려졌다는 사실을 알리기 위해서.

어머니는 몸을 돌려 자신의 침실로 갔다. 어머니는 남자들과 낚싯대와 엽총들로 가득한 집에 살면서 그 침실에서 홀로 자신의 가장 어려운 문제들과 대면해 왔다. 어머니는 가장 사랑했으나 제일 아는 것이 없었던 막내아들에 대하여 내게 묻지 않았다. 어머니는 그 아들을 사랑했다는 것만으로 충분했다. 동생은 어머니를 품에 안고서 이어 몸을 뒤로 젖히고서 크게 웃던 이 세상 유일한 남자였다.

내가 보고를 마치자 아버지가 물었다. "내게 더 이상 해줄 말이 있니?"

이윽고 내가 말했다. "동생의 손뼈가 거의 다 부러져 있었습니다."

아버지는 문앞까지 걸어가다가 몸을 돌려 확인해 왔다. "손뼈가 다 부러졌다는 게 정말이냐?" "그렇습니다. 동생의 손뼈가 거의 다 부러졌습니다." "어느 손 말이냐?" "오른손이었습니다."

동생이 죽은 이후 아버지는 잘 걷지를 못했다. 일어서려면 아주 힘이 들었고, 억지로 일어섰을 때에도 다리의 균형이 잘 맞지 않았다. 나는 때때로 아버지에게 폴의 오른손을 되풀이하여 말해주어야 했다. 그러면 아버지는 발을 끌면서도 일어서려 했다. 아버지는 억지로 일어선 다음에도 똑바로 걷지 못했다. 선배 스코틀랜드 목사들과 마찬가지로, 아버지는 아들이 싸우다가 죽었다는 데에서 위안을 얻어야 했다.

한동안 아버지는 좀 더 위안이 되는 정보를 얻어 내려고 애썼다. "그 애의 죽음에 대해서 정말로 내게 모든 걸 다 말한 거니?" "모두 다 말씀드렸습니다." "하지만 너무 적지 않니?" "예, 많지는 않지요. 하지만 완벽하게 이해하진 못해도 완벽하게 사랑할 수는 있습니다." "그래, 그게 내가 평생 설교해 온 것이지."

한번은 아버지가 다른 질문을 해왔다. "넌 내가 그 애를 도울 수 있었다고 생각하니?" 내가 아주 오랫동안 생각해 보았다고 한들 그 대답은 역시 같았을 것이다. "아버지, 제가 동생을 도울 수 있었다고 생각하십니까?" 우리는 서로를 배려하며 한참 동안 말없이 서 있었다. 평생 동안 물어온 질문에 대하여 어떻게 한순간에 대답할 수 있었겠는가.

한참 후에 아버지는 처음부터 물어보고 싶었던 듯한 질문을 내게 해왔다. "그건 그 애가 갑자기 노상강도를 만나서 어리석게 대항하다가 벌어진 일이었니? 내가 무슨 말 하는지 알지? 그 애의 과거와는 관련이 없는 것이었지?"

"경찰도 모르고 있습니다." 내가 말했다.

"하지만 너는 어떻게 생각하니?" 나는 그 말에 내포된 뜻을 알았다.

"제가 아는 건 다 말씀드렸다고 했잖습니까. 아버지께서 더 물어오신다면, 전 그저 그 애가 훌륭한 낚시꾼이었다고 말씀드리고 싶습니다."

"넌 그보다 더 잘 알아야 해. 그 애는 아름다운 낚시꾼이었지."

"그래요. 아름다운 낚시꾼이었지요. 당연히 그래야지요. 누가 가르쳤는데요."

아버지는 오랫동안 나를 쳐다보았다. 아니, 빤히 쳐다보았다. 그것은 아버지와 내가 폴의 죽음에 대하여 서로 나눈 마지막 대화였다.

물론 동생은 간접적으로 우리의 대화에 종종 나타났다. 가령 한번은 아버지가 내게 이런 질문을 한 적이 있었다. 그 질문을 받고서 이 세상 그 누구보다 가까이 알아온 아버지를 과연 내가 제대로 이해했는지 의아한 생각이 들기까지 했다. "넌 이야기를 말하는 걸 좋아하지?" "예, 진실한 이야기를 말하는 걸 좋아합니다."

이어 아버지가 물었다. "때때로 여러 가지 진실한 이야기들을 다 쓴 다음에, 또 다른 이야기를 꾸며 내고 그 지어낸 얘기에 어울리는 사람을 섞어 넣어야 해.

"그렇게 해야만 실제로 벌어진 일과 그 이유를 알 수 있어.

"우리가 함께 살았고 사랑했고, 또 마땅히 잘 알아야 하는 사람이 실은 우리의 이해를 벗어나기 때문이지."

젊은 시절 내가 사랑했으나 이해하지 못했던 사람들은 이제 거의 다 세상을 떠났다. 그러나 나는 아직도 이해하기 위해 그들에게 손을 내민다.

물론 이제 나는 너무 늙어서 낚시꾼 노릇을 제대로 하지 못한다. 그래도 나는 큰물에서 혼자 낚시를 한다. 몇몇 친구들은 그렇게 하지 말라고 당부하지만. 여름날이 북극처럼 긴 서부 몬태나에서 낚시하는 많은 플라이 낚시꾼들처럼, 나는 시원한 그늘이 내리는 저녁에 되어서야 낚시에 나선다. 그러면 협곡의 북극 같은 반광(半光) 속에서, 모든 사물은 단 하나의 존재로 환원된다. 그 속에는 내 영혼과 기억과 빅 블랙풋의 강물 소리와 네 박자 리듬과 고기가 입질하리라는 희망이 녹아 있다.

이윽고 모든 것은 하나로 융합되고 그 속으로 하나의 강이 흐른다. 강은 세상의 대홍수에 의해 조성되었고, 시간의 근원에서 흘러나와 돌들 위로 흘러간다. 어떤 돌들에는 태곳적의 빗방울이 새겨져 있다. 그 돌들 아래에는 말씀들이 있고, 그중 어떤 것은 돌들의 말씀이다.

나는 언제나 강물 소리에 사로잡힌다.

벌목꾼 짐과 그의 여자들

처음으로 내가 그를 제대로 의식하게 된 것은 어느 일요일 오후, 블랙풋 강에 있는 아나콘다 목재회사의 벌목장 내 일꾼 합숙소에서였다. 여름 오후 따뜻하고 절반쯤 어두운 합숙소에서 그와 나 그리고 몇몇 일꾼들은 합숙소에 누워서 뭔가를 읽고 있었다. 나머지는 이야기를 나누고 있었지만 내게는 모든 게 한적하게 느껴졌다. 몇 분 뒤의 사건이 증명해 주듯이, 이야기는 '회사'에 대한 것이었고, 아마 내가 귀기울여 듣지 않은 이유는 벌목꾼들이 회사에 대해 습관적인 불만을 늘어놓았기 때문이었다. 회사가 몸도 모자라 영혼까지 소유하려고 한다는 둥, 몬태나 주의 언론, 목사 등을 소유했다는 둥, 식사와 임금이 엉망이라는 둥, 그나마 그 임금마저도 회사 매점에서 모든 걸 도둑놈처럼 팔아대는 바람에 곧바로 회수해 간다는 둥, 숲을 나가서 사지 못하니까 울며 겨자 먹기로 산다는 둥, 그들은 뭐 이런 불평들을 끊임없이 궁시렁거렸다. 그 순간 그가 뜬금없이 큰소리를 치면서 조용한 분위기를 깨트렸다. "닥쳐, 이 무능한 개새끼들아. 회사가 없었으면 네놈들은 다 굶어 뒈졌어."

처음에는 내가 이 말을 들은 건지, 아니면 그가 이 말을 한 건지 분명치 않았지만 실제로 그가 그렇게 말했다. 모든 것이 이제 잠잠해졌으며 모두가 큰 머리통과 덩치에 비해 작은 얼굴을 가진 그를 바라보았다. 침대에 누워 있는 그의 몸이 팔꿈치 뒤로 보였다. 잠시 뒤 사람들이 움직이더니 한 명씩 문을 열고 햇빛 속으로 사라져갔다. 이렇다 할 반발의 움직임은 없었다. 이곳은 벌목장이었고, 그들은 알 만한 것은 다 아는 성인이었다.

거기 침대에 누워서 나는 이번이 그를 처음 의식한 게 아니란 것을 깨달았다. 예를 들자면 나는 이미 짐 그리어슨이라는 그의 이름을 알았고, 유진 뎁스(1920년 미국 대통령 선거에 사회당 후보로 나가 100만 표 가까이 득표.-옮긴이)를 너무 무르다고 생각하는 사회당원이라는 것도 알았다. 아마도 그는 벌목 캠프의 어떤 사람보다도 회사를 증오했지만, 그보다 여기 벌목꾼들을 더 싫어하는 것 같았다. 내가 그를 이전부터 알고 있었던 게 분명한 이유는, 만약 그와 싸우게 된다면 나는 어떻게 될까 궁리해 보았고, 그 대답도 이미 찾아냈기 때문이다. 그가 나보다 최소 35파운드 정도 더 나가는 185~190파운드일 것이라고 추측했지만 아무래도 내가 더 배웠으니 처음 10분만 어떻게 버텨낸다면 체격의 열세는 그런대로 상쇄할 수 있을 것 같았다. 동시에 내가 처음 10분을 버텨내지 못할 것이라는 생각도 들었다.

나는 다시 독서로 되돌아가지 않고 누워서 뭔가 흥미로운 생각거리를 찾아보기로 했다. 내가 그를 의식하기 전에도 이미 그와 싸워서 이길 확률을 점쳐 봤다는 것을 깨닫고서 거기서 생각의 실마리를 풀어나갔다. 처음 짐을 본 순간부터 나는 분명 위협을 느꼈고, 다른 친구들도 분명 그렇게 느꼈을 것이다. 나중에 내가 그를 더 잘 알게 되자 짐에 대한 생각은 '저놈인가, 나인가?'라는 질문으로 요약되었다. 그는 나를 제외하고는 합숙소의 벌목꾼들을 모두 제압했다. 그는 이제 침대에서 몸을 뒤척이면서 나의 존재에 대하여 불편함을 표시했다. 나는 여기에 있을 권리가 있다는 듯이 잠시 더 참아보았지만 더 이상 뭔가를 읽을 수도 없었고, 합숙소는 점점 더 뜨거워지는 것 같았다. 내가 여기서 별 환영을 못 받는다는 게 무슨 뜻인지 조심스럽게 점검하면서 침대에서 일어나 어슬렁거리면서 문밖으로 나갔다. 그는 침대에서 돌아누우며 한숨을 내쉬었다.

내가 학교로 돌아가야 하는 여름 끝물이 되자, 나는 짐에 대해서 더 많은 것을 알게 되었고, 사실 다음 여름이 오면 파트너가 되기로 약속을 했다. 그가 캠프에서 최고의 벌목꾼이라는 걸 알게 되는 데는 그다지 오랜 시간이 걸리지 않았다. 그의 톱질과 도끼질은 최고였으며, 일하는 솜씨는 빠른 속도와 맹렬한 기세가 뒤섞여서 경탄할 정도였다. 내 기억이 맞는다면 당시는 1927년이었고 물론 전기톱 같은 것은 없었다. 또 요즘과 마찬가지로 블랙풋 강 전역에 벌목 캠프나 합숙소는 없었다. 물론 오늘날에도 그 강가에서 여전히 많은 벌목 작업이 벌어지고 있다. 지금 시대에 톱이라고 하면 빛처럼 빠른 고속 모터가 달린 혼자도 쓸 수 있는 전기톱을 사용한다. 또 톱질꾼들은 결혼해서 가족과 살며 하루에 100마일도 넘는 거리도 자동차 출퇴근이 가능하므로 그들 중 일부는 미줄라같이 먼 곳에 살기도 한다. 하지만 벌목 캠프가 있었던 때에는 얘기가 다르다. 인부들은 대부분 아주 아름다운 물건인 두 사람이 가로 켜는 톱으로 일했고, 캠프에서 제일 많은 돈을 받는 사람도 그 톱을 정교하게 설치하고 작업하여 나무를 많이 켜는 사람이었다. 톱을 켜는 2인 1조는 임금 노동자가 되거나, 아니면 '지포(gyppo, 精算制)'로 일을 했다. 지포라는 게, 썩 좋게 들리는 말은 아니지만 명사로든 동사로든 어떻게 사용되든 하루에 나무 수십 그루를 자르고 그 수량만큼 돈을 받는 것이었다. 정해진 임금보다 더 많이 받을 수 있다는 생각이 들면 지포를 선택하고, 아니면 임금을 받으면 되었다. 앞서 말한 대로 짐은 다음 여름에 내게 자신의 파트너가 되어달라고 했고, 우리는 지포로 큰돈을 벌 계획이었다. 어느 정도 불안한 마음이 들기는 했지만 나는 이제 대학원생이었고 경제적으로도 큰돈이 필요했으므로 그 제안을 받아들였다. 게다가 캠프에서 제일 잘 나가는 톱질꾼이 파트너가 되어달라고 제안해 오니 마음이 우쭐해지기도 했다. 하지만 결코 우쭐해질 일만은 아니라는 것도 잘 알았다. 또한 나는 도전을 받고 있다는 것도 알았다. 이곳은 숲과 노동자의 세계였고, 벌목 캠프는 특히나 도전적인 사항들이 많은 세계였다. 그런 도전을 피할 생각이었다면 처음부터 숲에 들어오지 말아야 한다. 어느 정도까지는 내가 짐의 주변에 있는 것을 좋아한 것도 사실이다. 그는 나보다 세 살이 더 많았고(그때는 그 차이가 상당한 것이었다) 장로교 목사의 아들인 나로서는 자세히 알지 못하는 삶을 살아온 사람이었다.

그해 여름에 그에 대해서 다른 두 가지를 알게 되었다. 그것은 내가 그와 함께 다음 여름에 정산제 일을 하는 데 영향을 줄 만한 사항이었다. 그는 내게 자신이 스코틀랜드인이며, 그게 우리 둘을 2인 1조로 만들어준 것 같다고 했다. 그는 다코타 주에서 자랐는데 열네 살 때 '스코틀랜드 개새끼'(그의 말을 인용한 것이다)인 아버지가 집에서 내쫓았다고 한다. 그 이후로 그는 스스로 생계를 챙겨야 했고 오로지 노동으로만 살아왔다. 그는 오로지 여름에만 일을 하고 그 이후로는 문화적인 욕구를 채우면서 시간을 보냈다. 그는 겨울 동안 카네기 공립도서관 같은 훌륭한 도서관이 있는 마을에 틀어박혔고, 그 마을에서 제일 먼저 하는 일은 도서 대출증을 만드는 것이었다. 이어 괜찮은 창녀를 찾아내어 겨울 동안 독서와 기둥서방 노릇을 하며 시간을 보냈다. 이 순서는 역으로 해도 무방하다. 그는 대체로 남부 창녀들을 선호한다고 했다. 그가 말하길 남부 창녀들은 일반적으로 '더 시적(詩的)'이라는 것이다. 나중이 돼서야 나는 그 말 뜻을 알게 되었다.

그해 가을부터 나는 대학원을 다니기 시작했는데 공부는 힘들었다. 게다가 스코틀랜드 개새끼의 직계 아들 반대편에 앉아서 톱질을 하며 내년 여름을 보내야 한다는 생각 또한 대학원 생활을 쉽게 만들어주지 않았다.

마침내 6월 말이 되었고, 내 반대편에 정산제 벌목꾼으로 1백만 달러도 더 벌 것 같은 짐이 통나무에 앉아 있었다. 그는 온통 모직 옷을 입고 있었다. 블랙 워치 격자무늬 셔츠, 수사슴 가죽

으로 만든 짧은 회색 바지, 그리고 1인치 정도 흰 양말이 위로
보이는 훌륭한 벌목용 부츠 등. 벌목꾼과 카우보이는 경제적,
생태적 패턴이 기본적으로 상당 부분 동일하다. 그들은 연말에
가서야 돈이 거의 다 떨어진다면 어느 정도 수지를 맞춘 것이
었다. 만약 운이 좋아서 아프지 않고 건강을 그런대로 유지한
다면, 여름철에 번 돈으로 세 번에서 네 번은 술에 잔뜩 취하고
또 옷도 살 수 있다. 그들의 옷은 굉장히 비쌌다. 그들은 윗도리
든 아랫도리든 이리저리 옷값을 많이 뜯긴다고 주장했는데 그
건 사실이었다. 하지만 험한 일과 궂은 날씨를 견뎌 내야 하기
에 그들의 옷은 특별해야 되었다. 벌목꾼이나 카우보이의 복장
에서 중심이 되는 것은 부츠였고, 그건 몇 달을 저축해야 살 수
있었다.

짐이 신은 부츠는 내 기억으로는 스포캔에 있는 화이트 로거
스 회사의 제품이었는데 이름과 치수가 새겨져 있었다. 커다란
신발이었지만 다른 벌목꾼들의 부츠도 마찬가지로 컸다. 그리
고 그래야만 했다. 배스, 버그먼, 치페와 등은 모두 다른 지방에
서 만들어진 제품이었는데 북서부의 벌목꾼 대부분은 내 기억
으로는 스포캔의 것을 신었다.

카우보이의 부츠가 말을 타고 소를 모는 데 적합한 것이라면
벌목꾼 부츠는 통나무 주변에서 일하는 데 적합하다. 짐의 부
츠는 다리 위로 6인치나 올라오는 것이었지만 그보다 더 높은
부츠들도 있었다. 짐은 발목은 보호해야 되지만 다리는 매듭을
묶을 필요 없다고 생각하는 벌목꾼 부류였다. 발가락 부분은
덮개가 없었고 부드럽게 만들어져 있었으며, 우족유(牛足油)로

214

어느 정도 방수 처리가 된 듯했다. 이런 신발은 통나무를 걷거나 '타기' 위한 것이었다. 통나무에 잘 적응하도록 발등이 높았고, 발등이 그처럼 높으니 굽도 자연히 높았다. 구두 굽은 카우보이 부츠만큼 높지는 않았지만 걷는 게 주목적이었으므로 훨씬 견고했다. 사실 벌목꾼 부츠는 걷는 데는 그저 그만이었다. 다소 높은 굽은 정상적인 보폭보다는 약간 앞으로 나아가게 하고, 또 그런 식으로 도움을 받는 느낌을 준다. 실제로 이런 느낌은 벌목꾼들의 등록상표이다.

짐은 오른 다리를 왼쪽 무릎에 얹고서 흔들어대며 앉아 있었고, 내가 앉아 있는 통나무를 긁는다던지 통나무 옆면에 상처를 내놓는다던지 하는 식으로, 그의 발로 엄청나게 많은 감정 표현을 했다. 벌목꾼 부츠의 밑창은 참호와 가시철망으로 사전 계획된 제1차 세계대전처럼 대단히 계획적이었다. 다만 이 경우는 통나무를 타고 숲속을 걷는 것이 계획의 중심이었다. 이 굉장한 디자인의 중심이 되는 것은 신발 징(caulks)이었는데, 벌목꾼들은 '코크스(corks)'라고 불렀다. 징은 길고 날카로웠는데 껍질이 단단히 박힌 통나무나 죽어서 껍질이 없는 통나무에도 단단히 파고들었다. 물론 징이 신발의 주변에만 박혀 있으면 발가락 부분에서 균형감을 잃어서 비틀거리거나 넘어질 수 있기에, 신발 주변에는 뭉툭하고 단단한 징의 열이 하나 박혀 있었고, 발가락 부분에는 네 개 혹은 다섯 개의 열이 감싸고 있었다. 안쪽으로는 진짜 가시철망 같아서 가히 징의 싸움터라고 할 수 있는데 밑창의 양쪽 부분에는 징의 열이 두 개씩 내려왔고, 그들 중 하나씩은 발등까지 이어져서 통나무에서 옆으로 뛸 때 벌목꾼의 중심을 잡아주는 역할을 했다. 사실 이런 부츠는 다소 원시적인 구조이긴 하지만 다용도로 쓸 수 있어서 좋았다. 예를 들면 벌목꾼 둘이 싸움이 붙어서 하나가 쓰러지면 다른 하나는 거의 쓰러진 친구를 차면서 부츠로 긁고 지나가 버린다. 이런 짓을 벌목꾼들 사이에서는 '가죽 맛 보여주기'라고 했다. 이것을 당한 벌목꾼은 부상으로 상당히 오랫동안 일에서 빠져야 했고, 회복된 후에도 상처 자국으로 초라한 모습이 되기 일쑤였다.

짐이 옆에 있는 나한테 감정을 표시하려고 통나무를 차고 긁을 때마다 나는 얼굴로 날아드는 작은 껍질 조각들을 떼어 내야만 했다.

함께 정산제 작업에 뛰어든 이 여름 한 철의 막간에서, 나는 작년에 처음 알았을 때보다 짐의 얼굴이 더 커졌다는 생각을 했다. 작년에는 큰 덩치, 큰 머리, 머리에 비해 다소 작아 보이는, 주먹을 꽉 쥔 것 같은 얼굴 등으로 기억했다. 심지어 때때로 벌목꾼 생활이 그의 장기(長技)가 아니지 않을까 하는 생각도 했다. 하지만 여기 앉아서 휴식을 취하면서 내 얼굴에 껍질을 뿌려대며 기둥서방 노릇을 상세히 설명해 주는 그는 모든 것이 커 보였고, 또 이 일을 즐기는 듯했다. 눈이며 코며 여하튼 잘 생겨 보였고, 최소한 1년에 네다섯 달 정도 하는 기둥서방 노릇도 분명 좋아하는 것 같았다. 특히나 자기가 머물던 창녀 집에서 바운서(bouncer: 창녀집의 골치 아픈 손님을 쫓아내는 경비원. ─ 옮긴이) 노릇 하는 것을 좋아했지만 그것도 시간이 지나가니 지겨워지더라고 말했다. 그래서 다시 숲으로 들어와서 좋고 나를 볼 수 있어서 좋다고 했다. 또한 다시 벌목 일을 하게 돼서 좋다는 말도 했다. 그것도 여러 번.

　이런 대화는 대부분 처음 사나흘에 집중되었다. 우리는 편안한 마음으로 일을 시작했으며, 겨울 동안 많이 부드러워졌다는 것을 서로 인정했다. 게다가 짐은 기둥서방 노릇에 대해 더 말해주고 싶은 눈치였다. 그 노릇은 아무것도 모르는 구경꾼이 생각하는 것보다 조금은 더 복잡한 일이다. 같이 살 창녀를 고르는 일(몸집이 커야 하고 남부 출신에다 '시적인' 여자여야 했다) 외에도 계속 그 여자를 즐겁게 해줘야 하고(오후에 비주 영화관 같은 곳에 데려가는 등), 적극적으로 손님을 데려와야 했다(숲에서 알게 된 스웨덴인, 핀란드인, 프랑스계 캐나다인 등이 포섭 대상이었다). 또한 스스로 밀주업자가 될 필요도 있었으며(여전히 금주법이 시행되던 시기였다), 경찰에 해결사를 하나 두고 있어야 했고(언제나 그렇듯이), 또 스스로 바운서가 되어야만 했다(기둥서방 노릇에 이런 활극이 없어서는 안 되었다). 하지만 며칠 동안 쉴 때마다 이야기를 하다 보니 어지간한 주제는 다 동이 났고, 사회주의 따위는 나나 짐이나 별로 관심이 없었다.

　누군가를 미워하게 되는 초기 단계는 할 말이 다 떨어져버리는 것이 아닌가 싶다. 덩치 큰 남부 창녀를 짐이 좋아하는 것은 나와는 무관한 일이었다. 게다가 우리의 2인 1조 작업은 조금씩 틀을 잡아가고 있었다. 우리는 휴식 시간도 건너뛰기 시작했고, 점심은 30분 만에 해결하고 나머지는 연마석에 도끼를 갈면서 보냈다. 서서히 우리는 말이 없어졌다. 침묵은 우정의 적인데도 말이다. 우리는 캠프로 돌아오면 각자 할 일을 했고,

일주일 만에 서로 말도 붙이지 않게 되었다. 뭐, 이것은 그 자체로 불길하다고 할 수는 없다. 톱질을 하는 많은 2인 1조가 그다지 말을 하지 않으니까. 애초에 그런 성격의 사람들인 데다 수천 켜의 나무를 잘라내면서 동시에 수다를 떨 수는 없기 때문이다. 어떤 팀은 서로 싫어하면서도 매년 같이 일을 하기도 했다. 마치 예전 뉴욕 셀틱스 농구팀 같았는데 톱질 실력은 별문제가 없었던 것이다. 하지만 우리의 침묵은 좀 달랐다. 효율성이나 많은 결과물은 내겐 중요한 고려 대상이 아니었다. 그가 침묵을 깨고 6피트 톱을 7피트짜리로 바꾸는 게 어떻겠냐고 물었을 때 나는 앞으로 죽기 살기로 톱질을 하지 않으면 안 된다는 것을 알았다. 우리가 톱질을 하는 나무들은 6피트 톱으로도 충분했다. 여기서 날이 더 긴 톱을 쓰자는 것은 내게 당기는 힘을 더 쓰라는 얘기였다.

날씨가 점점 더워졌고 하루 일이 끝나고 캠프로 돌아올 때 나는 절반쯤 환자나 다름없었다. 나는 더플백을 뒤져서 깨끗한 속옷과 흰 양말 그리고 비누 한 덩이를 들고 개울로 향했다. 다 씻고 난 뒤 둑에 앉아서 몸이 마를 때까지 기다렸고, 그러면 한결 기분이 나아졌다. 산림청에서 일을 한 첫 해에 내가 깨달은 규칙은 피곤하고 힘들 때에는 최소한 양말이라도 갈아 신자는 것이었다. 주말에는 빨래를 하는 데 많은 시간을 들였다. 나는 주의 깊게 빨래를 했고, 덤불 위에 말릴 때 빨랫감들이 회색이 아닌 흰색으로 깨끗하게 마르기를 바랐다. 무엇보다도 청결함 같은 소소하고 가정적인 치료법에 기대어 피로 회복을 시도해야 되었다.

속담에 기대던 때도 물론 있었다. 그 모든 일을 내 탓으로 돌리려 했고, 거기에는 다소 타당성도 있었다. 겨울 내내 이런 일이 일어날 거라고 예감하지 않았던가. 이제는 나 스스로에게 '이봐 친구, 황소 주위에서 바보같이 놀다간 뿔에 받힌다는 것도 알아야지.'라는 말을 하면서 철학자가 되려고 노력하는 정도까지 되었다.

하지만 정작 뿔에 받히면 속담은 별 위로가 되지 않는다.

점차 나는 스스로 그렸던 나의 모습과 예상되는 일의 과정에서 점점 벗어나기 시작했다. 내 생각을 조종하는 사람은 짐이었다. 낮잠을 자면서 꾼 꿈속에서 나는 항상 톱을 당기고 있었고, 그는 항상 맞은편에 있었는데 덩치가 점점 커졌고, 그에 비례하여 얼굴은 점점 조그맣게 되어 나에게 가까이 다가왔다. 마침내 작아진 짐의 얼굴은 잘려진 통나무 틈으로 들어왔고, 우리 사이에 통나무가 사라지자 그 얼굴은 톱날 아래쪽으로 내려와 내 몸속으로 들어가겠다고 위협을 했다. 때때로 얼굴은 너무나 가까이 다가와서 그 작아지는 상황이 아주 여실하게 보였다. 짐의 얼굴은 코를 중심으로 하여 계속 수축하고 있었다. 꿈이 여기까지 왔을 때 잠에서 깨어났고, 나는 꿈에서 그렇게 도망치려 했던 그 작업을 다시 하러 가야 되었다.

나중에 진이 완전히 빠져버리면 꿈마저 꾸지 않았고 잠을 못자기도 했다. 그저 계속해서 목이 마르다는 생각뿐이었고 평소라면 의식하지 못했던 저열한 생리적인 현상들이 계속 벌어졌다. 매일 밤 한숨 소리가 들리면 그 뒤를 이어 배에서 꾸르륵거리는 소리가 들렸고, 모두가 침대에 누운 뒤 한 시간 정도가 지나면 동성애의 욕구를 풀려는 시도가 있었다. 나의 통계가 표준적인 것인지는 모르겠지만 그 시도는 보통 성공하지 못했다. 합숙소는 곧 쥐죽은 듯 조용해졌다. 그러다 갑자기 누군가가 침대에서 일어나 다른 누군가에게 주먹을 날리며 "지저분한 개자식."이라고 말했다. 그리고 연달아서 네 번이나 다섯 번 정도 빠르게 강한 주먹을 날렸다. 주먹을 맞은 사람은 맞받아치지 않았고 대신 조용히 자신의 침대로 비통한 발걸음을 옮겼다. 여전히 밤이 시작되는 순간이었고, 동이 틀 무렵을 생각하기에는 너무 일렀다. 그 뒤엔 마치 오늘 하루 내내 양철통에서 물만 마셨다는 느낌을 받으면서 몇 시간을 누워 있었다. 마침내 마셨던 물은 모두 양철 맛을 풍겼다.

이렇게 이틀이나 사흘 밤을 보내고 나면 패배자가 되어서는 안 되겠다는 생각이 든다. 아마도 이길 수는 없겠지만 패배자는 면해야 했다.

벌목 일에 대해서 기술적 설명은 하지 않겠지만 내가 살아남으려고 노력하는 동안 숲에서 어떤 일이 있었는지 몇 가지 사항과 대낮 동안 실제 벌어진 일에 대한 생각을 말하고 싶다. 짐의 일하는 속도는 나를 죽이려는 데 맞춰져 있었다. 결국에는 그 자신도 죽이겠지만 먼저 내가 죽을 판이었다. 그래서 관건이 뭐였냐면, 대략적으로 말하자면 어떻게 짐의 일하는 속도를 줄이면서 그것을 들키지 않느냐는 것이었다. 왜냐하면 이 잭 뎀프시(1919년부터 1926년까지 프로권투 세계 헤비급 챔피언 – 옮긴이)와 함께 다른 쪽에서 한 주 동안 일해본 결과 이 친구와 주먹질을 한다면 내게는 아예 기회가 없으리라는 걸 알았기 때문이다. 만약 내가 톱질을 좀 더 느긋하게 하는 것이 어떻겠냐고 묻는다면 곧바로 펀치가 날아올 것이었다. 이렇게 느끼지 않는다면 벌목꾼이 아니다. 숲과 노동자의 세계는 일, 싸움, 여자의 세 가지로 구성된다고 감히 말할 수 있다. 한몫하는 벌목꾼은 이 모두에 능숙해야만 한다. 그러나 그중 어느 하나를 선택해야 한다면 그는 더 이상 벌목꾼으로 남아 있을 수 없고, 따라서 도태된다. 만약 내가 톱질을 천천히 하자고 자비를 구하면 나 또한 더플백을 챙겨서 숲에서 나가야 할 것이었다.

그래서 나는 톱질을 시작하기도 전부터 짐의 속도를 줄이려고 신경을 썼다. 톱질에 들어가기 전에 톱질꾼들은 어느 정도는 '잔가지 치기'를 해야만 했다. 이게 뭐냐면, 톱질 작업에 앞서서 도끼로 덤불이나 작은 뱅크스소나무를 쳐내는 것이었다. 일의 성격상 이것은 짐보다 내가 더 많이 했고, 내가 필요하다고 생각하는 것만큼 했다. 그는 이에 대해 화가 많이 난 모양이었다. 특히나 우리가 서로 이야기를 나누던 초반에 가지치기에 대해서 소리를 높여가며 말한 적도 있었다. "세상에, 자넨 정산제 일은 맡지 못할 거야. 톱질을 하지 않으면 돈이 안 생기는 거야. 정원사 노릇은 아무리 해봤자 돈 줄 놈은 여기 아무도 없어." 그는 벌목 대상 근처에 작은 뱅크스소나무가 있으면 톱질을 하면서 그것을 발로 밟아 구부렸고 월귤나무 덤불은 톱으로 쳐냈다. 그는 덤불이 톱을 물어버리는 것 따윈 신경 쓰지 않았다. 그럴 경우 더욱 강하게 톱질을 했다.

톱질에 대해서 말해보자면, 2인 1조가 서로 리듬에 맞게 일을 하면 그건 아름다운 동작이 된다. 때때로 무엇을 하고 있는

지도 잊어버리고 동작과 힘이라는 무아지경 속으로 빠져든다. 하지만 리듬이 맞지 않으면 심지어 짧은 순간이더라도 일종의 정신병 같은 것이 된다. 아니, 그보다 더 성가신 어떤 것이 되어 버린다. 마치 심장이 올바르게 뛰지 않는 것 같다. 물론 짐은 톱질을 시작하면 심지어 그 자신이 감당하기에도 너무 빠르고 너무 길게 켜면서 나를 쓰러지게 만들려고 했다. 대부분 나는 그의 박자에 맞췄다. 그래야만 일이 돌아가기 때문이다. 하지만 내 쪽으로 톱을 당겨야 할 때 나는 짐의 속도에 맞추거나 그가 당겼던 거리만큼 당기지 않고 잠시 틈을 두었다. 그저 약간 쉬는 듯이, 짐이 수작을 눈치 채고 소리를 지를 수 없을 정도로 은밀하게 했으나 그의 눈을 속이는 것은 불가능했다. 그럴 때면 그의 비위를 맞추기 위해 재빨리 그의 톱질 속도로 되돌아갔다.

짐이 자주 아드레날린을 분비하여 약해지길 바라는 마음으로 내가 발명한 한 가지 꼼수를 말해 볼까 한다. 톱질꾼들은 사소하지만 2인 1조로 움직이기 위해 거의 신성하게 지켜야 하는 작업 규칙들이 많다. 때때로 나는 이런 규칙들 중의 하나를 거의 어길 뻔했지만 노골적으로 어기지는 않았다. 예를 들자면, 넘어진 나무는 톱을 물고 죄기 때문에 톱이 방해받지 않으려면 그 잘린 부분에 집어넣을 쐐기가 필요하다. 쐐기는 짐이 있는 통나무 쪽에 있었지만 그쪽으로 손을 뻗어 쐐기를 가져와 작업하는 것은 안 되는 일이었다. 톱질꾼들 사이에선 우애 좋은 형제의 행동을 하며 낭비할 시간이 없었다. 그쪽에 있는 일은 그쪽이 해라, 이것이 규칙이었다. 하지만 때때로 나는 그의 쐐기에 손을 뻗었고, 그래서 우리는 코가 거의 부딪칠 뻔했다. 이때 분위기가 차가워졌고, 우리는 서로 쏘아보는 형상이 되었다. 마치 초기 영화의 클로즈업처럼. 결국 나는 쐐기에는 전혀 생각이 없었던 것처럼 다른 곳을 쳐다보았다. 비록 내가 쐐기에 손을 뻗긴 했지만 그걸 먼저 건드리지는 않은 셈이었다.

이런 몇 가지 행동이 짐을 약 오르게 만든다는 느낌으로부터 나는 많은 위안을 얻었다. 인정하건대, 단지 나 자신을 위로하자고 이런 감정을 내가 일부러 꾸며 내는 게 아닐까 하고 의심을 품던 때도 있었다. 그렇지만 나는 마음속에서 거부감을 느끼는 이런 일들을 계속 했다. 다른 벌목꾼들은 내가 악조건 속에서도 살아있다는 감정을 느끼도록 격려해 주었다. 그들은 모두 내가 큰 싸움을 하고 있다고 생각해서 굉장히 나를 북돋아줬다. 아마도 내가 짐을 맡아주어야만 그들 스스로가 짐을 상대하진 않게 된다는 판단도 있었을 것이다. 아침이 되어 일을 나가려고 할 때 그들 중 한 명은 내게 이렇게 투덜거리기도 했다. "언젠가 저 개자식이 숲을 나갈 날이 오겠지. 돌아와선 안 돼." 그가 내게 전하려는 그 말의 속뜻은 이런 것이었다. 짐의 머리 위로 일부러 거대한 통나무를 쓰러트리고서는 "넘어간다, 주의해!"라는 경고의 외침을 잊어버리라고 말하는 것처럼 들렸다. 실은 나도 그런 생각을 안 한 바는 아니었다.

또 다른 좋은 객관적 조짐은 그가 아침에 파이를 내놓을 것을 요구하며 조리장과 크게 싸움을 벌였다는 것이다. 조리장이 벌목 캠프를 꽉 쥐고 있다는 것을 아는 사람은 다 안다. 그런 권력자에게 도전을 한다는 건 정신 나간 짓이었다. 벌목꾼들이 말하는 바로는 조리장은 '황금 불알을 가진 녀석'이었다. 식사 시간에 지저분한 말 따위로 어떤 벌목꾼이 비위에 거슬리면 조리장은 곧바로 벌목장 감독을 찾아갔고, 그러면 그 친구는 짐을 싸야만 했다. 그렇지만 짐은 아랑곳하지 않고 뒤에서 모든 사람이 지켜보는 가운데서 조리장을 상대로 큰 싸움을 벌였다. 결과적으로 아무도 짐을 싸지 않은 데다 매일 아침 두세 가지 종류의 파이가 식사 메뉴로 나오게 되었다. 그렇지만 짐을 포함해서 아무도 그 파이에 손을 대지 않았다.

기이하게도, 짐이 조리장과 맞붙은 파이 싸움에서 이긴 뒤로 숲에서의 내 생활이 조금은 나아졌다. 우린 여전히 서로 말을 하지 않았지만 2인 1조의 리듬에 맞춰 톱질을 했다.

그리고 어느 일요일 오후 한 여자가 벌목장 감독 부부와 할 말이 있다면서 말을 타고 캠프로 왔다. 그녀는 덩치가 컸고 큰 말을 탔으며 들통을 하나 들고 있었다. 캠프의 거의 모두가 그녀를 알거나 그녀에 대해서 듣고 있었다. 그녀는 계곡에서 가장 훌륭한 목장들 중 하나로 알려진 어떤 목장의 여주인이었다. 나는 그녀를 한 번 봤을 뿐이지만 나의 가족은 그녀의 가족들과 굉장히 잘 알았고, 아버지는 때때로 장로교 특별집회 때 계곡으로 설교를 하러 가곤 했었다. 어쨌든 나는 아버지 일에 도움을 줄지 모르겠다고 생각하여 그녀와 인사라도 주고받는 게 낫겠다고 생각했지만 그건 실수였다. 그녀는 여전히 그 큰 말 위에 앉아 있었다. 내가 그녀와 이야기를 나눈 지 얼마 되지 않았는데 짐이 나타나 내 쪽은 쳐다보지도 않고 나를 자신의 파트너 겸 친구라고 소개한 뒤 그녀에게 들통은 어떻게 된 거냐고 물었다. 벌목장 감독은 궁금한 우리를 위해 대답에 나섰다. 먼저 자신이 그녀를 대신하여 답을 한다면서 우리에게 그녀가 월귤나무 열매를 따러 왔다고 했다. 감독은 그녀에게 우리가 톱질꾼이고 숲을 잘 안다고 말했으며, 그녀에게 짐이 월귤나무가 어디 있는지 기쁜 마음으로 알려 줄 것이며, 짐에겐 그런 일이 너무나 쉽다고 말했다. 캠프에서 벌목꾼들은 짐이 두 시간 안으로 그 여자를 눕힐 것이라고 내기하듯 말했고, 아무도 그 말에 이의를 제기하지 않아 내기는 성립되지 않았다. 어떤 벌목꾼은, "그 녀석은 통나무 넘어뜨리듯 빠르게 여자도 넘어뜨린다고."라고 말했다. 늦은 오후가 되자 그녀는 캠프로 말을 타고 돌아왔는데 잠시도 멈추지 않았다. 그녀는 서두르고 있었고, 멀리서 보니 하얀색으로 보였는데 월귤나무 열매는 하나도 가지고 있지 않았다. 심지어 빈 들통조차도 없었다. 그녀가 남편에게 뭐라고 말했을지 의아해진다.

처음에 나는 그 여자가 캠프에 잘 알려지고, 또 화젯거리가 됐다는 것이 안타까웠다. 하지만 그녀는 '높고, 넓고, 잘생긴' 말을 타고 있었다. 그녀는 매주 일요일마다 캠프로 왔고, 항상

1갤런짜리 들통을 들고 와서 그 통을 남겨두고 떠났다. 그녀는 월귤나무 철이 한참 전에 끝났는데도 계속 나타났다. 나무에 열매가 남아 있지 않았는데도 그녀는 다른 큰 들통을 가지고 왔다.

요리사와의 파이 싸움과 빈 열매 들통은 내게 노동절 주말까지 버틸 수 있게 해준 심리적 안정제였다. 이미 오래전에 짐과 감독에게 학교에 가야 하기 때문에 노동절 주말에 그만두겠다고 말해두었던 것이다. 짐이나 내게 큰 변화는 없었다. 짐은 여전히 잭 뎀프시의 덩치로 톱질을 했다. 힘과 속도의 조합을 감퇴시키는 어떤 일도 일어나지 않았다. 여자 건은 그냥 지나간 일이었고, 우리는 대부분의 시간을 통나무에 톱질을 하면서 보냈다. 나로서는 난생 처음으로(그리고 유일하게) 한 달 내내 하루 24시간 어떤 한 친구를 미워하면서 보냈다. 하지만 이제 다른 것들을 생각할 때도 있었다. 나는 혼자 이렇게 중얼거리게 되었다. "이제 좀 마음을 추스르고 너를 죽이려던 이 친구를 미워하는 걸 좀 잊을 수 없어?" 나는 짐이 내게 주먹을 날리지 않을 것이라는 이론을 발전시킬 정도로 충분한 자신감이 있었다. 아마도 그가 싸움에는 한 번도 휘말리지 않으면서 최고의 싸움꾼처럼 이 캠프를 주물러 왔다는 사실을 알 정도로 내가 현명해져서 그런 것이겠지. 그는 일과 여자 문제에 대해서는 우리를 형편없는 사람으로 만들어서 위협감을 느끼게 했다. 그 결과 우리는 곧 그에게 주먹질을 가해야 한다는 느낌을 가지면서 살아왔다. 운 좋게도 나는 항상 이런 것이 그저 이론일 뿐이라고 생각했다. 또 나는 짐이 우리 캠프에서 가장 잘 나가는 싸움꾼인 것처럼 계속 행동했다. 아마도 그는 정말로 최고의 싸움꾼이었을지 모르지만, 실제로는 아닐 수도 있다는 생각이 여전히 날 신경 쓰이게 했다.

밤에 일을 끝내고 돌아올 때 우리는 여전히 각자 따로따로 캠프로 돌아왔다. 짐은 여전히 나보다 먼저 캠프로 돌아갔고, 울리치 셔츠를 속옷 위에다 걸치고는 빈 점심 도시락 통을 겨드랑이에 꼈다. 다른 모든 톱질꾼들처럼 우리는 오전엔 셔츠를 제일 먼저 벗어던지고 속옷을 입은 채로 하루 종일 일했다. 여름에는 모직 속옷을 입었는데, 면은 땀으로 몸에 달라붙는 데 비해 모직은 땀을 흡수하기 때문이었다. 짐이 캠프로 사라지고 나면 나는 통나무에 앉아 땀이 마를 때까지 기다렸다. 울리치 셔츠와 도시락 통을 집어 들고 캠프로 향하기까지 좀 시간이 필요했다. 하지만 이제 나는 일을 그만둘 것이라고 통보했고, 때때로 그렇게 말했다는 것 자체만으로도 좋은 기분이었다.

8월 말의 어느 날 짐이 침묵을 깨고 내게 말했다. "언제 그만둔다고 했지?" 그 목소리는 마치 창세기 이전의 침묵을 깨트리는 것 같았다.

다행히도 나는 이미 준비해 둔 대답이 있어서 곧바로 대답했다. "말했잖아, 노동절 주말까지라고."

그가 말했다. "자네가 동부로 떠나기 전에 마을에서 볼 수 있을지도 모르겠는데. 나도 올해는 일찍 접을 생각이었거든." 여기서 그가 덧붙였다. "지난봄에 여자랑 약속해 둔 게 있어." 나와 기타 벌목꾼들 이미 목장주의 아내가 지난 일요일 캠프에 나타나지 않은 것을 알고 있었다. 그게 무슨 의미였든지 말이다.

학교로 향해 출발하기 일주일 전에 나는 그를 마을 중심가에서 만났다. 짐은 아주 잘 차려입고 있었다. 약간 말랐지만 그저 약간일 뿐이었다. 그는 나를 밀주 판매점으로 데리고 가서는 캐나디언 클럽(캐나다에서 생산되는 버번 위스키의 일종.-옮긴이)을 한잔 샀다. 몬태나는 북쪽 경계의 주였기 때문에 금주법이 시행되는 동안에도 우리 마을에는 캐나다 위스키들이 많이 들어와 술파는 장소와 가격이 널리 알려져 있었다. 두 번째 잔은 내가 샀고, 그는 또다시 한잔을 더 샀다. 내가 균형을 맞추려고 네 번째 잔을 사려 하자 그는 충분히 마셨다며 손사래를 치며 말했다. "이봐, 난 자네를 보살펴야 한다고." 심지어 오후에 위스키 세 잔을 마신 뒤였는데도 나는 그 말에 약간 놀랐고, 그건 지금도 마찬가지이다.

밖으로 나와서 우리는 햇빛 속에서 눈을 가늘게 뜨면서 헤어질 준비를 했다. 그가 말했다. "여자랑 같이 살 곳은 이미 구했는데 일을 할 준비는 아직 되지 않았어." 그러고는 굉장히 정중하게 내게 말했다. "마을을 떠나기 전에 짧게라도 우리 집에 들러주면 아주 고맙겠네." 그는 내게 주소를 내밀었고, 떠날 날이 얼마 남지 않았으니 곧 보자고 하더니 다음 날 저녁으로 약속이 잡혔다.

짐이 내게 준 주소는 마을 북쪽이었는데, 철길을 건너면 나오는 대부분의 철도 종업원들이 사는 곳이었다. 내가 어렸을 때 우리 마을은 시의 쓰레기장과 인접한 프론트 거리에 홍등가로 불리는 곳이 있었다. 이곳에선 항상 쓰레기를 태우는 냄새가 났는데, 사법당국은 이 홍등가를 폐쇄하고 창녀들을 소개(疏

開)시켰는데, 상당수의 여자들이 철도 종업원들과 결혼했다. 짐이 준 집 주소에 찾아왔을 때 나는 그 옆집이 어디인지 알 수 있었다. 그 집은 창녀와 결혼한 열차 제동수의 집이었다. 그는 자신이 꽤나 싸움꾼이라고 생각했지만 그 많은 싸움 중에 이긴 적이 별로 없었다. 그는 그것보다는 이런 이야기의 주인공으로 마을에서 더 유명했다. 어느 날 밤 그가 집에 왔는데 예기치 못하게 한 남자가 집에서 나오는 것을 발견했다. 그는 남자에게 다가가서 주머니에서 3달러를 꺼내어 주면서 말했다. "자, 받아. 가서 다른 년이랑 해."

짐의 집은 차양이 드리워지지 않았고 살짝 열린 문으로 빛이 새어 들어오는 괜찮은 곳이었다. 짐이 나를 맞이했고, 그는 대부분의 실내 풍경을 가릴 정도로 여전히 덩치가 컸지만, 그 뒤에는 그가 말하던 여자가 살짝 보였다. 그 여자가 남부 출신이라는 얘기가 기억났고, 또 노출된 한쪽 어깨에 늘어진 곱슬머리를 볼 수 있었다. 짐은 내게 말을 붙이면서도 그녀를 소개하지는 않았다. 갑자기 그녀가 짐을 제치고 앞으로 나와 내 손을 붙잡으며 말했다. "하느님이 당신의 오줌 구멍에 축복을 내리기를. 들어와서 피아노에 엉덩이를 내려놓으세요."

갑작스레 나는 짐이 여름 초입에 숲속에서 했던, 남부 창녀가 '시적'이라서 좋다던 말이 뭘 뜻하는지 알게 되었다. 나는 재빨리 '거실'을 둘러보았지만 거기에 피아노는 없었다. 그러니 그녀의 말은 정말로 시였던 것이다.

나중에 나는 그녀의 이름을 듣게 되었는데 애너벨이라고 했다. 참 그녀와 어울리는 이름이었다. 활기 넘치는 응대를 하고 난 뒤 그녀는 말없이 뒤로 물러나 의자에 앉았다. 그녀가 세워진 램프를 지나갈 때 거기에서 나온 불빛으로, 그녀의 드레스 밑에는 아무것도 걸치지 않았다는 것을 알 수 있었다.

거실을 힐끔 보았을 때 앞서 말한 대로 피아노는 보지 못했지만 다른 여자와 스코틀랜드의 좌우명이 보였다. 다른 여자는 나이가 들어 보이기는 했지만 예상보다 많지는 않은 것 같았다. 왜냐하면 내가 그녀를 소개받았을 때 애너벨의 어머니라고 했기 때문이었다. 자연스레 나는 그 여자가 짐의 창녀집에서 어떤 일을 하는지 궁금해졌다. 며칠 뒤에 나는 몇몇 벌목꾼들을 마주치게 되었고, 그들은 그 나이 든 여자가 그래도 꽤 괜찮은 창녀라고 말했다. 비록 약간 음울한 구석이 있고 군살이 늘어졌지만 말이다. 어쨌든 그날 저녁 시간이 좀 지나가자 나는 나이든 여자에게 말을 붙이려 했다. 그 여자의 내면에 뭔가 많이 남아 있을 거라고 기대하지는 않았으나 짐을 대단히 존경한다는 것은 분명했다.

나는 그것을 확인하기 위해 다시 거실을 둘러보았는데, 짐이 막 앉으려는 의자 위에는 스코틀랜드의 라틴어 좌우명 Nemo me impune lacesset이 붙어 있었다. 짐이 데리고 사는 두 창녀는 그 라틴어가 무슨 말인지 모를 것이었으나, 그 좌우명은 확실히 스칸디나비아 출신이나 프랑스계 캐나다인 벌목꾼보다는 짐에게 걸맞은 말이었다. 가죽으로 된 왕좌에 앉으면서 그 집의 주인이자 바운서로서, 머리 위에 적힌 좌우명을 오로지 자신만이 알 것이라고 생각했을 것이다. 그 라틴어 문장의 뜻은 '그 누가 되었든 나를 건드리면 징벌을 받을 것이다.'였다.

하지만 그 방 안에는 예외적인 인물이 하나 있었다. 내가 그 뜻이 뭔지 알고 있었던 것이다. 나는 그것과 똑같은 문장 주변에 스코틀랜드 엉겅퀴가 장식된 더 근엄한 라틴어 명판 밑에서 성장했다. 내 아버지는 저 좌우명을 로비에 걸어 놓아 누군가가 목사관으로 들어올 때마다 저걸 먼저 보게 해놓았다. 또 이른 아침에 어머니가 부엌으로 가면서 그 명판을 보았다. 어머니는 드러내놓고 지적당하지는 않았지만 조상 중에 영국인이 있었다는 약점이 있기는 했지만,

짐은 말을 혼자서 거의 다 했으며, 나머지는 듣는 입장이었다. 나는 때때로 지켜보기만 했다. 그는 정말로 잘생긴 친구였는데 이젠 쫙 빼입기까지 했다. 어두운 회색의 헤링본 양복(V자 형이 이루는 줄무늬가 계속 연결된 형태의 무늬를 가진 양복. — 옮긴이) 과 푸른색 혹은 검은색으로 보이는 넥타이를 맸다. 하지만 그가 어떤 옷을 입었든 그는 내게 벌목꾼처럼 보였다. 왜 안 그렇겠는가? 그는 내가 같이 일했던 벌목꾼 중에 최고였고, 그와 함께 일하다가 죽지 않고 살아났으니 감히 그렇게 말할 수 있는 것이다.

짐은 주로 톱질과 대학에 관해서 대부분 이야기를 했다. 그와 나는 여름 동안 거의 아무것도 이야기를 한 것이 없었지만 대학 얘기는 특히 거의 꺼내본 적이 없었다. 그런 그가 내게 대학에 대해서 많은 질문을 했는데 질투나 후회에서 나온 질문은 아니었다. 그는 나를 자신과 같은 스코틀랜드 남자로 보지 않았다. 도끼질이나 톱질이 그리 훌륭하지 못하지만 운이 좋은 친구 정도로 여기는 것 같았다. 반면에 짐은 그 자신을, 최소한

그날 밤 가죽 의자에 앉아 있는 그 자신을 성공한 젊은 사업가로 여겼다. 짐은 나를 그가 하려는 일을 해낼 수 있는 사람으로 생각하지 않았다. 사회주의자라는 것이 그에게 무슨 의미인지 나는 결코 알아내지 못할 것이다. 내게는 그가 자유방임주의자처럼 보였다. 그는 처음 만났을 때는 굉장히 중요한 특징을 가진 사람처럼 보이지만 결국 알고보면 그런 특징이 없는 사람의 부류였다. 그를 처음 보았을 때 어떤 날카롭고 튀는 듯한 측면이 그런 특징을 가진 사람처럼 짐작하게 만들었거나, 아니면 그런 특징을 다소 가지고 있었는데, 관찰자의 개성이 개입하여 그것을 희미하게 만들어버린 것인지도 몰랐다. 어쨌든 그와 나는 정치 이야기는 한마디도 하지 않았다(물론 숲속에서도 대부분의 시간을 별로 얘기하지 않고 지냈다). 나는 그가 다른 벌목꾼들에게 사회주의를 말하는 것을 들은 적이 있다. 주로 벌목꾼들이 톱질을 엉성하게 할 때 그랬는데, 말하기보다는 소리를 쳤다는 것이 더 정확할 것이다. 1920년대에 다코타 주 고향 집의 뒷문으로 쫓겨나오면서 그는 일체의 소유권을 빼앗기고 사회주의자가 되어야만 했다. 하지만 짐이 내게 대학원에 대해서 말하는 것은 주로 이런 가상적 질문과 관련되었다. 만약 그가 대학원에 들어간다면, 대학원 공부가 나무를 톱질하여 톱밥을 만드는 수준으로 환원될 수 있을 것인가, 다시 말해 그게 밥벌이가 될 것인가 하는 것이었다. 그것은 근본적으로 자본주의적인 질문이었다. 다코타 주에서 받았던 교육은 그에게 지속적인 영향을 미치고 있었다. 그는 7학년(중 1)까지 학교를 다녔는데, 덩치가 크고 거친 선생들은 그에게 손을 자주 댔던 모양이었다. 그가 궁금해했던 것은 7학년과 대학원의 차이였다. 대학원에서도 선생들이 여전히 제자에게 손을 대는지 하는 것들이었다. "대학원에서 보낸 저번 겨울은 숲속에서 보낸 이번 여름만큼 힘들지는 않았죠."라고 내가 대답하자 그의 기분은 한결 좋아졌다. 그는 우리에게 캐나디언 클럽을 다시 돌렸고, 술을 마시면서 나는 이런 생각을 했다. 이번 여름에 그가 내게 했던 행동은 아마도 그 나름의 방식으로 내게 대학원 수업을 시킨 것이 아니었을까? 만약 그렇다면, 짐은 내게 수업 하나는 단단히 잘 시킨 것이었다.

거의 대부분 우리의 이야기는 벌목에 관한 것이었다. 벌목꾼들은 이야기를 할 때 벌목을 주로 주제로 삼기 때문이다. 벌목꾼들은 오만 가지를 다 벌목에 결부시켰다. 예를 들면, 독립기념일인 7월 4일에는—당시에는 크리스마스를 제외하면 유일한, 신성하게 느껴질 정도의 휴일이었다—통나무 굴리기, 톱질하기, 도끼 휘두르기 등으로 경쟁하며 그날을 축하했다. 벌목 자체가 그들의 세계였지만 그의 집을 찾아간 날은 게임과 여자도 그 세계에 포함되었다. 여자들도 최소한 벌목꾼처럼 말해야만 했다. 특히나 욕을 할 때는 말이다. 애너벨은 때때로 "누가 그 개자식 머리 위로 붐이라도 떨어트려야."라는 말을 하기도 했지만 내가 붐이 뭔지 알고 있냐고 그녀에게 장난 식으로 알아내려고 할 때마다 그녀는 순진무구하고 우아한 남부 여자로 되돌아갔다. 창녀는 만나는 노동자에 맞추어 욕도 잘해야 했지만 거기에 더해 말도 예쁘게 해야만 했다.(붐boom은 표류하는 통나무들을 저지하기 위해 시냇물이나 강물 위에 나무들을 서로 연결하

여 만든 뗏목. -옮긴이)

　나는 짐이 자기 자신과 나를 여자들에게 묘사하는 방식 또한
흥미로웠다. 우리 둘이 톱질을 할 때 어떤 기술적인 문제로 이
야기를 나누는 친근한 작업 파트너인 것처럼 말했다. 그가 지
어낸 그런 분위기 속에서 우리는 이런 기술적인 대화를 나누었
다. "얼마나 깊이 들어갔지?" 내가 이렇게 물으면 그는 "1인치
반 정도 들어갔는데."라고 대답했다. 그러면 나는 "이런, 나는 2
인치 반 정도 들어갔는데."라고 하는 식이었다. 사실 말하자면
이번 여름 처음 며칠간을 제외하면 그와 나는 이런 친근한 대
화를 나눈 적이 없었다. 또한 짐이 톱질에 대해 말했던 기술적
인 이야기들은 창녀들에겐 인상적일지 모르지만 벌목꾼이라면
단번에 지어낸 이야기라는 걸 알아챈다. 숲속에서 그는 굉장한
톱질꾼이었으므로 일부러 이야기를 꾸며 낼 필요가 없었다. 하
지만 그는 우리를 창녀들에게 친구처럼 보이게 하려고 그 우정
에 어울리는 톱질에 관한 거짓말을 지어내야 했다.

　나는 떠나기 전에 여자들과 조금이라도 이야기를 하려고 했
지만 내가 애너벨에게 고개를 돌려 뭔가 말하려 할 때, 그녀가
"그러니까 당신과 나는 짐의 파트너가 되겠네요?"라고 말하며
대화할 기회를 막아버렸다. 이런 말로 거창한 시작을 해놓았으
니, 그녀는 계속 말을 하면서 자신이 스코틀랜드인이라는 것을
설득하려 들었다. 그렇지만 나는 그녀에게 "스웨덴 사람에게
가서 그러시는 게 나을 겁니다."라고 대답했다.

　그녀는 사람들이 그녀가 이랬으면 좋겠다고 바라는 모든 것
에 맞추려는 스타일이었다. 단 상대방에게 정체를 들킨 것은

제외하고 말이다. 길게 이야기를 듣지 않더라도 나는 그녀가 남부 사람이 아니라는 것을 확신했다. 다른 나이 든 여자도 마찬가지였다. 둘 모두 '여러분 모두(you all)', '오랜(ol)'이란 남부 사투리를 쓰고 곱슬머리를 했지만 그게 남부 흉내의 전부였다. 이런 것들은 다코타 주 출신인 짐을 위해 일부러 그렇게 하는 것이리라. 때때로 애너벨은 약간 발작 비슷한 상태가 되었고, 갑작스레 활발하게 되었으며, '시'와도 같은 말을 하기 시작했다. 두운을 맞춘 건배사나, 핀란드 시가(詩歌, rune), 외국어 표현 같은 것들을 중얼거렸다. 이어 그녀는 내가 스코틀랜드인이라는 정보 이외의 것을 알아내려고 노력하는 침묵의 게임으로 돌아갔다. 그러면 그녀는 그 정보에 맞추어서 자신이 그런 사람이라고 말을 할 것이고, 비록 그 정보에 대해서 아는 것이 별로 없어도 내가 그것을 좋아하리라고 여길 것이다.

그날 저녁 일찍이 나는 두 여자가 모녀지간이 아니며, 더 나아가 어떤 식으로도 관계가 없다는 것을 알아챘다. 아마 짐을 포함해서 셋 모두 가족이라는 개념에서 어떤 이상한 기쁨을 얻는 것 같았다. 두 여자 모두 비슷하게 차려입고 곱슬머리를 하고 남부 여자 흉내를 냈지만 기본적으로 그들은 덩치 큰 여자란 점을 제외하면 골격이나 몸매가 전혀 비슷하지 않았다.

그렇게 그들 셋은 거짓에 바탕을 둔 따뜻한 가족 집단을 형성했다.

헤링본 무늬의 양복을 입은 벌목꾼과 알몸에 드레스만 걸친 덩치 큰 두 여자는 문가로 와서 내게 작별인사를 했다. "안녕히 계십시오." 내가 밖에서 말했다. "오 르부아(Au revoir, 안녕히 가세요)." 애너벨이 프랑스어로 작별인사를 했다. "잘 가게." 짐이 말했다. 그러고는 덧붙였다. "내 자네한테 편지하지."

그는 정말로 편지를 썼고, 늦가을쯤에 편지가 도착했다. 그 때쯤이면 아마도 스웨덴이나 핀란드 출신 벌목꾼들조차도 그가 사는 북쪽 지방의 주소를 알고 있을 것이었다. 그는 미줄라 공립도서관에서 도서대출증을 만들고 다시 잭 런던(미국의 사회주의 소설가, 1876~1916)의 소설을 읽고 있을 것이었다. 들개 이야기는 빼고 말이다. 편지 봉투에 적힌 내 주소가 정확했던 걸로 봐서 우리 집에 전화를 해서 알아낸 것 같았다. 봉투는 컸고, 정사각형이었다. 줄이 쳐진 작은 편지지는 가장자리에 풀이 묻어있는 걸 봐서 편지지 묶음에서 떼어 낸 것이었다. 짐이 직접 쓴 글씨는 컸지만 끝으로 갈수록 글자가 점점 작아졌다.

학기가 끝나기 전에 나는 그로부터 편지를 세 통 받았다. 그의 편지는 하나 혹은 두 문장으로 되어 있었다. 이런 하나 혹은 두 문장의 문학 형식은 거장에 의해서 사용될 때는 어떤 사소한 주제를 다루는 것이 아니라, 아주 작은 그릇에 세계를 집어넣는 형식이었다. 짐은 내가 아는 사람 중에 처음으로 그런 형식을 보여준 거장이었다.

그의 편지는 항상 "친애하는 파트너"로 시작해서 "너의 친구, 짐"으로 끝났다.

나는 다음 여름에 그와 함께 일할 생각은 추호도 없었고, 짐도 공개적으로 제안을 하지 않았다. 정산제 형태의 벌목 작업은 내 인생에서 한 번이면 족했고, 이미 상당한 시간을 그 작업에 내놓았다고 생각했다. 나는 산림청 일로 다시 돌아가 불과 싸웠고, 짐은 이런 일을 복지 사업에 뛰어들거나 휴식 요법을 취하려고 숲으로 들어간 것 정도로 여겼을 것이다.

자연스레 나는 그해 여름 짐으로부터 아무런 소식을 듣지 못했다. 의심할 여지가 없이 그에게는 톱의 반대편에서 톱밥이 떨어지는 것을 받아 줄 어떤 다른 톱질꾼이 있었을 것이다. 가을이 오자 큰 정사각형 봉투에 갈수록 글자가 작아지는 편지가 하나 도착했다. 초가을이었기에 그는 아직 창녀집 사업은 준비하지 못했을 것이다. 아마 막 숲을 나와서 마을에서 이것저것 살펴보는 중이었으리라. 아직 도서관에서 대출증도 발급받지 못했겠지. 아무튼 편지는 이랬다.

친애하는 파트너,
자네한테만 알려 주지. 나는 300파운드 나가는 아가씨랑 섹스를 즐기고 있다네.

너의 친구, 짐

그 편지를 받은 이래로 상당히 많은 시간이 흘러갔고 그 이후로는 짐에 대해서 아무 소식도 듣지 못했다. 어쩌면 그 스코틀랜드 개자식은 300파운드의 무게에 짓눌려 죽었을지도 모른다.

산림청 임시 관리원의 수기

그리고 그때 그는 알고 있다고 생각했다
자신의 삶이 시작된 언덕들을⋯⋯

— 매슈 아놀드, 「파묻힌 삶」

　그 당시 나는 어렸고 스스로가 터프하다고 생각했으며, 그게 멋진 거라고 여겼다. 거기다 나는 약간은 제정신이 아니었지만 그걸 알아채진 못했다. 국유림 관리원 주재소의 밖에는 내 눈으로 모두 미칠 수 없을 정도로 사방에 산이 둘러져 있어서 가히 산의 바다였다. 그리고 주재소 안에선, 같은 산림청 소속 셀웨이 숲 엘크 서미트 구역 관리자와 내가 크리비지 카드 게임을 하고 있었는데 내가 이기고 있는 상황이었다. 산림청 주재소는 설립된 연도가 나보다도 어렸지만 나와 비슷한 특징을 많이 공유했다.

당시는 1919년 8월 중순이었다. 나는 열일곱이었고 산림청은 설립된 지 14년 밖에 되지 않았다. 산림청이 언제 만들어졌는지 여러 가지 말이 있지만 나는 1905년이라고 생각한다. 그때 내무부 소속 산림국이 농무부로 이전되면서 산림청으로 명명되었던 것이다.

1919년 당시, 셀웨이 숲의 엘크 서미트 주재소는 가장 가까운 길에서도 28마일 거리였고, 비터루트 분기점 꼭대기에선 14마일 거리였다. 몬태나 주의 해밀턴에서 몇 마일 떨어진 비터루트 계곡으로 가는 데도 블로젯 협곡을 따라 14마일을 내려가야 했다. 14마일을 내려가는 건 그만큼 올라가는 것만큼이나 괴로운 일이었고, 훨씬 더 위험하기까지 했다. 왜냐하면 블로젯 협곡은 감염자 다섯 명 중 한 명만 살아남는다는 로키산 홍반열을 옮기는 진드기로 의학계에서 유명했기 때문이다. 엘크 서미트에서 블로젯 협곡의 입구까지의 28마일 산길은 산림청에서 지정한 루트로서, 나무 윗부분에 표시를 새긴 길이었다. 그 광대한 엘크 서미트 구역에서 그렇게 표시가 새겨진 길은 몇 개 되지 않았다. 그 외에는 야생동물 사냥용 길이나 오래된 덫꾼들이 쓰는 길만 있었는데 그 길들은 탁 트인 산마루나 초지로 연결되었고, 그곳에서는 야생동물이나 덫꾼들이 어디로 갔는지 흔적조차 없이 사라졌다. 이런 곳은 짐말들이 일렬로 걸어가거나, 아니면 사람들이 한 사람씩만 걸어갈 수 있는 그런 세계였다. 말발굽과 사람의 발로 걸어다녀야 하고, 그 나머지는 손으로 마무리하는 세계이기도 했다. 우리가 그런 식으로 아이다호 주 북부 비터루트 분기점을 가로지르던 1919년은 이렇다

할 문명의 도구가 아직 도입되기 전이었다. 가령 사륜 구동차, 불도저, 전기톱, 공압식 드릴, 산불 진화용 화학적 물품이나 비행기 분사 등은 아직 세상의 빛을 보지 못했다.

요즘엔 제복을 입지 않거나 대학 졸업장 없는 산림 관리원이 드물지만, 1919년 당시엔 우리 주재소에 소속된 사람들은 물론이고, 더 나아가 주재소장까지도 대학을 나오지 않았다. 산림청은 그 당시 마을에서 거칠기로 소문난 친구들을 데려와 임시 관리원으로 채용했다. 우리 중의 빌 벨은 비터루트 계곡에서 가장 터프한 사람이었다. 우리는 그를 최고의 산림 관리자라고 생각했고, 빌이 양치기를 죽였다는 소문은 우리의 그런 생각을 더욱 굳혀 놓았다. 빌이 그 건과 관련하여 무죄 처분을 받았다는 말을 듣고 우리는 약간 실망했지만 아무도 그것을 가지고 따지지 않았다. 몬태나 주에서 양치기 살해 건에서 방면 처분되었다는 것이 곧 무죄판결과는 같은 게 아님을 잘 알기 때문이다.

제복에 관해 말하자면, 우리 산림 관리원들은 항상 45구경 총을 지니고 있었고 나를 포함한 대부분이 장전된 리볼버도 가지고 있었다. 관리원들 중에 나이를 먹은 두 남자는 우리에게 '산림청(USFS: United States Forest Service)'이 '여자는 천천히 써먹되 빨리 따먹는다.(Use'er Slow Fuck'er Fast.)'의 약자라고 했다. 어렸던 데다 남의 말을 그대로 믿었던 나는 처음에는 마지막 말인 '빨리(Fast)'가 F로 시작해 S로 시작하는 '청(Service)'과 맞아떨어지지 않는다고 따지면서 말싸움을 벌였다. 사실 그땐 내가 좀 모자라서 한동안은 이런 논쟁에 빠져들었고, 스스로도 목소리가 높아지기도 했다. 그때마다 늙은 두 남자는 콧수염 가르마 사이로 침을 뱉으면서 이런 얘기를 하기엔 너무 어린 친구로구먼 하는 표정으로 나를 쳐다보았다. 그들이 보기엔 그 설명이 정확히 USFS에 들어맞는 것이었고, 여름이 끝나갈 무렵 나도 거기에 동의하게 되었다.

빌 벨은 산림 관리자로는 최고였지만 크리비지 카드 게임은 썩 잘하는 편이 아니었다. 빌은 카드를 내려놓으면서, "보자, 15에 2점, 15에 4점, 또 15에 6점 그리고 페어가 하나 있으니까 총 8점이군." 늘 그렇듯이 나는 몸을 뻗어 빌이 손에 든 카드를 봤고 계산을 하기 시작했다. 점수가 날 만한 거라곤 8이 적힌 카드와 7이 적힌 카드 페어밖에는 없었다. 그는 이상하게도 7을 8로 계산했다. "빌." 내가 말했다. "총 6점입니다. 15가 2점, 또 다른 15로 4점, 그리고 페어가 있으니까 6점이에요." 계산을 잘 못했다는 건 항상 빌 벨에게 모욕처럼 느껴졌다. "빌어먹을." 빌이 말했다. "야, 이 8이 네 눈엔 안 보이냐? 자, 8하고 7을 더하면 말이야……." 그때까지만 해도 여전히 접시를 닦고 있던 요리사가 빌의 어깨 너머를 본 뒤 그에게 말했다. "6점이 맞네요." 이에 빌은 카드를 접어서 짐 더미 위에 던져버렸다. 요리사가 뭘 말하던 간에 그것은 빌에게 항상 옳은 말이었고, 그런 점이 내가 요리사를 싫어하게 된 이유이기도 했다. 버릇없는 요리사를 좋아하기란 늘 어렵지만 나는 이놈의 요리사가 특히 더 싫었다.

그렇지만 여름이 가기 전까지 내가 얼마나 더 그 사람을 싫어하게 될지 아직 알지 못했다. 또 말이 난 김에 하는 말이지만,

또 다른 카드 게임이 아주 중요한 사건으로 등장하게 되리라는 것을 까맣게 알지 못했다. 열일곱 살이던 그해 여름에, 나 자신이 앞으로 이야기의 일부분이 되리라는 것을 아직 알지 못하고 있었다. 그 당시 나는 때때로 인생이 문학이 된다는 것을 알지 못했다. 물론 인생이 문학으로 변하는 시간은 아주 오래가지는 않는다. 그렇지만 그것에 대해서 기억할 수 있을 만큼 지속된다. 그리하여 그것은 우리가 가장 잘 기억하는 시간이 된다. 우리가 종종 인생이라고 말하는 것은 그런 순간들을 의미한다. 그 순간에 인생은 옆으로 가거나, 뒤로 가거나, 앞으로 가거나, 아예 가지 않는 것이 아니라, 긴장되고 불가피한 분위기 속에서 일직선을 향해 내달린다. 거기에는 복선, 클라이맥스, 그리고 약간의 운이 따른다면 마음이 정화되는 효과가 뒤따른다. 그런 순간에 인생은 그냥 벌어지는 것이 아니라 정교하게 만들어진 것 같은 느낌이 든다. 하지만 산 속 주재소에서 나는 빌을 그런 이야기의 주인공으로 생각해 보지 않았다. 그저 빌이 카드를 빨리 내놓기를 기다리다 지쳤을 뿐이다. 빌은 카드를 내기 전에 한 번에 두세 장이 딸려나가지 않도록 손가락에 침을 바르고서 내놓았다.

그러나 빌이 손에 로프를 쥐었을 때에는 사정이 확 달라졌다. 어떻게 저렇게나 달라질 수 있는지 밝혀내기가 참으로 힘들었다. 로프를 잡으면 빌은 기술자였고, 늘 로프로 뭔가를 했다. 심지어 주재소 안에 앉아 있을 때도 끈으로 고리를 만들어 빙빙 돌리다 의자 너머로 던져 아주 훌륭한 매듭을 만들어냈다. 관리원들이 잡담을 할 때에도 빌은 고리를 던지거나, 아니면 매듭을 만들어냈다. 빌은 "그래", "아냐" 정도로만 대꾸했고, 때때로 한두 문장 정도를 말하는 그런 부류였다. 하지만 자기 말이나 노새에겐 쉴 새 없이 뭔가 말을 걸었고 동물들도 그걸 알아들었다. 빌은 동물에게 크게 말하는 법이 없었고, 특히 노새들에겐 더욱 부드럽게 대했다. 노새는 코끼리처럼 절대 잊는 법이 없다는 걸 알았기 때문이다. 편자를 박을 때 노새가 고집을 부리면 그는 누가 뭐래도 노새의 비위를 건드리지 않았다. 그저 노새를 끌고 나가 햇볕을 쬐게 하면서 앞발 중 하나를 나무에 묶어두고 몇 시간 동안 한 발로 서 있게 했다. 그렇게 하는 것이 노새에게 아주 기독교적인 감화(感化)의 효과를 가져왔다. 심지어 노새도 땡볕에서 한 발로 두 시간 정도 서 있다 보면 뭔가 깨닫는 것이 있다.

빌은 양손을 잘 쓸 수 있는 체격을 타고 났다. 신체 부위가 뭐든지 다 컸다. 거기다 기본적으로 말을 타는 사람이라 그의 말도 그에 비례하여 덩치가 클 필요가 있었다. 빌은 영화나 초원에서 볼 수 있는 호리호리한 카우보이가 아니었다. 빌은 산속의 기수였다. 빌은 도끼를 쓸 줄 알았고, 톱을 켤 줄 알았으며, 운반 작업을 했고, 산길을 닦았으며, 필요하다면 하루 종일 산을 걸어 다닐 수 있었다. 또한 산의 돌출된 부분을 붙잡고 올라갈 수 있었고, 9번 전화선을 가설하여 통화를 가능하게 할 수도 있었다. 게다가 요리를 썩 나쁘게 하는 것도 아니었다. 산에서는 살아남으려면 일을 해야 했고, 말이 얼마나 빨리 달리는지는 신경 쓸 이유가 없다. 달려봤자 어디로 달려 나가겠는가? 빌의 말은 크고 오래 탈 수 있는 데다 하루 종일 산길을 시간당

5마일을 다닐 수 있었다. 그야말로 산사람을 태우고 다니는 산말이었다. 빌은 자기 말을 빅 무스라고 불렀다. 그놈은 갈색 말이었는데, 걸을 때 마치 뿔이라도 단 것처럼 머리를 뒤로 젖히고 다녔다.

모든 직업에는 정상에 도달한 기술이 있게 마련이다. 병원이라면 뇌나 심장을 수술하는 외과의일 것이고, 제재소라면 나무판을 만들어내기 위해 가늘게 눈을 뜨고서 통나무에 첫 번째 톱질을 하는 톱질꾼일 것이다. 초기 산림청에서 중요 기술자는 운송을 담당하는 사람이었다. 무엇보다도 산속은 길이 없는 세상이었기 때문이다. 운송은 사람들이 이동을 해야 하는 그 순간부터 생겨난 오래된 기술이고 또 동물들에게 인간의 짐을 싣고 가게 만드는 중요한 기술이다. 그 기술은 궁극적으로는 아시아에서 다시 북아프리카를 거쳐서 스페인으로 왔다가 멕시코로 와서는 우리에게 온 것이다. 인디언 여자를 통해서 말이다. 여하튼 뱃대끈(cincha), 안장 가죽 끈(latigo), 말 모포(manta) 같은 말을 모르면 운송 기술자한테는 말 한마디 붙일 수조차 없다. 도로가 생기면서 이 오래된 기술은 거의 사라진 기술이 되었지만 20세기 초반 산속에는 그런 도로가 거의 없었고, 비터루트 장벽에는 아예 없었다. 그 당시 몬태나 주 해밀턴 근처의 블로젯 협곡 입구부터 아이다호 주의 엘크 서미트 주재소까지는 발로 걷는 것 말고는 이동 방법이 없었다. 진화작업을 위해 소방대원들이 많이 들어올 때면, 50마리쯤은 되는 노새와 등이 낮은 말들이 무거운 짐을 지고 낑낑거리면서 좁고 구불구불한 길을 걸었고, 도는 길이 좀 급해질 때면 엄청난 양의 똥을 떨어트리며 용을 썼다. 동물들을 연결시킨 밧줄은 팽팽하게 당겨져서 동물들의 목 사이로 일직선으로 뻗었는데, 그 광경은 마치 거대한 검은 백조들이 동그라미를 그리다가 하늘로 사라지는 것처럼 보였다.

빌은 운송 책임자였고, 산림청은 그보다 더 나은 사람을 찾을 수가 없었다. 그렇지만 지금 그는 세 장 남아 있는 카드들 중 어떤 것을 내야 하는지를 궁리하느라 힘든 시간을 보내고 있다. 빌은 난처한지 자신의 검은 스테트슨 모자를 벗고 머리를 긁으려 했다. 하지만 아침에 일어나 옷을 입을 때 제일 먼저 쓰는 게 그 검은 모자이고, 밤에 잘 때 제일 나중에 벗는 것도 그 모자였다. 그 사이에 빌은 모자를 벗는 걸 별로 좋아하지 않았다. 빌이 모자를 벗고 카드를 내려던 그 순간, 나는 빌과 함께 비터루트 분기점을 지났던 여행을 생각하기 시작했다.

운송 책임자로서 빌은 열의 앞에서 말을 타고 가며 감시했다. 빌은 검은 스테트슨 모자를 쓰고 곁눈질을 했는데 얼굴이 거의 등 쪽으로 돌아가 있었다. 그런 식으로 묶인 짐이 혹시 풀리지 않는지 살펴보는 것이다. 그로부터 오랜 세월이 흐른 뒤, 나는 사람들이 한 방향을 응시하고 몸은 다른 방향으로 향해 있는 모습이 새겨진 고대 이집트 신전의 돋을새김 조각을 봤는데, 그것은 탁월한 운송 기술자의 모습이었다. 결국 운송이란 짐들의 균형을 유지하고 역축(役畜)들이 편안하게 걸어가는지 지켜보는 기술이었다. 이렇게 못하면 하루나 이틀 정도 안장에 살이 쓸려나간 동물들은 다시는 운송을 못하게 되거나, 아니면 여름 내내 쉬어야 했다.

빌과 함께 저 앞에 있다 보면 어떤 일이든 벌어질 수 있다는 걸 보게 된다. 말이 미끄러지거나 대열에서 이탈하거나 무시무시한 내리막으로 굴러떨어지다가 나뭇가지에 걸리는 것들 말이다. 이렇게 되면 아마도 말을 쏴버리고 안장을 챙긴 다음 땅에 흩뿌려진 물건 따위는 잊어버려야 할 것이다. 하지만 이런 것을 사전에 예방하려면 빌의 숙련된 눈이 필요하다. 안장이 돌아가서 동물이 숨을 쉴 수가 없다든지, 안장이 옆으로 치우쳤다든지 하는 것들을 제때에 파악해야 한다. 이렇게 많은 말을 동원하다 보면, 항상 복대가 딱 몸에 달라붙지 않는 몇몇 '청어 배' 같은 말이나 복대가 배를 건드리면 아침이 되어 짜증을 내고 그 뒤로는 슬슬 힘이 빠지는 몇몇 '훈제 청어' 같은 말들이 있었다. 뭣 때문에 그러는지 누가 알겠는가? 이런 문제는 아마도 창고에서 시작된 것일 수도 있다. 화물 담당자가 짐의 무게를 제대로 파악하지 못했거나 그 무거운 짐으로 고생할 말에 대해서는 무관심한 심보였을 수도 있다. 그러면 짐말들은 한쪽으로 치우친 짐을 지고 비터루트 분기점을 지나가다가 결국에는 주저앉게 된다. 아니면 짐은 무게 균형이 잡혀 있는데 운송 보조원이 짐의 한쪽을 다른 한쪽보다도 높게 매었을 수도 있다. 아니면 다이아몬드 매듭을 조잡하게 매어놔서 모든 짐이 미끄러질 수도 있었다. 비터루트 분기점은 급경사가 많은 지그 재그 길, 화강암 바위, 수렁 등이 있어서 운송 담당자, 그의 운송 장비, 그리고 짐을 메고 가는 동물들의 약점을 빠짐없이 짚어낸다. 오십 마리 가까운 짐말들을 이끌고 비터루트 분기점을 지나는 것은, 이제는 거의 잊힌 기술로서 하나의 걸작을 만들어내는 과정이었다. 나는 1919년에 빌 벨과 함께 그 운송 작업에 참여했고, 그가 만들어낸 걸작을 직접 목격했다.

분기점은 위로 올라갈수록 아름다웠다. 8월인데도 6월의 꽃 루피너스(층층이부채꽃)로 산속은 푸른빛이 돌았다. 말과 노새들의 턱에선 침이 뚝뚝 떨어졌고, 크게 벌어진 붉은 콧구멍에서는 힝힝 거리는 소리가 났다. 손이 없는 동물들은 안장을 흔들어대며 짐을 가뿐하게 만들려고 애썼다. 남쪽으로 그다지 멀지 않은 곳에는 엘카피탄 산이 있었고, 언제나 눈으로 덮여 있었으며, 그 이름값에 걸맞은 위용을 뽐내고 있었다. 앞쪽으로 나아가 서쪽으로 가면 산림 관리자들이 머무르는 주재소가 있었다. 그리고 지리가 만들어내는 아름다운 시편(詩篇)인 아이다호의 산들은 경계선을 넘어가며 계속 펼쳐졌는데 마치 세상 저 너머까지도 나아갈 기세였다.

분기점에서 서쪽으로 6마일 정도 가면 호수가 나오는데 대충 해밀턴과 엘크 서미트 사이에 나 있는 길에서 3분의 2 정도 지점이었다. 이 호수가 유일하게 물이 있는 곳이었고, 풀도 풍부해서 밤 동안 많은 말 무리를 방목할 수 있었다. 초기 산림청의 훌륭한 사진가였던 K. D. 스완이 이런 분기점의 모습을 사진 찍으러 왔다면 참 좋았을 것이다. 산을 올라가는 곳은 삼각형 형태를 이루며 하늘에 이르고, 내려오면 계란형의 초지와 수사슴의 무릎까지 잠기는 연꽃 떠 있는 계란형의 호수로 이어지는 이 아름다운 곳. 간단히 말하면 올라가는 길은 삼각형, 내려가는 길은 계란형인데, 그 중간의 분기점은 8월인데도 여전히 봄철이었다.

짐말에게서 짐을 내려놓는 과정도 아름답다. 안장이나 안장 상처가 없는, 젖은 비단 같은 수많은 말들의 가지런한 등은 일대 장관이다. 털과 가죽이 쓸린 곳에는 단 한 점의 젖은 살도 보이지 않는 그 멋진 등들. 이 광경을 쳐다보면서 아름답다고 생각하려면 동물의 등에 균형 있게 짐을 실어본 사람이어야 한다. 아무튼 그런 적재 작업을 해본 사람에겐, 세상의 다른 사람들이 모르는 아름다움의 순간이 찾아온다.

가령 동트기 전에 말을 살펴야 하는 사람들에겐 어둠 속에서 들리는 암말 목의 종소리보다 더 아름다운 것은 없다.

내가 빌이 어떻게 그렇게 중요한 운송 책임자가 되었는지, 심지어 어떻게 그렇게 매듭을 예술적으로 묶을 수 있는지 과거 일을 생각하며 앉아 있는 동안, 빌은 평소 잘 못하는 크리비지 게임에서 적어도 그 순간에는 나보다 점수가 앞서 있었다. 실내의 주요한 심심풀이 수단이었던 크리비지에서는 늘 내가 빌보다 실력이 나았는데 말이다. 우리는 심지어 밖에서도 그 게임을 했는데, 종종 길을 떠날 때 우리 중 누군가가 카드 묶음과 크리비지 판을 짐에다 넣어 왔던 것이다. 오전이나 오후의 중간쯤에 우리는 통나무에 걸터앉아 게임을 벌였다.

빌이 많이 앞서 있는 건 아니었지만, 그가 아주 멍청하게 게임을 하지 않는 이상 내가 져줄 생각이었다. 우리는 둘 다 게임을 끝내는 점수인 121점을 가시권에 두고 있었고, 나는 먼저 카드를 내는 이점이 있었다. 끝내기까지 8점이 필요했는데, 일반적으로 말해서 좋은 패에다 '페깅(pegging: 같은 패 두 장을 들고 있는데 상대방으로 하여금 그 같은 패 한 장을 추가로 내게 하는 것.-옮긴이)'을 해야 이길 수 있었다. 그렇지만 내 손에 든 건 완전 엉망이었다. 4를 두 장 들었는데 이런 한 쌍은 2점밖에 되지 않았다. 페깅을 해서 6점을 채우는 건 상당히 어려웠다. 크리비지를 모르는 사람들을 위해 설명하자면, 빌이 내가 페깅으로 6점을 얻는 것을 막으려면 내가 내놓는 카드와 짝이 맞는 걸 내서는 안 되었다. 나는 4를 한 장 내려놓았고 천운인지 빌이 똑같이 4를 내려놓고 이렇게 말했다. "4가 두 장이니 2점을 가져가 겠어." 미리 말했듯이 나는 4를 두 장 들고 있었고, 그래서 다시 4를 내려놓아 세 번째 4를 만들었다. 같은 종류가 세 장이 되었으므로 6점이었다. 이렇게 121점을 채워 게임이 끝났다. 나는 전문직의 기술자들은 카드놀이에서는 신통치 않은가 보다 하는 생각이 들기 시작했다.

실은 나는 해밀턴에서 소문을 들은 적이 있다. 그 마을은 비터루트 계곡에 있었고, 빌이 소속된 지역 본부가 위치했다. 해밀턴 마을의 도박꾼들은 빌의 월급을 털어가려고 안달이 나 있다는 것이었다. 그곳 야바위꾼들 사이에선 빌이 아가미를 통해 숨을 쉬는 것처럼 포커를 친다고 말이 돌았다. 나는 빌이 지는 걸 얼마나 싫어하는지 잘 알기에 빌이 판을 깨고 야바위꾼에게 총을 쏘지 않은 것이 놀라웠다.

이런 빌이기에 나한테 감정이 상했을 거라고 짐작하며 그를 배려하여 이렇게 말했다. "운이 어떻게 바뀔지 모르는 거니까 다른 게임으로 바꿔서 한번 해보십시다." 물론 세 명이서 게임을 하면 두 명보다 더 많은 카드 게임을 할 수가 있다. 요리사가 음식을 다 먹은 것을 보고 나는 그에게 물었다. "푼돈을 걸고 게임 한번 하는 게 어때요? 포커? 피너클? 당신하고 빌이 하자는 게임은 뭐든지 해드릴게요."

나는 그 요리사를 결코 잊지 못할 것이다. 사실 그는 내가 가장 오래 기억하고 있는 인물들 중 하나였다. 심지어 숲 속에 들어와 있는데도 그는 목이 낮은 캔버스화(테니스화)를 신고 있었다. 요리사는 나를 향해 몸을 돌리면서 말했다. "난 같이 일하는 사람들하고는 카드 게임을 안 해." 이런 식으로 요리사가 내게 위엄 있게 말을 하는 건 처음이 아니었고, 나는 또다시 그를 싫어하기 시작했다. 요리사의 이름은 호킨스 혹은 호크스였을 것이다. 하지만 내 기억 속에서는 호킨스로 남아 있다. 어떤 책에서 내가 썩 좋아하지 않았던 인물의 이름이 호킨스였기 때문이었다.

빌과 나는 크리비지를 한 번 더 하며 상한 감정을 봉합하려 했으나 그리 성공적이진 못했다. 나는 카드를 모아 오두막의 선반에 있는 통에다 넣었다. 내가 문에 다다를 즈음 요리사가 카드를 집어 테이블에 앉아 뒤섞기 시작했다. 요리사는 네 명이 게임을 하는 것처럼 기본패를 돌렸다. 그런 다음 세 명의 것을 돌렸는데, 마치 노름꾼이 각자 카드를 돌리라고 요청한 것처럼 한 장 혹은 두 장의 카드를 빠르게 돌렸다. 하지만 자신에게 나머지 카드를 돌리기 전에 요리사는 잠시 동작을 멈추었다. 이어 그는 단 한 번의 동작으로 돌린 패들을 모두 회수했다. 카드를 다시 섞은 뒤, 그는 다섯 명분의 카드를 돌렸다. 때로는 네 명의 것을 돌리기도 했지만 세 명의 것은 돌리지 않았다. 나와 빌이 그와 함께 카드를 한다는 인상을 피하려는 것 같았다. 나는 문 앞에 서서 그가 카드를 섞고 돌리는 것을 지켜보았다. 번개 같은 손놀림은 정말 볼만했다. 약 5분 정도가 흐른 뒤에 그는 카드를 한 번에 휙 쓸어 모아 통에다가 집어넣고 원래 있던 선반 위에다 올려놓았다. 그러고 나선 침대로 향했다. 나는 문을 닫고 나와 직원들이 자는 텐트로 향했다. 나는 전보다 더 그 요리사가 싫어졌다.

우리들 중에 네 명만이 '임시 관리원'이었다. 여기에 더해서 산꼭대기에서 근무하는 감시원들과 산림 관리자, 그리고 요리사가 있었다. 임시 관리원은 여름에 월 단위로 고용되었으며(한 달에 60달러를 받았다) 산림 관리자는 이 구역에서 유일하게 연 단위로 고용되었다. 여름이 시작될 때 이 구역에서 큰 불이 나서 백 명도 넘는 긴급 임시 진화요원이 뷰트와 스포캔 마을에서 고용됐는데 산불이 꺼지자마자 그들은 다시 마을로 돌아갔다. 얼마 되지 않은 임시 관리원들은 주재소에서 3마일 떨어진 곳에서 임시 산길과 A등급의 길을 만들었다. 후자는 20피트 정도 되는 폭의 공용로였는데 경사 6퍼센트였다. 산속의 나무와 덤불을 쳐내면서 20피트 폭의 길을 만들었는데, 짧고 가파른 경사에 노출된 바위는 우회하지 않고 그 바위를 폭파시켰다.

이렇게 하여 매 100피트마다 고도 6피트 정도를 유지하는 길을 닦아 나갈 수가 있었다. 몇 톤의 다이너마이트를 사용한다면 건초를 싣는 수레라도 지나갈 만한 길도 닦을 수 있었을 것이다. 하지만 우리에게 필요한 것은 말에 실은 짐이 나무에 걸리지 않는 짐말 통행용 오솔길이었다. 그러나 몇 년 뒤에 산림청은 작업 규정을 바꾸어서 산간 오지에 가능한 더 많은 길을 닦으라는 지시를 내렸다. 젊을 때에는 말도 안 되는 완벽한 계획을 실천하는 일이 더 어울릴지 모른다. 그래서 오늘날에도 아이다호의 정글 어딘가에는 어디로 가는지 전혀 알 수 없는, 잡초 무성한 1~2마일 길이의 길이 있다. 아마도 버려진 마야 신전으로 가는 길인지도 모른다.

네 명의 임시 관리원 중에서 두 명은 늙은 남자였고, 두 명은 젊었다. 그중에는 맥브라이드 씨와 그의 붉은 머리 아들도 있었다. 맥브라이드 씨는 비터루트 계곡의 여러 목장에서 일하기도 했는데 정말 뭐든지 할 줄 아는 사람이었고, 그 아들은 아버지를 닮으려고 노력했다. 스미스 씨는 나이가 든 쪽의 사람이었고 항상 자신의 위장을 걱정했다. 사람들은 그를 '스미스 씨'라고 불렀다. 스미스 씨는 품위가 있는 사람이었는데 그 큰 다리로 보폭이 좁고 힘없는 걸음걸이를 해서 오히려 양발을 작아 보이게 만들었다. 그는 과거에 광부였던 경력이 있어서 자연스레 우리들 사이에선 폭파 담당을 맡게 되었는데 실력도 훌륭했다. 네 명이 맥브라이드 씨와 그의 아들, 그리고 스미스 씨와 나로 구성되어서 그런지 스미스 씨는 나를 아들처럼 여겼다. 그 결과 내가 다이너마이트를 맡게 되었고, 그 일은 나를 멀미나게 했다. 그 일을 시작하기 전에 나는 다이너마이트를 만지고 얼굴을 만지면 두통에 시달린다는 이야기를 들었다. 그런 이야기에 넘어간 탓인지 폭약 가루를 다루는 동안은 항상 머리가 아팠다. 그렇지만 열일곱 살의 나는 아직 어려서 하루 종일 대망치를 휘두를 실력은 되지 못했다.

폭파를 시킬 때, 자연스레 처음으로 하는 일은 폭약 가루를 집어넣기 위해 바위에 구멍을 뚫는 일이었다. 요즘에야 공압식 드릴로 해결하지만 그때만 해도 맨손과 대망치로 다 해내야 되었다. 2인 1조로 작업하는데 그 일을 '쌍망치질'이라고 했다. 한 사람이 드릴을 붙잡고 다른 사람이 대망치로 드릴의 머리 부분을 칠 때마다 조금씩 드릴을 돌려서 원형을 완성시키는 방식이었다. 이것이 구멍을 뚫는 작업의 개요였고, 구멍을 다 뚫을 때까지 같은 동작을 반복했다. 작업을 멈출 때는 오로지 드릴을 쥐고 있는 사람이 "진흙"이라고 말할 때뿐이었다. 그러면 드릴을 잡은 사람이 아주 자그마한 국자를 가져와서 그 속의 진흙을 파내는 동안 망치꾼은 즐거운 마음으로 휴식을 취했다. "진흙" 소리가 나지 않으면 망치질을 하는 사람은 계속 망치를 휘둘러야 했다. 만약에 망치꾼이 우연히 드릴의 작은 윗부분을 치지 못하거나 스치기라도 한다면 드릴을 쥐고 있는 사람의 손이나 팔을 불구로 만들 수도 있었다. 가끔씩은 스미스 씨가 "진흙"을 어떻게 말하는지 까먹은 것처럼 보여서 아래를 내려다보면서 두세 개 드릴의 윗부분을 봤는데 스미스 씨는 노쇠한 손으로 그것들을 붙잡고 있었다. 스미스 씨의 손등 피부는 나이가 들어 반점이 잔뜩 있었다. 나는 더 이상 내 얼굴을 문지르는 것이 두통을 일으킨다는 생각은 하지 않기로 했다.

그날 아침은 평소보다 더 두통이 빨리 시작됐다. 내가 왜 요리사를 그렇게나 싫어하는지 분명한 이유를 댈 수는 없었다. 아마도 그를 질시하는 것인지도 모른다고 말할 정도로 나는 자신에게 솔직했다. 비록 열일곱이었지만 산림청 소속으로 세 번째 맞는 여름이었고, 두 번은 빌과 함께 일했다. 빌은 내게 어떻게 운송 작업을 하는지 보여줬고, 나는 그에 대한 보답으로 아침에 캠프로 돌아오면 임시 관리원들에게 점심을 챙겨주는 식으로 빌에게 보답하려 했다. 나는 어떻게 이 요리사가 처음 이곳으로 왔는지 알아낼 수가 없었다. 빌이 볼 때, 요리사의 언행은 모두 오케이였다. 게다가 나는 요리사의 생김새도 맘에 들지 않았다. 그는 약간 삐딱하게 기울인 머리의 정수리에 머리숱이 비쭉 솟아난 모양이 꼭 큰 어치(등의 깃털과 깃털이 청색인 큰 새. ─옮긴이)같이 생긴 데다 잘난 척하는 녀석이었다. 그는 이 숲 속에서 목 낮은 테니스화를 신은 큰 어치였다. 하지만 내가 그를 싫어하는 데는 별로 이유가 필요하지 않았다. 사람이 나이를 먹게 되면 좀 더 합리적이 되지만 어릴 때는 단번에 판단을 내리기 좋아한다. 나는 이 요리사가 40센트짜리 너절한 놈이라는 것을 알고 있었다.

빌이 내게 화를 내고 있다는 생각도 두통을 극복하는 데 별로 도움이 되지 않았다. 나는 혼잣말을 중얼거렸다. "편안히 생각하라고. 입 좀 닥치고 제발 그만 떠벌여. 이 일은 아무것도 아니고 곧 사라질 거야." 이어 나는 같은 말을 반복했다. 입 좀 닥치고 제발 그만 떠벌여." 하지만 그렇게 하지 못하리라는 걸 알았다. 내가 열다섯에 일을 시작했을 때 나는 스스로에게 보상을 해준다는 원칙을 세워놓았다. 나는 여름 아르바이트 때문에 많은 것들을 잃었다. 수영장에서 하는 수영이라든지, 여름에 여자들과 놀러 나가는 것이라든지, 소맷동이 달린 흰 플란넬을 입고 테니스라는 게임을 하는 것 등을 희생해야 되었다. 나는 스스로에게 이렇게 중얼거렸다. "숲으로 들어가기로 결정했으면 최소한 강인해져야 해." 내가 처음 밑에서 일을 했던 열다섯에는 이런 식으로 생각하지 않았지만, 열일곱이 된 지금은 그렇게 생각했다. 비록 빌이 나의 모델이고 기술자임에도 불구하고(혹은 그것 때문에), 열일곱 소년의 내부에는 절반쯤 빌에게 엉기고 싶은 마음이 생겨났다.

정오가 되기 전에 누군가가 내게 다가왔는데 점심을 싸고 있던 요리사였다. 그는 내게 말했다. "빌이 그러는데, 자네가 점심을 먹고 난 뒤 캠프로 돌아와서 좀 봤으면 한대."

캠프로 돌아왔을 때 빌은 우리가 창고로 사용하는 오두막집에서 곧 해밀턴으로 갈 짐말 대열의 짐을 챙기고 있었다. 나는 왜 보자고 불렀는지 빌에게 묻지 않았고, 딱히 빌도 말이 없었다. 나는 그를 도와서 짐을 챙겼고, 짐이 말 등에서 균형을 잡도록 신경 쓰면서 그 일에 집중하려 했다. 짐을 말등에 올리는 건 결코 기계적 작업이 아니었기 때문이다. 심지어 '팬야즈(panyards)'라 불리는 생가죽, 나무, 혹은 캔버스로 만들어진 안장의 갈래에 달린 박스에 집어넣는 통조림 통 같은 아주 간단한 물건도 기계적으로 작업해서는 안 된다. 각각의 통을 반드시 화장지로 감싸야 한다. 그렇게 하지 않으면 통의 라벨이 서로 마찰하여 벗겨지는 바람에 복숭아 통조림과 완두콩 통조림을 서로 구분하지 못하게 된다. 또 무거운 통은 밑으로 가도록 해야 하는데, 그렇게 하지 않으면 짐이 제멋대로 움직여 짐말을 피곤하게 만든다. 짐말 등을 기준으로 양쪽의 짐은 각각 무게가 같아야 했고, 맨 위에 더해지는 짐을 포함해서 말은 175파운드, 노새는 225파운드보다 무거우면 안됐다. 최소한 그때의 산림청 규정은 그러했다. 하지만 한여름이 되면 뼈밖에 남지 않은 동물들에겐 규정보다 25파운드의 무게를 빼주어야 한다. 운송 일을 해보지 않은 사람은 이처럼 양쪽 짐의 균형을 정확하게 맞추기가 어렵다. 일반 사람은 저울 없이는 맨 위에 더해지는 짐을 포함하여 150 혹은 200파운드로 양쪽의 짐을 똑같이 맞추기가 어렵다. 이걸 놓고서 내기를 하자면 나는 즉각 응할 수 있다.

얼마간 짐을 챙기고 난 뒤 나는 빌이 왜 나를 불렀는지조차 잊었다. 아마도 빌이 물건을 박스에 챙기려고 부른 것일 수도 있었다. 우리가 일을 하는 동안 머리를 숙이고 있을 때 나는 요리사가 임시 관리원들이 점심에 사용한 칼과 포크를 딸그락거리며 오는 소리를 들었다.

여전히 짐을 챙기면서 나는 스스로 "저 개자식 정말 맘에 안 드는군."이라는 소리를 중얼거렸고, 그 소리가 내 귀에 들렸다.

빌은 짐을 들어 내렸다. 속으로 나는 "입 좀 제발 다물어."라고 말했지만 밖으로는 "언젠가 저 자식 주먹으로 마구 패주겠어."라고 말해버렸다. 그러자 빌은 잠시 동작을 멈추고서 이렇게 말했다. "넌 이 구역에서 그런 짓을 해선 안 돼." 그는 나를 꽤나 긴 시간 동안 바라보았고 나는 그를 흘끗 돌아본 뒤 챙기고 있던 짐 쪽으로 몸을 수그렸다. 그 순간에 몸을 수그린 건 잘한 일이라는 생각이 들었다. 마침내 우리는 다시 짐 싸는 일로 돌아갔다.

몸을 굽혔다 일으켰다 하면서 그는 내게 오전에 벌어진 일을 말해주었다. "그레이브 봉우리의 감시원이 아침에 그만뒀어." "그래요?" 내가 말했다. "그래." 빌이 말했다. "세 번 달음질쳐서 산에서 내려왔다고 하더군." 봉우리 정상까지는 거의 12마일이었다. "감시원이 나보고 뭐라고 했는지 알아?" 빌이 물었다. "아뇨." 나는 그 대화가 어떻게 끝날지 썩 좋은 예감은 아니었다. "감시원이 이렇게 말하더라고. '지금까지 일한 시간을 계산해 줘요. 그만두겠어요. 나한테 이 일은 너무 힘겨워요. 낮에는 산불이랑 씨름하고 밤에는 방울뱀하고 자야 한다니.'" 짐의 무게를 감 잡기 위해 빌이 잠시 짐을 들어보더니 계속 말해 나갔다. "그 친구가 침대에 손을 뻗어서 이불을 젖혔는데 소방 호스처럼 생긴 뭔가를 만졌던 모양이야. 믿어져?"

내가 맨 처음 빌의 밑에서 일했던 베어 크리크는 맨땅이 드러난 산비탈을 따라 엄청나게 많은 방울뱀들이 있었다. 가파른 산허리 길에서는 길 윗부분이 손이 닿을 정도의 위치에 있어서 몸이 흔들리면 거의 방울뱀들을 쓸어내릴 정도였다. 이 뱀들은 피가 차가워서인지 밤에는 침대의 온기에 끌려 가까이 다가왔다. 그러나 베어 크리크와 인접한 구역임에도 불구하고 엘크 서미트에서는 이번 여름에 방울뱀을 본 적이 없었다.

"아니, 믿어지지 않는데요." "왜 그렇지?" 빌이 물었다. "방울뱀이 있기엔 너무 높은 곳인데요." "확실해?" 빌이 물었고, 나는 확실치는 않지만 내 생각엔 그렇다고 말했다. 여전히 짐을 챙기면서 일을 하던 중 빌이 느닷없이 말했다. "감시소에 한두어 주 정도 올라가서 그걸 확인해 보는 건 어떻겠어?"

나는 언제 가냐는 말 같은 건 물어보지 않았다. 지금 가라는 소리라는 걸 알았으니까. 나는 두 개의 짐을 들어 올려 균형을 맞추었고, 다 된 후에는 문으로 향했다. 빌이 내 뒤통수에다 대고 말했다. "산불을 발견하면 그걸 보고해. 또 비나 눈이 많이 올 것 같으면 캠프를 철수하고 주재소로 돌아와."

그레이브 봉우리에 도착하기 전에 어두워질 걸 알았기에 요리사에게 샌드위치를 하나 만들어달라고 부탁했다. 내게는 손수건으로도 쓰는 푸른색 큰 반다나가 있어서 샌드위치를 거기에 넣어 등의 가운데 부분에 맨 벨트에 묶었다. 나는 면도기, 칫솔, 빗, 애용하는 도끼와 연마용 돌을 이어서 챙겼다. 그리고 난 뒤 32구경 권총을 차고 봉우리로 향하는 길을 걷기 시작했다. 나는 방금 추방당했다는 것을 알았다.

봉우리까지 12마일이었지만 나는 휴식을 하거나 샌드위치를 먹으려고 발걸음을 멈추지는 않았다. 내가 올라가는 것을 빌이 내내 지켜보는 것 같은 느낌이 들었던 것이다. 열심히 걸어서인지 거의 끝에 다다랐을 때 햇빛이 아직도 남아 있었다. 얼마 뒤 어둠이 밑에서부터 나를 지나쳐 가기 시작했다. 그저 위로 보이는 아찔한 봉우리가 나의 행선지를 말해주고 있었다.

처음 며칠간은 너무 지쳐 있어서 내 문제에 대해서 생각할

겨를이 없었다. 다이너마이트 발파건과 7월 후반에 큰 산불이 나서 끌려 나갔던 때문인지 나는 여전히 절반쯤 탈진된 상태였다. 그래서 나는 감시소 주위를 돌아보면서 상황을 파악하는 것으로 대부분의 시간을 보냈다.

오늘날 봉우리 꼭대기에서 근무하는 감시원들은 '새장'이라 불리는 곳에서 생활한다. 새장은 탑 위에 설치된 유리로 된 집이며 피뢰침이 달려 있어 감시원들은 번개를 맞을 걱정이 없으며 하루 종일 24시간을 탑에만 앉아서 벼락이 어디로 내리치는지 연기가 어디서 피어오르는지를 지켜볼 수 있다. 물론 그 당시에도 이렇게 시설을 만들어놓아야 마땅했지만 1919년의 새장은 우리가 아는 한 그저 새만을 위한 것이었다. 우리는 탁 트인 봉우리에서 벼락과 연기를 지켜봤고, 봉우리 근처 샘이 있는 분지에 텐트를 치고 생활했다. 캠프에서 감시소까지는 30분은 족히 걸리는 오르막길이었고, 나는 하루 열두 시간 산만 쳐다보며 시간을 보냈다.

정상 가까이에는 나무가 몇 그루 없었는데 그들 중 대부분이 벼락을 맞았기 때문이다. 벼락은 불의 뱀처럼 그 나무들 사이를 돌아나갔다. 내가 한 가지 발견한 것은, 높은 산에서는 벼락이 하늘에서 내리치는 것처럼 보이지 않는다는 것이다. 오히려 벼락은 굉장히 가까운 밑의 어딘가에서 시작되었고, 위로 치면서 밖으로 나가는 것처럼 보였다. 한 번은 벼락이 나를 쓰러트렸고, 내 몸 위로 나뭇가지를 날려 보냈다. 나는 정말로 아찔했다.

내 텐트가 설치된 분지는 위에서부터 허물어져 내린 절벽의 돌덩어리들로 둘러싸여 있었다. 방울뱀을 보지는 못했지만 때때로 허물어진 절벽의 돌덩어리들에서 내려와 덩치와는 어울리지 않게 아주 작은 먹이들을 찾는 그리즐리 곰과 그 분지를 나눠 썼다. 곰이 오는 것을 보면 나는 가장 높은 바위로 기어 올라가서 곰이 배불리 먹기 위해 얼마나 많은 자그마한 먹이들을 먹는지 지켜보았다. 곰이 나를 볼 때면 녀석은 마치 틀니를 움직이기라도 하듯이 입을 움직여서 소리를 냈다. 뱅크스소나무 윗부분의 덤불 안에서 나는 사슴의 해골을 발견했다. 나는 이런 일반적인 짐작을 해보았다. 높은 곳에 있던 분지는 나무를 덮을 만큼 깊게 눈이 쌓였을 것이다. 사슴은 아마도 그 눈의 표면을 밟았는데 그 눈이 꺼지면서 밑으로 떨어져 죽었을 것이고 이후에 눈이 녹았을 것이다. 내가 머무르던 텐트는 찢겨 있어서 비라도 내리면 음식이나 잠자리 중 하나만 마른 상태를 유지할 수 있었다. 둘 다 온전하게 건사하는 것은 불가능했다.

나는 감시원 일이 처음은 아니어서 무엇을 집중적으로 지켜봐야 하는지 잘 알았다. 이슬이 오랫동안 맺히지 않고 바람이 최고조에 달하는 늦은 오후에 작은 구름 하나가 큰 산 쪽으로 올라온다. 보통 그 구름은 산으로부터 떨어져서 하늘로 올라가 작은 구름이 된다. 간혹 산에서 구름이 사라지는데 이렇게 되면 과연 무엇을 보았는지 아리송해진다. 구름일 수도 있고, 피어오르는 연기나 방향이 바뀌는 바람일 수도 있는데, 이제 그것을 볼 수 없으니 산지기용 지도에다 표시하고 며칠 동안 지켜보아야 한다. 벼락을 동반하는 폭풍우에선 모든 벼락을 지켜봐야 하고, 때로는 그들 중 하나가 작은 구름으로 다시 될 때까지 일주일이 걸리기도 한다. 그런 뒤 구름은 더 커지고 끓기 시작한다. 구름이 끓기 시작할 때는 구름이라고 할 수가 없고, 특히 바닥이 붉게 투영되면 더욱더 구름이 아니다. 구름이 처음 목격된 곳으로부터 2~3마일 협곡 아래쪽에 있다면 그것은 산불을 의미했다. 왜냐하면 바람이 없을 경우 연기는 산마루 뒤에서 오래 표류하다가 갑자기 떠오르며 모습을 드러내기 때문이다. 그것이 감시원이 맨 처음 불을 볼 수 있는 방법이다. 늦은 오후에 나타난 뭔가가 갑자기 사라지고 보이지 않다가 다시 되돌아왔다면 그것은 연기이고, 불이 난 곳에서 상당히 멀리 떨어진 곳이었다.

늦은 오후에 보이는 구름은 통제를 벗어난 산불과는 전혀 유사한 점이 없다. 그 당시 초기 산림청 시절에는, 길도 없고 심지어 산림청이 만들어놓은 산길조차 없는 오지에서 불이 나면, 빠르게 사람을 동원하는 것이 불가능했다. 물론 당시는 오래전이었고 그리하여 미줄라에 대기 중인 소방용 비행기가 즉각 이륙하여 산불에다 화학약품을 떨어뜨리고 산림대원을 투입하는 것은 생각조차 할 수 없었다.

대신에, 불길이 걷잡을 수 없게 되면 산림청은 뷰트 혹은 스포캔 마을에서 100여 명 정도 되는 장정들을 시간당 30센트(감독을 겸하는 사람에게는 45센트)로 고용해 산불 난 곳에서 가장 가까운 철도역으로 데려와, 산속으로 35마일 혹은 40마일을 걸어들어가게 했다. 그들이 불 난 장소에 도착할 즈음이면 불은 전지역으로 번진 데다 나무의 윗부분까지 옮아 붙어 있기가 십상이었다. 나무 꼭대기까지 붙은 불에 대해서는 산림 관리원 시험을 보던 수험생의 말 한마디가 벌써 여러 해 동안 사람들의 입에 오르내렸다. 내가 산림청에 근무할 때 그 수험생의 말은 하나의 전설이었다. 시험에서 "불이 나무 꼭대기까지 붙었을 때에는 어떻게 해야 하나?"라는 질문을 받은 수험생은 이렇게 대답했다. "즉각 화재 현장을 벗어나야 하고, 비가 오기를 간절히 기도해야 합니다."

그 여름의 큰불은 엄청난 규모였기에 나는 아주 피곤했고, 내 눈은 연기와 불면으로 여전히 아팠다. 또한 수년 동안 그 산불은 내 꿈속에 나타나 머리를 지끈거리게 했다. 하지만 그 불은 코들레인(Coeur d'Alene)과 비터루트의 상당 부분을 전소시킨 1910년의 화재 정도는 아니었다. 1910년에는 불에서 난 연기가 700마일 떨어진 덴버까지 실려 왔고, 내 고향 미줄라에서는 오후가 한창인데도 가로등을 켜야만 했으며, 돌돌 말린 재들이 부드럽게 램프를 스치고 지나갔다. 마치 8월의 열기 속에서 눈이 수많이 떨어져 내리는 것 같았다. 물론 1910년의 화재만큼 큰 화재는 기록상으로는 없었지만 그보다 근 10년 뒤인 1919년의 화재는 내가 겪은 것 중에서는 가장 큰 것이었다.

불길은 마치 격노하듯 산마루의 윗부분에 불의 왕관을 만들어냈다. 잘 알려진 얘기지만, 불이 굉장히 커지면 자체적으로 바람을 만들어낸다. 불에서 나오는 열기가 공기를 가볍게 해서 하늘로 올라가게 만들고, 위에 있던 차가운 공기는 밑으로 내려와 그 자리를 차지한다. 그리하여 엄청나게 순환하는 폭풍이 생겨나 불을 격분시키고, 하늘은 고깔 모양의 타오르는 불길로 화산 폭발의 형세가 된다. 불이 붙은 나뭇가지들은 떨어져 불길의 띠를 만들어낸다. 불은 산마루에서 계속 나아갔고, 불의 지옥을 만들어내겠다는 듯이 포효했다. 엄청난 산불이 점점 퍼져 나가는 것을 들여다보려는데 갑자기 누군가가 소리쳤다. "세상에, 뒤를 보라고. 저 씨발 놈의 불이 협곡을 넘어왔어." 지옥 같은 불을 지켜보던 곳에서 완전히 정반대 방향인 다른 협곡의 중턱 정도에서 작은 연기가 점점 커져 갔고, 고깔 모양의 타오르는 불과 불붙은 나뭇가지들이 하늘에서 떨어지며 산림청 관리원들의 후방에 불을 일으켜 그들을 양쪽의 불 사이에 갇히게 만들었다. 이런 상황에서 과연 어떻게 해야 하겠는가?

물론, 뷰트와 스포캔 마을에서 고용된 사람들은 죽도록 피곤해했고 화재 현장에 도착하기 오래전부터 맨발인 상태였다. 뷰트와 스포캔의 직업소개소에서 고용이 되려면 상태가 괜찮은 부츠 한 짝과 재킷을 가지고 있어야 했고, 그래서 그들은 좋은 재킷과 부츠 하나를 두고 교대로 골목에서 갈아입고선 면접에 나갔다. 그들 중 한 명만이 형편없는 길거리 신발을 신고 비터루트 장벽으로 나아갔고, 짐을 수송하는 열차보다 빨리 걸을 수가 없어서 그들은 28마일을 걸어오는 동안 그 열차에서 나오는 먼지를 계속 들이마셔야 했다. 그들은 거리의 놈팡이이거나, 폐결핵을 피할 요령으로 여름에 잠시 탄광에서 나온 광부, 주정뱅이, 그리고 제1차 세계대전 기간 동안 뷰트와 스포캔에서 활개치던 세계산업노동자동맹(IWW: Industrial Workers of the World) 소속의 노동자였다. 전쟁이 끝난 직후의 여름이었기에 우리 평범한 직원들은 세계산업노동자동맹 사람들에 대해서 굉장히 의심스럽게 생각했다. 시급 30센트를 받는 것이 아니라 한 달에 60달러를 받는 직원이었던 우리들은 세계산업노동자동맹(IWW)이 '나는 일하지 않겠어(I Won't Work)'를 뜻한다고 생각했다. 또한 우리는 그들이 우리나라가 불타는 것을 기쁜 마음으로 지켜볼 것이라고 확신했다. 어떤 이유가 되었든, 우리는 불을 감시하는 것 못지않게 그들도 감시해야 되었다. 처음에 우리는 새로 불길이 도달하기 전에 반대편 협곡의 꼭대기로 그들을 데려가야만 했는데, 그들 중 대부분이 뒤에서 엄청난 불길이 다가오는데도 누워서 잠자기를 원했다. 누워서 잠만 잘 수 있다면 때로는 죽음도 개의치 않는 사람도 있다는 것을 나는 그때 처음으로 알았다. 우리는 누웠던 장소에서 계속 있기를 거의 구걸하다시피 하는 그들을 거의 걷어차다시피 하여 언덕의 위로 올려 보냈고, 산꼭대기로 올라오는 새로운 불길을 잡을 준비를 했다. 우리는 '화재 참호'를 만들었다. 화재 참호는 마른 솔잎이나 낙엽 같은 탈 수 있는 것들을 제거하기 위해 2~3피트를 넓게 파내어 만든 도랑이다. 이 참호 앞에 우리는 마른 나뭇가지 더미를 쌓아놓고 바람이 방향을 틀어, 협곡의 측면을 따라 올라오는 새로운 불길 쪽으로 불어오기를 기다렸다. 우리는 감독의 신호를 기다렸다가 그에 맞추어 나뭇가지 더미에 불을 붙여 올라오는 산불에 대비했다. 이런 방법을 가리켜 '맞불'이라고 했는데 한번 이렇게 해두면 비록 바람이 다시 원래 불던 방향으로 움직이더라도, 산불을 우리 앞쪽으로 내쫓는 효과가 있었다. 우리는 사흘 동안 잠을 자지 않았다. 우리들 중 몇몇은 식용수를 뜨끈한 캔버스 자루에다가 떠서 1,000피트는 되는 산마루를 오르며 들고 와야 했다. 나머지 관리원들은 천천히 화재 참호를 파면서 불길의 측면 쪽으로 넓혀 나가고 있었다. 계곡의 밑부분에 대해서는 그냥 내버려두었다. 불은 계곡 아래쪽에서는 아주 멀리 가거나 빠르게 가지 못하기 때문이다.

우리는 불길을 막는 역할을 훌륭하게 수행해 냈다. 맞불을 놓을 때에는 첫 두어 시간에 하는 행동이 정말 중요했다. 만약 그 행동을 제대로 하지 못했다면 산림 관리원 수험생의 대답을 받아들여 기도에 열중하는 것이 좋으리라. 빌은 물론이고 그가 화재진압반장으로 임명한 사람은 경험도 있고 재능도 있었다. 불길이 너무 거세져 원래 불을 놓으려던 대로 놓을 수 없게 되기 전에 미리 가서 자리를 잡는 것도 재능이었다. 불이 110도(섭씨 43도)를 넘지 않아서 타 죽을 것 같진 않고, 또 불길이 윽박지르듯 거세지도 않으며, 열기가 있어도 여전히 폐로 숨 쉴 수 있고 연기 때문에 눈이 감길 일도 없다면, 간단한 화재 예방의 원리를 적용하는 것은 참으로 쉬운 일이리라. 실제로 그렇게 행동하면 되니까. 그 원리는 이렇게 가르친다. 산림 관리원은 이판암이나 바위로 덮인 산마루의 개활지에다 산불을 밀어넣어야 한다. 만약 주변에 그런 개활지가 충분하지 않다면 알파인 소나무나 그리 빨리 타지 않는 잡목이 엉성하게 들어선 곳으로 불을 유도하면 된다. 하지만 이것은 어디까지나 원리일 뿐이다. 격한 불길이 미친바람처럼 다가오고 연기가 너무나 짙어져 앞의 두세 사람도 제대로 분간하지 못할 정도가 되면 화재 예방의 원리는 아무 소용이 없고, 그때에는 재능과 배짱으로 맞서야 한다. 그래야 불길의 근원이 어디인지, 보이지 않는 산마루가 어디에 있는지, 어디서 그리고 언제 바람이 바뀌는지, 산림청 관리원들이 불에 맞서서 버텨낼 강단이 있는 사람인지 순간적으로 파악할 수 있다. 사람들을 배치할 때 이 마지막 점만은 잊지 말아야 한다. 마구간이 불탈 때 공황에 빠지는 것은 말뿐만이 아니다. 우리 관리원들은 올바르게 잘 배치가 되었다. 배짱이 있었던지, 아니면 서로에게 신경을 쓰기엔 너무나 시달렸던지 둘 중 하나였던 것 같다. 우리는 버텨냈고, 마침 바람이 우리 편이어서 맞불로 큰불을 밀어내 수목 한계선까지 이르게 할 수 있었다.

그러나 우리가 불을 통제하려고 할 때마다 뭔가 이상한 일이 생겨나곤 했다. 평소라면 꽤나 안전해야 할 장소인 화재 참호 안으로 불이 들어오는 것이었다. 우리는 IWW 노동자들이 불타는 통나무를 굴리기 때문에 참호 안으로 불이 들어오는 것이라고 확신했다. 그들 입장이라면, 그렇게 하는 건 아마도 평소 하던 일을 계속하는 것이라고 생각할지도 모르겠다. 하지만 우리의 생각은 달랐고, 또 생각만으로는 일처리가 되는 게 아니었다. 그런 우연한 불이 모든 곳에서 제지선을 넘어왔고, 마침내 나와 붉은 머리 친구가 화재감시요원으로 선발되었다. 화재진압반장은 우리에게 권총을 차고 있으라고 말했다. 그게 우리한테 말한 전부였다. 나는 지금도 왜 관리원들 중에서 가장 어린 두 친구에게 이런 임무를 맡겼는지 묻곤 한다. 그들은 우리가 너무 어려서 과시하기 좋아하지만 긴급한 순간엔 얼어서 총을 쏘지 못할 거라고 생각했던 것일까? 아니면 우리가 너무 어려서 시야가 거의 확보되지도 않은 상황에서도 총을 쏠 것이라고 생각한 것일까? 아니면 세계산업노동자동맹 노동자들도 이런 질문에는 대답하지 못하리라 생각한 것일까? 여하튼 우리는 불붙은 나뭇가지들과 접근할 때마다 머리 위로 뜨는 너무나 가벼운 깃털 같은 잿더미들 사이를 뚫고 수 마일에 걸쳐 감시했다. 우리가 딱히 기도한 바 없는데도 마침내 비가 내렸다. 내 동료는 붉은 머리라 불같은 성격이므로, 긴급한 상황이 발생했더라면 분명 총을 쏘았을 것이다. 그렇다면 나도 따라서 쏘는 수밖에 달리 선택이 없었을 것이다.

내가 이틀 정도의 휴식을 간절히 바란다는 것을 알았더라면 빌은 나를 감시소로 올려 보내지 않았을 것이다. 그것은 엄청 고소한 생각이었다. 나는 여전히 빌에게 감정이 좋지 않은 상태로, 최소한의 의무 횟수인 하루 세 번 주재소에 전화 보고를 했다. 전화기는 관(棺)처럼 생긴 박스 안에 있었는데 텐트를 지지하는 기둥에 박혀 있었고, 그 위에 크랭크(시그널을 울리는 장치)가 달려 있었다. 시그널이 두 번 길게 울리면 주재소로 전화를 거는 것이고, 한 번 길게 한 번 짧게 울리면 나에게 오는 전화였지만 주재소에서는 아무도 내게 전화를 걸지 않았다. 저쪽 멀리 떨어진 감시소에는 여자 직원이 한 명 있었는데 그쪽으로부터의 전화는 두 번 길게, 한 번 짧게 울리는 것이었다. 나는 나머지 감시소에서 두 번 길게, 한 번 짧게 시그널을 보낼 준비가 되었을 거라고 확신했지만 아무도 그러지 않았다. 대신에 나머지 감시원들은 그녀가 있는 산을 바라보고, 그 산이 뭔가 다른 산과 다르다고 생각했으며, 그녀가 주재소로 보고를 할 때 그녀의 목소리를 들으려고 수화기를 들곤 했다. 그녀는 유부녀로 쿠스키아에 있는 남편과 매일 밤 이야기를 나눴지만 우리는 자기연민에 빠져들지 않기 위해 그때만큼은 수화기를 들지 않았다.

텐트를 수리하지 않고 휴식을 한 며칠 뒤 나는 다시 강해지는 느낌을 받았다. 나는 벌을 받아 여기 와 있는 것을 잘 알았다. 빌은 내가 가만히 앉아서 산을 지켜보면서 사람을 그리워하고 뭔가 할 일이 없는 것을 안타까워하고, 동료들과 크리비지 같은 게임을 하지 못해 애타는 그런 상태로 떨어지기를 기대한 것 같다. 물론 가만히 앉아서 산을 지켜보는 것은 아무 문제도 없다. 그건 내 일이니까. 하지만 사람을 그리워하지는 않았다. 동료가 없어도 얼마든지 잘해 나갈 수 있었다. 나는 이미 산이 살아있어서 움직인다는 것을 알고 있었다. 오래전 어린 시절에 내가 병치레를 할 때 아무도 이런 증상이 뭔지, 혹은 어떻게 해야 하는지 알지 못했다. 그럴 때면 어머니는 방충망을 침대 위에 치고는 침대째 나를 실외로 내보냈다. 나는 침대에 누워서 산을 바라보았고, 산은 나를 한결 낫게 만들어줬다. 내가 필요로 할 때 산은 나를 위해 움직여 주었다.

거의 동시에 나는 다른 생각을 품기 시작했다. 그건 산만 바라보게 하는 것으로 나를 처벌하려는 빌의 속셈을 그냥 내버려 두지 않겠다는 생각이었다. 여기에 머무르는 동안, 나는 앞에서 말했던 인생이 문학으로 바뀌는 순간을 의식하게 되었다. 그 순간에 인생은 하나의 이야기로 바뀌고 있었다. 나는 여름의 아르바이트가 거의 끝나가고 있다는 것과, 인생의 어떤 이야기가 시작되고 있다는 것, 이 두 느낌 사이에는 커다란 차이가 있다는 걸 알기 시작했다. 여태까지의 통상적인 삶의 형태라면, 산림청에서의 여름 아르바이트는 곧 끝날 것이고, 나는 집으로 돌아가 친구들에게 큰 산불이나 방화선에서 32구경 권총을 들고 다녔던 일이나 다이너마이트 발파 등에 대해 자랑스럽게 떠들어댈 것이었다. 하지만 그레이브 봉우리에서 산 아래를 내려다보면서 나는 큰 산불이 앞으로 펼쳐질 나의 인생에서 그리 중요할지 어쩔지 확신하지 못했다. 그보다 더 중요한 사실은 내가 그 빌어먹을 요리사를 싫어한다는 것이었다. 그는 요리를 잘하는지 못하는지 따져볼 것도 없는 하찮은 놈이었고, 카드를 기막히게 섞는 것말고는 제대로 할 줄 아는 게 없는 놈팡이였다. 나는 이제 부지불식간에 플롯(이야기 줄거리)의 한 부분이 되어가고 있었고 나의 영웅 빌 벨에 맞서면서, 신비스럽게도 나 자신을 그의 적대자로 만들고 있었다. 역시 신비스럽게도 요리사는 악역을 맡기 시작했다. 심지어 나는 나 자신에게도 이해하기 힘든 신비로운 존재가 되었다. 산림 관리자와 요리사에게 단지 산을 쳐다보게 하는 것만으로는 결코 나를 패배시킬 수 없다는 것을 단단히 보여줄 생각이었다. 산은 어릴 적부터 나의 친구였으니까.

감시원이 되는 데에 육체적이나 정신적 노력이 많이 필요하지는 않다. 대부분은 영혼과 관련된다. 우리 인간들의 영혼이 서로 얼마나 닮아있는지 정말로 놀라울 정도이다. 최소한 산 앞에서 서면 그런 느낌이 드는 것이다. 산은 짧은 시간이 지나면 이미지로 변하고 그 이미지가 다시 실재로 변한다. 황금이 뿌려진 파도의 이미지가 다시 괴물의 보랏빛 등[背]으로 바뀌는 것이다. 움직이는 깊은 내부에서 항상 무엇인가가 나왔고, 거의 언제나 태양을 연상시켰다. 그렇지만 호수도 하늘도 아니었다. 산을 바라보며 어떤 이미지로 시작하든 간에, 오랫동안 바라보면 산은 꿈으로 바뀌고, 그 반대로 꿈이 산이 되기도 한다. 종종 꿈에서 깨면 내가 산에 있다는 것을 알았고, 산이 움직인다는 것을 알았다. 때로는 위협적으로 다가오고, 때로는 주저하면서 살금살금 움직이고, 때로는 끝도 없이 물러났다. 산과 꿈 모두가.

물론 늦은 오후에는 산은 감시원에게 일 그 자체가 된다. 계곡에서 봉우리를 향해 방향을 확 트는 큰 바람과 며칠간 비밀스럽게 타오르고 있던 작은 불에서 올라오는 연기가 처음으로 보이는 것이다. 소리가 들리기도 전에 벼락으로 인한 불이 피어오른다. 3시 반이나 4시쯤, 벼락은 화려한 프로 복서가 옆으로 팔짝 뛰고, 밑으로 피하기도 하면서 과시하지만 때리지는 않는 것처럼 먼 산마루에 몸을 푸는 자세로 떨어진다. 4시 반이나 5시쯤에는 다른 모양새를 취한다. 공기가 다르다는 것을 느낄 수 있고 숨쉬기가 어려워진다. 벼락은 이제 서서히 다가오기 시작해서 짧고 강력한 주먹을 내지른다. 조준의(照準儀)를 사용해 벼락이 친 곳을 따라 지도에 선으로 표시하고 헤아려본다. "천-하나, 천-둘." 이런 식으로 계속 세어나가는데, 그럴 때마다 '천'을 집어넣어 1초 정도 세는 속도를 늦춘다. 만약 '천-다섯'까지 세는데 천둥이 다다랐다면 벼락이 1마일 정도 떨어진 곳에 쳤다는 걸 알 수 있다. 벼락이 내지르는 주먹은 점점 더 가까워지고 셈이 앞으로 더 나아가면 이제 벼락이 곧 여기를 내리치리라는 것을 알 수 있다. 이어 벼락과 천둥이 동시에 내리친다. 둘 사이에 시간 간격은 없다.

그렇지만 내게 제일 기억에 남는 것은 이런 것이다. 여름날 밤 텐트에서 기어나와 보니 높은 산에서 가을이 문득 다가와 있는 것이다. 어린 소년에게 별들에 둘러싸여 오줌을 누는 것은 새롭고 아름다운 일이었다. 소년은 별 밑에 있는 것이 아니라 별들에 둘러싸여 있었다. 심지어 밤에도 큰 산에서는 언제나 큰 바람이 불었다. 나무의 우듬지는 휘어졌고, 소년은 거기서서 지켜보는 것 말고는 할 일이 없었다. 하늘이 휘어져서 별들이 나무들 사이로 떨어져내렸고, 은하수가 저 먼 숲 속으로 사라져버린 것 같았다. 우주가 소년을 스쳐 지나가고 나무 사이로 사라질 때, 하늘은 계속하여 궁륭에 새로운 별들을 채워나갔다. 밤새 소년의 옆을 스쳐 지나갈 수 있을 정도로 별들이 많았다. 하지만 이제 소년은 점점 추위를 느꼈다.

이어 떨고 있던 오줌발도 저절로 사라졌다.

돌이켜 생각해 보니 그 시점은 8월 25일이었다. 특이할 정도로 번개를 동반한 뜨거운 폭풍이 봉우리를 들이쳤고, 그 뒤로 특이할 정도의 세찬 바람이 불었다. 바람은 밤새 불더니 다음 날까지 계속 불었고, 나는 텐트의 로프를 모두 팽팽하게 당겨 놓아 텐트가 바람에 날아가지 않게 했다. 바람을 따라 냉기가 퍼지기 시작했다. 다음 날 밤에 내가 침대에 들었을 무렵엔 눈이 오기 시작했다. 그때가 8월 27일이었는데 눈은 축축했고 무거워서 마치 파운드 단위로 내리는 것 같았다. 대부분의 눈이 텐트의 찢겨진 부분 사이로 들어왔지만 그래도 밖에 많은 눈이 쌓여 있어서 아침이 되었을 때 눈 속에서 엘크(북미산 큰 사슴)를 추적할 수 있었다.

나는 불을 지핀다거나 아침을 준비할 생각이 별로 나지 않았고 우선 봉우리 꼭대기로 올라가 보기로 했다. 봉우리에서 둘러보았을 때, 나는 지상에서 이처럼 아름다운 광경은 다시 보지 못하리라고 생각했다. 그 아름다움이란 기존에 있던 것들에 뭔가 새롭게 덧붙인 것이었고, 그 전체로는 각각의 부분을 더한 것보다 더 큰 효과를 내고 있었다. 내가 보았던 것은 또 다른 겨울 풍경일지 모르나 그래도 아주 인상적이었다. 하지만 내가 아는 바로는 그 밑의 땅은 살아있었고, 내일 혹은 모레 정도에는 도로 푸른빛으로 돌아갈 것이었다. 따라서 내가 아는 것 때문에라도 내가 본 그 광경은 사흘도 안 되어 되살아날 것이라는 경이로운 약속을 동반한 죽음이었다. 내가 서 있는 곳에서부터 세계의 끝일 수도 있었던 비터루트 장벽까지 모든 산등성이가 일시적 순백의 파노라마였다. 장벽 너머 비터루트 산맥의 산등성이에는 여름눈이 내려 마치 그 풍경이 영원의 한 모습처럼 보였다.

내가 캠프로 돌아가기 훨씬 전에 눈은 녹기 시작했다. 수백의 관목들이 눈 무게를 이기지 못하여 덫처럼 구부러져 있었고, 마치 눈신 토끼들(snowshoe rabbit: 여름철의 털은 갈색이고 겨울철에는 흰색으로 발의 덮개털이 두껍게 자라는 북미산 토끼.-옮긴이) 수백 마리가 한꺼번에 잡힌 것처럼 조그맣고 흰 눈가루를 공중에 흩뿌리고 있었다.

아침을 만드는 동안 나는 시계의 똑딱거리는 소리에서 "이제는 그만둘 때야. 이제는 그만둘 때야."라는 소리를 반복해서 들었다. 나는 이 똑딱 소리를 처음 듣는 순간 그에 동의했다. 나는 스스로에게 말했다. "너는 큰 불과 싸웠고, 큰 총을 찼다고." 나의 말은 계속 이어졌다. "너는 다이너마이트가 담긴 밀랍 막대도 잘라봤고, 폭발 마개도 씌워봤고, 뒤로 물러나서 그것들이 지글거리다가 폭파하는 것도 지켜봤다고." 또다시 나는 중얼거렸다. "너는 빌의 수송 업무를 도왔고, 산도 지켜봤어. 그게 이번 여름의 일이었어. 그러니 근무 시간을 정산 받고 이제 여름 아르바이트를 그만두라고." 나는 스스로에게 각인시키기 위해 그 말을 여러 번 반복했다. 거기에 더해서 나는 불이 날 만한 때는 지나갔다는 것도 알았다. 실제로 빌이 내게 마지막으로 했던 말은 눈이 내리면 돌아오라는 것이었다. 그래서 나는 주재소에 알리려고 전화를 두 번 길게 울렸다. 나는 전화의 크랭크를 뽑아버릴 정도로 신호를 두 번 길게 울리고 있었지만 속으로는 폭풍이 아마도 스무 개 정도는 되는 나무들을 날려 봉우리와 주재소 사이의 전화선 위로 쓰러뜨렸을 것이라고 짐작했다. 마침내 나는 스스로에게 눈이 거의 다 녹을 내일까지 여기서 기다렸다가 내일이 되면 주재소로 걸어가 근무 시간을 정산 받고 언덕을 넘어 해밀턴으로 내려갈 생각을 했다.

하지만 내가 스스로에게 말해주지 않았던 것이 하나 있었다. 요리사를 싫어하는 나를 못마땅하게 여기는 산림 관리자를 내 마음대로 이별하지 못하는 것이었다. 그것은 어떤 스토리의 등장인물이 되면 그 스토리가 끝날 때까지는 마음대로 사라질 수 없는 것과 마찬가지 이치이다. 그날의 남은 시간에는 캠프를 정돈하고 텐트를 손보면서 그만두라는 시계의 똑딱거리는 소리가 더 커져가는 것을 들었다. 나는 그리즐리 곰이 손을 뻗을 수 없는 나무에 통조림 캔이 든 박스를 놓아두었다. 곰이 팔을 한 번 휘둘러 캔 박스를 쪼개어 캔을 가져가는 것을 본 적이 있기 때문이다.

다음 날 아침 내가 주재소로 떠날 때는 거의 10시였다. 태양이 눈을 좀 더 녹이기를 기다렸다가 출발하는 것은 소용없는 일이었다. 게다가 나는 폭풍이 두세 개 정도의 나무만 전화선 위로 날려버렸기를 막연히 희망하면서 나무를 탈 수 있는 복장을 입고 가기로 결정했다. 거기에 더해서 나는 도끼와 잡동사니를 들었고 등반용 박차와 벨트를 하고 안짱다리를 하며 걸었다. 게다가 손에는 절연재와 9번 전화선까지 휴대하고 있었다. 내가 눈을 헤치고 나가기 전에 1,000피트나 되는 높이에서 떨어지지 않을까 염려가 되었다. 이미 나는 전화선에 걸쳐 쓰러진 나무 두 개를 쪼개어 제거했고, 전화선을 한 번 잇기까지 했다. 하루에 12마일 길이의 전화선을 모두 보수할 수 없다는 것은 잘 알았지만, 그래도 이미 알바를 그만두기로 하여 갑자기 경건한 마음을 가지게 되었고, 그래서 양심적으로 내 의무를 수행하는 가운데서 유종의 미를 거두고 싶었다. 나는 등반용 박차를 계속 신은 채 전화선 통행로를 따라갔고, 전화선은 나무에서 나무로 담기듯 걸쳐져 있었다. 이런 식으로 선을 따라갈 때는 평소에 느꼈던 모든 감각을 잃게 되고, 그저 연필로 그은 듯한 선이 계속 뻗어 있는 것만 보인다. 그런 상황이었으므로 방울뱀들이 날개가 달려서 겨울을 나기 위해 남쪽으로 날아 가지 않는 한 나는 방울뱀을 볼 수가 없었다. 내가 아는 상식으로 엘크 서미트 구역에는 방울뱀이 없었다. 설령 있다고 하더라도 어딘가에 숨어들었을 것이다. 여름도 거의 다 간 데다 눈마저 막 내렸기 때문에 뱀 얘기는 잊어버려도 좋을 것 같았다. 따라서 내 생각을 밑바닥까지 샅샅이 훑어본다 하더라도 거기서 뱀의 흔적은 결코 찾을 수 없었다.

방울뱀의 소리에 대해서는 굳이 말할 필요가 없다. 그 소리는 절대로 착각할 수가 없다. 때때로 큰 날개를 가진 메뚜기를 방울뱀으로 착각할 수는 있어도 방울뱀을 다른 무언가로 혼동할 수는 없다. 방울뱀 소리에 깜짝 놀라 나는 공중으로 펄쩍 뛰어올랐고, 방울뱀이 덤불 우거진 곳으로 빠르게 기어가는 것을 지켜볼 정도로 거기 머물렀다. 짧고 못생긴 그놈은 평원의 방울뱀과는 다르게 머리의 뒷부분이 훨씬 두꺼웠다.

내가 얼마나 공중 높이 뛰어올랐는지 알지 못했지만 일단 땅에 착지하자 더럭 화가 났다. 그렇게나 높이 뛰어오르다니 정말 창피했던 것이다. 나는 등반용 박차를 벗고 도끼를 집어 들고 놈을 쫓아 덤불 속으로 들어갔다. 나는 여름에 계곡에서 방울뱀에게 물린 미친 양치기에 대한 이야기가 기억났다. 그는 흥분을 가라앉히고 물린 곳을 살펴볼 생각은 하지 않고 방울뱀을 쫓아가 마침내 죽여버렸는데, 그 바람에 결국 자기도 죽고 말았다는 것이다. 나는 임시 관리원들이 그 이야기를 하던 것을 기억했고 특히나 양치기에 관해선 미친 게 틀림없다고 하던 말도 생각났다. 나는 그 양치기보다도 더 미쳤던 것이 틀림

없었다. 그런 얘기를 다 기억하면서도 뱀을 쫓아 덤불 안으로 들어갔으니 말이다. 나는 재빨리 덤불 안으로 들어갔으나 놈을 찾을 수 없었다.

요사이 우연히 벌어진 일을 가리켜 해프닝이라는 말을 자주 쓴다. 덤불 안에서 벌어진 일은 그 말로 아주 잘 묘사된다. 그것은 순차적으로 벌어진 일이 아니었지만 그렇다고 단독적인 사건도 아니었다. 뱀은 내 앞 4피트 정도 되는 곳에서 똬리를 틀고 있었고, 나는 놈과 나 사이에 도끼를 내리찍었다. 그러자 놈은 도끼의 손잡이를 쳤고, 손잡이는 벨처럼 울렸으며, 이 문장들 사이에는 구두점을 찍을 만한 틈이 없었다. 그러자 시간이 다시 흐르기 시작했다. 이렇게 말한 이유는 이 '해프닝'이 벌어진 뒤 나는 야구 방망이를 든 어린아이가 정신을 놓고 있다가 몰래 다가온 다른 아이가 휘두른 방망이에 자기 방망이를 맞아 손이 따끔거리는 그런 느낌이 들었기 때문이다. 그처럼 도끼 손잡이를 잡았던 나의 손이 따끔거렸다.

뱀은 똬리를 전혀 풀지 않은 자세로 거기 웅크리고 있었다. 놈은 식식 소리를 내면서 나를 주시했다. 내게 그 다음의 공격을 막 시작하려고 움직인 참이었고, 나도 빨리 대응을 했다. 나는 뒤로 뛰었는데 아마 기록을 쟀더라면 거의 신기록이었을 것이다. 상황이 상황인 만큼 거의 대부분의 생각을 공중에서 하게 되었다. 나는 땅을 다시 밟으면 손에 느껴지는 이 따끔거림을 쓰러진 나무를 내려찍으면서 떼어 내려고 했지만 대신에 땅에 떨어지자 나는 마치 얼은 듯 서서 놈이 나를 공격할 때의 모습을 찾아보려 했다. 왜냐하면 놈의 모습에서 일부 그림이 사라졌기 때문이다. 내가 기억하는 것이라고는 땅에 엎드린 녀석의 1인치 반 정도 되는 꼬리의 끝부분이었다. 뭔가 있어야 할 자리에는 그저 수직으로 된 흐릿함만 남아 있었다. 나는 좀 더 뒤로 물러나면서 땅에 머물러 있는 1인치 반 정도의 몸이 공격용 기반이 된다는 것을 알았다. 그리고 나를 공격해 오는 뱀의 몸은 눈으로 따라잡기엔 너무 빠르다는 결론을 내렸다. 놈은 여전히 식식 거리는 소리를 냈고, 나는 전보다 더 멀리 뒤로 물러나서 등반용 박차를 다시 발에 묶었다. 이때부터 나는 다시 전화선을 따라가면서 연필로 그은 듯한 선뿐만 아니라, 내가 발을 딛는 곳도 조심스럽게 주시했다.

전선을 어느 정도 매달아 봤다면 전신주 오르기와 나무 오르기 사이에는 중요한 차이점이 있다는 것을 알게 된다. 보선(補線) 요원의 나무 박차는 2인치 정도가 긴데, 왜냐하면 나무에 박차를 고정하려면 그 전에 먼저 박차가 껍질을 관통해야만 하기 때문이다. 나무가 껍질을 두르고 있다면 그래도 사정은 괜찮은 것이었다. 하지만 전화선이 1910년의 화재 중에 타버린 오래된 나무에 걸쳐 있고, 또 죽어버린 지 오래된 나무들만 있어서 껍질이 없다면, 나무 오르기는 흑단나무를 오르는 것만큼이나 어려운 일이 된다. 그런 나무에는 박차가 반 인치 정도밖에 박히지 않았고, 그 정도로 고정이 되길 바라면서 나는 박차의 끝으로 나무에 매달려 마구 흔들렸다. 돌덩이처럼 된 나무들에 높이 오르면 오를수록 더욱 더 기도하는 심정이 되었다. 얼마 뒤 전화선이 250야드나 혹은 그보다 더 넓게 협곡을 가로지르는 것을 보았다. 자연스러운 것이겠지만 운이 없었다고 해야 할까. 협곡의 한쪽에 걸린 전화선이 내려가 있었다. 250야드에 펼쳐진 9번 전화선은 폭풍 속에서 죽은 나무가 지탱하기엔 엄청난 무게였고, 나무들 중 하나는 뿌리째 썩어서 쓰러져 있었다. 나는 나무가 쓰러질 때 주위에 있어 손상된 전화선들을 잘라내고 몇 피트 정도를 덧붙여 이은 뒤 전화선을 지탱할 새로운 나무를 골랐다. 전화선이 밑으로 처지기는 했지만 그대로 내버려두고 주재소로 가고 싶었다. 왜냐하면 무거운 전화선을 메고서 그 죽은 나무를 오르는 건 별로 원치 않았기 때문이었다. 하지만 내가 그렇게 의무를 게을리 하려고 할 때마다 빌이 뒤에서 지켜보는 느낌이 들었다. 그래서 나는 등반용 벨트에 전화선을 얹고 벨트를 나무에 감은 뒤 박차의 뒷부분이 석회 같은 나무에 최대한 많이 박혀 들어가기를 바라면서 열심히 나무를 올랐다. 전화선 설치 작업을 유심히 본 사람이라면 엉덩이를 뒤로 쭉 내밀고 그 일을 하는 광경을 보았을 것이다. 또 박차를 한 번도 사용해 보지 않았다 하더라도 그런 동작을 취하는 이유를 단번에 알아볼 것이다. 그러나 전신주 대신 나무에 전화선을 걸어야 할 때, 극복해야 할 추가적인 위험이 따른다. 엉덩이를 더욱 뒤로 내밀면서 큰 가지들을 작은 도끼로 쳐내야 한다. 왜냐하면 벨트가 나무에 감겨 있어 올라갈 때 벨트와 같이 가야 하기 때문이다. 최소 250야드 길이의 9번 전화선을 가지고 올라간다면 석화된 나무에 반 인치 정도의 박차를 찔러 넣을 때마다 선은 점점 무거워지고 팽팽해진다. 게다가 나무 밑에는 잘려 떨어진 날카로운 나뭇가지들이 깔려 있다.

나무의 절반도 오르지 못했는데 전화선이 너무 팽팽해져서 만약 선을 벨트에 묶지 않았다면 나는 나무에서 떨어졌을 것이다. 반 인치 정도 박히던 박차는 점점 덜 박혔다. 그리고 나무가 쪼개지는 소리가 났다. 내가 벨트를 매지 않아 무거운 전화선이 나를 절벽 너머 협곡 안쪽으로 내던졌다면 훨씬 기분이 더 나았을지도 모른다. 여하튼 박차가 나무에서 벗겨져 나가면서 나는 10에서 12피트 정도 나무를 타고 미끄러져 내렸다. 내 벨트는 뭔가에 걸렸고, 거기에 매달린 나는 셔츠 앞쪽에서 연기 비슷한 냄새를 맡았다. 내 복부는 잘려나간 가지의 날카로운 끝부분이 있는 곳을 10피트 넘게 스치고 온 것이었다. 나는 벨트를 느슨하게 매고 다시 10피트 내지 12피트를 더 떨어졌다. 나는 박차를 찔러 넣을 정도로 나무로부터 떨어질 수 없었다. 마침내 땅에 도착했을 때 나 자신이 인디언들이 불을 붙일 때 비비는 두 개의 나무 막대 중에 하나가 된 듯한 느낌이었다.

내 몸의 밑부분이 여전히 내 몸에 붙어 있나 살펴보는 것이 두려웠다. 대신에 나는 나무의 잘려나간 가지 부분을 보면서 내 몸의 일부분이 그곳에 영원히 걸려 천천히 석화되고 있지 않은지 살폈다. 마침내 나는 전신에 고통을 느끼면서 내 몸의 신체 각 부분이 같은 신경계 내에 온전히 함께 있다는 것을 알았다.

나는 갑작스레 경건했던 마음이 위축되는 것을 느꼈고, 내가 그날 해야 할 전화선 보수작업을 모두 했다고 생각했다. 나는 보선용 장비와 복장을 서로 묶어서 한 꾸러미로 만들었다. 그렇지만 방울뱀의 머리 뒷부분이 얼마나 두꺼웠는지, 그리고 내가 그놈 앞에서 얼마나 열을 냈는지 그게 자꾸 생각났다.

마침내 주재소로 가는 비탈길에 들어섰고, 나는 오후 늦게 거기에 도착했다. 여전히 몸의 열기가 식지 않았다. 생각했던 대로 빌은 창고에 있었고, 내가 들어설 때까지 쳐다보지도 않았다. 빌이 말했다. "봉우리에서 왜 나온 거지?" 그는 왜 내가 왔는지 뻔히 알고 있었다. 그는 내게 눈이 내리면 오라고 했으니까. 내가 말했다. "정말 산속에 방울뱀들이 있더군요." 빌은 씩 웃었고, 자기 자신과 뱀 이야기에 대하여 만족한 듯이 보였다. 나는 셔츠 앞부분이 찢겨나갈 정도로 고군분투했음에도 불구하고 전화선 보수를 위해 나무를 탔던 일은 말하지 않았다.

빌은 수송할 물건을 적재하는 것은 아니었고, 그저 계절이 끝나가니 일을 정리하는 중이었다. 우리는 서로에게 별로 말을 하지 않았다. 나는 뱀 때문에 기분이 상해 있었고, 그는 그걸 즐거워하고 있었기 때문이다. 하지만 잠시 뒤 우리는 앞으로 할 일에 신경을 쓰기 시작했고, 그나 나나 그것을 즐겼다. 운송 기술자가 되는 주요 이유 중의 하나는 식료품이나 공구를 다루는 것을 좋아하기 때문일 것이다. 여름의 이때쯤이면 베이컨 조각의 대부분이 곰팡이가 피고 많은 공구들의 손잡이가 부서지거나 날이나 끝부분이 무뎌진다. 그렇지만 그건 그것대로 괜찮다. 화재 참호를 파는 동안 나무뿌리와 돌덩이를 파내다가 날이 닳아버린 우직한 곡괭이를 집어 들면 듬직한 기분이 된다. 곰팡이가 핀 베이컨은 일꾼들에게 봉사하려고 대기하다가 그렇게 되었다는 느낌을 갖게 한다. 마침내 빌이 말했다. "왜 산길 만드는 팀으로 돌아가려고 하지? 그 사람들은 너 없이도 그 일을 해내고 있고, 나는 캠프 주변에 정리를 도와줄 사람이 필요해. 여름철도 끝났으니 말이야." 그는 마치 마음속에 두 가지 건을 함께 생각한 듯 이렇게 말했다. "주재소에서 오늘 밤에 크리비지 게임을 하는 건 어떻겠어?" 나는 그리하겠다고 대답하면서 빌에게 일을 그만두겠다고 말하는 것은 하루 이틀 미루어야겠다고 생각했다. 점점 더, 내가 실제 삶에서 빠져나와 어떤 이야기 속으로 끌려 들어가는 느낌을 받았다. 나는 그만둬야 할 때가 됐음에도 그만둘 수가 없었다.

크리비지 게임은 내가 그다지 하고 싶은 것이 아니었다. 빌은 어떤 사람인가. 커다란 검은 모자를 쓰고 푸른 셔츠를 입고 입술에 식은 불 더럼 담배를 물고 주변부에 멋진 각인이 된 이중으로 가죽을 댄 벌목 부츠를 신은 산림 관리자이다. 거기에 더해, 그는 최고의 운송 기술자였고 우리 생각에 최고의 산림 관리자였다. 빌은 불을 끄러 온 엄청난 수의 인원을 마치 자기가 고용한 것처럼 다룰 수 있었고, 비터루트 산도 마음대로 다룰 수 있었다. 어쩌면 그는 양치기를 죽였을지도 모른다. 하지만 크리비지 게임은 영 젬병이었다. 그의 포커 실력은 어떤가. 해밀턴에서 전해진 풍문이 맞는다고 하다면 그는 카드 게임을 할 줄 모르는 사람이었고, 차라리 카드에서 손을 떼는 것이 나았다. 하지만 내게 부담스럽게 다시 등장한 것은 그 1 대 1 크리비지였다. 나는 크리비지 말고 다른 게임을 할 수 있게 직원들 중에서 한 명을 꼬셔봤지만 실패했다. 이미 내가 요리사에게 거절당한 것은 앞에서 말했다. 그러니 그자는 젖혀두고 다른 직원들을 꼬시려 한 것은 너무나 당연한 일이었다.

임시 관리원들은 내가 숲에서 일했던 다른 사람들과 거의 비슷했다. 그들은 일을 하는 동안 철저한 구두쇠였다. 오래된 신발 끈이 매듭만 맬 수 있다면 상태가 어찌 됐든 끈을 사지 않았고 카드 게임에는 5센트 동전 하나 걸지 않았다. 그들은 커다랗고 보기 흉한 덧대는 천을 셔츠에 꿰매는 법을 알고 있었다. 그들은 일요일 내내 양말에 난 구멍을 기웠고, 셔츠에는 덧대는 천을 달았다. 그들은 차곡차곡 저축하고 도박을 멀리하는 모습이 마치 성실한 기독교인 같았다. 하지만 그렇게 힘들게 모은 돈을 마을에 들어간 첫날 크게 잃어버리고 마는 것이다. 일을 그만두는 시기에 가까워질수록 그들은 더욱더 저축을 하고 도박을 멀리하려 했다. 내 침낭을 찾아 밤이 되기 전에 환기를 시키려고 직원 텐트에 들어갔을 때 모든 임시 관리원들과 맞닥뜨렸고 그들을 다시 보는 것은 나름 즐거웠다. 특히나 내 등을 두들겨준 스미스 씨는 더더욱 반가운 사람이었다. 하지만 나는 그들을 판돈 10센트가 한계인 포커 게임에 끼어드는 죄를 부추기지 않았다. 결국 크리비지를 계속할 수밖에 없었고, 그래서 빌이 8과 한 쌍의 7을 들고 셈하는 소리를 듣게 되었다. "보자, 15에 2점, 15에 4점, 또 15에 6점 그리고 페어가 하나 있으니까 총 8점이군."

그날 저녁 나는 한동안 보지 않았다는 이유만으로는 요리사 미워하기를 중지할 수 없다는 것을 알았다. 빌과 나는 서로 약간은 경계를 하고 있었지만 2주 동안 내가 추방되어 있던 탓인지 그와 나 사이의 나쁜 감정이 어느 정도는 사라진 것 같았다. 나를 시베리아로 보냈다고 해서 빌이 없던 카드 실력이 더 생길 수가 없었고, 우리가 게임 종목을 바꾸지 않는 이상 곧 다시 문제가 불거지리라는 것을 나는 알았다. 나는 이 느낌이 옳다고 확신했다. 내 느낌이 틀렸던 부분은 요리사를 싫어한다는 것을 내가 잠시 잊었다는 것뿐이었다. 그는 거의 접시를 다 닦아가고 있었고, 특히 내가 2주 동안 스스로 요리를 해먹었던 탓에 그가 한 음식들은 꽤나 맛이 괜찮았다. 세 명의 남자는 8월의 눈보라를 막 뚫고 나왔으니 일견 다정한 친구처럼 보였다.

예기치 않은 말을 갑자기 꺼내는 사람들의 부류인 나는 과도한 우정을 담아가며 이렇게 불쑥 말했다. "자, 내게 수건을 넘겨주세요. 접시 닦는 걸 같이 끝냅시다. 그러고 나면 뭔가 카드 게임을 하려고 하는데 끼지 않을래요? 여름이 거의 다 끝나 가는데도 우리 셋은 함께 앉아서 게임이라곤 해본 적이 없잖아요."

요리사는 내가 손을 뻗어 집으려 했던 수건을 휙 낚아챘다. 테니스 운동화를 신은 그는 발가락 쪽에 힘을 주고 섰다가 다시 굽 쪽으로 힘을 옮겼고, 또다시 그렇게 서는 동작을 반복했다. 이때까지만 해도 나는 어린 소년이어서 누군가를 미워하면 그 사람으로부터 똑같은 반응이 돌아온다는 사실을 깨닫지 못했다. 그때까지 요리사를 미워하는 것은 오로지 나의 몫인 양 생각했다. "얼마나 너한테 더 말해야겠는지 모르겠군. 나는 같이 일하는 친구들하곤 카드 게임을 하지 않아." 카드는 내 손 위에 거절당한 채로 놓여 있었다. 그는 수건을 말아서 뭉치를 만들어 건조 선반에다 내던졌다. "자, 그 카드를 나한테 줘봐." 요리사가 말했다. 그는 이어 내 손에서 카드를 집어 들고 탁자에 앉아 카드를 섞기 시작했다. 카드는 마치 불이 붙는 것 같았다. 요리사가 말했다. "앉아봐." 나는 카드를 빼앗긴 그 손을 여전히 편 채로 그 말에 따랐다.

그러자 요리사는 두 가지 일을 하기 시작했다.

첫째, 그는 카드 패를 번개처럼 뒤지더니 네 개의 에이스를 골라냈다. 그러고는 다시 카드 패 묶음에 그것들을 집어넣었다. 그러고는 내게 패를 떼라고 말했다. 둘째, 그는 빌과 나, 그리고 그 자신에게 카드를 돌렸다. "뒤집어서 봐." 요리사가 내게 말했다. 내 패나 빌의 패나 그저 평범했다. 하지만 그의 패에는 네 장의 에이스 카드가 있었다.

그는 그 다음에도 같은 방식으로 카드를 다루었다. 똑같이 네 장의 에이스 카드를 골라냈고, 다시 묶음에 집어넣고 섞은 뒤 내게 패를 떼게 했다. 그러고는 나와 빌, 그리고 자신에게 패를 돌렸다. "뒤집어서 봐." 요리사가 말했고, 어느 쪽의 패에도 에이스 카드는 없었다. 그는 탁 소리를 내며 카드 묶음을 내 앞에 내려놓았다. "자, 에이스 네 장을 찾아보라고." 그는 다시 설거지를 하러 갔다.

남의 말을 온순히 듣는 것은 나답지 않은 행동이었지만 그 순간에는 온순했다. 나는 카드 묶음을 더듬거렸지만 에이스 카드를 찾아낼 수가 없었다. 더 완벽하게 찾아보려고 했지만 결국 포기하고 말았다. 요리사가 접시를 닦는 수건을 말리려고 펼치면서 이쪽을 보지도 않고 말했다. "네 셔츠 주머니를 보라고." 과연 에이스 카드가 거기에 있었다. 그것도 네 장이 전부. 나는 카드 묶음을 펼쳐서 카드 쪽수가 맞는지 확인했다. 나는 이 속임수를 기억해야 할 많은 이유가 있었던 것이다.

"저 친구는 카드 사기꾼이야." 빌이 얼굴에 미소를 띠며 말했다. 그 미소는 방울뱀이 나를 거의 물기 직전까지 갔다는 말을 들었을 때 떠올리던 미소와 비슷했다.

잠시 뒤에 빌은 말을 덧붙였다. "또 그쪽으론 최고 기술자이기도 하지." 약간 멍하긴 했지만 나는 그가 카드 사기꾼이라는 것을 인정해야 되었다. 그런 남성적 마술의 중심부에 요리사가 있었지만, 나는 빌이 그를 기술자라고 부르는 것만은 받아들일 수가 없었다. 나는 혼잣말을 했고, 다행히도 입 밖에 내어 말하지는 않았다. "여전히 이 녀석에겐 뭔가 잘못된 점이 있어. 그래 봤자 녀석은 40센트짜리일 뿐이야."

요리사가 다시 다가와서 내 옆의 탁자에 앉고는 카드를 섞고 돌리기 시작했다. 이번에는 그는 혼자서 연습을 하려는 것이었다. 대개 그는 패를 한 바퀴 돌리고 뭐라고 한마디 했다. 뭔가 더 강조해서 말하고 싶으면 카드를 섞고 패를 떼어 낸 다음 네 번 카드를 돌리고 한마디 하는 식이었다. 가령 이런 식이다. "마지막으로 한 번만 카드 게임에 대한 나의 생각을 들려주지."(한 바퀴) "나는 생활비를 벌려고 카드 게임을 하는 거야."(한 바퀴) "건강 때문에 여름에는 잠시 숲 속에 나와 있어야만 하고."(한 바퀴) "손을 부드럽게 유지해야 하니까 험한 일은 할 수가 없어."(한 바퀴) "그래서 요리를 하고 접시를 닦는 거야."(한 바퀴) "나는 매일 밤 자러 가기 전에 이렇게 연습을 하지." 그러고 나서 그는 마무리를 짓기 전에 혼자서 포커 게임 한 판을 진행했다. "나는 함께 일하는 친구들과는 결코 카드 게임을 하지 않아."

그는 한 번 손을 움직여 네 사람 용 카드를 그러모았고, 우리는 모두 잠자리에 들기 위해 일어섰다.

"어쨌건 말이야," 빌이 내가 문을 통해 나가려고 할 때 말했다. "계획이 하나 있어. 그건 내일 말해주지." 나는 잠들기 전에 그 계획이 뭔지 충분히 짐작할 수 있었다. 아주 충분히.

실은 빌이 그때까지만 해도 그 계획을 제대로 수립하지 않았다는 생각이 들었다. 어쩌면 계획을 아예 수립하지 않았을지도 모른다. 그것은 다음 날 아침 창고에서 빌의 말을 들으면서 분명해졌다. 그는 내게 말을 하면서 비로소 계획을 생각하는 것 같았다. 처음부터 나는 돈을 챙기는 사람으로 지목되었고, 그는 '나를 보호하는' 역할을 맡았다. 보호가 무슨 의미인지는 불분명했지만 말이다. 처음부터 빌은 우리 둘 이외에 두 명만 더 필요하다고 생각했다. 그는 내가 보기에 이상한 선택을 했는데 나머지 두 사람은 스미스 씨와 알코올 중독 때문에 높은 산으로 회복차 보내졌던 캐나다 군인이었다. 그 캐나다 사람이 쓰고 있는 뿔테 안경은 내가 난생 처음 보는 것이었는데 그 안경에다 꼰 끈을 연결시켜 목에 걸고 있었다. 그 군인은 빌만큼이나 가축과 의사소통을 잘했다. 그는 말이나 노새가 탈이 나면 무슨 병이든 그 동물들에게 말을 걸면서 치료를 했다. 앞날의 거사를 위해 빌이 그를 선택한 것을 보면 그에게 뭔가 한 가락 있는 것이 분명했다. 때때로 그가 하도 기침을 콜록거려서 우리는 죽어가는 사람에게 좋은 밀주는 낭비라는 이론을 펼쳐가며 그에게서 위스키를 뺏어 마시기도 했다. 빌이 그를 선택한 것은 기수(騎手)가 자신과 같은 기수를 신임하는 경우일 것이다. 처음에 빌은 그 자신과 나를 포함한 세 명으로 거사를 벌이려 했으나 아침 시간이 지나가기도 전에 임시 관리원 전부를 데려가기로 결정했다. "참 괜찮은 사람들이란 말이야." 빌이 말했다. "그러니 누굴 빼놓겠나." 빌은 내게 요리사에게 절대 손을 대서는 안 된다는 주의를 주었다.

빌은 시즌이 끝나갈 무렵 주재소를 정상적인 상태로 돌려놓고, 또 큰불을 끄고 남은 도구들을 수송하는 데 한 주 이상이 걸릴 것으로 보았다. 요리사는 그 자신이 말한 대로 해밀턴까지 말을 타고 가기로 되었다. 나머지는 다 걸어서 가야 했다. 이 정도 끗발이니 요리사는 숲에서도 굽 낮은 테니스화를 신고서도 아무 문제가 없었다.

마을에 도착한 첫날 밤 우리는 해밀턴에서 최고 업소로 알려진, 당구와 카드 게임을 하는 옥스퍼드에서 만날 예정이었다. 빌은 요리사에게 그해 여름의 봉급을 전액 베팅했다. 나머지 사람들에 대해서 말하자면, 확실한 사업에 끼어들었으니 걸고 싶은 만큼 걸어도 된다는 훈령이 떨어졌다. 나머지 사람들에게 그 사업에 대해 말해주는 것은 내 담당이었다. 나는 그들에게 모두 돈을 걸어야 한다고 말했다. 동시에 문제가 생길 경우 내가 돈을 챙겨야 한다는 말을 여러 번 들었다. 또한 빌이 나를 '보호해 준다'는 얘기도 들었다.

"네가 가지고 있던 총도 차라고." 빌이 내게 말했다. "세상에." 내가 말했다. "빌, 그럴 수가 없어요. 32구경 윈체스터에 45구경까지라니. 기포병(騎砲兵)에게나 어울리는 장비네요. 우린 바에 들어가기도 전에 체포될 겁니다." "뭐?" 그가 말했다.

"문제가 생길 수도 있으니까." 잠시 뒤에 내가 물었다. "빌, 권총 같은 거는 없지요? 그 큰 45구경? 그걸 가지고 도박장에 들어갈 수 있으리라고 생각하세요?" "내가 널 보호해 주겠다고 했잖아."

아침 일찍 나는 해밀턴에선 빌이 그곳 도박꾼들에게 천혜의 선물처럼 여겨진다는 소문을 기억하면서 생각을 정리하기 시작했다. 그들은 심지어 빌이 마을로 올 때 누가 먼저 그를 낚아챌 것인지 경쟁하기도 했다. 이제 우리는 '산림 관리자의 복수'라는 거대한 멜로드라마를 연출할 것이었다. 나는 임시 관리원들을 끌어들여 판돈을 더 크게 만드는 역할을 맡았다. 그래야 빌에게 돈을 뜯었던 해밀턴 친구들의 돈을 더 크게 뜯어먹을 수 있기 때문이다. 2주 전에 나는 요리사에게 주먹을 휘두르고 싶다는 소리를 했다가 추방을 당했다. 그리고 마을로 돌아갈 때가 되자 요리사는 말 타고 해밀턴으로 가는 반면, 우리는 걸어서 가는 처지가 되었다.

"뭐." 나는 혼잣말을 했다. "다 받아들여야지." 하지만 나는 그 개자식에게 20달러를 걸었다. 보통 때 같으면 나는 다른 직원들처럼 그 돈을 꽁꽁 꼬불쳤을 것이다.

임시 관리원들에게 요리사에게 돈을 걸라고 하여 호응을 얻어 내는 데는 시간이 좀 걸렸다. 이야기를 시작할 때부터 그들은 나보다도 더 요리사를 싫어한다는 걸 알게 되었다. 그러나 그들은 두 가지 본능 사이에서 갈등했다. 인색함과 탐욕 중에 어떤 것이 더 나을지를 아는 것은 쉽지 않았다. 직원들은 여전히 10센트의 푼돈을 잃는 것보다는 양말을 기우는 것이 더 낫다고 생각했지만 확실한 것을 놓치고 싶지도 않았다. 마침내 나는 그들에게 내 셔츠에 네 개의 에이스 카드가 있었다는 이야기까지 하고 말았다. "그건 설명하긴 쉽지만 하긴 어려운 거야." 스미스 씨가 말했다. 그는 인생의 대부분을 광부 캠프에서 지냈고, 그래서 카드에 대해서는 환히 꿰뚫어보았지만 정작 카드 게임을 잘하지는 못했다. 실제로 해본 적이 없었던 것이다. "그 친구는 카드를 손바닥에 감춘 거야." "대체 손바닥에 감춘다는 게 뭐예요?" 내가 물었다. 스미스 씨는 카드를 가져와서 집게손가락과 새끼손가락 사이로 카드의 끝부분을 잡는 것, 엄지로 그것을 튕겨 손바닥에서 손등으로, 혹은 그 반대로 카드를 밀거나 당기는 것, 그리고 동시에 손목을 돌려 카드가 앞에 있는 사람들에게 보이지 않게 하는 것 등을 어떻게 하는지 보여줬다. "그 친구는 카드를 손등에 두고 자네한테 손바닥을 보인 거고 자네 앞을 지나갈 때 손가락을 구부려서 카드를 자네 셔츠 주머니 안에 넣은 거야." 스미스 씨가 말했다. 그는 우리에게 손바닥 감추기를 보여주려고 했지만 어설프기 짝이 없었고, 매번 카드 숨기는 것이 보였다. 그렇지만 어떻게 하는 건지 대충 요령은 알게 되었다. 우리 모두가 그 기술을 시도해 봤지만 스미스 씨보다도 훨씬 어설펐다. 사실 그 후에도 나는 잘해보려고 몇 년 동안 연습했지만 잘 되지 않았다. "자네들은 이걸 보드빌 공연에서 본 적이 있을 텐데." 스미스 씨가 우리에게 확신시키려는 듯 말했다. 그 당시에 팬터지스(Pantages) 극단이 스포캔, 뷰트, 그리고 미줄라에 순회공연을 해서 우리는 마술사가 카드를 손에 쥐고 공중으로 던질 때 카드가 사라지던 것을 본

적이 있었다. 맥브라이드 씨가 물었다. "그럼 요리사가 보드빌 공연에 나올 정도로 잘한단 말이오?" "그렇죠." 스미스 씨가 말했다. "우리는 고작 카드 한 장도 쩔쩔매지만 그 친구는 에이스 카드 넉 장을 한 번에 해치웠잖아요." 누군가가 경건한 목소리로 말했다. "세상에!" 그들은 모두 요리사에게 돈을 걸었다.

그러면서 자신들이 싸구려 잡지에서나 나올 법한 스토리에서 일종의 역할을 담당한다는 기분을 느끼기 시작했다. 그들은 그 기분을 좋아하는 듯했다. 그들이 스토리의 한 부분이 된 것을 그토록 즐긴다면, 그건 아마도 나보다 더 스토리 속의 일정한 역할을 더 좋아하기 때문이 아닌가 한다. 어쨌든 내가 모자에 판돈을 걸었을 때 그들의 평균 판돈은 내가 건 것보다 더 많았다. 심지어 보름치 임금보다 약간 더 집어넣은 경우도 있었다. 그들의 판돈은 내가 빌에게 전달함으로써 공식적인 투자가 되었고, 그들은 매일 밤 탁자 주변에 반원 형태로 모여서 요리사가 카드를 섞는 것을 지켜보았다. 그것은 마치 경마 중독자들이 경주로 근처에서 자신이 베팅한 말이 몸 푸는 광경을 지켜보는 것과 흡사했다. 이제 그들은 다들 돈을 건 처지라서, 심지어 '요리사의 일부를 소유했다'고 말하기까지 했다.

나는 빌의 제안대로 산속 오솔길 만드는 팀에 합류하지 않고 주재소 주변에서 일을 했지만, 그들 또한 별로 일이 많지 않았다. 나와 마찬가지로 그들도 일을 그만둬야 할 때가 다가오고 있었고, 그해 여름 일은 이제 파장이었다. 그건 우리가 이야기 속의 등장인물이 되어서 마음이 들떴기 때문만은 아니었다. 계절마다 일하는 한 철 노동자들은 누구라도 시즌이 끝나갈 때

마다 이런 느낌이 되돌아왔다. "이제는 그만둘 시간이야. 그만
둘 시간이라고." 심지어 스미스 씨도 다이너마이트에 대한 열
정을 잃은 것처럼 보였다.

우리는 즐기려는 노력을 시작했고, 마을에서의 첫날 밤을 위
해 미리 연습을 했다. 오늘날 벌목꾼과 카우보이라고 하면 저
질스런 위스키와 애송이들에 대한 농담이 동반되는 떠들썩한
모습으로 연상되는 것이 보통이다. 나는 카우보이에 대해서는
잘 몰랐다. 아내의 고향에서는 카우보이가 아주 많았는데도 말
이다. 하지만 시즌을 끝마칠 때까지 나는 많은 사람들과 함께
숲에서 일했다. 일하는 내내 농담은 별로 하지 않았으며, 그나
마 애송이에 대한 농담은 표준화되어 있었다. 우선 우리는 너
무 오래 또 열심히 일을 해서 재미있는 구석이 생겨날 여지가
없었다. 그 다음으로 너무 자주 혼자서 혹은 작은 무리로 일을
했기 때문에 즐기는 시간이 있어야겠다는 생각은 별로 하지 못
했다. 사람이 지치고 혼자일 때에 비극적이 되기는 쉽지만 재
미있게 되는 건 어렵다. 재미라는 것은 심신이 청명하고 여유
시간이 있고 이야기를 들어줄 사람들이 있어야 생겨나는 것이
다. 게다가 원래부터 재미있는 사람이어야 재미를 만들어낸다.
아무리 숲을 사랑한다고 하더라도 숲 그 자체가 자연적인 농담
으로 가득하다는 주장은 할 수 없다. 내 말을 오해하지 말길 바
란다. 우리도 나름대로 재미라는 것을 즐겼다. 하지만 오로지
공식 회합에서만 그렇게 했고, 그때 하는 우리의 농담은 표준
화된 옛 농담들이었으며, 끝에는 우리 모두를 웃음거리로 삼는
것이었다. 공식 회합은 시즌 끝물이라 아무도 더 이상 일을 열

심히 하려고 하지 않을 때 많은 관리원들이 모여서 벌이는 행사였다.

그렇기는 해도 우리는 노동자의 청교도주의적인 모습을 아주 천천히 떼어 내면서 죄를 지을 준비를 하고 있었다. 우리는 산림 주재소에 며칠간 야영을 했던 지도(地圖) 기사들을 상대로 그 준비를 시작했다. 그들은 말하기를, '정부가 인디언들로부터 훔쳐낸 것 중 아직 밝혀내지 못한' 오지의 지도를 작성 중이었다. 나는 곧바로 그들에게 접근했다. 지도를 좋아하고, 또 그들이 하는 지도 작업을 좋아했기 때문이다. 하지만 나머지 직원들은 이 지도 기사들에게 별로 관심을 보이지 않았다. 이유를 들자면 첫째, 관리원들은 매일 밤 요리사가 카드를 섞는 연습이 끝날 때까지 움직이지 않았고, 둘째 그들은 실질적으로 숲에서 일하는 사람으로서 산림청 지도를 신뢰하지 않았기 때문이었다. 임시 관리원들은 많은 오지들이 초기에 텐트에 앉아 죽치는 사람들이나 겨울에 미줄라의 지역 사무소에 들어앉아 '아니, 그건 여기 있어야 해.'라고 입으로만 측량하는 사람들에 의해 지도에 표시되었다고 확신했다. 사실 그 당시에 우리는 미국지질조사국에 의해 기록되지 않는 한, 지도에 표시된 산이 정말 거기 있을 것이라고는 생각하지 않았다. 따라서 우리 관리원들은 즉시 지도 기사들과 논쟁을 벌이게 되었다. 우리는 마치 미줄라의 지역 사무소에 앉아서 입으로만 측량하는 사람처럼 말을 하곤 했다. "젠장, 그 개울은 거기 있지 않다고. 여기 있어야지." 때때로 우리는 지도 기사들을 헷갈리게 만들려고 그런 식으로 말하기도 했지만, 때로는 사실이 그렇기에 그런 식으로 말하기도 했다.

그 당시에는 지도 기사들은 개울의 정확한 위치보다 그 이름 때문에 더 애를 먹었다. 그들은 클리어워터의 북쪽 분기점의 지도를 작성 중이었는데, 자연스럽게 젖은 엉덩이 개울(Wet Ass Creek)을 만나게 되었다. 그들은 역시 정확하게 그 개울의 위치를 기록했다. 아마 그들은 나침반과 측쇄(chain)로 측정했을 것이다. 아니면 최소한 나침반과 걸음짐작으로 확인했을 것이다. 여하튼 그들은 지도에 개울의 실제 지명을 써서 지역 사무소의 제도실에 제출할 것인가 하는 문제로 편이 갈렸다. 지역 사무소는 농담이나 시적인 것에는 전혀 관심이 없었다. 우리는 정확한 지명을 사용하자는 편에 서서 목소리를 높였다. 그리고 너무나 많은 서부의 지명이 미네소타 주나 매사추세츠 주에 사는 누군가의 고향 이름을 따라 지어졌거나, 아니면 그 누군가의 이름으로, 혹은 곰이나 사슴으로 지어졌다고 따졌다. "이 나라엔 사슴 개울(Deer Creek)이라는 데가 5,000개는 되겠어. 그러니 미국에서 유일한 젖은 엉덩이 개울을 지키자고." 그리고 곧 해밀턴의 창녀들과 밤을 보내며 여름에 번 돈을 날려버릴 다른 관리원들은 산림청 미줄라 지소의 제도실에 일하는 많은 여직원들이 그 순결한 손으로 그런 명칭을 기록하는 것은 그들에게 모욕이 될 것이라고 비꼬기도 했다.

우리는 투표에 참가했고, 우리 쪽이 이겼다. 따라서 잠시 동안 우리는 지명이 그렇게 정해졌다고 생각했다. 지도 기사들이 제도실에 정확한 지명을 제출하는 것에 동의하자 우리는 그 지명을 가진 국립공원이 생겨나기를 고대했다. '젖은 엉덩이 국립

공원' 말이다. 그 공원은 브루클린에서 온 모든 순례자들이 도로의 한가운데에 차를 세우고 그들의 아이들로 하여금 그리즐리 곰에게 먹이를 주게 하는 곳이 될 터였다. 물론 그 반대로 그리즐리 곰이 그들에게 먹이를 줄 수도 있다.

그렇지만 끝내 그 농담은 결국 우리에게 반납되었다. 산림청의 갱신된 지도에서는 웨트 애스(wet ass)는 붙여 썼고, 마지막 S가 하나 빠지고 그 대신 e가 추가되었으며 a는 보스턴 식으로 '에이'라고 발음되었다. 이제 그 지명에서 젖은 엉덩이라는 뜻은 사라져버리고, 아무 의미도 없는 발음만 남게 되었는데, 보스턴 식으로 위테이스 개울이라고 읽는다. 마치 이 개울의 수원(水源)이 보스턴의 비콘 힐에 있는 것처럼 말이다.

그 당시 우리는 그 농담을 좋아했고, 일시적으로나마 그 농담에 힘입어 다른 농담도 시도해 보았지만, 여름이 끝나갈 때가 되자 다들 지치고 말았다. 말이 난 김에 말해보자면, 우리는 아직도 큰 산불로 지쳐 있는 상태였다. 그러니 우리의 농담 역시 지치고 말았다. 우리는 심지어 도요새 사냥에 캐나다인을 데려가 마대 자루를 들게 하고 도요새를 그 안으로 몰아넣었다. 하지만 그 캐나다인은 프랑스에서 알코올 중독 경력이 있었으므로 아이다호에서 마대 자루를 잘 들고 있을 만한 재목이되지 못했다. 거기다 우리는 해밀턴의 거사에 대비하여 연습을 시작했고, 그곳에 도착하면 농담은 아예 잊어버려야 한다고 생각했다. 임시 관리원들은 숲 속에 증류기를 갖고 있어서 창고에서 빼돌린 건(乾)살구, 건복숭아, 건자두로 밀주를 만들었다. 늙은 스미스 씨는 고체 알코올 연료 스터노를 찾아왔고, 직원들은 그 위에서 핑크색 액체를 끓였다. 그들은 그걸 마셨고, 결과적으로 즉시 설사의 효과가 났다. 때로는 화장실이나 덤불에 도착하기도 전에 말이다. 그들은 해밀턴에 가기 위한 연습을 계속했고, 그날이 되려면 이틀이나 그보다 조금 더 시간이 남아 있었다. 나는 다음 날 아침에 떠나기로 결정했고 해밀턴까지 하루나 그보다 약간은 더 걸리는 시간 안에 걸어감으로써 기록을 세워보려고 했다. 나는 직원들이 만들어낸 술을 한 방울도 입에 대지 않았고, 심지어 그들이 건살구를 증류해 만들어서 라드 통에 담아둔 브랜디도 마다했다. 내가 그들에게 내일 떠날 거라고 말했을 때 그들이 말했다. "그건 그렇고 너 도대체 어떻게 된 놈이냐? 우리들이랑 같이 가서 마을을 쓸어버리기로 하지 않았어? 요리사가 해밀턴의 허풍쟁이 도박꾼들 돈을 다 털어서 우리한테 나눠 주기로 한 얘기는 어떻게 된 거야? 우리가 그 마을을 싹쓸이하지 못하면 우린 대체 뭐가 되는 거야?"

그 모든 것은 중요한 일이었고, 나는 그것을 충분히 고려했다. 한 철이 끝날 때 마지막으로 '마을을 싹쓸이'하지 않는다면 산림청 임시 관리원이 아닌 것이다. 나는 왜 그런지는 모르겠지만 좋은 관리원이라면—심지어 좋은 관리원이 아닐 때에도—그런 느낌을 갖게 되었다. 마을 밖에서 두 달 정도 일하면 마을에 있는 것보다도 훨씬 더 우월한 기분을 가지게 되고, 마을에 대해서 굉장히 적대적이 되었다. 마을은 심지어 산림청 관리원들에 대해서 알지도 못하는데 그들은 마을을 엄청 생각하고, 또 이야기하는 것이다. 늙은 스미스 씨는 핑크빛 술을 한

잔 더 들이켜고 깡통에서 가열된 쓰레기 음식을 먹고는 이렇게 말했다. "우린 그 빌어먹을 마을을 박살내 버릴 거라고." 스미스 씨는 미국 산림청에서 일한 관리원들만큼 강인한 사람들은 없다는 걸 보여줘야만 한다고 위엄 있게 소리쳤다. 하지만 그가 황급히 화장실로 달려가면서 그 위엄도 함께 사라졌다.

거기다 요리사가 관리원들을 위해 도박장에서 따줄 엄청난 돈도 있었다. 우리는 매일 밤 그가 얼마나 돈을 딸지 논쟁하면서 보냈다. 논쟁에서 나온 돈의 양은 다양했지만, 요리사가 카드를 돌리는 것을 보고 나기 전과 후에 차이가 있었다. 우리는 여름 한 철 일하고 번 임금 정도는 추가로 따주지 않겠느냐고 하면서 이야기를 마무리 지었다. 속으로는 그보다 더 많은 소득을 바랐지만.

하지만 나는 뭔가 기록을 세워야만 했다. 빌이 요리사가 카드 사기꾼이라는 것을 깨달은 이래로 요리사는 빌의 총애하는 부하의 지위를 내게서 가져갔다. 따라서 나는 기록을 세워야 할 필요성이 점점 더 커졌다. 나는 운송 분야에서 최신식 짐 싣는 안장을 고안해 낸 데커 형제처럼 자고 일어나니 유명해진 그런 사람이 되고 싶었지만 그런 황당무계한 꿈만 꾸고 있을 수는 없었다. 폭약 일은 진절머리가 났고, 그러다 보니 걷는 것밖에 남지 않았다. 내가 우리 구역의 어느 누구보다도 빨리 걷는다는 걸 알았다. 그 당시 나는 그 지역에서의 명성이 좀 필요했고, 또 간절히 원하기도 했다.

엘크 서미트에서 블로젯 협곡까지의 28마일에다 해밀턴까지의 추가 몇 마일은 엄청나게 먼 거리는 아니었지만 그래도 상당한 거리였다. 게다가 걸어가기가 아주 힘든 곳이었다. 첫째로 그 길의 길이는 산림청 마일로 표시된 것이었다. '산림청 마일'에 익숙하지 않은 사람을 위해 현대적인 사례를 들어보겠다. 우리 가족의 오두막은 미션 빙하 근처에 있었고, 그 지명은 호수 근처의 많은 곳들이 자연스럽게 그리 되듯이 글레이셔 호수(빙하 호수)를 따라 지어진 것이었다. 호수는 크래프트 개울 도로의 끝에 있었고, 마지막 부분이 굉장히 가팔라서 차에서 내려 걸어가야만 했다. 길이 시작하는 곳에 이런 산림청의 표시가 있다. '글레이셔 호수-1마일' 글레이셔 호수를 향해 길을 꽤나 올라온 뒤에는 또 다른 산림청의 표시가 있다. '글레이셔 호수-1.2마일.' 따라서 '산림청 마일'의 편리한 정의는 꽤나 길을 걷고 거기에 1.2마일을 추가해야 되었다. 나는 해밀턴까지 30 산림청 마일을 걸으려고 하고 있었다. 절반 정도는 내가 산양보다도 위에 있게 되는 오르막길이었고, 나머지 절반은 내 다리가 다시 올라가길 바라게 될 정도로 계속되는 내리막이었는데, 물론 나는 그런 바람을 무시해야 되었다. 길은 화강암 돌로 가득했으나 나는 어떻게든 하루 만에 해밀턴까지 걸어갔다는 이야기를 빌에게 들려주고 싶었다.

나는 입으로 자신의 크리비지 게임 점수를 세고 있는 빌에게 말했다. "운송 대열하고 직원들을 언제 마을로 출발시킬 겁니까?"

그는 계산을 끝내고 말했다. "우리가 도착할 때까지 넌 거기서 기다려야 할 거야." 그가 내게 물어본 건지 혼잣말을 한 건지 알 수가 없었다.

나는 그의 카드를 집어 들고 다시 계산을 해봤다. "나는 관리원들 전부 데리고 가야 해." 빌이 말했다. "그건 잘 압니다." "네가 내일까지 머무르고." 빌이 말했다. "운송 대열을 꾸리는 것을 돕는다면 그 다음 날 정오에 떠나 밤에 분기점에서 캠핑을 하도록 노력해 보지. 너는 우리보다 앞서 같은 날 아침에 출발하면 돼."

이야기를 나눈 때는 수요일이었고, 빌의 계획대로라면 우리는 목요일에 일을 하고 나는 금요일 새벽에 출발하고 그와 나머지 일행은 금요일 정오에 출발하는 것이었다.

"토요일에 마을에서 뵙겠습니다." 내가 말했다.

"토요일 밤은 해밀턴에서." 빌이 말했고, 그 말은 내가 협곡을 걸어가면서 계속 중얼거리는 말 중 하나가 되었다.

햇빛이 나기 한참 전에 나는 내 발로 딱정벌레가 더듬이를 쓰듯이 해서 호스 헤븐 메도(Horse Heaven Meadow: 말 천국 초지)를 가로지르는 길을 찾고 있었다. 나를 보지 말고 지도를 보시라. 나는 그런 멋진 이름을 만들어낼 정도의 머리가 되지 못한다. 말 천국이라는 이름 얘기는 그만둔다고 하더라도 여전히 말들이 겁을 먹고 힝힝거리는 소리를 내는 동트기 직전의 높은 산에 초지가 있다. 그곳엔 많은 말들이 있었지만 다른 큰 동물들도 역시 많았다. 엘크나 사슴은 분명히 있었다. 아마 곰도 있었을지 모른다. 그 녀석들은 어두울 때 깨어나서 물을 마시려고 언덕에서 내려온다. 그리곤 천천히 더워지기 전까지 높은 땅을 향해 가며 먹이를 먹는다. 날이 뜨거워지면 녀석들은 다시 드러눕는다. 어둠 속에서 철컥하고 나는 소리는 가장 무서운 소리인데, 잠시 지나고 나면 발 묶인 말이 내는 소리라는 것을 알게 된다. 사슴인 걸 나타내는 앙증맞은 소리를 듣게 된다면, 사슴의 힝힝거리는 소리보다 더 앙증맞은 건 없다는 것을 알게 된다. 사슴은 힝힝거린 다음엔 껑충껑충 달린다. 엘크는 힝힝거린 뒤 들이받는다. 곰은 산사태가 일어날 정도로 오르막길로 재빨리 달아난다. 어떤 동물도 뒷다리와 궁둥이에서 그런 피스톤 같은 모습을 보일 수 없다.

나는 해가 난 뒤에도 여전히 동화 같은 곳을 걷고 있었다. 저기 앞쪽의 회색빛 절벽들에는 내 눈으로는 잘 포착이 되지 않는 흰 반점 같은 것이 보였다. 길은 이미 점점 가팔라지고 있었고, 나는 정오가 되기 전에 산양보다 높은 곳에 있게 될 것이었다. 또한 경험을 통해 세상에서 이보다 높은 곳은 없다는 것도 알았다.

산림청에서 일한 첫 해 여름에 코모 호수를 거쳐 비터루트를 넘어 아이다호로 나왔다. 아이다호에선 산양 사냥철이 시작되었지만 몬태나는 아직 아니었다. 또한 그 시절에는 산림청에서 일을 한다면 아이다호 거주 허가증을 살 수도 있었다. 우리는 모두 그렇게 했고, 사냥을 하기 위해 분기점 근처에서 며칠간 캠핑을 했다. 빌이 내게 말했다. "네가 그저 해야 할 일은 산양보다 위에 있는 거야. 녀석들은 그 어떤 것도 자기들보다 위에 있다고 생각하지 않아." 그래서 내가 반드시 해야만 했던 일은 산양보다 위에 있는 것이었고, 그곳은 대부분의 사람들이 있는 곳보다 아득히 높았다. 마침내 250야드, 혹은 그보다 더 떨어진 곳의 절벽 가장자리 근처에서 산양이 내 밑에 서 있는 것을 볼 수 있었다. 나는 그런 각도에서 아래를 향해 총을 쏠 때 목표보다 훨씬 아래로 쏴야 한다는 것을 알았지만, 녀석은 거의 내 바로 밑에 있었고, 충분히 녀석의 아래를 겨냥하지 못했다. 내 총알은 심지어 절벽조차 스치지 못했다. 그저 영원으로 향하는 큰 소리만이 남았을 뿐이다. 산양은 바위 뒤로 꽁지가 빠지게 달아나서 숨었다. 이제 아무도 녀석을 밑에서 볼 수는 없었지만 위에 있는 내게는 잘 보였다. 역시 빌이 옳았다. 나는 위쪽엔 그 어떤 위험도 없다고 믿으며 사는 건 아주 훌륭하다고 생각하게 되었다. 그런 산양들이 장로교 신자일 리도 없고, 내 아버지가 설교하는 걸 들었을 리는 더욱 없었다. 이번에는 나는 녀석보다 훨씬 밑을 겨냥했고, 혹시나 내 발을 쏠까 봐 걱정이 되기도 했다. 어쨌든 여전히 녀석의 위에서 총을 쐈지만 총은 바위를 맞췄다. 나는 종종 탄알이 거기서 어디로 튀었는지 궁금할 때가 있다. 또 그 산양을 목격한 사람은 나 말고는 없을 것이었다. 나는 그 시즌엔 더 이상 총알이 없었다. 같은 해에 산양을 두 번이나 쏘고서 맞추지 못한다면 사냥을 더 이상 해서는 안 되는 것이었다.

나는 고개를 푹 숙이고 걸었다. 고개를 들고 앞을 내다보며 걸을 때에는 걸음이 빨리 나아가지 않기 때문이다. 나는 녀석이 힝힝거리고 발을 굴렀을 때 처음으로 녀석을 의식했다. 녀석은 덩치가 큰 엘크 수놈이었고, 내 앞쪽의 길에 있었으며, 다른 어딘가로 움직일 생각은 없는 것처럼 보였다. 그 당시에 몬태나에서 엘크 수놈을 본다면 아마도 비터루트 분기점에 근처였을 것이고, 오래된 빙하의 굴에 남겨진 눈이 녹아 생긴 호수에 가까워졌다는 뜻이었다.

이 엘크는 뿔을 숙였다가 단지 운동을 하려는 것이었는지 다시 들었다. 반쯤 씹은 습지의 풀이 녀석의 입에서 비어져 나와 있었다. 마침내 녀석은 순서를 역으로 바꿔 발을 구른 뒤 힝힝거렸다. 마지못해 녀석은 등을 돌려 길의 아래쪽으로 내려가기 시작했고, 처음엔 천천히 갔으나 길을 갈수록 점점 빨라졌다. 뒤로 물러난다는 생각이 녀석에게 점점 강하게 다가오는 것 같았다. 나는 녀석의 다리가 흔들리는 것을 보았고, 녀석의 큰 발은 마치 신발을 신은 것처럼 보였다. 짧은 시간 동안 내가 녀석을 한 발 동물로 봤다는 것이 인정된다면 녀석이 네 가지 보조 (步調)의 동물이라는 것을 자신 있게 말할 수 있다. 이 동화의 세계에서 엘크가 두 발로 걷고, 속보를 하고, 달리는 것에 더해 한 발로만 걸어간다는 게 뭐가 이상한 것인가?

나는 고개를 숙이고 걸음걸이를 계속했다. 이제는 화강암 밖에 없었고, 올라가거나 숨쉬기가 어렵게 되어갔다. 나는 빌을 제외하고 나를 감시해 줄 누군가가 필요했다. 나는 내 여자 친구에 대해 생각하기 시작했고, 마침내 그녀의 모습이 내 눈앞에 나타났다. 마치 그녀의 이미지가 사슴과 함께 숲에서 쉬고 있는 것 같았다.

아버지가 마을에서 장로교 목사로 활동한 이래로, 나는 몇 년 동안 가톨릭 여신자가 개신교 여자들보다 더 예쁘다고 생각하며 지냈다. 유대인 여자들에 관해서 나는 생각이 반반이었다. 내가 살던 마을엔 유대교 여자 아이가 두 명밖에 없었으므로 각자 내 마음을 반쪽씩 가져갔기 때문이리라. 하나는 기품이 있었고, 피아노를 연주했는데 나보다 몇 살 많았고, 내 쪽은 아예 쳐다보지도 않았다. 다른 하나는 나보다 어리고 얼굴은 못생겼는데 나를 즐겁게 할 수 있다면 뭐든지 할 것 같았다. 그녀는 심지어 내가 좋아할 거라고 생각되는 여자를 나와 데이트시켜 주었는데, 내가 한동안 사귀었던 아일랜드계 가톨릭 여자를 만나게 된 건 그녀 덕분이었다. 이 아일랜드계 여자의 특별한 매력은 이마에 나 있는 깊은 상처였는데 그 상처가 눈구석을 절반쯤 감기게 만들었다. 그 효과로 인해 그녀는 마치 나를 전혀 보지 않는 것 같았다. 나는 여러 해가 지난 뒤, 그 여자가 나와 몇몇 개신교도들을 제외하고 마을에 있는 모두 남자애와 섹스를 하고 돌아다녔다는 것을 알았다. 그리하여 나는 재빨리 붉은 (그리고 검은) 머리의 개신교도 여자와 유대교 여자들 쪽으로 마음을 옮겨갔다. 하지만 그 당시에 나는 그녀를 나의 가장 사랑스러운 여자로 여겼다. 그녀가 이 산속에 나타나 나를 그기만하는 듯한 눈으로 (내 생각에는 존경하는 눈빛으로) 바라보았고, 그래서 나는 재빠르게 산길을 다시 올라가기 시작했다.

마침내 분기점에 도착했을 때 나는 조심스레 그 중심부를 살펴보았고, 그게 아이다호와 몬태나 사이 주 경계 표시가 될 것이라고 생각했으며, 그 분기점의 작은 부분을 보다 현실감 있는 것으로 만들었다. 나는 오줌을 누어서 그 주 경계에 굉장히 짧고 메마른 표시를 했다. 나는 항상 분기점에 도달하면 그런 기념을 했고, 특히나 대륙 분기점에 올라서면 그 길이 대서양으로 흘러 들어가는지, 혹은 태평양으로 흘러 들어가는지 아리송한 곳에서는 더욱 그런 표시를 하고 싶었다. 이곳은 대륙 분기점이 아니었지만 나의 상상력을 자극하기에 충분했다.

그런 뒤 나는 산양들의 위에서 앉아 휴식을 취했다. 이어 세 해 여름을 연달아 일했던 곳을 뒤돌아보았는데 참으로 기묘하게 보였다. 누군가가 자신이 있던 곳을 뒤돌아볼 때 종종 마치 자신이 거기 한 번도 있지 않았던 것처럼, 혹은 심지어 그런 곳이 아예 존재하지 않는 것처럼 느껴질 때가 있다. 하늘에 우뚝 솟은 그레이브 봉우리는 내가 예전에 머물던 감시소였고, 물론 가장 잘 아는 곳이었다. 내가 거기 머물렀을 때 큰 바위들로 가득한 분지를 올라가는 것은 힘든 일이었고, 먹을 것은 조금뿐이었으며, 텐트는 여러 군데 구멍을 꿰맨 것이었다. 벼락 맞아 참수(斬首)된 나무들이 있었고, 앉기 부드러웠던 곳은 하나도 없었으며, 그리즐리 곰과 방울뱀 한 마리가 살고 있었다. 하지만 여기 분기점에서 바라보면 또 다른 세계였다. 봉우리는 하늘로 솟은 조각이었고, 삶의 흔적이라곤 아예 없었다. 내 고향 근처에는 지역 사람들이 '인디언 여자 젖꼭지'라고 부르는 봉우리가 있다. 큰 산은 아니지만 그 이름은 분기점에서 멀리 바라본 그레이브 봉우리에 딱 어울리는 명칭이었다. 분기점에서 볼 때 내가 한때 머물렀던 산은 황동으로 만든 조각품이었다. 그냥 조각의 윤곽만 있을 뿐 그 산에는 아무것도 없었다. 그저 색채, 형태, 하늘로만 구성되었다. 산은 마치 어떤 아름다운 인디언 여자가 영원한 잠에 들기 전에 그녀 생각에 가장 아름다운 신체 부위가 아닌 곳을 드러내놓고 떠난 것처럼 보였다. 그래서 어떤 특정한 관점에서 보면, 우리가 뒤에 남겨놓고 떠난 것은 종종 동화의 세계가 된다. 항상 현실과는 다르면서 그보다 더 아름다워지는 세계.

나는 꼭대기까지 너무 빨리 걸어 올라가 예상보다 더 많이 지쳐 있었으나 그것을 생각하지 않으려고 애썼다. 나는 "이젠 그만둬야지. 이젠 그만둬야지."라는 리듬에 맞춰 14마일을 걸었지만 속도는 점점 빨라졌고 절반쯤 감긴 눈의 내 여자 친구가 나를 지켜본다는 생각을 한 뒤론 특히나 걸음이 빨라졌다. 나는 햇빛 속에 앉아 있으니까 몸이 차가워지는 것을 느꼈다. 그래서 나는 분기점을 건너가서 블로젯 협곡을 내려다보며 앞이 어떻게 펼쳐져 있는지 살펴보았다.

설사 지질학이라는 말을 전혀 들어본 적이 없는 사람이라도 블로젯 협곡을 내려다보면 빙하가 만들어낸 거대한 걸작임을 단번에 알아보게 된다. 그것은 수천 년 동안 산의 틈새에서 쉬 익쉬익 소리를 내어온 얼음 괴물이었다. 거의 내 바로 밑으로 다가온 것은 지그재그로 된 야곱의 사다리(Jacob's ladder: 구약성경 창세기에서 야곱이 꿈에 본 하늘까지 닿는 사다리. - 옮긴이) 같은 끝없는 산길이었고, 나중에야 알게 된 것이지만 그것은 지질학자들이 원형 협곡(권곡, cirque)이라고 부르는 곳에서 나왔다. 그것은 내게 똬리를 튼 초록색 빙하의 원래 둥지처럼 보였다. 빙하가 계곡을 쳤을 때 산맥은 여러 개로 쪼개어졌다. 빙하가 원래 경로에서 벗어나 몸부림치고 되돌아간 꼭대기 부분에서는 봉우리나 일련의 첨봉(尖峰)들이 생겨났다. 빙하가 산의 입구에 도착했을 때 아직 뜯겨져 나가지 않은 산의 나머지 부분은 협곡 밖으로 굴러나와 강 쪽으로 내달렸다.

거기에는 거대한 세계와 별로 거대하지 못한 소년이 있었다. 나는 그 소년이 비록 충분한 휴식은 취하지 못했지만 이제 떨쳐 일어나야 한다고 생각했다.

나는 냉기를 털어내기 위해 몸을 한번 부르르 떤 다음 지그재그로 된 산길을 내려가기 시작했다. 다시 걷기 시작할 때 마음 편하게 가려고 했지만 그런 길을 내려가는 건 그다지 많은 선택의 여유가 없었다. 젊은 내가 그 지역에 남는 기록을 세우려 한다면 그런 험한 길마다 시간을 낭비해서는 안 되었다. 산의 표면이 트여 있는 곳이 나올 때마다 나는 바로 아래로 내려갔다. 6퍼센트 그레이드 경사 같은 건 무시해 버렸다. 나는 가벼운 눈사태를 일으키며 내려갔다. 눈사태가 내 양옆에서, 뒤에서, 앞에서 일어났다. 그렇게 날아가듯 내려가는 중에 큰 바위를 피하려고 어깨 너머로 살펴보았다. 앞으로 나가는 다리가 찢어질 것 같은 느낌이 들었고, 멈춰야 할 때에도 화강암 조각들이 강을 이루어 나를 쫓아오는 소리를 들었다. 그렇게 되면 쉴 생각을 포기하고 다시 내려갔다. 분지의 바닥에 도착한 뒤 나는 다리에 퍼진 경련을 진정시키려고 잠시 서 있었고, 나를 뒤따라오던 눈사태가 진정될 즈음에는 난데없이 커다란 화강암 덩어리 하나가 내 옆으로 떨어졌다. 나는 위를 올려다보았고 돌이 떨어질 만한 장소를 찾을 수 없었다. 하늘 한복판을 빼고는.

분지의 바닥에 도달한 나는 이미 절벽에 보이던 흰 반점보다도 낮게 내려온 상태였다. 새가 씨앗을 틈에 떨어뜨렸는지 절벽에는 뜬금없이 나무 하나가 자라고 있었다. 분기점의 꼭대기에선 햇빛 속에 가만 앉아 있으면 몸이 차가워지는 기분이 들었다. 하지만 빙하로 조성된 분지의 가장 밑바닥인 여기선 열로 인해 얼굴이 팽팽하게 당겨졌다. 나는 하늘에서 눈사태를 동반하고서 구덩이로 내려온 것이었다. 열은 태양계에서부터 화강암 절벽까지 내려와 한번 크게 튄 상태로 내게 아주 개인적으로 다가왔다. 게다가 열은 나의 빠른 발걸음에서 올라온 것이라. 단테가 지옥으로 내려갔을 때처럼 얼굴을 검게 만드는 신열을 느낄 정도였다.

나는 스스로 물을 마시는 것을 거부하여 내 몸에 의학적 문제를 일으켰다. 하루에 이렇게 먼 거리를 걸어본 적이 없는 데다 기록을 세울 때까지 아무에게도 알리고 싶지 않았기 때문에 나 스스로 알아서 처리해야 되었다. 내가 블랙풋 강에 낚시를 갔을 때가 생각났다. 날은 더웠고, 나는 강에서 물을 떠 마시기 시작했다. 곧 물 마시는 것을 멈출 수가 없었고, 심지어 물맛이 별로 좋지 않게 되었는데도 계속 마셔 결국 물을 온몸에 잔뜩 집어넣은 채 절반쯤 병에 걸린 상태가 되었다. 나는 "결코 아파선 안 돼, 그러니 물을 마셔서는 절대 안 돼."라고 추론했다. 아까 샌드위치를 먹었을 때 한 모금 정도 물을 마신 것이 기억났다. 아마 몇 모금 정도 마셨을 것이다. 하지만 나는 청년답게 고귀한 마음으로 육체의 요구를 거부하기로 맹세했다. 산맥이 쪼개지면서 형성되었고 몇 세기 동안 비명을 질러온 듯한 협곡을 내려가던 오후 내내 나는 고통을 겪었다. 결국 나는 절반쯤 어두운 반광(半光)의 상태에서 의학적 탈수 현상을 겪으며 걸어가고 있었다.

아이러니하게도 밑으로 내리꽂는 듯한 개울이 분기점을 오르는 동안 나의 옆에 있었고, 내려오는 동안에도 또 다른 개울이 나를 따라왔다. 블로젯 개울은 분지 바닥에서 시작됐는데, 난데없는 돌이 하늘 한가운데서 떨어졌던 곳의 바로 오른쪽이었다. 샘이 지천에 널렸고 그 주변을 이끼가 감싸고 있었다. 나는 모직 양말을 벗고 걸어가서 물렁해진 발바닥 살을 견고하게 하려고 그중 하나에 발을 담갔다. 물은 굉장히 찼고 내 심장이 충격을 받은 듯해서 나는 이끼가 있는 쪽으로 물러났다. 계곡으로 내려가는 도중에도 개울에 뛰어들려고 여러 번 발걸음을 멈추었다. 나는 작고 검은 송어가 개울 안에서 살아 숨 쉬는 것을 봤지만 이런 고상한 판단을 내렸다. 나 스스로 물을 마시지 않기로 했잖아.

나는 여러 가지 다른 것들을 생각해 보려고 했지만 협곡을 절반쯤 내려왔을 때 물 마시는 것 말고 다른 것은 생각할 수가 없었다. 내가 초록색 탁자에 쌓여 있는 돈을 전부 챙기는 장면을 상상해 봤지만 돈 생각을 하라는 나의 압박은 점점 약해졌고, 그 돈들이 내 손에서 천천히 빠져나가는 느낌이었다. 내가 닮고 싶은 기다란 검은 스테트슨 모자를 쓴 남자가 때때로 내게 "내가 널 보호하지."라고 말했지만 그 의미는 여전히 모호했다. 심지어 상상 속의 내 여자 친구도 잘 유지되지 않았다. 그녀는 절반쯤 감긴 눈으로 나를 쳐다봤지만 몇 년 뒤에 그렇게 했던 것처럼, 크게 윙크를 한 번 해주더니 내 상상 속에서 사라졌다.

가끔 하늘에서 고깔 모양의 타오르는 불길이 소용돌이치고 있고 우주가 뒤집혀서 지옥이 위로 올라온 것 같았을 때, 내가 방화선에 와 있는 것이 아닌가 하는 생각도 들었다. 내가 가까이 다가가자 앞에 있는 길이 땅 위로 떠오르는 가벼운 재로 가득 차 있다는 느낌도 들었다. 또 어떤 때에는 갑자기 구역질이 나면서 혹시 내가 다이너마이트 냄새를 맡은 것이 아닌가 하고 생각했다.

나는 자꾸만 뭔가 마시고 싶었다. 벌목꾼이라면 위스키 한 잔에 체이서(chaser)로 한 병의 맥주를 섞는 '폭탄주'를 마셔야 한다는 걸 나는 알고 있었다. 하지만 그보다는 아이스크림소다를 먹고 싶었다. 아이스크림 없은 소다수는 애들이나 마시는 거라고 혼잣말을 했지만 폭탄주는 내게 탈수의 후유증을 남길 것 같았다. 게다가 나는 아이스크림을 없은 소다수를 좋아했고 열일곱 살이었으므로 어떻게 어른들은 위스키를 맛 좋다고 하는지 은밀한 궁금증을 갖고 있었다. 그리하여 나는 탄산수 위에 올라가는 아이스크림 색깔을 다양하게 바꿔가는 상상을 하면서 마일에 마일을 거듭하여 걸어갔다. 흰 바닐라, 노란 레몬, 갈색 초콜릿은 내가 가장 좋아하는 맛이었지만 때로는 초콜릿보다는 딸기 맛을 먼저 집어넣기도 했다. 나는 탄산수로 컵을 거의 끝까지 채워서 아이스크림 한 덩이조차 들어갈 여유도 남겨놓지 않았다. 그 상태에서 아이스크림을 넣으면 거품이 넘쳐흐를 것이었다. 이런 식으로 내가 만들어낼 수 있는 모든 아이스크림을 소다수에 얹어 먹었으며, 항상 처음 맛을 볼 때는 넘쳐흐른 거품을 먼저 핥았다. 이런 상상을 하다니 너무 형편없고, 또 유치했으며, 그 사실을 나 자신에게 감추려고 애썼다.

마침내 내가 협곡의 입구에서 나오는 빛을 보았을 때 북쪽의 절벽은 90도가 넘게 기울어져 있었다.

그렇지만 내가 해밀턴에 도착했을 때 아주 형편없는 몰골은 아닐 것이었다. 내가 기억하고 있는 해밀턴까지의 거리가 맞는다면 말이다. 나는 해밀턴이 블로젯 협곡의 입구에서 1마일 혹은 2마일 거리에 있다고 생각했다. 하지만 마을 쪽을 잘 살펴보고서 그 거리가 믿어지지 않아서 잠시 걸음을 멈추어야 했다. 해밀턴은 계곡과 상류 쪽에서 훨씬 떨어져 있었으며, 협곡의 입구로부터 5~6마일 정도 거리였다. 강을 따라 완만히 기울어진 5~6마일의 거리는 그것만 걸어가야 한다면 식은 죽 먹기일 것이다. 그러나 30마일 가까이 산길을 걸어온 내게는 낙타의 등을 부러뜨릴 수 있는 거리였고, 그래서 길가에 앉아 땅에 잭나이프를 던지는 놀이를 하며 내 손을 진정시켜야 했다. 나는 성경을 생각해 냈고, 주님의 양팔이 나를 감싸안아 말에 태우고 더 이상의 고난이 없이 해밀턴으로 데려가 주었으면 하는 생각이 났다. 해밀턴은 저기에 빤히 잘 보였지만 내가 걸어갈 수 있다고 생각하는 거리보다 훨씬 먼 곳에 있었다. 결국 이렇게 흠씬 두들겨 맞은 건 싸움을 한 이래로 처음이었다. 열일곱 살에 나는 꽤 많은 싸움을 하여 대부분 이겼으며 자연스럽게 몇 번 지기도 했지만, 내가 덩치 큰 친구에게 밀려서 질 것 같은 상황이 되면 예전에 본 기억이 없는 누군가가 개입해서 싸움을 말려 주었다. 내가 두들겨 맞기 직전에 누군가가 나서지 않은 적은 한 번도 없었다. 싸움을 지켜볼 때 한 싸움꾼이 다리가 풀려 있고, 두 손은 내려와 있으며, 심지어 뒤로 물러날 것 같지도 않으면 한 구경꾼은 다른 구경꾼에게 이렇게 무심히 말할 수 있다. "저 배짱도 없는 개자식 좀 보게. 손을 들어 싸울 생각조차 안 하잖아." 그렇지만 다리에 아무 힘도 남아 있지 않아 손을 올릴 수도, 뒤로 물러날 수도 없는 싸움꾼의 입장이 되면 결코 그렇게 말하지 못할 것이다.

잭나이프를 던지기 가장 어려운 곳은 실제로 해보지는 않았지만 코나 양쪽 귀이다. 어쨌든 잭나이프 던지기는 도움이 됐고, 내가 왜 여기 있고 해밀턴은 왜 저리 멀리 있는지 서서히 그 이유를 밝혀낼 수 있었다. 봄에 우리 임시 관리원들은 해밀턴에서 블로젯 협곡의 입구까지 트럭을 타고 간다. 트럭에 타고 가면 2마일이나 5~6마일이나 무슨 차이가 있겠는가? 역시 그 봄에, 나는 블로젯 협곡을 내려다보지도 않았고, 따라서 어떻게 빙하가 협곡을 만들었는지, 또 어떻게 협곡의 잔해를 강까지 밀어냈는지 쳐다보지도 않았다. 해밀턴은 그 강 위에 있었고, 이제 왜 내가 4~5마일은 아직 더 가야 하는지 이해하게 되었다.

그렇게 생각을 정리하고서 나는 일어나 잭나이프를 툭 쳐서 접고 걷기 시작했다. 때로는 왜 두들겨 맞았는지 아는 것과, 아무도 구해 줄 수 없고 오로지 자신의 힘으로 해내야 한다는 깨달음을 얻는 것이 그나마 건질 수 있는 지혜였다. 그것은 또한 이길 수 있는 밑천이 된다.

자꾸 보고 있으면 해밀턴이 가까워지는 것 같지 않아서 나는 도착할 때까지 보지 않기로 했다. 그래도 해밀턴이 거기 있다는 것에 감사했다. 비록 내가 기대했던 곳에 있지는 않았지만 적어도 이해할 수 있는 곳에 있었다.

그 당시 내가 또 해밀턴에게 감사했던 것은 지친 하루가 끝난 뒤에 간단히 알아볼 수 있는 표면적 구조를 가지고 있었기 때문이다. 블로젯 협곡에서 시작되는 길은 오른쪽 각도로 꺾였고, 대로와 만났다. 그리고 해밀턴의 대로는 말 그대로 대로(Main Street)라고 불렸다. 오른쪽 각도에서 교차하는 길은 숫자로 이름이 지어졌다. 나는 대로를 따라 걸어갔고, 3번가와 2번가 사이에 약국이 있다는 것을 생각해 냈다. 나는 그 드러그스토어로 들어가 아이스크림을 넣은 소다수를 두 개 주문했다. 하나는 흰 바닐라를, 하나는 노란 레몬을 넣어달라고 했다. 내가 선호하는 색깔의 아이스크림 순서를 완성 짓기 위해 세 번째로는 초콜릿을 넣은 것을 주문하려 했지만 드러그스토어 점원이 말했다. "젊은 친구, 이젠 더 먹으면 안 돼." 나는 계산대 뒤로 가서 점원을 초콜릿 아이스크림 냉동고로 처넣고 싶다는 생각이 들었다. 감히 나를 "젊은 친구(son)"라고 부르다니. 하지만 내 의지를 발동하여 그런 난폭한 행동을 억제한 것은 아니었다. 나는 온통 이상하다는 느낌에 휩싸였다.

모든 것이 굉장히 빠르게 돌아가고 있었다. 내가 마을에 들어가면 분명 슬슬 느려지다가 멈출 거라고 생각했던 "이제 그만두자"의 리듬도 빠르게 흘러갔다. 내가 이번 여름에 하려 했던 모든 것들을 바로 지금 해치우고 싶다는 생각이 들었다. 나는 숲에서 모든 비터루트 직원들이 마을에서 제일 맛있는 식당이라고 말하던 중국집을 찾아보고 싶었고, 옥스퍼드 도박장을 찾아내 야바위꾼들이 활동하는 모습도 보고 싶었다. 호텔을 찾아가 짐을 놔둔 다음 씻고 싶었고, 잠시 누워 있다가 마을로 나가서 한번 둘러보고 싶었다. 잠시 눕는다는 생각은 제일 끌리지 않았다. 나는 아무나 붙잡고 중국집이 어디에 있는지 물어봤고, 내가 지금 서 있는 3번가와 2번가 사이의 블록에 있다는 것을 알아냈다.

계산대 뒤에 서 있는 중국인은 검은 비단으로 된 코트와 흰 셔츠, 그리고 검은 짧고 가는 넥타이를 맸다. 그는 내 몰골과 덕지덕지 기운 내 옷, 짐, 그리고 3개월간 자르지 않은 머리를 살펴봤다. 내가 엘크 서미트에서 산림청 일을 하고 있다는 것을 별로 대단치 않게 생각하는 것이 분명했다. 나는 어느 자리에 앉으면 되겠냐고 물어보지도 않은 채 주방 근처로 걸어가 홀에서 가장 작은 식탁에 앉았다. 나는 다른 의자에 내 짐을 내려놨다. 흰옷을 입은 웨이트리스가 메뉴를 가지고 다가왔다. 그녀의 목소리는 약간 허스키였다. 내가 이번 여름에 처음으로 냄새를 맡아본 여자였고, 정말 그녀에게서는 여자 같은 냄새가 났다. 나는 뭐가 메뉴에 있는지 읽을 수가 없었다. 아마도 중국 음식의 이름을 몰랐거나 글자가 잘 보이지 않았을 수도 있었다. 웨이트리스가 몇 번이나 다가와선 나를 쳐다봤다. 나는 결국 "내

몰골이 지저분해 보이는가 보지."라고 생각했고, 그녀에게 남자 화장실이 어디 있는지 물어봤다. 나는 찬물에 씻었고, 버튼을 누르면 한 번에 30센티미터 정도 나오는 수건으로 물기를 닦아 냈다. 나는 머리를 감았지만 빗이 내 짐 속에 들어 있어 머리카락을 빗지는 못했다. 내 머리는 젖은 채 끈적끈적 달라붙어 있었다. 다시 자리로 돌아왔을 때 나는 씻었음에도 불구하고 기분이 별로 나아지지 않았다.

웨이트리스가 곧 내 자리로 와 여전히 난감한 표정을 지으며 물어왔다. "이제 주문을 하실 수 있겠어요? 먹기 전에 한 시간 정도 더 기다리는 건 어때요?"

마을에 들어서면 이런 이상한 느낌이 들 것이라고 미리 알았더라면 나는 해밀턴으로 결코 오지 않았을 것이다. 내가 말했다. "아니, 지금 주문하죠." 웨이트리스는 나의 주문을 받아가야 한다는 것을 짐작한 듯하다. 그녀가 내게 물었다. "이런 걸 드셔보시는 건 어때요?" 그러면서 그녀는 끝이 수이(suey)나 멘(mein)으로 끝나는 뭔가를 내게 말해줬다. 그때마다 나는 "그거 좋을 것 같네요."라고 대꾸했다. 나는 내 몰골이 말이 아님에도 불구하고 중국집 같은 고급 식당을 내 집처럼 느낀다는 것을 웨이트리스에게 보여주기 위해 과도하게 예의를 차렸다. 그녀가 연필을 블라우스 주머니 안으로 집어넣고 주방으로 향할 때까지 "그래요, 그거 괜찮겠네요."라는 말만 반복했다.

이제 혼자가 되자 나는 굉장히 아팠다. 내가 그렇게 아픈 줄 그때까지 모르고 있었다. 내가 아는 것은 세계가 두 부분으로 만들어졌다는 것이었다. 중국집의 안과 밖. 지금 있는 곳이 아닌 어떤 곳이라도 갈 수만 있다면 기분이 한결 나아질 것 같았다. 그리고 나중에 옥스퍼드를 찾아가 볼 생각이었다.

마침내 웨이트리스가 왔을 때 내가 말했다. "내 계산서를 가져다줄 수 있겠습니까?" 그녀가 갑자기 놀라면서 말했다. "하지만 아직 드시지도 않았잖아요." 내가 말했다. "알아요. 그냥 계산서를 가져오세요." "잠시만 기다려 주시겠어요?" 그녀는 주방이 아닌 계산대로 가서 짧고 가는 넥타이를 맨 중국인과 이야기를 했다.

내 안의 모든 것이 구역질나게 빠르게 돌아갔고, 내 밖의 모든 것이 구역질이 날 정도로 조용했다. 계산서가 나올 때까지 내가 얼마나 더 기다려야 신선한 공기를 마실 수 있는지 의아해졌다. 심지어 그들이 계산대 뒤에서 어떤 말을 속삭이는지 짐작할 수 있었다. 벌목꾼들은 계산대 뒤에 있는 중국인을 상대로 거의 같은 농담을 지껄였다. 넷 혹은 다섯 정도의 벌목꾼들이 함께 중국집에서 식사를 마친다. 그중 한 명이 천천히 계산대로 걸어가 중국인에게 말한다. "저 친구(식탁이 있는 방향을 가리키며)가 내 것을 계산할 거야. 내기에서 졌거든." 그렇게 그는 가게를 빠져나가고, 오로지 한 사람이 남을 때까지 그런 짓이 반복된다. 홀로 남은 벌목꾼은 자기가 먹은 음식값만 내려놓고 이렇게 말한다. "제길, 나보고 다른 녀석들 밥값을 내라는 거야? 난 그 녀석들하고 거의 알지도 못하는 사이라고." 나는 혼자였지만 분명 산림청에서 온 사람이었고, 저녁을 주문한 데다 그것이 오기도 전에 식당을 나가려고 하는 참이었다. 그것은 다소 다른 형태의 벌목꾼 게임이었지만, 아무튼 벌목꾼과 중국인 사이의 게임에서는 중국인이 지는 것으로 되어 있었다. 웨이트리스는 급히 나를 지나쳐 주방으로 갔고, 일부러 내 쪽은 보지 않으려 했다.

나는 더 이상 누군가를 기다릴 수 없었고, 누군가에게 말하는 것도 싫었다. 나는 일어나면서 짐을 어디다 뒀는지 잘 기억하고 있다고 생각했다. 주방의 문이 열렸고, 나는 그 이전까지 얼마나 많은 중국인들이 중국집 주방에서 일하고 있는지 알지 못했다. 그들은 어린 아이부터 늙은 사람까지 하나의 가족이었고, 모두 육류를 자르는 칼을 들고서 내 뒤로 천천히 따라와 계산대로 향했다. 웨이트리스는 겁에 질린 채로 쳐다보았다. 그녀는 내가 마침내 소동을 부린다고 생각했을 것이다.

나는 계산서를 여러 번 내려다보면서 총액이 내 손에 쥔 50센트 실버 동전에 못 미치는지 확인했다. 나는 계산서와 돈 모두 계산대 옆에 내려놓았다. 내가 계산서를 지불한 것은 그 중국인들에게 이해하기 어려운 농담이었던 것 같다. 나는 잔돈을 받으려고 손을 뻗었고, 이쑤시개가 담긴 잔을 쳐서 떨어뜨렸다. 그러고는 내 몸이 천천히 이쑤시개가 흩어진 바닥으로 쓰러졌다.

나는 바닥에 쓰러진 것을 기억하지 못했다.

그 다음으로 내가 기억하는 것은 약간 허스키한 목소리와 여자의 향기였다. 눈을 떴을 때 나는 웨이트리스가 냅킨으로 내 얼굴을 닦아주는 것을 직접 보는 것보다 더 구체적으로 느낄 수 있었다. 나는 그 즉시 그녀를 사랑하게 되었다. 내가 머무르던 어떤 곳에서든 나는 굉장히 외로웠고, 그렇게 몸을 굽혀 얼굴을 닦아준 것만으로도 그녀를 사랑할 수밖에 없었다. 중국인들은 나를 둘러싼 채로 앞으로 몸을 구부려 나를 보고 있었고, 자신들이 본 광경에 겁먹는 것 같았다. 짧고 가는 넥타이를 맨 중국인은 자신의 가게에서 이런 불상사가 일어났다는 것 때문에 울적해했다. 웨이트리스는 활짝 미소 지으며 말했다. "의사를 불렀어요."

나는 의사가 올 때까지 꽤 걸리겠다고 생각했지만 눈을 떴을 때 옆에서 이미 의사가 가슴에 청진기를 대고 있었고, 그 뒤론 나를 일으켜 등에다가도 청진기를 댔다. 내가 깨어나자 의사는 질문을 했다. 그는 노인이었고 스테트슨 모자를 썼다. 그런 것들로 그가 좋은 사람이란 것을 단번에 알아보았다. 아무도 의사가 묻기 전까지 한마디도 하지 않았고, 의사는 모두가 겁먹고 있다는 것을 알았다. 그는 되도록 빨리 조치를 할 것이니 겁먹을 필요가 없다고 말했다.

그는 내 셔츠를 당겨서 단추를 채우기 전에 이렇게 말했다. "이건 그 빌어먹을 아이스크림소다 때문이야."

그는 나뿐만이 아니라 모두를 향해 그렇게 말했다. 그는 이런 일이 벌어진 경위를 설명했다. 내가 너무나 많이 걸었고, 날은 너무 더웠으며, 아무것도 마시지 않았다는 것이다. 그런 상태에서 저 빌어먹을 아이스크림소다를 두 개나 먹어 탈이 났다는 것이다. 이것이 그가 우리에게 해준 의학적 설명이었다. 그는 '과격한 운동(의사의 말)'에서 나온 피는 대부분 내 몸의 바깥쪽 그러니까 다리, 팔, 근육 같은 곳에 있다고 했다. 그런데 내가 저 빌어먹을 아이스크림소다를 두 개 먹었고 몸이 차가워져 피가 전부 내 안쪽으로 몰려가 내 머리가 텅 비어버리면서 실신한 거라는 얘기였다. 의사는 걱정하지 말고 하루 이상 마음을 편히 먹고 있으면 전처럼 좋아질 것이라고 말했다. 우리는 이제 사태의 진상을 정확하게 파악했고, 모두 안도했다.

그는 작은 마을의 의사였고, 나는 한 번도 큰 마을의 의사에게 작은 마을 의사의 진단에 대해 견해를 물은 적이 없었다. 그렇지만 그 어떤 큰 마을의 의사도 작은 마을의 의사가 내게 그다음에 해줬던 말을 해주지 않았다. "내일 아침 내 병원으로 진료를 받으러 와. 듣고 있나? 만약 자네가 내일 병원에 오지 않을 생각이라면 지금 진료비를 청구할 거야. 내일 온다면 지금이건 내일이건 비용을 청구하지 않겠어. 내가 바라는 건 자네가 괜찮다는 걸 확인하는 거니까."

그러자 내 주변에 있던 중국인들의 동그라미가 흩어졌고, 그들은 내가 쓰러질 때 손에서 빠져나간 잔돈을 찾는 것을 도와줬다. 의사는 비단 코트를 입은 중국인에게 말했다. "이 사람을 호텔로 데려다 주시오." 나는 그 이후에 일어난 일은 그 어떤 것도 오랫동안 기억해 내지 못했다. 다시 기절했거나, 아니면 혼곤한 잠에 빠져든 것이겠지.

심지어 잠에서 깰 때에도 내가 호텔에 있다는 것을 정확하게 알지 못했고, 아마도 그러려니 추측했을 뿐이다. 일어나면서 옷을 확인해 보니 그것들은 의자에 걸려 있었다. 짐은 구석에 놓여 있었고, 내가 가지고 있어야 할 액수의 돈이 호주머니에 들어 있었다. 한동안 잠들었다는 것을 알았고, 새벽이 오려면 아직 시간이 많이 남았다는 것도 알았다. 나는 침대로 돌아가서 내 신체와 주변에 이상이 없는지 확인했다.

처음엔 내 몸에 대해서 확인해 보려 했지만 오래지 않아 주변 환경이 내 의식을 비집고 들어왔다. 나는 지금이 해밀턴이며 토요일 이른 아침이라는 것을 깨달았다. 아직 이른 새벽이어서 토요일 밤이 되면 대체 어떤 기분일지 알 수 없었다. 하지만 머리에 이쑤시개가 박힌 채로 계산대 앞에서 쓰러졌던 전날 밤에 대해서는 굉장히 기분이 좋지 않았다. 내 경험으로, 여자들과 소설 속 이야기를 제외하고 아무도 기절한 적이 없었다. 실제로 나는 기절했다는 사람을 만나 본 적도 없었다. 갑작스럽게 나는 갑작스러운 슬픔의 거대한 파도를 느꼈다. 엘크 서미트에서 온 사람 중에는 내가 유일하게 중국집의 바닥에 드러누운 것이 분명했다. 그렇게 된 이상 하루 만에 14마일 산길을 올라가서 다시 14마일을 내려왔다가 거기서 5~6마일을 더 걸어왔다는 자랑을 빌에게 할 수 없게 되었다. 다가오는 밤은 빌과 요리사, 임시 관리원들과 내가 함께하는 마지막 밤이 될 것이었다. 나는 자신을 다잡으며 말했다. "오늘 밤에 난 상태가 좋아야 해. 그 빌어먹을 요리사가 기절해 버렸으면 좋을 텐데." 나는 조금 더 스스로를 다잡았다. "지금보다 좀 더 기분이 좋아져야 할 텐데. 물론 현재도 나쁘지는 않아, 하지만 침대에 일어나서 복도를 걸어가는데 신체 이상이 발견되면 어쩌지."

생각이 이렇게 흘러가는데 주변 상황이 내 의식을 비집고 들어왔다. 거대한 엉덩이가 내 침대 옆의 벽을 밀고 나와 나를 쿡 찔렀다. 흔히 말하듯이 나는 벌떡 일어났다. 그건 엉덩이가 분명했다. 하지만 대체 엉덩이가 어떻게 벽을 밀고 들어올 수 있지? 방에는 어슴푸레하게 빛이 들어왔고, 나는 벽을 살펴봤다. 맹세하거니와 벽은 캔버스 천으로 되어 있었다. 내 침대 옆의 벽은 때때로 불룩 튀어나왔는데 블로젯 협곡을 조성한 빙하가 옆방에서도 작용하는 것이 아닌가 하는 생각이 들었다. 갑작스레 나이 든 스미스 씨와 맥브라이드 씨가 내게 말해준 것이 생각났다. "이건 옛날 서부의 매음굴 비슷하구먼." 나는 거기에 덧붙여 생각했다. "방들이 캔버스 천으로 구분이 되어 있는 매음굴." 나는 주위를 살피며 귀를 기울였다. 내 방으로 벽을 불쑥 밀고 들어오는 옆방에서 무슨 일이 벌어지는지 확인한 뒤 이렇게 중얼거렸다. "대체 무슨 소리야, 옛날 서부의 매음굴과 비슷하다고? 비슷한 게 아니라 바로 그거잖아."

처음에 나는 옆방에 여러 명이 있을 거라고 생각했지만 마침내 상황을 정확하게 파악했다. 침대의 이쪽저쪽을 오가며 기둥서방이 창녀와 섹스를 하고 있었고, 이따금 경로를 이탈해서 내 벽에 엉덩이의 봉우리와 뾰족한 바위를 남기고 되돌아갔던 것이다. 불행하게도 열심히 움직이고 있는 건 기둥서방의 엉덩이뿐이었다. 창녀의 것은 일직선을 유지하고 있었고, 단 한 번도 벽을 넘어와 나를 찌르지 않았다. 결국에 나는 왜 그런지 알게 되었다. 그녀는 섹스 내내 단조로운 목소리로 지껄여댔다. 기둥서방이 그녀 모르게 다른 창녀들과 오입질을 하고 돌아다닌다고 계속 불평했다. 나는 그해에는 리듬에 굉장히 민감했는데 그 운율을 맞춰본 결과 마침내 창녀의 불평이 어떤 내용인지 알아차릴 수 있었다. 종종 벌어지는 중간 휴지(caesuras)를 인정해 준다면, 그녀는 무운시(blank verse)를 말하는 중이었다.

그해에 나는 우리 고등학교에서 가장 유명한 영어 선생님으로부터 영어를 배웠다. 그녀는 굉장히 잘 가르쳤지만 시와 학생에 대해서 조금은 지나치다 싶을 정도로 강박적이었다. 초겨울이 되자 그녀는 학생들이 소네트(열 개의 음절로 구성되는 시행 열네 개가 일정한 운율로 이어지는 14행시. -옮긴이)를 쓸 수 있다고 생각했고 그래서 학생들에게 소네트를 하나씩 써 오라는 숙제를 냈다. 그 당시 몬태나의 고등학교 2학년생들은 뱃대끈이 어디서 끝나는지 안장 가죽끈이 어디서 시작되는지는 알아도 소네트의 처음 8행(octave)이나 마지막 6행(sestet) 같은 것은 몰랐다. 그래서 며칠간 고민을 하다가 나는 어머니에게 가서 나의 문제를 말했고, 그녀는 내가 정말 고민하는지 유심히 지켜본 뒤 이렇게 말했다. "설거지가 끝나면 도와주마." 그렇게 우리는 탁자에 앉았고, 나는 어머니의 왼손을 붙잡았다. 그녀는 오른손으로 소네트를 썼는데 그 왼손은 떨고 있었다. 어머니의 소네트는 "눈이 먼 밀턴에 대하여"였고 그건 내가 전에 한 번도 들어본 적이 없는 얘기였다. 그 시는 미줄라 고등학교의 영어 선생들에게 굉장히 훌륭하다는 평가를 받았고, 5월에는 '올해의 최고시'라는 상을 받았으며, 학교 연보(年報)에는 시 옆에 멍청한 표정의 내 사진이 붙어서 나갔다. 어머니는 나를 굉장히 자랑스러워했지만, 내가 최소한 운율을 맞추는 걸 배울 때까지는 저녁식사 후에 남아 공부해야 한다고 조용히 말했다. 그렇게 해서 다시 우리는 탁자에 앉게 되었고, 이때는 밀턴이나 셰익스피어의 작품이 우리 사이에 놓였다. 또다시 나는 어머니의 왼손을 붙잡았고, 어머니는 오른손으로 강세가 있는 음절을 리듬을 타고 시를 써 나갔다. 우리는 약강 5보격(iambic pentameter)의 시를 썼는데 우리의 무운시는 밀턴이나 셰익스 피어의 것과는 다르게 변형이나 파격이 없었다. 우리는 이렇 게 썼다. "불사신 밀턴, 내 영혼을 짓는 자."("Ĭmmórtăl Mílton, búildĕr óf m̌y sóul.") 여하튼 몬태나의 고등학교 2학년생들이 운 율을 알아보고서 약강 5보격의 시라고 자신 있게 말할 수 있는 그런 시였다. 적어도 그들은 이 시에서 다섯 개의 강세를 읽어 낼 수 있었다.

처음에 나는 옆방의 리듬을 집어낼 수가 없었다. 분명 그녀 는 예비 단계였고, 그래서 지금은 그저 화를 내며 불경스러운 말을 내뱉고 있었다. 가령 "이 빌어먹을 개자식." 같은 것이었 다. 그러고 난 뒤 그녀는 기둥서방이 자기 몰래 오입질한 사례 를 한 행씩 말하기 시작했다. 이어 이런 후렴으로 각 행을 마무 리했다. "너는 돼지 창자만큼이나 비뚤어진 놈이야."("Yŏu áre ăs cróokĕd ás ă túb ŏf gúts.") 그녀는 이 말을 좋아하여 계속 반복 했다. 나는 그 후렴으로부터 운율을 집어냈고, 처음으로 그녀 가 약강 5보격을 말하고 있다는 것을 깨달았다. 하지만 이곳저 곳으로 생략되고 뛰어넘어가는 변형이나 파격은 나나 어머니 가 쓴 시보다 밀턴이나 셰익스피어의 시를 더 닮았다. 분명 기 둥서방은 창녀 몰래 오입질을 했을 뿐만 아니라 그것에 대해 자랑스레 떠벌이고 돌아다닌 모양이었다. 왜냐하면 그녀가 항 상 이렇게 끝나는 또 다른 후렴을 보여줬기 때문이다. "너는 까 마귀 새끼 같은 놈이야. 입이나 그 엉덩이나."("Yŏu're líke ă báby̌ cró̌w, ăll móuth ănd áss.") 나는 기둥서방의 입이 그녀가 말한 것처럼 생겼는지 확인할 수는 없었다. 왜냐하면 그는 엉덩이를 놀리느라고 바빠서 입을 열 수가 없었기 때문이다. 하지만 그의 커다란 엉덩이가 다른 창녀들이랑 오입질을 할 정도로 가볍게 들썩거린다는 것은 내 방의 캔버스 천 벽에 만들어내는 굴곡진 산봉우리 무늬를 확인하면 금방 알 수 있었다. 그 엉덩이는 마치 물결처럼 벽을 오르내렸고, 무지개 송어처럼 튀어 올랐다.

나는 창녀가 어떻게 생겼는지 상상해 보려다가 그녀의 약강 5보격 리듬 때문인지 다시 잠 속으로 곯아떨어졌다. 내가 한참 뒤에 깨어났을 때 옆방에서는 미동도 없었다. 내가 다시 잠들었나 보다 생각하면서 그 기둥서방과 창녀의 일, 특히나 그중에서도 약강 5보격 리듬은 꿈인지 생시인지 아리송했다. 내 몸이 좋지 않아서 내 안에 있던 리듬이 그런 변형으로 나타난 게 아닐까 하는 생각도 들었다. 복도 바깥쪽에선 어떤 행진 같은 것이 벌어지고 있었는데 사라졌다 나타났다를 반복했다. 나는 사라지는 때를 기다렸다가 머리를 내밀었다. 분명 그 기둥서방이었다. 내가 희미한 가스 불빛에서 분명하게 알아볼 수 있는 것은 털투성이 엉덩이뿐이었다. 그가 복도의 끝에서 돌았고, 창녀가 그의 품에 안겨 있었고, 그녀의 작은 엉덩이와 무릎은 그의 배에 올라탄 채 V자를 그리고 있었다. 그들은 섹스하며 산보하는 중이었고, 밤에 진짜로 본격적인 일(어리숙한 손님을 유인하여 창녀가 섹스를 하고 있으면 기둥서방이 갑자기 나타나 그 손님으로부터 돈을 뺏는 일. – 옮긴이)을 시작하기 전에 가볍게 몸을 푸는 중이었다. 그들은 복도를 걸어서 내 쪽으로 오고 있었고, 나는 왜 그런지는 몰라도 목을 도로 집어넣을 수가 없었다. 그들은 움직이지 않는 내 코의 바로 앞을 스쳐 자신들의 방으로 향했다. 기둥서방은 발가락으로 선 채 걸었고, 자신의 일을 너무 사랑한 나머지 내가 있다는 건 아예 알아채지도 못한 것 같았다. 하지만 창녀는 어디서든 볼 수 있는 험악한 인상에 키 작은 여자였다. 그녀는 동시에 두세 개 정도의 일을 생각할 수 있는 것 같았다. 나를 포함해서 말이다. 그녀는 어깨 뒤로 목을 반쯤 틀고 한 번 나를 째려보았다. 그리고 목을 더 틀더니 내게 말했다. "이 썹새끼 꺼져(Go fuck yourself)." 여전히 그녀는 약강(弱强)의 운율에 맞추어 썹과 꺼를 세게 말했다. 비록 영어에서 가장 유명한 그 문장(Go fuck yourself)을 약강 5보격으로 읊었다고 해도 학교라면 그 독창성을 평가하지 않겠지만 말이다.

늙은 벌목꾼들은 "움직이는 매음굴"에 대해서 이야기를 하곤 했는데 이제 나는 그들의 말이 무슨 뜻인지 좀 더 분명하게 알 수 있었다. 나는 그 다음에 이런 말을 덧붙이고 싶었다. "온 밤을 창녀들은 호텔 주변을 돌아다닌다." 하지만 모든 창녀들이 돌아다니는 건 아니라는 걸 곧바로 기억해냈다. 내 옆방의 창녀가 그러했다. 그녀는 때때로 너무 벽 쪽에 가까이 붙었고, 그래서 나는 그녀를 옆으로 슬쩍 밀어내야 할 때도 있었다.

이 모든 일이 벌어지고 있을 때 나는 몸이 별로 좋지 않았다. 결국 나는 곯아떨어졌고, 아침 늦게까지 일어나지 못했다. 잠에서 깨어났을 때 나는 한결 상쾌한 기분이었다. 어쨌든 나는 리듬으로 가득 찬 상태였다. "이제 그만둘 거야."라고 흥얼거리던 나의 리듬에 내 옆방에서 흘러나온 리듬이 영구히 추가되었다.

이 리듬은 모두 약강 운율이었다. 하지만 이제 가장 크게 울리는 리듬은 "토요일 밤은 해밀턴에서."였다. 나는 이 리듬의 이름을 알지 못했지만 "이곳은 태초의 원시림이다."라는 리듬과 비슷하게 들렸다.

생각했던 것보다 약간은 더 비틀거리며 옷을 입은 뒤에 나는 복도를 한번 걸어보았고, 다시 방에 들어와 침대에 누웠다. 마침내 아침을 먹기 위해 먹을 만한 곳을 찾아다녔는데 중국집은 아니었다. 내가 어젯밤 사랑에 빠졌던 웨이트리스가 낮에 보면 생각보다 미울까 봐 두려웠기 때문이다. 나는 그리스 식당을 찾았고, 중국집 웨이트리스에 대한 첫인상을 유지하기 위해 그 집으로는 다시 가지 않았다. 내 앞의 메뉴를 두고 나는 긴 시간을 생각했고, 결국엔 차와 토스트를 주문했다. 새로 만난 웨이트리스의 얼굴 표정은 그녀가 첫눈에 나와 사랑에 빠지지 않았음을 말해줬고, 또한 이 노동자 식당은 즉석 주문을 별로 반기지 않는다는 것도 말해줬다. 특히나 커피 대신에 차를 포함시켰을 때는 더더욱 싫어했다. 상황을 더 악화시킨 건 내가 차는 별로 마시지 않고 토스트만 먹었다는 것이었다.

그러고 난 뒤 나는 병원을 찾았는데 대로에서 한 블록 떨어진 임대료 싼 건물에 있었다. 병원은 작았고, 사람들로 붐볐으며, 병원을 감싸고 있는 공기는 건물이 지어졌을 때의 그 공기가 그대로 머물러 있는 것 같았다. 사람들은 스프링이 드러난 긴 의자에 앉아서 대기했고, 창에 거꾸로 보이는 의사의 이름은 의학박사 찰스 리치라고 적혀 있었다.

리치 박사는 복잡한 의학 분야는 진료하지 않는 듯했다. 그는 검은 스테트슨 모자를 쓰고 진료실에 앉아 각 환자마다 5분 정도 진찰했다. 그는 안쪽의 진료실에서 고개를 내밀고 손가락으로 환자를 가리킨 뒤 위아래로 까딱거렸다. 내 차례가 되자 그는 내가 진료실에 들어가기도 전에 청진기를 꼈다. 그는 아무 말도 하지 않았고 어제 댔던 바로 그 부분의 가슴에 청진기를 대고 뭔가 유심히 들었다. 나는 은근히 걱정이 됐다. 마침내 그는 청진기를 귀에서 떼어 내고 이상 없다는 것을 확신하면서 전날 밤처럼 격려의 말을 했다. "자넨 이제 괜찮아." 그러고 난 뒤 어디에 사냐고 물었고, 나는 미줄라라고 대답했다. 그는 내게 하루 정도는 더 해밀턴에서 머무르는 게 낫겠다고 했다. "좀더 편하게 있도록 해." 그가 말했다. "싸움에 휘말리지 말고."

나의 증세는 단순한 것이었고, 리치 박사는 내게 한마디만 더 했다. "이게 다 그 빌어먹을 아이스크림소다 때문이야. 다음에는 좋은 위스키만 마시라고."

그의 말은 좋은 충고처럼 보였고 게다가 공짜였다. 나는 그때 이래 그에 대한 감사 표시로 그 말을 따르고 있다.

나는 그에게 사례하려 했으나 그는 이미 다른 환자에게 손가락을 까딱이고 있었다.

내 방으로 되돌아오는 길에 다른 호텔을 알아보았는데 하룻밤에 디럭스 방(욕실이 있고 더블 침대가 있는 방)이 25센트였다. 내가 묵었던 방에 짐을 챙기러 막 들어가려던 차에 내 이웃의 방이 활짝 열려 있는 것을 보았다. 창녀는 알몸으로 거울 앞에 서서 모자를 써보고 있었다. 그녀는 하이힐을 신어 키를 높였고 굉장히 큰 모자를 이리저리 기울여가며 써보는 중이었다. 하지만 나를 보았을 때 그녀는 똑바로 보기 위해 모자를 벗었다. 그녀가 지난밤 내게 말했던 바로 그 욕설을, 역시 '씹'과 '꺼'를 세게 발음하며 말했다. 방으로 들어간 다음 나는 다시 침대에 누워야 했다. 나는 천장을 바라보며 언젠가 내 옆방의 창녀와 요리사가 서로 교제하기를 바랐다. 둘이 붙으면 누가 이길지 궁금했다.

그 후 짐을 챙겨 계단을 내려갔으나 방값을 받는 사람이 없었다. 그 호텔에선 아마 방값은 따로 매기지 않는 것 같았다. 호텔을 바꾸느라 힘을 써서 그런지 기억이 안 나지만 새로운 호텔 방으로 들어왔을 때 나는 다시 뻗을 수밖에 없었다. 나는 나가떨어졌고, 봄에 집을 떠난 이래 처음으로 회반죽을 바른 벽에 어깨를 부비며 안전하다고 느꼈다. 요 며칠 사이 처음으로 거의 늦잠이라고 할 정도로 푹 잤다. 잠에서 깨어나니 느긋하게 침대에서 일어날 여유는 없다는 것을 알았다. 심지어 시계를 들여다보기도 전에 빌과 임시 관리원들이 분기점 근처의 빅 샌드 호수(Big Sand Lake) 캠프에서 도착하는 중이거나 이미 도착했을 것이라고 짐작했다. 큰 주전자에서 물을 받아 얼굴을 씻었는데 물은 오래되어 쉰내가 났다. 하루 만에 엘크 서미트에서 해밀턴까지 걸어왔다는 사실을 자랑하려 했던 나의 생각에서 쉰내가 나는 것과 비슷했다.

산림청 사람들이 가축들을 매어놓곤 했던 블로젯 협곡 입구의 울타리에 도착했을 때 빌은 이미 대열에서 짐을 내리고 있었고 요리사와 캐나다인은 산림청 사람들이 창고로 바꿔버린 오두막집의 그늘에 앉아 있었다. 나머지 직원들이 도착하지 못한 걸 봐서는 요리사와 캐나다인은 말을 타고 오고 나이가 들어 보폭이 좁은 스미스 씨를 포함하여 나머지 사람들은 걸어 오는 바람에 뒤처져서 오고 있는 중이었다. 아무도 캐나다인이 말을 타고 오고 오두막집에 앉아 빌의 하역을 도와주지 않는 것에 대해 불평하지 않았다. 그는 말이 그를 데리고 협곡으로 내려오는 동안에 살아있다는 것만으로도 행운이었다. 요리사에 대해서 말해보자면, 그 친구의 발을 걷어차고 싶은 기분이었으나 숲의 사정을 잘 아는 사람으로서 자제할 수밖에 없었다. 숲에서 요리사들은 캠프의 왕으로 알려져 있으며, 그들은 옥좌에 굳건히 앉아 있다. 왜냐하면 숲의 생활 중 먹는 것이 대부분을 차지하기 때문이다. 숲에서는 거의 죽을 정도로 힘들게 일을 했고, 남은 시간의 대부분은 먹으면서 원기를 보충해야 되었다. 게다가 임금이 박한 산림청에서 정당한 보상을 찾으려고 한다면 숲에 있는 동안 먹는 것만큼은 악착같이 챙겨 먹어야 했고 가능하다면 그것을 즐겨야 했다.

그래서 우리는 숲에서 해야 할 일을 모두 해야 되었지만 빌어먹을 요리사는 그저 요리만 하고 산림 관리자와 잡담만 하면 되었다.

말 한마디 없이 빌과 나는 수송 대열에서 짐을 내리고 안장을 풀었고, 짐, 안장 그리고 흠뻑 젖은 안장 방석을 창고로 들고 갔다. 파리를 잡으면서 그늘에 앉아 있던 요리사의 바로 옆을 지나치면서.

마침내 빌과 나는 대화를 나눴다. 산림청 일을 할 때는 온전한 문장을 말하는 경우가 거의 없었다. 일을 하다 중얼거리거나 숨을 돌려야 하기 때문이기도 했고, 무엇보다도 숲에서 일하는 사람들은 온전한 문장을 말할 정도로 한가하지 않았기 때문이다. 빌은 노새의 한쪽 짐을 덜어냈고, 나는 그 반대편의 것을 덜어내고 있었다.

그가 물었다. "너 어떻게……?"

나는 짐을 어깨에 걸치면서 중얼거리듯 대답했다. "해냈지요……."

만약 우리가 문장을 완성하려는 태도와 의향이 있었다면 아마도 이런 식으로 들렸을 것이다. 질문: "엘크 서미트에서 여기까지 걸어오는 길은 어땠어?" 대답: "해냈어요, 하지만 더 이상은 묻지 말아줘요."

우리는 온전한 문장을 말하지 않고서도 서로 이해했다. 그래서 뒤처져 오던 임시 관리원들이 울타리에 도착할 때까지 더 이상 아무 말도 하지 않았다. 관리원들은 기어가다시피 울타리를 통해 들어와 요리사와 캐나다인 근처의 그늘에 앉았고, 그후 서로 아무런 말도 하지 않았다. 나는 내게 신경을 많이 써준 스미스 씨를 유심히 살폈는데, 그는 짧은 보폭을 힘들게 옮기고 있었고, 또 평소라면 노인성 혈관으로 검었을 반다나 윗부분의 목이 땀범벅이 되어 아주 하얗게 된 것을 보고 마음이 아팠다.

관리원들이 휴식을 취할 동안 빌과 나는 가축들에게 귀리를 먹였다. 때는 9월이었고, 여름 내내 동물들이 비터루트 분기점을 넘으며 짐을 지게 한 다음에 녀석들이 길가의 풀밭에서 풀만 뜯어먹고 살아남기를 기대할 수는 없었다. 빌은 동물들이 자랑스럽다는 말은 안 했지만 녀석들이 힝힝거리며 귀리를 먹고 있을 동안 한 마리씩 엉덩이를 두들겨주었다. 힘든 여름을 견뎌왔는데도 녀석들은 건강한 모습이었다.

빌은 동물들을 돌본 다음 관리원들에게로 주의를 돌렸다. 빌과 스미스 씨는 뭔가 대화를 나누었으나 나는 그들이 거사에 앞서 뭔가 계획을 의논하고 있다고 생각하지 않았다. 빌이 말했다. "우리는 한 팀이긴 하지만 옥스퍼드에 갈 때까지는 떼 지어 몰려다니지는 말자고. 보기 좋지 않을 거야."

스미스 씨가 물었다. "언제 우리가 필요하지, 빌?"

빌이 말했다. "9시 반이나 10시 사이에 옥스퍼드에 오면 될 것 같군요."

스미스 씨는 나이에 비해선 놀랄 만한 회복력을 보이고 있었다. 그는 반다나를 풀고 목을 닦았다. 그는 항상 빌에게만 말을 걸고 우리는 무시하는 것 같았다. "빌." 스미스 씨가 말했다. "자넨 포커 방 안에서 일어나는 일을 책임지라고. 나는 문에 서서 당구장에서 들어오는 녀석들을 맡을 테니까."

빌이 내게 말했다. "너는 문제가 발생하면 돈을 먼저 챙기도록 해." 그러고는 항상 그랬던 말을 덧붙였다. "내가 널 보호해주지."

맥브라이드 씨가 빌에게 한 말은 일리가 있었다. "우리는 돈보고 게임을 하는 거지 칩을 위해 게임을 하는 게 아니야. 우리가 밖으로 나올 때 칩을 돈으로 바꿀 수 없을 테니까."

빌이 말했다. "나머지는 우리가 다치면 돕도록 해. 다들 훌륭하니까 너무 많은 계획을 세우는 건 좋지 않아."

스미스 씨가 동의했다. "맞네. 우리가 하려는 일에 너무 많은 계획은 안 좋아."

그러자 요리사가 말을 하기 시작했고, 그의 말은 참으로 위엄찬 것이었다. "알아둬야만 할 게 있다고." 그가 말했다. "나는 교묘한 방법은 잘 안 써. 내가 패를 돌릴 때마다 돈을 먹었다면 나는 오래전에 죽었을 거야. 한 번이나 두 번 정도를 제외하곤 나는 평균적 카드꾼일 뿐이야.(나는 평균적 카드꾼이라는 말을 처음으로 들어보았다.) "그렇지만 평균은 넘어가는 평균적 카드꾼이지. 그리고 판에서 아마 돈을 따게 될 거야. 설사 그렇지 못하더라도 인내심을 잃지 마. 한두 번 크게 먹을 기회가 오면 그때는 놓치지 않을 거니까."

그렇게 요리사가 마지막 말을 했고, 나는 그가 사전 계획을 다 세워 놓았다고 확신했다. 그는 화려한 드라마의 중심에 서 있는 것을 좋아했고, 빌의 총애 받는 직원 대접도 좋아했다. 스미스 씨와 나는 눈을 흘끗 마주쳐 요리사에 대한 악감정을 공유했다. 빌이 지시한 대로 우리는 각자 흩어졌고, 방으로 돌아가는 길에 아까 별로 환영받지 못했던 그리스 식당에 들러서 웨이트리스에게 작은 밀가루 포대를 얻을 수 없겠느냐고 물어보았다. 그녀는 아까보다는 나를 좋게 보는 것 같았고, 주방에 갔다가 돌아와서는 밀가루 포대는 없고 대신 10파운드짜리 설탕 포대는 있다고 말했다. 그녀는 그 포대를 내게 보여줬는데, 겉에 써진 설탕이라는 글자는 물이 빠졌음에도 불구하고 아직 희미하게 남아 있었다. "좋군요. 밀가루 포대보다 나아요." 사실, 설탕(영어의 sugar는 돈이라는 의미도 있음.-옮긴이)이라는 말은 우리의 상황과 딱 맞아떨어졌다. 나는 거기다 우리가 벌어들인 큰 판돈을 집어넣을 계획이었다. 그건 참 썰렁한 농담이었다. 우리가 스스로에게 얼마나 많은 썰렁한 농담을 하는지 그 자체가 하나의 농담이었다.

호텔 밖으로 오래 나와 있었기에 나는 호텔로 돌아오자 곧바로 침대에 누웠다. 그리고 여전히 설탕 포대 생각을 하며 즐거워하다가 갑자기 사태가 불안하게 느껴지기 시작했다. 나는 '갑자기'라고 말했지만, 포커 탁자를 가로질러 돈을 챙겨오면 내가 흠씬 두들겨 맞을 것이라는 생각을 일부러 외면하고 있었다. 나는 빌이 돈을 딸 생각보다 한판 싸움을 크게 벌일 생각이 더 많다고 보았다. 그러나 임시 관리원들에 대해서는 투지가 없고 탐욕스럽기만 한 사람들로서, 돈을 따면 바로 자리를 떠서 술에 만취할 친구들이라고 과소평가하면서 스스로를 격려했다. 관리원들 중에서 가장 나이가 많은 스미스 씨와 맥브라이드 씨가 빌만큼이나 싸움을 한바탕 벌일 계획을 했고, 또 독자적으로 빌과 거의 같은 계획을 세웠다는 것을 알기 전까지는 내가 얼마나 위태로운 입장에 있는지 완전히 깨닫지 못했다. 사실 아까 울타리에서 스미스 씨에게 잠시 뒤에 보자는 작별인사를 했을 때, 나는 관리원들의 싸움 계획이 허풍쟁이 도박꾼들에게서 끝나지 않으리라는 걸 알았다. 스미스 씨는 이렇게 말했다. "우리는 마을을 확 쓸어버릴 거야. 처음에 허풍떠는 도박꾼들을 해치우고, 그 다음에는 목동 자식들을 좀 다뤄 주고, 그 다음에는 창녀들을 맡는 거지."

만약 우리가 그걸 다 했다면 확실히 마을을 다 쓸어버릴 것이었다. 마을에는 집들이 있었지만 무엇이 그 안에 있는지는 확신하지 못했다. 우리에게 문이 열려 있는 집들은 도박꾼들, 목동들, 그리고 창녀들이 사는 곳이었다. 거기에 중국집과 그리스 식당을 더하면 마을이 우리에게 어떤 모습이었는지 상상되리라 본다. 지금까지 스미스 씨와 나는 '목동'이라고 말했지 '카우보이'라고 말하지 않았다. 산림청 일을 하면서 우리가 그들을 어떻게 생각하는지 드러내기 위해 카우보이들을 일부러 목동이라고 불렀다. 나는 스미스 씨에게 말했다. "그중에서 창녀들이 제일 해치우기 힘들겠는데요." 그는 그의 백발보다는 조금 검은 콧수염 사이로 웃음을 터뜨렸다. 그는 일이 정말로 그렇게 되기를 바라는 것 같았다.

그렇지만 우리가 큰 어려움을 겪게 될 것이라는 점에 대해서 나는 조금도 의심하지 않았다. 나는 산림청 여름 아르바이트를 세 번째로 끝내려는 참이었고 그전 두 번의 여름에도 일을 그만둘 때 이 가을의 의식을 거쳤던 것이다. 전에 두 번이나 나는 산림청의 거친 노동자들이 마을을 쓸어버리는 행위를 하면서 피를 나눈 형제로 변모하는 것을 보아왔다. 초기 산림청 일을 하던 사람들은 이런 가을 의식에서 벌어들인 돈을 탕진했다. 우리는 마을을 싹쓸이했고, 마을 또한 우리를 싹쓸이했다. 의식이 끝났을 때 임시 관리원들, 일을 그만두는 때, 마을의 싹쓸이 따위가 대문자로 표기될 정도로 중요하고 엄숙해졌다. 우리는 모든 면에서 전보다 더 큰 사람이 되었다. 단 돈은 예외였다.

그 당시에 나는 큰불은 더 이상 중요하지 않다고 생각했지만 그 모든 것이 이제 하나의 이야기가 되었다. 큰불은 여름 축제이고, 마을 싹쓸이는 가을에 들어와 그 축제를 끝내는 의식이었다. 아주 간단했다. 커다란 산불에 맞서서 함께 싸운 사람들, 마을을 함께 싹쓸이한 사람들, 이런 사람들은 평생 잊지 못하는 것이다.

침대에 누워 나는 어떻게 구타를 피할 수 있을지 고민했지만 방법이 생각나지가 않았다. 나는 싸움이 터지리라는 것을 알았고 돈을 챙기기 위해 탁자에 손을 뻗어야만 했다. 돈을 집어 들고 설탕 포대에 집어넣기 위해 양손이 필요했는데, 그 일이 이제 전혀 재미있어 보이지 않았다. 그렇게 하는 동안 내 턱은 사람들 눈에 잘 띌 것이고, 그렇게 되면 손가락에 낀 쇳덩이에 맞아 크게 멍이 들 터였다. 나는 몇 시간을 침대에 누워 있었지만 스스로 보호할 방법이 생각나지 않았다. 더욱이, 이 문제를 전에도 잠깐 잠깐 생각해 봤지만 그것을 일부러 눌러둔 채로 지내왔었다. 왜냐하면 절반쯤 잠든 상태에서도 나 자신을 보호할 방법이 떠오르지 않았기 때문이다. 이제 뭔가 생각해 낼 마지막 기회였고, 날이 어두워지는데도 여전히 아무런 생각도 떠오르지 않았다. 그저 감각만이 남아 있었다. 내가 돈을 챙기려고 손을 뻗을 때 옆에서 누군가가 내 턱을 때릴 것이고, 그게 누구인지도 모를 거라는 느낌이 들었다. 그 다음엔 내 머릿속에서 피가 나와 목구멍으로 흐를 거라고 느꼈다.

나는 구타나 피를 좋아하지 않지만, 나를 가장 구역질나게 하는 것은 내가 양손을 들어올리고 싸울 수 없다는 것이었다. 두 손은 설탕 포대를 쥐고 있으니까. 다시 아이가 되는 것 같은 기분이었고 어두운 골방으로 보내져 아버지가 와서 매질을 할 때까지 기다려야 하는 기분이었다. 도대체 생각이란 것을 할 수 없는 골방에서. 마침내 나는 혼잣말을 했다. "최소한 어두운 여기 누워 있지는 말아야겠어. 나가서 도박장이 어떻게 생겼는지 한번 살펴보자." 과연 그런다고 어떤 새로운 생각을 얻을 수 있을지 미지수였지만 최소한 가서 현장을 한번 둘러보고 싶었다.

옥스퍼드는 일반 당구, 포켓볼, 카드장을 겸하고 있었고, 많은 서부인들에게 집 떠난 사람의 집 같은 곳이었다. 입구의 문을 열면 바와 담배 판매대가 나왔는데 바의 뒤에 있던 사람은 자기가 주인인 것처럼 보이려고 애쓰는 중이었다. 나는 그 집에서 직접 양조한 맥주 한 병을 샀지만 설사 위스키를 한잔 시켰더라도 별문제가 없었을 것이다. 그 후 나는 게임하는 방으로 들어가는 큰 문을 어슬렁거리며 들어갔다. 방은 기하학적인 패턴을 보이며 뒤쪽으로 들어가 있었다. 그보다 더 뒤로 들어가면 도박장이 나오는데, 판돈이 클수록 범죄는 심해지고 사회적 질서는 하찮아졌다. 방 앞의 직사각형 큰 당구대와 포켓볼 탁자는 둥근 카드 탁자에 가까이 갈 때마다 짧아지는 것 같았다. 천장은 어둠 속에 감춰져 있었고, 초록색 천으로 덮인 탁자는 그 자체의 밝은 색조로 번지르르했다. 큰 방은 작고 약간은 솟아오른 듯한 방으로 이어졌고, 그 방에 놓인 번지르르한 초록색 탁자는 거의 어둠에 둘러싸여 있었다. 바로 이 공간의 끝이 포커 테이블이었다.

나는 뒤로 천천히 나아갔고 김빠진 맥주를 마시며 한번 둘러보는 척했다. 당구대는 한 시간에 25센트를 부담할 수 있는 스포츠 엘리트들을 위한 것이었다. 당구대의 상태는 훌륭했고, 게임을 하는 두 사람도 훌륭했는데 쓰리 쿠션을 하고 있었다. 내 옆의 구경꾼은 그들이 어려운 공을 쳤을 때 박수를 쳤고, 내게 귓속말로 게임을 하는 사람들 중 하나는 마을에서 가장 잘 나가는 이발사고, 다른 하나는 은행의 부행장이라고 했다. 그런 뒤 그는 더 낮은 목소리로 아주 불안해하며 내게 귓속말을 했다. 그들은 약속이나 한 듯이 매일 밤 9시에 당구 게임을 그만두었다. 그런 뒤 각자 정부(情婦)를 두 시간 정도 만난 다음에 아내가 기다리는 집으로 돌아간다는 것이다.

포켓볼을 하는 사람들과 탁자는 상태가 너무 좋지 않았고, 아무도 구경을 하지 않았다. 공은 콘크리트로 만든 것처럼 투박한 느낌이 들었고, 쿠션에 댄 고무는 다 삭아버렸다. 그래서 게임을 하는 사람들은 공을 튀게 하려고 너무 강하게 쳤다. 만약 총을 쏘는 데 있어서 그들이 큐대로 공을 친 것처럼 머리와 어깨를 쳐든다면 100야드 정도 떨어진 곳에서도 그레이브 봉우리를 맞추지 못할 것이다. 공을 잘못 치면 그들은 "빌어먹을."이라고 말한 다음 큐대의 끝에 초크 칠을 했다. 어디서든 포켓볼을 잘 치지 못하는 사람들의 행동은 일정하다. 그들은 항상 "빌어먹을."이라고 소리치고 그 다음에는 큐대에 초크 칠을 하고 공을 칠 때 머리를 쳐든다. 초크를 큐대에 아무리 많이 발라도 그런 행동을 치유해 줄 수는 없다. 사격에선 그런 상태를 '몸을 움츠리기'라고 한다. 나는 계속 걸어 나갔고, 첫 카드 테이블에 다가갔다.

옥스퍼드도 예외가 아니었다. 첫 카드 탁자는 항상 정기적으로 들르는 지역 사람들에게 할당되었다. 그들은 전문 도박꾼들이 아니고 어린 나이에 결혼한 옷가게 점원과 배달부였다. 그들은 도박에서 돈을 잃을 정도의 여유는 없었지만 그렇다고 해서 카드에서 멀어질 수 없는 사람들이었다. 그들은 옥스퍼드의 도움을 받아가며 도박을 하지 않는 것도 아니고, 또 돈을 잃는 것도 아닌 것처럼 보이려 했다. 그들은 느린 게임을 해서 천천히 가진 돈을 잃어갔지만 포커에서처럼 카드 한 장 뒤집기 위해 뭉텅이 돈을 베팅하는 경우는 없었다. 내가 구경한 그 사람들은 '팬(Pan: 정규 52매 한 벌의 카드를 5~8벌 써서, 그 속에서 8, 9, 10을 빼고, 어떤 짝 맞추기의 카드를 얻으면 상금을 타고, 손에 든 카드 모두 짝을 맞추면 특별 상금을 탄다. ─옮긴이)'과 '피너클(2~4명이 48매의 패로 하는 카드놀이. ─옮긴이)'을 하고 있었고, 칩이 아닌 '전표(chits)'를 가지고 게임을 했다. 그들은 칩과 마찬가지로 전표를 사는 데 실제로 돈을 지불했지만 옥스퍼드에다 교환을 요청하면 그 집에서 직접 양조한 맥주를 사거나 포켓볼을 칠 수 있는 교환용 토큰을 받았다. 옥스퍼드는 심지어 그들이 탁자 사용료를 부과하지 않는 것처럼 굴었지만, 내가 거기 서 있는 동안 관리인이 와서 통 속에서 전표 일부를 가져갔다. 그처럼 관리인이 전표를 가져가기 때문에 도박이 아니라 오락을 하는 척하는 배달부들이 이 작은 마을의 도박장을 경제적으로 지원하는 것이다. 또 이런 상부상조 덕분에 옥스퍼드가 원활하게 돌아간다.

포커 치는 방을 지나갈 때 나는 병맥주를 마시는 척하면서 게임하는 사람들이 내 얼굴을 자세히 보지 못하게 했다. 세 명이 게임을 하고 있었고, 그들 역시 도박이 아니라 오락을 하는 척하고 있었다. 그들은 서로 포커를 하는 척했고, 자신들의 카드를 살펴보고 왼손으로 쌓인 칩 더미를 만져댔다. 그들은 틀림없이 옥스퍼드의 종업원이었고, 산림청이나 양 목장에서 임금 타 가지고 오는 노동자들을 꾀어내기 위해 호객용 게임을 하는 중이었다. 그들은 모두 비슷하게 차려입었고, 검은 스테트슨 모자, 푸른 셔츠, 셔츠 주머니에서 삐져나온 불 더럼 담뱃갑에서 나온 노란 줄 등이 빌 벨과 비슷했다. 자신이 강인하다고 생각하는 비터루트 지역의 모든 남자들이 일종의 제복처럼 이런 복장을 하고 있다는 생각이 들었다. 왜냐하면 심지어 의사마저도 작고 검은 스테트슨 모자를 쓰고 있었기 때문이다. 얼굴을 가린 채 모자챙 밑에서 카드를 살펴보면서, 그들은 아무도 출입구 쪽에 서 있지 않은 것처럼 게임을 했다. 그중 한 명의 모자챙이 약간 들어 올려졌을 때 그들의 얼굴이 밑에서부터 보이기 시작했다. 그들이 모두 옥스퍼드 소속 야바위 포커꾼이라는 것은 아무도 그들의 게임을 지켜보지 않는다는 사실로 분명해졌다. 서부인은 다들 알고 있다. 포커 게임을 지켜보는 이가 아무도 없다면 그 게임은 진짜로 하는 것이 아니라는 걸 말이다. 포커 게임은 자북(磁北: 자기 나침반에 나타나는 북쪽)이었고, 심지어 양치기가 여름에 일한 돈으로 그 자기장에 빨려 들어갈 때에 그 주위에 동그라미가 형성되는 것이다.

그들이 나를 찬찬히 보지 못하게 하기 위해 나는 다른 곳으로 옮겨갔다. 그러자 나 역시 그들을 자세히 볼 수가 없었다. 내가 기울인 맥주병 옆으로 볼 수 있는 것은 그들의 모자챙과 카드를 가린 그들의 구부린 어깨뿐이었다. 그들의 검은 모자는 검긴 했지만 먼지로 회색이 된 빌의 것과는 달랐다. 구부린 어깨는 항상 크게 보이지만 그중 하나는 빌의 것만큼이나 커 보였다. 나는 그를 모자챙 1로 생각했고, 다른 둘은 모자챙 2와 3으로 생각했다. 이 숫자는 올리브의 크기를 매기는 등급과 같은데 번호가 낮을수록 큰 것이었다. 그들 중 누구도 손을 제외하고는 다른 신체 부분을 보여주지 않았다. 그들은 나를 게임에 끌어들이려고 일부러 어설프게 행동하고 있었다.

충동적으로 침대에서 벌떡 일어나 옥스퍼드 시찰을 나가기는 했지만, 나는 그다지 많은 것을 알아내지 못했다. 실물로 직접 본 서투른 도박꾼들에 대한 나의 첫 번째 견해는 이러했다. 그들은 내가 예상했던 것과 큰 차이가 없는 사람들이었다. 그들은 얼굴을 가렸지만 눈은 내게로 맞췄다. 나는 한 가지 사항은 확실히 알아냈다. 뒤쪽에 있는 포커 치는 방에서 옥스퍼드의 정문까지는 상당히 먼 길이었다. 나는 거기서 한 가지 노트를 해두었다. 만약 우리가 싸우면서 철수해야 한다면 양쪽에서 포켓볼 큐대를 휘두르는 적수를 조심해야 할 것 같았다.

나는 긴장이 됐고 시간은 아직 너무 일렀으며, 여전히 기분은 별로 좋지 않았다. 나는 그 순간 엘크 서미트를 떠난 이래 음식을 충분히 먹지 못했다는 것을 깨달았다. 그래서 길을 건너 나를 별로 좋아하지 않는 웨이트리스가 있는 그리스 식당으로 갔다. 그 웨이트리스는 근무 중이었고, 내가 앉은 테이블을 에이프런으로 휙 훔친 뒤 마치 우리가 서로 항상 완벽하게 이해해 온 사이인 것처럼 말했다. "오늘 밤엔 뭔가 좀 드세요. 마을에 온 이후로 아예 먹질 않았잖아요."

내가 말했다. "나도 같은 생각을 하고 있었죠."

"메뉴를 보실 동안 수프를 가져올게요." 그녀가 말했다. "고기가 든 걸 주문하세요. 그걸 먹으면 원기가 회복될 테니까."

나는 그녀가 주방으로 간 뒤 내내 그녀에 대한 생각을 했다. 나는 그녀가 이렇게 갑작스럽게 모성애 넘치는 여인으로 변모하리라는 것에 대해 아무런 준비도 되어 있지 않았다. 게다가 감정이 상해 있으면 재빨리 용서가 되지 않는다. 웨이트리스가 수프를 내려놨을 때 나는 그것을 바라봤고 그녀가 말했다. "나는 빌 벨의 개가 어디 있는지 알아요."

수프는 김이 올라왔고 좋은 냄새가 풍겨 와서 마음에 들었다. 그건 내가 좀 더 상태가 나아졌다는 걸 의미했다. 나는 잠깐 동안 그녀의 말을 알아듣지 못했다. 이윽고 그 말을 알아듣고 내가 물었다. "빌 벨을 알아요?" 그러자 이번에는 그녀가 듣지 않았다. "뭔가 고기가 많이 들어있는 걸 시켜야 할걸요." 그녀는 나의 주문을 도와주었고 많은 생각을 한 뒤 우리는 누구라도 먹을 만한 것으로 낙착을 보았다. 그건 살짝 구운 고기와 양파가 들어간 햄버거였다. 우리 둘이 공감하는 이론에선, 살짝 구운 고기와 양파는 사람을 건강하게 만든다. 주문을 끝낸 뒤 그녀가 주방에서 되돌아오며 말했다. "난 빌 벨은 모르지만 그의 개가 어디 있는지는 알아요. 수프는 괜찮아요?" "뜨겁고 좋네요." 나는 이렇게 말한 뒤 그녀에게 그릇을 치우도록 했다.

그녀는 수프 그릇을 들어 올리고 크래커 조각을 식탁에서 치우면서 말했다. "나는 다비 근처의 양 목장에서 왔어요. 그의 개가 해밀턴 근처의 양 목장에 있다는 이야기를 들었어요. 나는 그곳을 당신에게 말해줄 수 있어요."

이번에는 햄버거가 다 될 때까지 기다려야 했기에 그녀는 꽤 오랫동안 주방에 가 있었다. 나는 아마도 그녀가 빌의 개에 대해서 맞는 이야기를 한다고 생각했다. 빌처럼 그 개도 비터루트 계곡의 전설이었다. 개는 이름이 있었지만 모두가 그를 "빌의 개"라고 불렀다. 그는 사람들 중에서 빌을 가장 좋아했지만 심지어 그보다 더 헌신하는 대상이 있었는데 바로 양이었다. 그는 봄이면 빌을 따라서 숲으로 들어갔고, 빌이 가축과 일을 하거나 저녁에 로프를 빙글빙글 돌릴 때면 빌 주변에 함께 있는 것을 좋아했다. 하지만 7월 중순이 되면 빌은 마음속에서 숲이 부르는 소리를 듣고서 떠났고, 가을이 돌아오면 그 개를 어느 양 목장에서 찾아왔다.

양치기 개(牧羊犬)인 빌의 개는 코요테를 집중적으로 공격했다. 코요테는 교활한 동물이었지만, 인간이든 코요테든 교활한 동물은 일반적인 예상보다 더 정형화된 패턴을 가지고 있었다. 양 목장은 주로 개울의 아래쪽에 있거나 샘 근처에 있는데, 대개 코요테 한 마리가 근처 산마루의 꼭대기에 나타나 지독하게 짖어대며 자신의 존재를 크게 알린다. 그러면 양치기 개가 보통 하던 패턴대로 코요테를 쫓아가고, 코요테는 물론 언덕 너머로 사라져버린다. 개가 혀를 빼문 채로 산마루를 넘어가면 셋에서 넷 정도 되는 코요테가 개를 기다리다가 역공하는 것이다. 그렇지만 처음 나타났던 코요테는 빌의 개가 찾아다녔던 것이 그 한 마리가 아니라 나머지를 포함한 서너 마리를 예상하고 쫓아왔다는 것은 알지 못했다.

빌의 개는 마치 두 부분으로 나뉜 것처럼 보였다. 머리와 어깨는 핏 불(작고 강인한 투견)의 것이었고, 나머지 반은 그레이하운드(세계에서 가장 빠른 경주견)의 것이었다. 아마도 달리는 속도와 공격성에 있어서 그를 따라올 녀석은 아마 없을 것이다. 사실 그는 양들을 지키는 일보다는 코요테를 공격하여 죽여버리는 양 목장의 일을 더 좋아했다. 이처럼 뛰어난 개다 보니 계곡에 있는 양 목장들은 그 녀석을 여름 동안 받아 주는 것을 일종의 특권으로 여겼다.

웨이트리스가 돌아와 물었다. "빌이 내일 언제 엘크 서미트로 떠나죠?" "그냥 추측인데." 내가 말했다. "정오 근처일 거예요." "아침에 그 사람한테 개가 어디 있는지 알려줘야겠군요." 그녀가 말했다. "하지만 내가 알려 주지 못할 경우에 대비하여, 여기 개가 있는 목장의 위치와 경로를 적은 종이가 있어요. 빌한테 좀 가져다줄래요?"

나는 고개를 끄덕였고, 그것을 셔츠 주머니에 집어넣었다. "그러니까 빌을 모르는 거죠?" 내가 물었다. 나는 햄버거 샌드위치를 네 조각으로 잘랐는데도 그 조각이 커서 입을 크게 벌려야만 했다. "몰라요. 난 다비에서 왔고 미줄라로 가려고 도망쳐 나왔으니까." 미줄라는 내 고향이었다. 이 주변에선 가장 큰 마을이었고 비터루트 강의 하구에 있었다. 다비는 비터루트 강에서 70마일 정도 떨어진 작은 마을이었고, 해밀턴은 그 두 마을의 중간에 있었으며, 거리와 크기도 그 둘의 중간 정도였지만 미줄라보다는 다비에 더 가까웠다. "하지만." 그녀가 말했다. "나는 여기 해밀턴에서 웨이트리스로 일하고 있어요. 그래서 미줄라에 가지는 못했어요."

내가 여전히 입을 크게 벌리려 했고, 그녀는 계속 말을 이어갔다. "나도 비터루트 지역 사람이에요. 비록 빌 벨을 개인적으로 알지는 못하더라도 그와 그의 개에 대해선 잘 알아요."

그녀의 머리카락은 짙은 붉은색이었고, 치아가 다소 듬성듬성 벌어졌지만 그래도 괜찮은 용모였으며, 전체적으로 강인해 보여 양 목장에서 일하는 모습을 쉽게 상상할 수 있었다. 그녀의 얼굴과 목은 야외 활동으로 인한 주근깨로 덮여 있었으며, 가슴 쪽으로 갈수록 주근깨는 점점 보이지 않았으나 오히려 더 많은 것 같았다.

"난 당신이 빌 밑에서 일한다는 걸 알아요." 그녀는 미리 연습해 둔 말을 하는 것처럼 말했다. "당신이 오늘 밤 큰일에 휘말릴 거라는 것도 알고 있죠."

나는 먹던 샌드위치 4분의 1쪽을 내려놓았다. "어떻게 알았죠?" 내가 물었다.

"사람들이 여기서 먹고 갔거든요." 그녀가 말했다. 나는 시계를 보고 그녀에게 말했다. "가야 할 시간이 됐네요." 그녀가 말했다. "샌드위치를 다 먹지도 않았잖아요." 나는 그녀를 안심시키는 어조로 말했다. "맛이 좋군요. 하지만 이제 가봐야 해요."

"좋아요." 그녀가 말했다. "하지만 빌의 개에 대해서 잊지는 말아요." "그러죠." 내가 말했다.

"약속해 줘요." 그녀가 말했다. "빌의 개에 대해서 잊지 않겠다고. 오늘 밤 꼭 그 개 얘기를 해주세요."

"당신은 총명해 보이네요." 내가 말했다.

"아니오." 그녀가 말했다. "난 아직 미줄라에 가보지는 못한
걸요."

문까지 나를 따라 나온 비티루트 여자는 나와 비슷한 나이인
것 같았고, 우리 둘 다 그걸 느끼고 있었다. "잘 가요. 행운을 빌
어요." 그녀가 말했다. 이어 나를 뒤에서 부르며 말했다. "빌에
게 내가 종이쪽지를 줬다고 말하는 걸 잊지 말아요. 들여다보
지는 말고요."

"그러죠." 내가 대답했다. 나는 이제 포커 테이블 주변을 제
외하고는 그 어떤 것도 생각하지 않으려 했다.

나는 아주 강렬하게 집중했고, 지금도 그 모든 것을 마치 어
젯밤에 일어난 일처럼 기억하고 있다.

바에는 바 뒤의 남자를 제외하고는 아무도 없었고, 이 남자
는 마치 자신이 주인인 양 굴던 태도를 막 버리려 하고 있었다.
잠시 동안 옆방에서 아무런 소리가 들리지 않는 것 같았다. 그
러자 갑작스레 꿍음이 들렸고, 몇 번인가 쿵하는 소리가 났다.
아마도 콘크리트 같은 포켓볼 공으로 고무가 삭아버린 쿠션을
쳐서 기회를 날려버린 것이리라. 분명 포켓볼을 치는 한 쌍의
남자가 남아 있었다.

"어이 친구." 바텐더가 딱딱거리며 말했다. "어디 가고 있는
거지?"

옆방에서 한 번만 소리가 들렸기 때문에 늦기도 했고 걱정도

됐던지라 나는 그를 정중하게 대하며 미끄러지듯 지나치려고 했다.

"저기서 친구 몇 명을 만나기로 했는데." 내가 말했다.

"이리로 와봐." 그가 말했다. 그러자 나는 정말 걱정이 되기 시작했다. 나는 요리사의 바로 뒤에 서 있기 위해 걸어가던 중이었는데, 어느 정도 바로 다가가 보니 바텐더가 잔을 닦는 곳인 카운터의 낮은 곳에 스미스 앤 웨슨 38구경 권총이 놓여 있었던 것이다. 내가 그 집에서 만든 맥주를 샀을 때만 해도 권총 같은 것은 없었다. 그는 잠시 나를 쳐다보는 것을 중지하고 권총 옆에 놓인 작은 유리잔에 담긴 술을 홀짝 마셨다.

"위스키 한잔 마시라고." 그가 내게 말했다. "고맙군." 내가 고개를 저으며 대답했다. "여기서 사는 거라니까." 나는 다시 고맙다는 말을 했다.

그가 이제 나를 가리키며 말을 했다. "빌 벨과 같이 있던 친구 맞지? 아까 여기 왔던 것 같은데."

내가 말했다. "그 친구랑 같이 일하고 있지."

"그 친구 저 안에 있어." 그가 내게 말했다. "저기서 뭣하고 있는 중인데?" 내가 물었다.

"직접 가서 보고 내게 좀 말해주지 그래?" 그가 말했다.

나는 계속 이렇게 공손한 태도를 취하다가는 영원히 거기에 붙들려 있을 것 같은 생각이 들어 불쑥 말했다. "당신이 직접 가서 보지 그래? 총도 들고 있겠다, 안을 들여다볼 수 있는 문은 겨우 20피트 거리잖아."

그가 말했다. "앞쪽인 여기를 비우고 떠날 수가 없어. 누가

와서 뭔가 훔쳐갈 수도 있고." 나는 다시 한 번 주위를 둘러보며 문까지 20피트도 되지 않는다는 걸 보고서 그가 겁먹었다는 걸 알았다. 나는 거만하고 강인하게 보이려고 애쓰지만 실은 그렇지 못한 자들을 싫어하며, 그가 총을 가지고 있을 경우엔 더욱 그렇다. 어떤 사람이 정말로 강인하면 그가 총으로 무엇을 할 건지 금방 짐작할 수 있다.

나는 20피트도 안 되는 곳에 가만히 가서 지켜보았다.

소리로 알 수 있는 것처럼 그 큰 방에는 오로지 두 명의 포켓볼을 치는 사람만 있었다. 아마도 소 떼와 너무 오래 일을 해와서 사람들 사이에서 무슨 일이 일어나는지 알아채지 못하는 목동들일 것이다. 그 외에는 마치 땅이 기울어져 있어 모두가 뒷방으로 미끄러져 들어갈 것 같았다. 포커 테이블은 거의 보이지 않았지만 모두가 말을 하지 않고 게임을 지켜보고 있었다.

포커 게임을 구경하는 것은 다른 일반 게임을 구경하는 것과는 다르다. 일반 게임을 할 때에는 잠시 조용해졌다가 카드를 버린 카드 더미에 던지고 난 후 긴장을 풀고 판에 대해서 이야기를 나누는 것이 보통이다. 이런 흔히들 하는 카드 게임은 모두가 카드를 더미로 던져넣을 때 그 카드가 무엇인지를 보게 되고, 따라서 아무도 게임이 끝났을 때 말로 자신의 패를 알려 줄 필요가 없다. 하지만 드로 포커(draw poker: 카드를 한 장 내버릴 때마다 베팅을 하고 다시 새 카드를 받는 방식으로 판돈을 키우는 포커.―옮긴이)에서는 절반 혹은 그 이상이 심리전이다. 참가자는 자신이 가진 패를 엎어서 더미에 집어넣고, 따라서 아무도 그 참가자가 들었던 카드를 볼 수가 없다. 참가자가 이길 수 있다고 확신하고 게임에 끝까지 남아야 상대방의 패를 볼 수가 있다. 드로 포커에서 패는 끝까지 보여주지 않은 채 돌리고 오픈이 되는 카드는 베팅이 시작되기 전에 펴놓는 두 장뿐이다. 누군가 엎은 채로 더미에 던진 카드가 무엇인지 암시한다면 그는 더 이상 게임을 지켜보는 것이 허락되지 않는다. 드로 포커에서는 다음 번 카드를 보고자 한다면 반드시 베팅을 해야 한다.

내가 포켓볼 방의 문에 서서 포커 테이블을 뒤돌아보고 있을 때, 내 인생의 어떤 순간이 내게로 되돌아왔다. 그 순간에 나는 밝은 빛 아래 뭔가 신비스러운 것에 몸을 구부린 동상처럼 되어 있는, 양치기의 옷을 입은 덩치 큰 어른들의 행렬을 지켜보는 아이였다.

위스키 한잔을 홀짝거리고 있는 바텐더를 돌아보면서 나는 말했다. "크리스마스 주일 학교 같군." 나는 재빠르게 뒷방으로 걸어갔고 소음을 내지 않으려고 애썼다. 그렇지만 내 등 뒤에 38구경 권총이 있다는 건 신경 쓰였다.

비록 스미스 씨는 그의 정위치인 포커 방의 문 앞에 서 있었지만 아주 우울해했다. 계획에 따르면 그는 문지기여야 했고, 우리를 제외하고는 모두 들어오지 못하게 해야 했으나, 그는 땅이 기울어져서 산사태에 파묻힌 모양새가 되어 있었다. 나는 스미스 씨에게 말했다. "바텐더가 38구경을 가지고 있어요." 그는 내게 아무 말도 하지 않고서 사람들을 옆으로 밀쳐 내고 나를 요리사 바로 뒤의 자리에 위치시켰다. 나는 요리사를 보기 전에 그의 앞에 있는 돈더미를 보았다. 봉긋했지만 많지는 않았고 40달러 정도였다. 포커 테이블의 모자챙 1, 2, 3은 작은 돈더미를 가지고 있었다. 빌 벨은 모자챙 1 뒤에 서 있었다. 조명이 테이블 너머를 그늘지게 해서 거의 빌을 절반으로 갈라놓고 있었다. 조명이 덜 비치는 어둑어둑한 곳에서 빌의 어깨와 모자는 거대해 보였다. 그러나 조명을 잘 받는 그의 손은 엉덩이 위에서 마치 총이라도 가진 것처럼 빛나고 있었다. 나는 잠시 이리저리 살펴보는 것을 멈추고 빌의 허리와 어깨끈 주변에 뭔가 튀어나와 있지 않은지 확인했고, 마침내 싸움이 벌어진다면 맨주먹 싸움이 될 거라고 확신했다. 내가 빌을 살펴보고 있을 때 모자챙 1은 의자를 오른쪽으로 옮겼고, 두 번째로 의자를 옮겼을 때는 나는 그 친구가 빌이 자신의 바로 뒤에 서 있는 것을 불쾌하게 여긴다는 것을 알았다. 모자챙 1이 빌을 쳐다보는 바로 그 순간 빌은 어떤 구경꾼을 오른편으로 밀치고 다시 모자챙 1의 뒤에 섰다. 내가 생각했다. "저 둘이 계속 저런다면 머지않아 내 앞까지 오겠군." 바로 그때 우리 팀의 붉은 머리 친구가 그림자 밖으로 나와 모자챙 1의 한쪽 면을 막았다. 붉은 머리는 내 체격 정도 되었지만 모자챙 1이 빌을 다시 쳐다보기 위해 옆으로 움직이려고 하자 그것을 막아버렸다. 나는 이제 그 붉은 머리가 화재 참호에서 일부러 불을 놓는 IWW(세계산업노동자동맹) 노동자가 발견되었다면 가차없이 그를 향해 방아쇠를 당겼으리라는 것을 의심하지 않았다.

그 뒤 모자챙 1의 다른 한쪽에 누군가가 나타났는데 바로 알코올 중독자 캐나다인이었다. 그는 콜록거렸지만 역시 한 발자

국도 움직이지 않았다.

내 앞에는 여느 때처럼 요리사가 잘난 체하며 앉아 있었다. 사실, 나는 그의 뒤에 서 있으면서 뒤통수에 불쑥 튀어나온 큰 어치 머리카락을 내려다볼 수 있었다. 모자로 얼굴을 숨기지 않은 채 앞에 상당한 돈더미를 쌓아놓은 유일한 포커꾼으로서, 우리 모두가 가장 많이 지켜보는 사람이었다.

그가 패를 나누어주는 차례가 되면 요리사는 더욱 돋보이는 존재가 되었다. 두어 판이 끝나자 얼굴을 가린 모자챙 1, 2, 3의 전략이 완전 달라졌다. 그들은 초저녁만 해도 일부러 어수룩하게 보이며 나를 게임에 끌어들이려 했었다. 그들은 이제 포커 중인 선수들이 모두 본격적인 도박꾼인 것을 알았고, 그 게임은 이제 상대방의 자신감을 뒤흔들어 이기는 심리전으로 변했다. 세 모자챙들은 카드를 그런대로 잘 다루었지만 재주는 별로였다. 나는 전문 도박꾼과 노동자들의 임금을 터는 작은 마을의 야바위꾼 사이에는 상당한 실력 차이가 있다는 것을 깨닫기 시작했다. 요리사는 정말로 화려했다. 카드들이 지저분한 더미에서 뛰어나와 그의 손으로 들어갔고, 그의 손에서 다시 테이블 주변으로 쏜살같이 빠져나왔다. 내가 밀어준 판돈은 얼마 되지 않았지만, 그는 굉장히 현란한 모습을 보여줬고, 또 그것을 뽐내고 있었다. 우리 관리원들은 그런 그를 자랑스럽게 여겼고, 마치 그를 소유한 것처럼 생각했으며, 나 또한 바로 그 뒤에 서 있으면서 자부심을 느꼈다. 하지만 요리사는 어딘지 모르게 나사가 하나 빠진 사람 같다는 생각이 들었다.

아까 낮에 울타리에서 말한 대로 요리사는 평균적 포커를

하고 있었다. 하지만 나는 그걸 그렇게 부르고 싶지 않았다. 그
것은 그저 앉아서 노름을 하는 것보다도 더 대담한 일이었다.
예를 들자면, 단시간 동안에 두 번이나 J(Jack) 원페어(오픈을 하
려면 최소 J 원페어 이상이어야 한다.)로 베팅을 해서 오픈할 기회
가 있었다. 그런데 그 두 번 모두 오픈을 하지 않았으며(패스했
으며), 두 번은 누군가가 오픈할 때까지 기다렸다. 그리고 패스
를 하거나 상대방의 오픈을 기다린 경우 모두 베팅을 증액하
여 판돈을 키웠다. 거기서부터 그는 매 경합마다 다르게 게임
을 펼쳤다. 첫 번째 경합에서 그는 오로지 한 장만 뽑았고, 마치
투페어를 가진 것처럼 암시를 줬다. 그러고는 오픈을 하지 않
았는데 이는 상대방이 무엇을 가졌는지 모르는 상태에서 베팅
해야 한다면 투페어는 그리 높은 패가 아니기 때문이다. 요리
사의 왼쪽에 앉은 얼굴이 보이지 않는 모자챙 3이 베팅을 시작
하여 정직하게 카드 석 장을 받아갔다. 오픈을 하려면 최소한 J
원페어 이상이어야 했으므로 그는 요리사를 이기려면 그 석 장
중 어느 하나로 투페어 이상의 패를 만들어야 했다. 그리고 최
악의 경우에라도 그는 J 원페어 이상의 패를 들고 있는 셈이었
고 그것은 요리사가 한 장을 받아온 뒤 만들게 될 실제 패와 정
확히 같았다.

모자챙 1과 모자챙 2은 요리사가 증액을 하자 그 판에서 빠
졌다. 모자챙 3이 오픈을 하고 패를 받아간 뒤 처음으로 베팅을
할 차례였지만 요리사가 증액을 한 것에 대해 오랜 시간 생각
한 뒤 패스를 선언했다. 요리사는 이미 오래전에 생각을 끝냈
다. 그는 2달러를 베팅했다. 그 판의 그 단계에서 2달러는 굉장

히 큰 베팅이었다. 패를 썩 좋게 들고 있지는 않지만 마치 판을 이길 수 있다고 생각하는 것처럼 또는 다른 선수들이 베팅에 남아 있기를 바라는 것처럼, 자신 있게 보이려고 크게 베팅을 하는 것이라면 그다지 충격적인 일은 아니었다. 이때 모자챙 3이 생각을 모두 끝내고 판에서 빠졌다. 요리사는 Q 원페어를 오프너로 내놓고 팔꿈치를 낮춰 돈더미를 품에 안고 끌어왔다. 원페어밖에 없으면서 투페어가 있는 것처럼 허풍을 쳐서 성공한 것이었다. 모자챙 1이 속았다며 으르렁거렸다. 만약 내가 모자챙 1과 게임을 한다면 그가 속은 것을 아주 괘씸하게 생각했으리라는 걸 금방 알았으리라.

다음 판에 요리사는 J 원페어를 들고 오픈을 하지 않았지만 대신에 증액을 했고, 이번에는 한 장이 아닌 두 장의 카드를 드로했다. 마치 트리플(같은 패 석 장)을 들고 있는 것처럼 말이다. 새로 받는 두 장 중에 하나가 J가 아니라면 그는 낭패를 보게 되는 것이었으나 그중 한 장이 J였고, 요리사는 결국 트리플 패를 완성시켰다. 물론 행운이 함께할 때는 그리스인 닉(Nick the Greek, 1883~1966. 그리스 크레타 섬 출신 프로 도박꾼. ─옮긴이)이 될 필요는 없었다, 이번엔 모자챙 1과 모자챙 2가 게임에 남았고, 모자챙 1은 요리사가 허풍을 떨지 않았다는 것을 알아내는 데 거의 5달러를 써야만 했다. 요리사가 정말로 J 카드 석장인 트리플 패를 가지고 있었다.

요리사의 승수가 계속 올라갈 때마다 그는 점점 자만심이 커졌고 말을 많이 하기 시작했다. 그럼에도 불구하고 그의 실력은 더 좋아졌다. 그는 판에서 유일하게 말하는 사람이었고, 그가 들고 있는 패에 대해서 내내 지껄여댔다. 내가 봤던 포커 선수들 중에 최고수는 권투 후유증인 펀치 드렁크(뇌세포손상증)를 앓는 프로 권투 선수였는데 요리사처럼 자신이 든 패에 대하여 내내 지껄여댔다. 그런 말을 믿을 필요는 없었지만 그렇다고 듣지 않을 수도 없었다. 요리사가 말했다. "J 원페어로 증액을 할까 하는데." 그는 석 장의 K를 들고 있었고, 다른 판에서도 똑같이 말했다. "J 원페어로 또 한 번 증액을 할까." 이번에는 아까와는 다르게 그가 말한 그대로의 패였다. 오직 요리사 바로 뒤에 있는 나만이 그 차이를 알아볼 수 있었다. 내가 요리사를 상대로 게임을 하지 않는 것이 다행이라는 생각이 들었다. 분명 해밀턴의 세 모자챙들은 그런 화려한 포커를 본 적이 없었다. 모자챙 1은 의자에서 몸을 비틀더니 엉덩이 주머니에서 지갑을 꺼냈다. 똑딱단추가 달린 작은 검은 지갑이었는데 지갑을 열고서 지폐 몇 장을 펼친 채로 꺼냈다. 그러고는 몸을 비트는 걸 멈추고 지폐를 은색 달러 동전들로 바꿔서 새로운 돈더미를 만들었고 계속 잃어갔다.

비록 요리사만 말을 하고 있었지만 한판 한판 끝날 때마다 근육이 이완되는 소리가 들리는 듯했다. 빌만 제외하고 말이다. 빌은 모자챙 1을 앞에 두고 결코 움직이지 않았다. 빌은 그림자 안에선 거대한 모자와 양어깨였고, 빛 속에선 엉덩이에 올려놓은 양손이었다. 그리고 이제 나 말고 모두가 그를 살펴보고 있었다. 스미스 씨는 문 옆에서 내내 거인처럼 서 있었고, 때때로 스미스 앤 웨슨의 38구경이 있는 방향을 뒤돌아봤다.

내 왼쪽 팔이 가볍게 스쳤고, 거기엔 나를 내려다보면서 카드 게임을 구경하는 척하는 맥브라이드 씨가 있었다. 그는 나보다 한참 위에 서 있었고, 만약 비가 내린다면 그의 콧수염 끝자락에서 내린 빗방울이 내 머리 위로 직접 떨어질 것이었다. 그처럼 나를 봐줄 사람이 있다는 게 기뻤고, 몰래 셔츠 안쪽으로 손을 뻗어 설탕 포대를 만져봤다. 나는 산림청 관리원 거의 모두가 테이블 주변을 비추는 빛의 테두리에 있다는 것이 마음에 들지 않았다. 밖에 있는 사람은 스미스 씨와 내가 이름과 고향을 기억 못하는 두 감시원뿐이었다. 나는 포커 테이블에 앉은 모자챙 1, 2, 3에 대해서는 그다지 걱정이 되지 않았다. 결국에 우리는 숫자로 그들을 제압할 수 있었고, 그들이 투지가 있어봤자 여름 내내 초록색 테이블 주위에 편안하게 앉아 있었을 터이니 높은 언덕을 오르며 담금질을 한 우리의 체력과는 상대가 되지 않았다. 나는 난데없이 나타나서 그들을 도와줄 추가 증원군을 걱정했다. 이른 저녁에 나는 최소한 두 명의 도박장 직원들이 포켓볼 방에서 게임을 하는 것을 보았다. 게다가 포켓볼을 서투르게 치던 남자들이 신분을 속인 직원일 수도 있었고, 만약 누군가가 다른 마을에서 왔는데 돈이 좀 있어 보이면 협박하여 강탈하는 날강도일지도 몰랐다. 바의 뒤에는 38구경이 있었다. 그 외에 다른 의문도 있었다. 가령 얼마나 많은 손님들이 싸움이 벌어지는 도박장에서 머물까? 그에 대해서는 지금 대답할 수 있는 방법이 없었다. 누가 이기느냐, 옥스퍼드 도박장이 손님을 어떻게 대접하느냐, 혹은 빌의 친구가 이곳에 얼마나 많이 들어와 있느냐에 달린 문제이기 때문이다. 그들은 현재로는 어둠 속에 숨어 있지만 아마도 앞으로 닥칠 싸움에 대비하고 있을 것이었다. 개인적으로 나에 관해서 말해보자면, 나는 구타를 당할 것이라는 것을 알고 있었다. 점점 시간이 다가오고 있었고 따라서 몇 분 간격으로 설탕 포대를 만지작거리게 되었다.

바텐더는 포커 테이블이 보이는 문 앞으로는 감히 올 생각조차 하지 않았다.

요리사는 계속 이기고 있었다. 크지는 않지만 꾸준하게. 그리고 나는 그가 남은 밤 시간 동안 소위 평균적 게임을 계속 운영할 것이라고 생각했다. 그는 평균적으로 따왔으니까 목표대로 나가고 있었다. 하지만 과시하는 사람의 특징 한 가지를 나는 잊어버리고 있었다. 요리사가 스스로 자기 실력에 도취되어 그걸 과시할 것을 미리 예상하지 못했다.

싸움이 터졌을 때 모인 판돈은 꽤 규모가 되었다. 전 재산을 쏟아붓거나 총을 맞을 각오를 할 만큼 큰 규모는 아니었지만 그래도 상당한 규모였다. 연속으로 세 번 혹은 네 번의 판이 오픈 없이 무산됐고, 물론 매번 모두 참가비를 내야 했기 때문에 모인 판돈은 상당히 컸다. 아무도 오픈을 하지 않은 바로 전의 게임에서 요리사는 딜러였는데 실제로 그는 여전히 정직하게 카드를 돌리고 있었다. 모두가 참가비를 판돈에 집어넣었고, 요리사는 자기 왼쪽에 앉은 모자챙 3에게 카드를 넘겼다. 모자챙 3은 요리사를 제외하고 게임에 참가한 누구보다도 카드를 잘 다뤘다. 심지어 요리사보다도 약간은 더 나아 보이는 때도 있었다. 하지만 이제 나는 모자챙 1, 2, 3은 훌륭한 카드꾼들이 아니라는 것을 확신했다. 나는 스스로에게 물었다. "대체 너는 해밀턴에 엄청난 카드꾼들이 있다는 생각을 어떻게 하게 된 거야?" 이제 나는 그들을 목동이나 높은 산의 숲에서 내려온 우리 산림청 노동자들을 속이는 한두 가지 사소한 술수를 쓰는 시시한 카드꾼들로 분류했다.

모자챙 3은 패를 돌렸고, 요리사는 그것을 받아서 분류를 했다. 그리고 카드를 엎어서 테이블에 놓으며 몸을 구부려 모자챙 3의 모자를 약간 들어올렸다.

"실례하겠소." 그가 약간은 위엄에 찬 목소리로 말했다. "나는 같이 카드 게임을 하는 사람의 얼굴을 좀 보고 싶단 말이지."

나는 요리사가 모자챙 3의 모자에서 손을 뗐을 때 뭔가 번쩍하고 사라진 것을 보았고, 그것은 숲으로 사라지는 토끼 꼬리 같았다. 나는 목을 길게 뻗었음에도 그 사라진 것을 다시 볼 수가 없었다. 그렇지만 무슨 일이 모자챙 3에게 일어났음을 알았고 요리사가 그렇게 하는 것을 앞에서 본 테이블 건너편의 모자챙 1과 2사이에서 갑자기 동요가 일었다. 모자챙 1은 카드를 한 손에 움켜쥐었고, 테이블을 짚고서 절반쯤 몸을 일으켰다. 빌은 더 상황을 잘 지켜보기 위해 그의 뒤로 물러났다. 아마 더 잘 때리기 위해 그랬는지도 모르겠다. 지는 것보다 조금은 이기는 횟수가 많았던 모자챙 2는 자신의 작은 돈더미를 긁어갔고, 그리하여 나도 셔츠에 손을 넣어 설탕 포대를 잡았다.

하지만 모자챙 3 자신은 토끼가 그의 모자로 숨었는지 아닌지도 알아채지 못했다. 이제 그의 모자는 내게서 멀어지는 쪽으로 기울어져 있었고, 그는 몸을 구부려 자신의 카드를 정리하기 시작했다. 이런 모자챙 3의 움직임은 아주 적절한 타이밍이었다. 그 순간 요리사는 자신의 패를 정리하여 그 패를 손 안에 들고 있었다.

"미안하지만 파트너." 모자챙 3이 요리사에게 말했다. "패를 내려놔야겠소. 당신은 카드를 하나 더 가지고 있잖아."

"누구, 나 말인가?" 요리사가 물었다.

"그래, 자네." 모자챙 3이 말했다. "당신 손에 패가 여섯 장이잖아. 이런 큰 판돈이 걸렸을 때 쓰려고 소매에 다른 카드를 가지고 있었잖아."

"그럼 세보시게." 요리사가 말했다. 그는 카드를 엎은 채로 모자챙 3의 앞에 펼쳐 작은 부채꼴 모양을 만들었다.

모자챙 3은 그 부채꼴을 더 크게 펼쳐서 카드를 셌다. "몇 장이지?" 요리사가 물었다. 모자챙 3은 카드들을 전보다 더 크게 펼쳐서 한 장씩 손으로 만져보면서 다시 셈을 했다.

테이블 너머에서 빌이 물었다. "몇 장이야?"

모자챙 3은 빌을 보지 않고 요리사를 봤다. "다섯 장이로군." 그가 여전히 카드를 만져보며 말했다.

요리사는 자부심으로 가득 차서 우쭐거리며 말했다. "자네가 내 손에 줬다가 게임에서 빠져나간 다른 카드를 찾는다면, 자네 모자 띠에서 찾아보면 될 걸세."

그 말이 사실인지 확인하기 위해 모자챙 3은 모자를 벗어 테이블 위에 올려놓았다. 그의 모자 띠에는 패 중에서 제일 약한 카드인 스페이드 패 숫자 2가 있었다. 만약 그 카드가 여전히 요리사의 손에 있었다면 그는 돈을 다 몰수당하고 게임에서 완전히 쫓겨났을 것이다.

요리사가 엘크 서미트에서 내 셔츠 주머니에 집어넣었던 에이스 카드 넉 장이 토끼처럼 내 마음속에서 뛰쳐나와 모자챙 3의 모자 띠 주변에 도열한 느낌이 들었다. 아무도 내게 어떻게 스페이드 2가 거기에 들어 있는지, 또 토끼가 어디로 갔는지 말해줄 필요가 없었다.

나는 요리사의 돈더미를 향해 손을 내뻗었다.

처음 향한 곳은 테이블 위의 판돈이었다. 내가 걷으러 갈 때까지 요리사가 자신의 돈더미를 지킬 수 있을 거라고 생각했다. 누가 먼저 싸움을 시작했는지 알지 못했다. 의자가 부서지는 소리가 들렸고, 누군가가 의자로 맞았거나, 아니면 의자로 누군가를 해치운 것 같았다.

내가 판돈으로 손을 내뻗자 누군가가 나를 강타했고, 나의 예상 그대로였다. 누군가 옆에서 내 턱의 윗부분을 강타했는데, 그자를 볼 수는 없었다. 나는 모자챙 3이라고 생각했고, 그를 때려눕힌 사람은 맥브라이드 씨였다. 어쨌든 내가 여전히 판돈으로 손을 내뻗는 동안 모자챙 3이 내 몸 위에 뻗어서 움직이지를 않았다. 나는 똑바로 일어나면서 모자챙 3을 내 몸에서 미끄러져 내리게 했다. 여전히 돈 그릇에는 쏟아지지 않았거나 가져가지 않은 얼마간의 돈이 남아 있었고, 그 나머지를 집으려 하자 누군가가 내 팔을 잡았고, 다른 누군가는 내 팔을 쭉 뻗게 해 붙잡은 녀석이 내 팔을 틀기 쉽게 도왔다. 게다가 옆머리를 맞아 귀에 통증을 느꼈다.

마침내 팔을 풀고 나왔을 때 팔에 너무 힘이 없어져서 나머지 판돈을 집을 수가 없었다. 하지만 나는 그리 많이 놓치지는 않았다. 아마도 감각이 없는 손가락으로 집기 힘든 두어 개의 달러 동전 정도만 챙기지 못했을 것이다. 동전을 집는 대신에 나는 요리사 앞의 돈더미를 향해 갔는데, 놀랍게도 그자는 그냥 거기 앉아 있기만 했다. 독자는 누군가가 요리사를 바로 때려눕혔을 것이라는 생각이 들지 모르겠지만 정수리에 꽁지머리를 달고 있는 요리사는 거기 목석처럼 앉아 있었고, 아무도 그에게 손을 대지 않았다. 아마도 내가 이전에 말했듯이 남자들 사이에선 카드 고수가 일종의 마법사여서 이 친구가 그들에게 마법을 부렸는지도 몰랐다. 아마도 요리사를 건드리면 그들 자신이 연기처럼 사라질지도 모른다며 두려워했을 수도 있다. 아무튼 요리사는 묵묵히 앉아 있었다. 아까와 똑같은 자세로, 아무도 건드릴 수 없는 존재로. 그 개자식은 내가 자기 돈을 설탕 포대에 담고 있는데도 도와주지 않았다. 그러든 말든 나는 돈을 다 챙겼다.

그러자 누군가가 내 미간을 강타하여 나는 잠시 정신을 잃을 정도로 아찔했다. 나는 단지 그곳에 서 있었고, 내 옷은 하나의 감자 포대, 내 몸은 그 속에 든 감자가 되어 버린 듯했다. 포대는 그 안에 나를 담은 채 바닥에 푹 쭈그러들었다. 나는 의식을 유지하려고 애썼다. 나는 현실의 가장자리로 밀려났다고 가물가물하게 생각하면서 그래도 머리를 굴리려고 안간힘을 썼다. 나는 인생철학 등 큰 단위의 생각을 하려고 했다. 나는 심지어 "인생은⋯⋯"으로 시작하는 문장을 시작하려 했으나 결코 그 문장을 끝낼 수가 없었다. 왜냐하면 거기에 집어넣을 어떤 생각도 떠오르지 않았기 때문이다.

처음에 모든 것이 내 예상과 정확히 일치하고 있었다. 나는 돈을 집으려고 테이블을 가로질러 갔으나 내 몸을 보호할 방법이 없었다. 다음은 예상된 각본대로, 내 머리 안에서 실제로 피가 흘러 목으로 미끄러져 내려가는 것을 느꼈다.

하지만 내가 바닥에 쓰러졌을 때 모든 것은 예상 밖의 일이 되었다. 갑작스레, 마치 불쑥 튀어나오듯이, 나를 보호하는 방법이 하나도 아닌 두 가지가 생각났다. 전에는 몇 주씩이나 어떻게 하면 좋을지 아무리 머리를 굴려도 나오지 않던 생각이 말이다. 나는 팔꿈치로 허우적거리며 행동하기에 너무 늦은 것이 아닌지를 살펴보려 했지만 팔꿈치에 힘을 주며 상체를 일으켜 세웠을 때, 그 두 가지 생각이 한 푼의 가치도 없다는 것을 알았다. 홀연 그 생각들은 사라졌고, 다시 기억이 나지 않았다.

내 몸이 바닥에서 약간 떨어졌을 때, 얼른 설탕 포대를 내 셔츠 안으로 밀어 넣었다. 그런 과정에서 나는 테이블 밑과 주위에 발이 몇 개 있다는 것을 알았다.

나는 도박장 바닥에 엎드려서 믿을 만한 생각은 전혀 하지 못한다는 것을 느끼면서 과연 발을 쳐다보는 것으로 현재 벌어지는 일을 어느 정도 알 수 있을지 의심스러웠다. 나는 톱밥과 불 더럼 담배꽁초가 깔린 도박장 바닥에서 팔꿈치를 들어 세우면서 얼굴을 쳐들었다. 그 싸움은 내가 포커 테이블 밑에서 완전히 배를 깔고 엎드린 자세에서 봤던 싸움들 중에 가장 큰 것이었다.

곧바로 나는 우리 편과 저편을 구분할 수 있었다. 그들은 카우보이 부츠를 신었고, 우리 편은 벌목 부츠를 신었다. 그날 밤 늦게 우리가 마을의 모든 목동들을 휩쓸어버릴 계획이었다는 것도 아련하게 기억났다. 그들의 무릎까지만 보면서 어떤 사람들이 어떻게 싸우는지 파악하는 데는 시간이 좀 걸렸다. 하지만 점점 분명하게 보였고, 처음으로 굉장히 큰 카우보이 부츠 두 짝이 바로 내 건너편에 있는 것을 보았다. 무릎은 크게 벌려져 있었고, 부츠는 발끝 부분이 쑥 올라가 있었다. 빌과 붉은 머리와 캐나다인이 그자가 의자에서 일어나기도 전에 주저앉힌 것이 틀림없었다. 그리고 갑자기 카우보이 부츠 한 벌이 공중에서 쭉 뻗은 채로 나타나서 거기에 그대로 매달려 있었다. 우리들 중에 누군가가 이 친구의 몸을 포커 테이블 위에 눕힌 것이었고, 머리와 발은 계속 허공에 걸린 채로 남아 있었다. 확인해 보기 위해 나는 그자의 반대편을 보았고, 확실히 거기에는 침을 질질 흘리는 머리가 있었다. 나는 재빠르게 뒤를 돌아보아 우리 중 누가 저 친구를 뻗게 만들었는지 보았고, 예상대로 빌의 큰 벌목 부츠가 기마 자세로 벌어져 있었다. 빌의 벌목 부츠는 장식이 달린, 발등 부분에 추가로 가죽을 덧댄 것이었다. 그래서 금방 알아볼 수 있었고, 그 발은 점점 내게로 향해 오고 있었다.

갑자기 신사화 한 벌이 싸움판의 앞에 뛰어들었고, 나는 포켓볼 공을 쌓아두는 도박장 직원 중 하나일 거라고 짐작했다. 신사화를 신은 다리가 잠깐 춤을 췄고, 리드미컬하게 알 수 없는 곳으로 사라졌다. 무슨 일이 그 친구에게 벌어졌는지 알 수 없었지만 그렇게나 갑작스레 떠난 걸 봐선 빌이 역시 그를 해치웠음에 틀림없었다.

색깔 바랜 리바이스 바지 한 벌이 안짱다리를 한 채 계속 옆으로 벌어지더니 맥브라이드 씨가 내 옆으로 쓰러졌다. 나는 쓰러지는 그를 피할 힘이 없었고, 그는 쓰러져 내게 기대었다. 벌목 부츠 한 벌이 테이블 건너편에서 들락날락하며 뛰어다녔는데 맥브라이드 씨의 붉은 머리 아들의 것이었다. 붉은 머리는 벌목 부츠를 신고 재빨리 움직였는데, 카우보이 부츠가 아니라 벌목 부츠를 신은 게 도움이 되었을 것이라고 생각되었다. 우리가 도박장 안으로 처음 걸어 들어갔을 때 마을 사람들은 우리 산림청 소속의 노동자들에게 고함을 질렀다. 왜냐하면 우리가 신은 벌목 부츠의 바닥에 달린 날카로운 징이 도박장 바닥에 작은 구멍을 냈기 때문이다. 하지만 그 재빠른 붉은 머리가 상대의 공격을 피하기 위해 뒤로 점프하고 카운터펀치를 날릴 때 벌목 부츠는 나무 바닥에 다리를 고정시켜 주었다. 반면에 미끄러운 높은 굽을 가진 카우보이 부츠는 붉은 머리의 카운터펀치를 피하려고 하다가 미끄러져 그 신발의 주인을 쓰러지게 만들었다. 믿기 힘들지만 가죽 각반을 감은 캐나다인은 싸움이 일어난 대부분의 시간 동안 서 있었다. 그는 잠시 무릎을 구부려 기침을 한 번 했을 뿐이다.

이런 활극이 벌어지는 동안, 농구용 여성화같이 밑창에 고무 바닥을 댄 캔버스화가 내 바로 옆에 무방비 상태로 앉아 있었다. 나는 무엇을 하겠다는 생각을 하기도 전에 벌떡 발을 들고 일어나기 시작했다. 두 번 쉬고 후들거리며 간신히 일어났다. 기이하게도 바로 그 순간 장로교 목사인 아버지를 생각하면서 후들거림을 멈췄다.

요리사는 카드를 집어 들고 양손으로 꽉 조이고 있었다. 아마도 그 잘난 손을 부드럽게 유지하려는 거겠지.

나는 아까 내가 맞은 부분을 생각하면서 요리사의 옆머리를 때렸다. 그는 바닥으로 튀었고, 나는 천천히 쓰러졌다. 나는 힘이 없어서 세게 때리지는 못했다. 맥브라이드 씨는 의식이 돌아오는 것 같았다. 그가 몸을 약간 굴려서 내가 쓰러질 자리를 만들어줬기 때문이다. 나는 몸을 웅크린 요리사가 일부러 기절한 척하고 있다고 확신했다. 나는 요리사가 한쪽 눈을 뜨고 나를 살펴보는 것을 봤다. 그자는 내가 반격할 상태가 아니라는 것을 확신하자 내게로 달려들며 발길질을 하기 시작했다. 벌목꾼들 사이에선 그런 발길질을 "가죽 맛 보여주기"라고 하는데, 이걸 당하는 사람은 쓰러졌을 때 부츠로 맞는 것뿐만 아니라 부츠 바닥에 곤두선 날카로운 징에 긁히게 되어 이중의 고통을 당한다. 그리고 쓰러진 자에게 남는 것은 흙투성이가 된 자기 몸과 오래 걸리는 치료 시간이었다. 비록 나는 벌목 부츠가 아닌 여자 농구화로 차이고 있었지만 그래도 모욕이었다. 거기에 더해서 이 개자식은 바로 내가 맞았던 곳인 옆머리를 한 번 더 찼고, 나는 다시 한 번 목구멍으로 피가 흘러드는 것을 느꼈다. 나는 놈의 발을 하나 잡아서 넘어뜨리려 했지만 붙잡는 데는 성공해도 계속 쥐고 있을 수는 없었다.

그런데 갑자기 그놈의 캔버스화가 공중으로 떠올랐고, 나는 뭔가 부서지는 소리를 들었다. 나중에 빌이 그놈을 벽으로 집어던졌다는 것을 확인했다. 어쨌든 내 앞에 떡 버티고 있는 것은 장식이 달린 발등 부분에 이중으로 가죽을 댄 한 벌의 벌목 부츠였다. 빌은 내게 다가와서 한 팔로 나를 들어 올리기 시작했고, 그 와중에 다시 몸을 굽혀 다른 팔로 맥브라이드 씨를 들어 올렸다.

빌은 양팔을 흔들며 말했다. "괜찮나?" 우리는 모두 이전에 입을 맞추어둔 것처럼 대답을 했다. "아, 우린 괜찮아요." 우리는 모두 빌의 팔에서 빠져나오려고 했으나, 그는 빠르게 다시 우리를 붙잡고 말했다. "자, 잠깐만 기다려 봐." 이어 빌은 우리에게 팔을 두른 채로 몇 걸음 더 걸어보게 했다. 몇 걸음 걸어보니 우리가 걸을 만하다는 게 밝혀졌다. 우리는 빌에게 부축받는 것이 쑥스러워져서 이렇게 중얼거렸다. "고마워요, 빌." 우리는 빌의 부축에서 벗어나려 했고, 그는 우리의 상태가 괜찮은 것을 보고서 씩 웃었다. 하지만 여전히 우리를 붙잡고 있었다. 그는 이번에는 다섯에서 여섯 걸음 정도 다시 걷게 했고, 이어 똑같이 뒤로 걷게 했다. 그런 다음 우리에 대한 부축을 풀어주었다. 우리는 남자다운 모습을 되찾았고, 마치 더 싸움을 원한다는 듯이 보이려고 애썼다.

하지만 싸움은 거의 끝이 났다. 조금 떨어진 곳에서 붉은 머리가 단추 달린 셔츠를 입은 마을 남자와 싸우고 있었다. 맥브라이드 씨는 아들이 배에 크게 휘두르는 주먹을 맞자 흔들거리는 몸이면서도 앞으로 나가 도와주려 했으나 빌이 그를 말렸다. 마을 남자는 마지막으로 내지른 주먹의 힘에 만족하면서 도박장을 빠져나갔다. 붉은 머리는 깊은 생각을 하는 것처럼 머리를 숙인 채 뒤로 물러났고, 이어 마을 남자를 재빨리 뒤

쫓아가 다시 싸움을 시작했지만 어둠 속에서 나온 군중들이 그를 저지했다. 내가 테이블 밑으로 쓰러질 때 싸우라고 외치며 어둠 속으로 사라졌던 군중들은 이젠 모두 평화를 원하고 있었다.

머릿속이 맑아지자 나는 붉은 머리 같은 기분이 되었고, 싸움이 벌써 끝난 것에 놀라면서 동시에 실망했다. 그것은 내가 많은 남자들이 있던 곳에서 처음으로 싸우는 것이었고, 싸움꾼이 많을 때 그들 중 다수가 싸우는 것을 싫어한다는 간단한 이유로 그다지 싸움이 길어지지 않는다는 것을 나는 아직 알지 못했다. 오직 몇몇만이 싸우는 것을 즐기고, 또 어떻게 싸워야 하는지 알았다. 싸움에 끼어든 사람들은 대부분 코에 두어 번의 주먹을 맞고 피를 들이켜게 되면 갑작스레 형제애를 원하는 여성적 감정을 갖기 시작한다. 붉은 머리가 빠진 뒤 이제 싸움에 남은 인원이라곤 늙은 스미스 씨가 문 옆에 서서 껴안아 꽉 붙들고 있는 바텐더뿐이었다. 생업으로 대망치를 휘두르던 사람의 양팔 속에 안겨본 것은 바텐더의 인생에서 아마도 처음이자 마지막일 것이었다. 바텐더의 몸에서 유일하게 움직이는 부분인 머리가 심하게 흔들거렸다. 마침내 그의 팔은 피가 부족해졌고 권총이 그의 손에서 떨어졌다. 빌은 그 38구경 권총을 집어 들고 약실을 열고서 탄환을 털어냈다. 싸움은 공식적으로 끝이 났다.

내 머리는 아팠고 내 감정도 상했다. 나는 여전히 어떻게 싸움이 내가 없는데도 승리로 끝났는지 파악하려고 애썼다. 맥브라이드 씨 또한 대부분의 시간 싸움에서 빠져 있었고, 스미스 씨도 문 옆에서 바텐더를 꽉 붙들고 있었다. 많은 큰 싸움에서와 마찬가지로, 대부분의 싸움은 한 명의 훌륭한 싸움꾼과 장차 그런 싸움꾼이 될 젊은 친구에 의해 마무리된다. 그들은 함께 최소한 모자챙 1, 2, 3 중에서 두 명은 상대했을 것이고, 포켓볼 공을 쌓아올리는 도박장 고용인들을 전부 상대했을 것이며, 옥스퍼드에 충성을 바치는 고객들도 모두 제압했을 것이다. 캐나다인은 포커 의자에 몸을 굽힌 채로 그냥 앉아 있었다. 그는 기침을 할 것처럼 허리를 깊숙이 숙였으나 정작 기침은 하지 못했다. 그는 뭐든지 고상하게 하려고 했지만 결과적으로는 그리 중요한 일은 하지 못했다.

그들끼리 몰려 앉아 있었던 모자챙 세 명은 어느 때보다도 모자챙을 낮게 내려썼지만 심하게 다친 것 같지 않았다. 그들은 서로에게 손가락을 보여주고 있었다. 그러고는 구경꾼들 주변으로 가서 자신들이 카드꾼들이라 손의 뼈가 부러지는 것이 두려워서 싸움에 적극 가담하지 않았다고 애써 설명했다. 아마도 세 허풍쟁이 도박꾼들은 부업으로 기둥서방질도 하는 것 같았다. 심지어 그들 중 하나가 지난밤 내 옆방의 이웃이 아닐까 생각했지만, 자세히 들여다보지 않아 확신하지는 못했다. 나와 맥브라이드 씨를 제외하고는 다들 다치지 않은 것처럼 보였다. 나는 그 사실에 익숙해지려 애썼다. 빌이 재빨리 바텐더와 고용인들을 해치우고 테이블 밑에서 나를 끌어당겼을 때 박살이 난 듯한 도박장도 바텐더와 도박장 직원들에 의해 정리가 되었다. 손님들은 의자를 일으켜 세우는 것을 도와주었다. 단골손님들 중 나머지는 잡담을 하기 시작했고, 두 명의 당구꾼이 커다란 타구음(打球音)을 울리며 포켓볼을 치기 시작했다. 나머지도 그들을 따라 했다. 모두가 마치 아무 일도 일어나지 않은 것처럼 행동했고, 무슨 일이 벌어졌다는 흔적은 이제 보이지 않았다.

나는 핏덩어리를 뱉어 냈고, 캐나다인의 옆으로 가서 앉아 그의 상태가 어떤지 확인하려 했다. 그는 내게 어깨동무를 했고, 나도 따라서 화답(和答)하듯이 어깨동무를 했다.

갑자기 도박장의 모든 사람이 빌의 친구가 된 것처럼 보였고, 그들은 모두 다가와 그와 악수를 하거나, 아니면 빌의 팔이 아주 단단한 것을 알아보았다. 요리사는 쭉 벽에 기대고 있다가 바닥에서 일어나 빌의 근처로 가려고 했고, 그동안 빌은 축하인사를 받았다. 분명 빌은 그 모든 일이 마음에 드는 듯했다. 붉은 머리는 자신의 아버지를 부축하고 있었지만, 여전히 눈빛은 전의로 불타오르고 있었다.

그 외에는 모든 것이 평화로웠다. 나는 흥분이 잘 가라앉지 않았다. 우리는 지난 두 주 동안 은밀한 계획을 세워왔고 전문 도박꾼의 마법 같은 검은 망토 덕분에 이 여름의 임금을 두 배로 늘이게 될 앞날을 은근히 기대했고, 그 다음에는 마을을 싹쓸이할 예정이었다. 자, 이제 검은 망토가 쓸고 지나갔고, 나는 셔츠 안쪽으로 손을 뻗어 10파운드 설탕 포대를 만져봤다. 그 안에 담긴 모든 돈은 불 더럼 담배 주머니에 들어갔을 수도 있었다. 우리는 이미 마을을 싹쓸이했고, 앞으로 내가 늘 그 모험담을 말하며 살아가리라는 것을 알았다. 그리고 옥스퍼드 도박장에서는 모든 것이 이전처럼 돌아가고 있었다. 심지어 세 허풍쟁이 도박꾼들도 포커 테이블로 자리를 옮겨 자기들끼리 호객용 게임을 하고 있었다. 한 철 여름의 임금을 받은 어느 양치기가 어슬렁거리며 도박장 안으로 들어오면 여섯 번째 카드를 써서 그를 속여넘기길 바라면서 말이다. 모든 테이블이 게임 중이었으나 당구대는 비어 있었다. 당구를 치던 이발사와 은행의 부행장이 아내가 기다리는 집으로 돌아가기 전에 정부를 만나 두 시간 정도 함께 보내기 위해 당구대를 떠났기 때문이다.

마을로서는 훌륭한 싸움꾼들이 그리 많지 않다는 것을 다행으로 여겨야 한다. 안 그러면 마을들은 하룻밤 사이에 파괴될 것이기 때문이다. 늦여름이면 모든 마을이 어떤 일행에 의해 매일 밤 싹쓸이의 대상이 되고, 또 실제로 그런 일행들이 등장한다. 하지만 말이 좋아 싹쓸이지, 그 파문은 잠시 후 가라앉아 버리고 마을은 쓰러진 의자들을 정리하고 종전처럼 그 일행이 뿌리는 돈을 받으며 마을 경제를 유지한다.

빌은 우리를 소집하여 마치 양처럼 몰았다. 바텐더는 고개를 들어 우리에게 직접 작별인사를 건넸다. 그는 피너클 게임을 하려는 두 유부남에게 전표를 팔고 있었다.

맥브라이드 씨와 나는 서로 팔로 지탱했고, 밖으로 나왔을 때 한결 기분이 나아졌다. 그렇지만 나는 부상을 입었고, 일행 모두가 그것을 알고 있었다. 또한 내가 돈을 가지고 있다는 것도 알았다. 일행은 내가 한 블록을 걸어갈 동안 부축해 주었고, 우리는 길가의 아크등 불빛 아래에서 멈춰 섰다. 나는 불빛 근처 연석에 앉아 몇 분 정도 쉬다가 셔츠에서 설탕 포대를 꺼냈다. 모두들 가까이 모였다. 너무나 가까이 모인 나머지 빌이 마침내 말했다. "뒤로 좀 물러나 봐. 보려면 빛이 좀 있어야 되잖아." 이어 빌과 스미스 씨가 돈을 세기 시작했다. 나는 셈을 도우려고 하지 않았다. 그럴 힘이 없었기 때문이다.

처음에 그들은 우리 각자에게 걸었던 만큼의 돈만 주려고 했다. 그러나 빌이 이렇게 말했다. "아홉 명이 건 액수와는 상관없이 딴 돈을 9등분 하려는데 반대하는 사람이 있나? 우리는 한 팀이잖아, 안 그래?" 모두 고개를 끄덕였고, 빌은 다시 앉았다. 그는 잠시 뒤 일어서서 간단한 연설 같은 말을 했다. "우리는 참 대단한 팀이야. 각자 맡은 일을 항상 잘 해냈지." 우리 중 누구도 자기의 투자액에 따라 받을 몫을 정확하게 계산할 정도로 수학에 밝은 사람이 없었다.

빌은 앉아서 우리가 벌어들인 돈을 세는 것을 끝냈고, 우리는 그 주변에 서서 우쭐거리는 것 말고 달리 할 일이 없었다. 실제로 우리가 그렇게 자랑스러운 존재는 아닐지 모른다고 나는 생각했다. 그렇지만 우리는 내가 알게 된 초기 산림청 관리원들의 전형적 인물들이었다. 비록 탁월한 능력의 소유자는 아닐지 몰라도 말이다. 왜냐하면 전쟁이 끝난 지 1년이 채 되지 않았고, 정말 탁월한 친구들이 아직 숲으로 많이 돌아오지 않았기 때문이었다. 산림은 여전히 주름진 피부를 지닌, 보폭이 좁은 늙은 남자와 싸움을 찾아다니는 젊은 녀석과 술 취한 캐나다인, 그리고 이름이 기억나지 않는 무명의 감시원들에 의해 상당한 보살핌을 받고 있었다. 아무도 대학의 임학과(林學科) 근처에는 가본 적도 없는 사람들이었다. 하지만 빌이 말했듯

우리는 참 괜찮은 관리원들이었고, 우리가 맡은 일들을 해냈으며, 우리가 숲을 소유했다는 생각 같은 건 하지 않고 숲을 사랑했다. 우리는 각자 최소한 한 가지 특히 자신이 잘한다고 생각하는 한 가지를 하는 걸 즐겼다. 대망치를 휘두르는 것을 즐기거나 다이너마이트에 의해 땅이 발파되는 걸 느끼거나 싸움을 즐기거나 말이 다친 것을 치유하는 걸 즐기거나 식료품, 도구, 매듭짓는 것을 좋아하거나 각자 하나씩 개인기가 있었다. 우리는 거의 모두가 일하는 것을 즐겼다. 곰곰이 생각해 보면 그것은 상당히 업적이 많은 그룹이었다.

그때 마음속에서 우리가 이제 서로 떼어놓을 수 없는 관계가 되었음을 느꼈다. 비록 오늘 밤이 지나면 다시는 서로 볼 수 없다는 걸 알고 있었지만 말이다. 우리는 여름 노동자들이었다. 우리는 어떤 연합이나 집회에도 속하지 않았고, 대부분이 가족도 없었으며, 교회도 다니지 않았다. 늦은 봄에 우리는 미국 산림청이라고 불리는 새로운 조직에서 일을 시작했고, 우리는 시어도어 루스벨트가 이 조직의 설립에 도움을 줬다는 걸 막연히 알고 있었다. 그것이 우리 스스로를 자랑스럽게 해줬고, 강인하다는 생각을 갖게 해줬으며, 항상 문제를 해결하도록 만들어줬다. 그 문제란 산불, 다이너마이트, 아주 높은 산인데도 불구하고 버젓이 꿈틀거리고 있던 방울뱀 같은 것들이었다. 우리의 임무를 수행하는 것 말고도 우리는 다른 몇 가지 일들을 했다. 실제로 행동이 따르는 농담을 하거나 건자두를 증류하여 밀주를 만들어 마시다가 설사가 난다거나 하는 것이 그것이다. 마지막에 우리는 마을을 싹쓸이하기 위해 함께 뭉쳤다. 그건 산림청 임시 관리원이 반드시 거쳐 가야 하는 과정이었다. 우리 대부분에겐 그것은 기념비적인 사회의 조직 단위였다. 산림청 임시 관리원은 우리가 유일하게 소속됐던 사회적 유대 관계였다. 어떻게 보면 그것은 한순간이 아니라 아주 오랜 시간 이어지는 유대 관계였다. 그래서 그때로부터 반세기도 넘은 지금 이 시점에 내가 독자에게 그들의 이야기를 하고 있지 않은가.

빌과 스미스 씨가 셈을 끝낼 동안 우리 위의 아크등에 달려들던 나방이 불탔고, 내 머릿속에서는 피가 다시 흘러내려 왔다.

빌은 스미스 씨에게 말했다. "당신이 말해주세요." 스미스 씨가 일어나 발표를 했다. "총액은 64달러 80센트입니다. 9등분하니, 1인당 7달러 20센트가 나오는군." 모두가 "와우"라고 말했다. 우리가 기대했던 수백 달러에 비하면 한참 부족한 금액이었는데도 감탄사를 연발했다.

빌이 돈을 갈랐고, 스미스 씨가 말했다. "이제는 목동들하고 창녀들 차례구먼." 어떤 사람들은 그 순서를 바꾸길 원했다. 우리가 한 팀이었기 때문인지 그들은 갑자기 나를 은근히 배려하며 돌아가면서 말했다. "좀 어때, 젊은 친구?" "그렇게 맞았지만 돈 주머니를 꼭 쥐고 있었군." "잘했어, 젊은 친구." 그러곤 빌이 말했다. "호텔까지 우리가 같이 걸어가 주지."

"아닙니다." 내가 말했다. "아직 초저녁인걸요."

빌이 말했다. "넌 이미 멋진 밤을 보냈어. 이제는 편안히 쉬어. 하지만 네가 내일 정오 전에 울타리로 와서 안장을 매는 걸 도와줬으면 해."

그러자 모두가 한 번에 한 사람씩 차례로 말했다. "호텔까지 우리가 같이 걸어가 주지."

그렇게 그들은 나와 같이 걸어와 줬고, 하룻밤 자는 데 25센트인 내 숙소의 앞에 도착했을 때 우리는 모두 서로에게 어깨동무를 했지만 아무도 작별의 노래를 부르려 하지 않았다. 아무도 정확한 노래를 몰랐기 때문이다. 대신에 우리는 대학 합창단이 막 흥얼거리려고 할 때처럼 고개를 숙이고 원형으로 섰다. 그러자 나는 갑자기 마음이 약해졌고, 그래서 재빨리 돌아서서 카펫이 깔리지 않은 계단을 걸어 올라갔다. 나는 너무나 지친 데다 너무나 나 자신에게 실망하여 그들에게 "안녕"이라고 간신히 말할 수 있었다.

나는 몸을 편안케 하기 위해 침대 위로 올라가 회반죽을 바른 벽에 몸을 기댔다. 내 뇌의 중심부에선 옆머리에서 오는 고통과 앞머리에서 오는 고통이 서로 만난 듯했다. 나는 전에 이틀 연속으로 두 번이나 쓰러진 적이 없었다. 젊고 이기는 것에 익숙했기에 특히나 고통에 민감했다. 비록 방이 어둡긴 했지만 내 눈을 꽉 감고 머리에 이쑤시개가 묻은 채 중국집 바닥에 쓰러졌던 내 모습을 보지 않으려 했다. 또한 언제든지 강타당할 수 있는 상태로 포커 테이블에 머리를 기대고 있던 내 모습을 몰아내려고 애썼다. 나는 혐오감에 머리를 저었고, 그런 것이 더 이상 보이지 않게 하려고 머리를 흔들어댔다. 그 싸움이 내가 참가했던 것들 중에 가장 큰 것이었는데도 나는 그저 주먹 한번 휘둘렀을 뿐이었다. 생각은 천천히 다가왔고, 때로는 그 다음 생각을 덧붙이기 전에 왔다. "하지만 남자가 나라를 위해 오로지 한 번의 주먹만 휘두를 수 있다면 나는 분명 좋은 대상을 찾은 셈이지." 내가 생각하기를 그만뒀을 때 목 주변 근육이 이완되는 것을 느꼈고, 곧 잠에 곯아떨어졌다.

내가 깨어났을 때는 늦은 아침이었고, 나는 조금 상태가 나아진 것 같았다. 주전자에서 물을 받아 씻을 동안 나는 주위에 거울이 없는 것이 다행이라고 생각했다. 잠에서 깨어나자 침대에서 튀어나와 어서 울타리로 가서 빌과 함께 있기를 원했다. 그러나 옷을 다 입고 나서 다시 시계를 보면서 이렇게 말했다. "서둘러서 뭐 해?" 또한 배에서 어떤 메스꺼움 같은 것이 느껴졌다. 전에 어머니가 자주 말했던 것처럼 '아침을 조금' 먹으면 그런 메스꺼움이 사라질 것 같았다. 내가 그리스 식당에 도착했을 때는 10시였고, 다비에서 온 여자가 근무 중이었다.

그녀는 나를 어두운 구석에 있는 식탁에 앉혔고, 메뉴를 가지러 앞쪽의 카운터로 갔다가 돌아왔다. "지난밤 큰 일이 벌어졌을 때 당신이 거기 있었지요?" 그녀가 말했다. "따라와요. 내가 씻겨줄 테니까." 그녀는 나를 여자 화장실로 데리고 가서 문을 걸어 잠갔다. 이어 나를 변기의 뚜껑에 앉게 했다. 나는 여자용 변기가 남자용 변기와 같다는 것에 놀랐다. 거기서 나는 머리를 대야 위로 굽힐 수 있었고, 그녀는 머리카락을 포함해 내 머리를 전부 씻겨주었다. "반항하지 말아요." 그녀가 말했다. "아주 흙바닥에서 굴렀군요."

"톱밥입니다." 내가 말했다.

"아." 그녀가 말했다. 나는 어머니가 내게 해주는 것 같은 대접을 받는 것에 부끄러워지기도 했고, 또 머리에서 물을 떨어뜨리며 여자 화장실에서 나오는 것을 들킬 가능성 때문에도 부끄러웠다. 하지만 그녀는 내 머리를 놓아주지 않았다. 그녀는 자신의 가방을 열고 액체가 든 작은 통을 꺼냈다. 세안제나 화장품 같은 것이었다. 그녀는 그 용액을 내 앞머리 상처에 살짝 발랐다. 이어 가방에서 빗을 꺼내 젖은 내 머리에 가르마를 타 줬고 앞치마로 내 얼굴을 닦아줬다. 그녀가 허리를 숙였을 때 나는 그녀의 주근깨가 목에서 갈색인 가슴으로 내려가면서 점점 커지는 것을 볼 수 있었다. "다 됐어요." 그녀가 내 목을 느슨하게 풀어 줬다. 나는 여자 화장실을 나올 때 그녀와 함께 있었다는 것을 들키지 않으려고 했지만 그녀는 아예 신경 쓰지 않았다.

그녀는 내가 아침식사를 끝날 때까지 아주 사무적으로 행동했다. 그녀가 다 먹은 접시를 가져가는 척하며 웨이트리스들이 하는 방식대로 나를 내려다보았다. "저기 골목길에 당신 친구가 앉아 있어요. 나가서 만나보는 게 좋을 것 같은데요."

"누구 말이죠?" 내가 물었다. "모르겠네요." 그녀가 말했다. "하지만 당신 일행들 중 하나예요." 나는 그녀가 말을 끝냈다는 걸 알았고, 그녀는 접시를 집어 들었다. 나는 계산을 했고, 그녀가 나를 이끌어 부엌을 통하여 골목길로 들어서는 문을 열어줬다.

날 찾는다는 자는 지난 신문이 가득 쌓여 있는 판지 상자에 앉아 있었다. 비록 고개는 숙였지만 의심할 필요도 없이 요리사였다. 왜냐하면 검은 모자를 쓴 남자들의 세계에서 그는 항상 정수리에 큰 어치 머리카락을 휘날리는 맨머리를 하고 있었기 때문이다. 지난 신문들 중 한 개가 그의 발 사이 땅에 펼쳐져 있었고, 그는 마치 신문을 읽는 것처럼 고개를 숙이고 있었다. 보이지 않는 얼굴에서 피가 떨어지고 있었다. 나는 천천히 그를 향해 걸어갔고, 그의 얼굴에서 피가 난다는 걸 확신했다.

"무슨 일이야?" 내가 물었다. "빈털터리가 됐어." 머리는 들지 않은 채로 그가 말했다. "근데 다친 거야?" 내가 물었다. "빈털터리가 됐다고." 요리사가 반복했다.

"어쩐 일로?" 내가 물었다. "빈털터리가 됐어. 그 자식들이 나를 털었어." 요리사가 대답했다. "누구 말이야?" 내가 물었다. 그는 나를 올려다봤고, 머리를 들었을 때 피가 입술로 내려가 입 안으로 들어갔다.

마침내 요리사가 말했다. "그년은 돼지 창자처럼 비뚤어져 있더군."

그 말을 지난밤 들었기 때문에 나는 곧바로 이렇게 말했다. "그 여자 키 작은 창녀 아니었어?" 그가 대답했다. "다친 건 상관없어. 빈털터리가 됐다고. 뷰트로 갈 돈이 필요해." 내가 다시 말했다. "널 턴 게 키 작은 창녀냐고?" 그가 대답했다. "그년은 덩치랑 같이 있었어. 날 두들겨 패고는 내 돈을 털어갔어." 내가 물었다. "그 덩치란 녀석 엉덩이에 털이 잔뜩 나 있지 않았어?" 그가 대답했다. "그 녀석 엉덩이는 보지 못했어." "그래." 내가 그에게 말했다. "아마도 털이 나 있을 거야."

그런 뒤 나 자신을 상대로 중얼거렸다. "너, 모든 걸 아는 체하지 마." 나는 요리사가 대답할 수 없는 과시적인 질문을 했다는 것에 대하여 굉장한 부끄러움을 느꼈다. 그 순간 피가 요리사의 입가로 퍼져 나가고 있었다. 내 마음의 소용돌이에서 아버지의 목소리가 들려왔다. 아버지는 내게 마치 성경 구절을 읽어주는 것처럼 말했다. "동정심을 가질지어다." 아버지는 어느 때 어느 주제로나 내게 조언할 권리를 갖고 있었다. 심지어 그 주제를 잘 모를 때에도 한마디 해줄 자격이 충분했다. 아버지의 목소리는 카드 게임에 대하여 말했다. 그 말을 요약하자면 내가 고소하게 여겨서는 안 된다는 것이었다. 카드를 잘 다루는 엄청난 재능을 가진 요리사가 결국 그의 내면에 있는 작은 자만심(아버지의 목소리가 해준 말) 때문에 좋은 카드꾼이 되지 못한다는 걸 안타깝게 여기라는 것이었다. 비록 아버지는 카드나 요리사에 대해서는 전혀 알지 못하지만 그 목소리는 그렇게 말했다.

"얼마나 필요해?" 내가 물었다. "10달러만 빌려주겠어? 갚도록 하지."

내 기억으로는 뷰트까지는 170마일 정도였고, 마차 삯이 마일당 3센트였다.

"아니, 난 아무것도 빌려주지 않겠어. 대신 뷰트까지 가는 데 충분한 여비는 주지. 7달러 20센트야. 이건 네 돈이고 갚을 필요 없어."

요리사가 고개를 숙이고 손을 내밀었다. 피가 다시 신문지 위로 떨어지기 시작했다.

나는 그리스 식당으로 다시 들어갔고, 시간은 점심 한참 전이었으므로 가슴이 갈색인 아가씨는 홀로 있었다. 나는 그녀에게 말했다. "우리 팀의 요리사네요." "뭐라고요?" 그녀가 말했다. 내가 말했다. "요리사라고요." 그녀가 말했다. "뭐라고요?"

나는 좀 더 설명해야 한다는 것을 알았다. 내가 말했다. "좀 다쳤어요. 그 친구 좀 씻겨주고 먹을 것 좀 줄 수 있어요?" 그녀가 물었다. "돈은 가지고 있어요?" 내가 말했다. "예." 그러자 그녀가 말했다. "그 사람 전엔 돈 한 푼도 없어서 사장님이 밖으로 쫓아냈단 말이에요." "이젠 돈이 있어요." 그러자 그녀가 날 바라보면서 말했다. "안으로 데려와요."

나는 밖으로 나가 요리사를 안으로 데려다가 다비에서 온 여자에게 그를 넘겨줬다. 여자는 여자 화장실로 그를 데려간 뒤 문을 잠갔다.

그러고 난 뒤 나는 빌과 안장을 채우기로 한 울타리 가는 길로 들어섰다.

빌의 개가 거기 있었고, 내가 아직 도착하려면 멀었는데도 나를 지켜보았다. 개가 일어서서 나를 향해 뛰어왔다. 나는 빌이 울타리에서 개에게 뭔가 말하는 걸 봤고, 개는 으르렁거리는 소리를 내는 걸 그만뒀지만 여전히 내게로 달려왔다. 빌의 개는 내가 마치 기둥인 것처럼 내 주변을 돌았다. 그는 내 냄새를 맡고는 돌아가 길에 엎드려 말들을 지켜보았다. 개는 그 긴 배로 땅에 찰싹 붙어 엎드려 있었다. 그놈은 목도 역시 쭉 뻗고 코 위로 앞발을 굽히고 있었다. 전면에서 보이는 부분이라고는 큰 눈과 불도그를 닮은 귀였다. 녀석의 한쪽 눈 주변은 파여 있었고 그곳에 파리들이 달라붙었다. 녀석은 눈을 계속 깜빡여 파리를 날려 보내고 있었다. 녀석은 거기 엎드려서 마치 우리가 양인 것처럼 지켜보았다.

빌이 말했다. "어떤 여자가 아침에 저 개를 데려다주더군."

"주근깨가 있었어요?" 내가 물었다. "많았어." 빌이 대답했다.

"좋은 여자입니다." 내가 자진해서 말했다. "저기 그리스 식당에서 웨이트리스로 일하고 있어요. 여기 그 여자가 제때 개를 데려다 줄 수 없을 때를 생각해서 전달하라던 쪽지가 있어요. 꼭 전해 달라고 하더군요."

"고맙군." 빌이 말했다. 그러고는 셔츠 주머니의 불 더럼 주머니 옆으로 편지를 집어넣었다. 빌의 개는 자기 얘기를 하는 것을 알고 곧 일어나서는 우리에게 다가와 옆에 섰다. 명령만 내리라는 자세로.

빌은 다섯 마리의 말만 데리고 돌아갈 계획이었고, 여기엔 자신의 승용마인 빅 무스도 있었다. 다섯 마리 말 중 짐말은 한 마리였고 안장이 채워졌다. 나는 창고로 들어가 말 담요와 안장을 들었고, 말 등에 걸칠 담요를 부드럽게 하기 위해 상당한 시간을 들였다. 마침내 내가 말했다. "그 여자 정말 괜찮아요." 그러고는 빌의 셔츠 주머니를 가리켰다.

빌은 안장을 훑어보고는 나를 내려다봤다. "그 여자는 그냥 애야." 빌이 말했다. "네가 그 여자랑 데이트하는 게 어떻겠어?"

그는 분명 내가 담요를 가지고 쓸데없이 시간을 낭비했다고 생각하고 있었다. 내가 발 근처로 안장을 떨어뜨리자 빌이 그것을 집어서 말에다 채웠다.

"돌아가는 길에 얼마나 많은 말에 짐을 실을 거예요?" 내가 물었다. 그가 대답했다. "'오리지널' 말고는 전부 짐을 싣지 않을 거야." 나는 그제야 그가 빨리 돌아가려는 걸 알았다.

'오리지널'은 커다란 회색 말인데, 그 어떤 노새보다도 빠르고 강인한 놈이었다. 그리고 성미가 아주 더러웠다. 모두가 녀석을 오리지널이라고 부르는 이유는 거세를 할 때 불알 한쪽이 사라져서 거세마도, 종마도 아니게 되었기 때문이다. 이렇게 말하면 독자는 녀석이 불알을 두 쌍이나 세 쌍을 가지고 있는 게 아닐까 하고 생각했을지도 모르나 그렇지는 않다. 오리지널은 밤에 안장을 푼 그 순간에 암말을 쫓아갔고 녀석의 두 발을 묶어놓는다고 해도 그다지 달라지는 것처럼 보이지 않았다. 불알이 하나만 달린 녀석은 두 앞발이 묶인 채 암말을 쫓아가 교미를 했다. 그런 묘기를 부리는 말은 내가 본 것들 중에서 그놈이 유일했다. 암말과 일을 치르고 난 뒤에 녀석은 거세마를 쫓기 시작했다. 만약 아침에 오리지널 같은 말을 돌보아야 한다면, 동이 트기 오래 전부터 일을 시작하는 것이 좋다. 안 그러면 그 말을 아이다호 주의 어떤 대열에서 발견하는 것만으로도 행운이라 생각해야 할 것이다.

나는 오리지널에게 실을 짐을 끌어내기 위해 창고로 천천히 걸어갔다. 빌과 함께 숲으로 돌아가고 싶은 마음이었기 때문에 그런 동작이 나오는 것이었다. 이곳 계곡의 바닥은 늦여름이었고 정오만 되면 굉장히 더웠다. 오늘 밤, 빌의 무리는 이미 한가을인 빅 샌드 분기점에서 캠핑을 하게 될 것이었다. 그곳에선 낙엽송의 솔잎이 이미 노랗게 물들었으리라. 아침이면 얇은 얼음층이 호수 주위에 생길 것이다. 나는 기꺼이 일어나 스스로 말을 돌볼 것이고, 빌이 내게 말해둔 밤이 되기 전에 오리지널을 매어둘 2톤짜리 통나무도 준비할 것이다. 그렇게 하면서 아마도 어둠 속에서 들려오는 가장 아름다운 소리인 암말에게 매어둔 종소리를 들으리라. 역시 동틀녘에 네 발로 걷는 엘크가 연꽃잎의 옆에서 김을 내는 것도 볼 수 있으리라. 빌을 따라 돌아간다면 분명 한 시간, 혹은 두 시간을 산양보다 더 높은 곳에, 그리고 다른 거의 모든 사람보다도 더 높은 곳에 있게 되겠지. 그리고 또한 탈수 증상을 겪지 않는다면, 내가 흘러들어 온 세계가 어느 곳인지 궁금해하며 주 경계에 오줌을 누겠지.

나는 짐을 오리지널의 양쪽에 매어뒀다. 나는 남들이 하는 말에 별로 신경을 쓰지 않지만 운송 기술자라면 덩치가 커야 유리하다. 중간 정도의 체격, 심지어 일부는 작은 체격에도 훌륭한 운송 기술자가 되는 것을 보았다. 하지만 덩치가 크면 짐을 들어 올려 그저 밀기만 하면 되고, 안장의 원하는 부분에다 쉽게 짐을 놓을 수 있다. 또한 모든 일을 앞에 탁 트인 시야를 확보한 상태에서 할 수 있다. 열일곱 살 때 내 키는 5피트 9인치(약 174센티미터)였고, 따라서 짐을 내 어깨 위로 들어 올려야만 했으며, 밑에서 위를 보며 작업을 해야 했다. 때로는 내가 매려는 연결부를 보지 못했다. 게다가 나는 입밖에 낸 말을 잘 끝내지도 못했다.

"요리사가……." 내가 말했다. 그리고 동시에 안장으로 들어 올리려고 하던 짐이 미끄러졌다. 짐을 위로 올리기도 힘들었고, 말을 이어가는 것도 힘들었다.

"요리사가 아침에 좋아 보이지 않더라고요." 내가 말했다. 여전히 짐을 균형 있게 매지는 못한 상태였다.

"무슨 일인데?" 빌이 물었다. 빌도 역시 아주 좋아 보이지는 않았다. 짐을 밀어 올리려고 고개를 젖혔을 때 나는 그의 코에 말라붙은 피와 부어오른 손을 보았다. 우리는 짐을 천천히 실었다.

"녀석들이 요리사를 죽도록 두들겨 팬 모양입니다." 내가 말했다. "놈들이 그 친구 돈을 다 빼앗았어?" 빌이 물었다. "그래서 내가 뷰트로 갈 여비를 주었습니다." 내가 말했다.

빌의 개는 우리가 더 이상 자신에 대해 말을 하지 않는다는 것을 알아채곤 말을 지켜보려고 원래 자리로 돌아갔다.

"7달러 20센트." 내가 말했다. 말의 다른 편에서 빌이 머릿속에서 170마일에 3센트를 곱하는 소리가 거의 들렸다. "충분하군." 그가 말했다.

나는 요리사에 대해 한 가지 더 말하길 바랐지만 빌의 개가 불편해했고, 녀석은 곧 일어나 뻣뻣하게 원을 그리며 돌다 다시 엎드렸다. 빌의 개는 지난봄에 내가 봤을 때보다 많이 나이가 들어 보였다. 거기다 눈 근처의 홈에는 새로 생긴 상처가 여럿 있었고 그런 상처들은 또한 눈 가까이에도 있었다. 나는 속으로 생각했다. "밥벌이로 코요테들과 싸우는 녀석이 저렇게 되는 건 어쩔 수 없지." 내가 요리사를 자꾸 헐뜯다가는 빌의 개와 결국 같은 꼴이 되지 않을까 걱정되어 나는 요리사에 대한 다른 이야기는 말하지 않기로 했다.

빌은 오리지널에게 가벼운 짐을 싣고 있었고, 우리는 그것을 다이아몬드 매듭으로 함께 묶기 시작했다. 그는 빨리 되돌아가려는 것이 분명했다. 빌은 짐을 포장할 캔버스 천을 짐 위로 던졌고, 우리는 각자 한쪽 면을 맡아 그것을 정리했다. 빌은 말의 밑에서 내게 뱃대끈을 던져주며 물었다. "다음 여름에는 뭘 할 생각이지?" 스스로 떨면서 대답하는 소리를 들을 때까지, 내가 얼마나 그 질문을 기다려왔는지 나는 알지 못했다. "아직 정해진 건 없어요." 내가 대답했다.

"이 마지막 짐에 이중 다이아몬드 매듭을 짓자고." 빌이 제안했다. "좋아요." 내가 대답했다. "다음 여름에 나와 같이 일하는 건 어때?" 빌이 물었다.

나는 '특권'이니 '명예'니 같은 단어들을 생각하다가 결국에는 이렇게 끝을 맺었다. "그렇게 하지요."

"그럼 그렇게 하기로 약속했어." 빌이 대답했다. "초봄에 편지를 쓸게."

"다음 봄에 여기 오게 되면." 나는 말의 배로 얼굴이 가려진 채 말했다. "난 그 주근깨 여자와 데이트를 할 겁니다."

"그 여자 좋지." 빌이 말했다. "정말로."

"알고 있어요."

갑작스레 나는 오랜 시간 겁먹고 있었음을 인식했다. 왜냐하면 갑자기 겁이 사라졌기 때문이다. 빌과 문제가 생기기 시작했을 때부터 나는 겁먹고 있었지만 스스로 그것을 인정하지 못했다. 빌이 내게 주먹을 내지르는 것에 대하여 두려움을 느끼는 것은 아니었다. 빌이 그럴 거라고는 조금도 생각하지 않았기 때문이다. 그렇지만 나는 겁을 먹었다. 왜냐하면 문제가 계속되면 내가 닮고 싶은 사람을 잃어버릴지 몰랐기 때문이다. 문제가 해결되든 안 되든 나는 여전히 그 사람을 닮고 싶었던 것이다.

여름의 마지막 짐에 우리는 이중 다이아몬드 매듭을 묶고 이제 빌은 떠날 준비를 했다. 그는 동물들의 대열을 이을 줄은 묶지 않았다. 그는 자신이 가진 최고의 말들을 뽑았고, 그들은 자유롭게 길을 가게 될 것이었다.

우리는 빌의 거대한 승용마인 빅 무스의 옆에 섰다. 우리는 가까이 서 있었지만 한마디도 하지 않았다. 빌은 약간 몸을 돌려 등자를 뒤틀었고, 내게 등을 돌린 채로 안장에서 180도로 돌기 시작했다. 반원을 완벽하게 그렸을 때 그는 나를 하늘에서 내려다보았다. 밑의 내가 서 있던 각도에선 그가 가진 45구경의 총신이 바로 보였고, 그의 콧구멍 주변에 마른 피가 붙어 있는 것도 보였다.

"나중에 보자고." 빌이 말했다.

"잘 가세요. 나도 또 보기를 바랍니다." 하지만 내가 무슨 의미로 그렇게 말했던 건지 잘 알지 못했다.

나는 울타리를 막고 있던 빗장을 치웠다. 수송 말들이 도로에 나서는 순간 그들은 각자의 성격을 드러냈다. 집합적으로는 모두 빌의 수송 대열이었다. 빅 무스는 즉시 시간당 5마일을 이동하는 걸음걸이를 취했다. 녀석은 진한 갈색에 엘크 같았고, 고개를 뒤로 젖힌 채로 슬리퍼같이 생긴 발을 옮기며 나아갔다. 빅 무스가 시간당 5마일을 걷는다는 것은 다른 말과 비교해 보아야만 대단하다는 걸 알 수 있다. 오리지널을 제외한 다른 말들은 걷다가 뒤처지고 때때로 따라잡기 위해 빠른 걸음을 해야만 할 것이었다. 오리지널은 어떤 말이 너무 가까이 붙으면 발길질을 했다. 빌의 개도 한편에서 빠른 걸음을 옮겼고, 때때로 멈춰서 발을 추켜올렸다. 녀석은 분명히 코요테들이 떼거지로 해오는 모든 공격으로부터 대열을 보호하겠다는 생각을 하고 있었다.

빌은 상체는 앞을 향하고 고개는 뒤로 돌려 고대 이집트 신전의 돋을새김 조각처럼 몸을 뒤틀고 말안장에 앉아 있었다.

집합적으로 빌의 무리, 즉 빌 그 자신과 그가 아끼는 승용마, 짐말, 그리고 그의 개는 초기 산림청이 보여줄 수 있는 최고의 모습이었다.

한동안 길은 거의 계곡으로 내려가는 길이었고, 약간 산 쪽을 향해 있었지만 갑작스럽게 왼쪽으로 꺾여 블로젯 협곡을 향해 쭉 뻗어나갔다. 빌은 거의 뒤돌다시피 하면서 말들을 살펴보았다. 이어 그는 등자에서 갑작스레 일어나 모자를 벗고 나를 보며 크게 팔을 저었다. 나 역시도 울타리의 한중간에 서서 그에게 크게 팔을 저었다. 빌은 틀림없이 기분이 최고였을 것이다. 왜 아니겠는가? 아마도 몇 년 동안 처음으로 빌은 돈을 딴 상태로 카드 게임을 끝냈고, 그렇게 해서 7달러 20센트를 벌었다. 나는 몸 상태가 여전히 좋지 않았지만 그래도 기분은 최고였다.

나는 그와 다시 일하겠다는 약속을 했다. 나는 열일곱 살밖에 되지 않았고, 언젠가 내가 운송 기술자가 되겠다는 희망을 그 어느 때보다도 강하게 품게 되었다.

이어 빌의 대열은 왼쪽으로 획 움직였고, 블로젯 협곡을 향해 줄을 맞춰 빠른 걸음을 옮겼다. 빌의 개는 이제 작은 점이 되었고, 대열 옆에 붙어서 말로부터 일정한 간격을 유지하면서 따라갔다. 점차적으로 빠른 걸음을 옮기는 개와 말들은 서서히 움직이는 동물들로만 보였고, 옆에서 따라가는 개는 점점 작은 점이, 대열은 그저 선이 되었다. 천천히 그 선은 토막이 나서 분해되었고, 모든 것이 공중에 떠올라서 먼지가 되었으며, 마침내 모스 부호처럼 한 점이 되었다. 그 점은 틀림없이 넓은 등과 검은 모자를 쓴 남자를 위한 모스 부호였을 것이다. 잠시 뒤에 햇빛 그 자체가 해체되었다. 햇빛에는 아무것도 남아 있지 않았고, 블로젯 협곡의 입구는 바로 하늘에 난 거대한 구멍이었다.

"큰 하늘." 우리가 몬태나에서 말하는 그대로였다.

그 당시에는 몰랐지만 나는 그 후 다시는 비터루트 산을 지나가지 못했다. 다음 해 초봄이 되었을 때 나는 여름에 쿠트나이 숲으로 가서 산림청의 지도 작성원 팀에서 기술 부문을 맡아 주지 않겠냐는 제의를 받았던 것이다. 오랫동안 나는 이런 의아한 생각을 품어왔다. 왜 1920년의 봄이 되었을 때, 왜 다시 빌 벨과 일을 하는 것보다 다른 숲에 가서 어렵고 좀 더 전문적인 일을 하는 것이 더 나아 보였는가? 그 대답은 내가 열여덟

살이 되었다는 사실과 관계가 있다. 나는 이제 내가 열여덟이 되었다는 사실을 크게 의식했다.

그렇게 해서 나는 다시는 빌 벨이나 다른 관리원들을 볼 수 없게 되었다. 다비에서 온 내 또래의 여자도 물론 만나지 못했다. 그해 늦여름 빌의 일행이 모스 부호의 한 점이 되어 하늘로 사라졌을 때, 미국 산림청을 위해 일했던 그 여름의 임시 관리원들 팀이 그곳에 왔다가 영원히 사라진 것이다.

일어나야 했던 모든 일들이 일어났고, 보여야만 했던 모든 일들은 사라졌다. 그것은 이제 아무것도 남아 있지 않은 그런 순간들 중의 하나지만, 그래도 하늘의 거대한 구멍과 이야기는 아직도 남아 있다. 그 이야기에서 나오는 약간의 시적인 분위기도 여전히 내게 남아 있다. 독자들이 기억하고 있듯이 이 이야기의 앞부분에는 이런 시 구절이 인용되었다.

> 그리고 그때 그는 알고 있다고 생각했다
> 자신의 삶이 시작된 언덕들을……

이 시 구절은 이제 이야기의 일부분이 되었다.